소리

⑤

소리 5

초판 1쇄 발행 2014년 1월 1일

지 은 이   정상래
발 행 인   권선복
편   집   김정웅
디 자 인   최새롬
마 케 팅   서선교
전 자 책   신미경
표지글씨   예광 장성연
발 행 처   도서출판 행복에너지
출판등록   제315-2011-000035호
주   소   (157-010) 서울특별시 강서구 화곡로 232
전   화   0505-613-6133
팩   스   0303-0799-1560
홈페이지   www.happybook.or.kr
이 메 일   ksbdata@daum.net

값 13,500원
ISBN 979-11-5602-025-7   04810
      979-11-5602-000-4(세트)

도서출판 행복에너지는 독자 여러분의 아이디어와 원고 투고를 기다립니다. 책으로 만들기를
원하는 콘텐츠가 있으신 분은 이메일이나 홈페이지를 통해 간단한 기획서와 기획의도, 연락처
등을 보내주십시오. 행복에너지의 문은 언제나 활짝 열려 있습니다.

도서출판 행복에너지 홈페이지를 방문하여 회원가입 하시면 신간발행 소식과 함께 (주)휴넷 조영탁 대표님의
행복한 경영이야기 소식을 전송하여 드립니다.

소리

제2부 혼이 소리가 되어

정상래 대하소설

5

도서
출판 행복에너지

책을 펴내며

•

먼저 『소리』 제1부 「한이 혼을 부르다」 4권을 어려움 없이 출간하여 독자들 손에 쥐어주게 되었음을 기쁘게 생각한다. 제1부에서는 남도에 짙게 깔려져 내려오는 한의 정서와 소리문화를 한 여인을 통해 조명해보았다. 독자들은 한결같이 한의 정서와 남도의 소리문화를 실감나게 맛볼 수 있어 좋았다고 했다.

여기 제2부 「혼이 소리가 되어」에서는 대를 이어 엄마가 이루지 못한 명창의 꿈을 혼으로 받아들이는 내용이다. 그녀는 스스로 신분제적 한계를 뛰어넘어 소리꾼이 되어 살아간다. 그러나 일제식민통치 제3기(1932~1945)에 해당하는 때라서 그리 쉽지 않았다.

당시 일제는 만주사변과 중일전쟁 그리고 태평양전쟁까지 일으켜 조선을 전쟁물자 보급창으로 여기고 병참기지화 정책을 펴나갔다. 거기에다 조선을 아예 일본으로 만들려는 '민족문화말살정책'을 수행해 나갔던 것이다. 그들의 혹독한 탄압은 결국 힘없는 사람들에게 더욱 가혹할 수밖에 없었다. 꿈을 펴보기도 전에 처녀공출(위안부)의 마수에 걸려 피신 길에 오르고, 민족적인 문화 활동을 금지하는 소용돌이 속에서 비참하다시피 살아가는 고회를 맛본다. 그리고 더 나아가 남편이 징용으로 끌려가며 한 많은 삶은 계속된다. 그러나 일념불생 소리를 혼으로 간직한 그녀는 결국 명창의 꿈을 이뤄내고야 마는 삶의 의지도 보여준다. 그러기까지는 훌륭한 스승이 있었기에 가능한 일이었다.

본 소설에서는 다음에 의미를 부여하고 싶다.

첫째 일제의 민족문화말살정책 과정에서 힘없는 민초들의 처절한 고통을 들여다볼 수 있다. 일제는 우리 땅을 무력으로 차지한 후 식민지화, 가혹한 수탈뿐만 아니라 민족자체를 지구상에서 소멸시키려 들었다. 그 과정에서 힘없는 소리꾼들이 겪은 고충은 더할 나위 없었다. 일제의 만행 앞에 그들의 삶을 진솔하게 들려주려 힘썼다.

둘째로 문화 창달은 각고의 고통 없이 이뤄질 수 없다는 것이다. 일제강점기에도 민족문화 창달에 기여한 선지자들도 있었음도 알려주고 싶었다. 자신의 모든 것을 바쳐가면서 훌륭한 제자들을 길러낸 위대한 스승이요 민족국악인이었으며 현대 판소리를 대표하는 보성소리를 일궈낸 송계 정응민 선생님의 숭고한 정신을 알려줄 수 있는 것이 큰 기쁨이라 할 수 있다.

다시 한 번 본 소설을 출판해준 행복에너지 권선복 대표이사님과 제1부를 읽고 큰 호응을 주신 많은 독자들에게 감사드리는 바이다.

2013년 11월
정상래

6

추천사

채치성(국악방송 사장)

요즘 들어 우리나라, 우리 것이 얼마나 소중한지 깨닫게 됩니다. 그리고 반만년 역사를 자랑하는 한민족은 그 어떤 민족보다 끈끈하고 뜨거운 연(緣)으로 서로를 묶고 있습니다. 그 까닭은 끊임없이 외세의 침략을 받아온 우리의 역사에 비롯되며, 그 중심에 '한(恨)'의 정서가 있습니다.

소설 『소리』는 우리의 '소리'를 통해 그 '한'이 무엇인지 잘 드러내고 있습니다. 일제 강점기, 견딜 수 없는 핍박 속에서도 소리를 통해 그 고통을 승화하고자 했던 우리 민족의 삶이 고스란히 담겨 있습니다. 하나의 민족을 이끄는 정서는 쉬이 사라지지 않으며, 앞으로도 그 민족을 이끌 혼불과 다름없습니다. 우리 민족의 '한'이 아름답게, 영원히 타오르는 광경을 독자들은 소설 『소리』에서 확인할 수 있을 것입니다.

정종해(보성군수)

보성은 서편제의 비조 박유전 명창과 보성소리를 정립하신 정응민 선생을 배출한 우리나라 판소리의 본향이며, 또한 녹차로 유명한 고장입니다. 정상래 선생님께서는 천혜의 자연과 아름다운 전통문화를 간직하고 있는 고향 땅 보성에 대한 향수와 보성소리에 대한 애정으로 10년이라는 세월동안 피땀어린 열정을 쏟아내신 결과, 대하소설 『소리』라는 값진 작품이 세상의 빛을 보게 된 것을 온 군민과 함께 진심으로 축하드립니다. 우리 판소리는 오랫동안 소중히 이어져 내려온 세계무형문화유산이며, 앞으로도 자자손손 계승되어야 할 아름다운 문화의 자산입니다. 그런 의미에서 대하소설 『소리』의 탄생은 소리에 대한 새로운 지평을 열었다 할 것입니다. 보성을 배경으로 한 이 소설이 온 국민에게 읽혀 보성의 문화가 대한민국을 넘어 세계에 알려지고 수많은 독자들의 마음에 우리의 소리, 한민족의 정신과 긍지가 깊이 자리매김하기를 진심으로 기원합니다.

이인권(한국소리문화의전당 대표)

불과 백여 년 전 일제에 의한 국권 침탈을 당하고 6·25 전란을 겪는 동안 대한민국 여인네의 한恨은 절정에 달했습니다. 늘 눈앞에 없는 임을 그리워해야 했고 한편으로는 억척스럽게 삶을 꾸려 나가야만 했습니다. 개인적인 열망은 생각조차 할 수 없는 형편이었습니다. 그 어떤 작은 소망 하나도 이루지 못한 주인공 성요의 생은 참혹하기까지 합니다. 하지만 책을 읽는 내내 가슴을 먹먹하게 하는 그녀의 한이 감동으로 다가오는 까닭은 무엇일까요. 아마도 그 시대를 버티게 해준 우리의 위대한 어머니, 여인네의 피가 제 몸에도 흐르기 때문일 것입니다.

지금 제 마음에는 그 여인, 주인공 성요의 '소리'가 울려 퍼지고 있습니다. 그 거대한 울림에 가슴이 뜨겁습니다. 그녀의 애잔하면서도 당당했던 삶을 구성지게 풀어낸 소설 『소리』는 오늘날 풍요로움에 묻혀 '한'을 잊어가는 세대들에게 한국의 정서와 한국인의 정감을 보여주는 귀중한 역사자료가 될 것으로 믿습니다.

차 례

제2부
혼(魂)이 소리가 되어

제2부

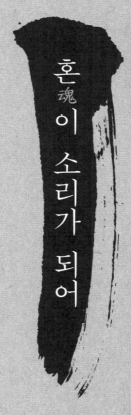

혼魂이 소리가 되어

1
혼을 안고 집을 나오다

　민순은 아빠가 너무 야속했다. 아빠는 가족을 버린 사람이나 다름 없었다. 엄마가 저 세상으로 가고 난 뒤 딱 한번 집에 내려왔던 것이 다. 할아버지께서 돌아가셨을 때였다. 여섯 살 때 보았던 여자와 부부 가 되어……. 할머니는 반가워 어쩔 줄을 모르는 눈치였다. 엄마한테 는 몰정하게 시집살이를 가해놓고도 정작 그 여자에겐 간도 쓸개도 빼어 줄 것처럼 곰살갑게 대해주었다. 고부간이 아니라 친정어머니와 딸 사이처럼 비쳐졌다. 그 모습을 본 민순은 할머니에 대한 정이 털끝 만큼도 없이 사라지고 말았다. 되레 혐오스럽고 경멸스러워 하루하루 가 초열지옥과도 같았다. 그래도 그 정도는 참을 수 있었다. 죽고 싶 을 정도로 지글지글 끓어오르는 증오와 분노는 아빠로부터 비롯되었 다. 아빠는 엄마에 대해 한마디 묻지도 들먹이지도 않았다. 아빠를 기 다리다 비명에 간 엄마가 비탈진 산길에 외로이 누워있는데도 장례가 끝나자마자 곧장 떠나고 말았던 것. 과연 혼인을 했던 부부였는지조 차 의심스러울 뿐이었다. 엄마는 살아생전 오직 아빠만 기다리다 지 쳐 저세상으로 가셨지만……. 아빠는 정녕코 엄마와 달랐다. 엄마가

15

젊은 나이에 세상을 등진 까닭이 여기에 있었고 분명 원혼이 되어 구천을 떠돌고 있을 것 같았다. 혼백이 된 엄마를 위해서라면 가슴살을 떼어주고서라도 원혼을 달래주겠다고 이를 악물곤 했다. 비정한 현실 앞에 세상이 갈기갈기 찢어지는 느낌이었다. 그렇지 않아도 아빠한테 정이 없었던 것인데 일순간 오만 정이 일시에 사라지고 말았다. 고작 들려주는 한마디의 말은

"민순아! 작은아빠 말씀 잘 듣고 지내도록 해라. 네가 필요한 것은 다 구해 보내줄 터이니 그리 알아라."

딸자식마저 팽개친 것이다.

아빠가 떠나가고 난 뒤 그녀는 산길을 오르내리는 횟수가 늘어만 갔다. 마음이 서글플 땐 꽃을 꺾어 들고 어김없이 엄마를 찾곤 했다. 봉분에 꿇어앉아 애고지고 한바탕 호천통곡을 하고 나면 한결 가라앉은 것 같기도 해서……. 철이 들수록 엄마가 그리워지고 불쌍하다는 생각을 지울 수 없어 틈만 나면 오르고 싶었던 것. 노루목 백송나무 그늘에서 너울너울 춤을 추며 창을 해대던 엄마에 대한 환상(喚想)에 빠져들 때면 어김없이 비탈진 산길을 내달리곤 했었다. 더욱이 꽃을 볼 때면 어김없는 충동으로 다가왔다. 하루는 마당에 피어난 장미꽃을 꺾어 들고 대문을 나섰다. 엄마가 심어놓은 붉은 장미가 탐스럽게 피어났기 때문이다. 살아생전 엄마는 동백꽃과 장미꽃을 유난히 좋아했다. 아빠가 오면 한 송이 장미꽃을 꺾어 살포시 꺾어 쥐어주고 싶다고 했었다. 그리웠던 마음까지 담아 건네주고 싶다고 했던 그 꽃을 이제 엄마에게 바치려고 묘를 찾았다.

산길을 오를 때면 엄마의 모습을 지울 수 없었다. 살아계실 때처럼 장수봉을 넘어 북쪽으로 날아가는 구름조각을 바라보며 눈물을 흘리기도 하면서……. 소리골을 바라보며 쑥대머리도 흥얼거렸다. 엄마의

목숨을 빼앗아간 소리골 폭포를 바라볼 땐 비분을 달랠 길 없었다. 비탄의 슬픔을 아는지 모르는지 으늑한 산곡곡심 맑은 물은 예나 지금이나 졸금졸금 노래를 불러주었다. 엄마는 날마다 그 소리를 듣고 있을 것만 같아 더욱 가슴이 아렸다. 허름한 봉분 앞에 꽃을 바치고 일장통곡을 하고 나면 가슴에 맺힌 응어리가 풀려지는 것 같기도 했다. 그러나 지근에서 지켜보던 작은아빠는

"너보고 누가 묏등에 가라고 했냐?"

"잘못했구만이라우. 다시는 안 갈라요."

"이놈의 가시내야! 죽은 어매 묏등에 오면 밥을 주든 아니면 옷이 나오든? 멋한다고 시도 때도 없이 가냔 말이다. 아무래도 니한테 청승살이 끼었는 개비다."

인정 없는 작은아빠는 더 이상 말을 붙여보지도 못하도록 불호령을 쏟아내곤 했다.

"다시는 묏등에 가지 말란 말이다. 미쳐 죽은 사람 묏등에는 가지 않는 벱이랑께. 너도 그꼴 나면 어쩔라고 그러냐?"

뱁새눈을 지어가며 무뚝뚝하고도 투박스럽게 다그치는 작은아빠. 엄마를 방에 가둬놓고 몰인정하게도 푸른 자국이 등등하도록 매질을 가했던 사람이, 엄마 덕분에 밥을 먹고 살았으면서도 딸에게까지 독살스럽게 다그쳤던 것이다.

"작은아빠 우리 엄마가 불쌍해서 그런당께요."

"뭣이여? 소리꾼놈 하고 놀아나다 미쳐 죽었는디 불쌍하다고야? 느 그 어매 말만 나오면 낯을 들고 다닐 수 없는디도 불쌍하다는 말이 나오냐?"

눈을 부릅뜨고 몰정하게도 쏘아붙인 그 모습은 언제나 섬뜩섬뜩 모골이 서게 만들었다. 할머니도 별반 다를 게 없었다.

"미친 느그 어매가 죽었으니 맘 편하게 산 줄 알아라."

한 수 더 얹어 막말을 되뇌었다. 며느리 죽길 잘했다는 시어머니는 세상천지 할머니밖에 없을 것만 같았다.

"소리꾼이 되려다 집안 망신시키고 죽었응께 들먹이지도 말란 말이다."

눈을 험상궂게 부릅뜬 채 앙칼지게 닦달질을 해대었다. 엄마가 젊은 나이에 세상을 떠난 것은 아빠의 배신과 혹독한 시집살이 때문이었는데도 남의 탓으로만 돌린 할머니와 작은아빠. 죄책감이나 회한 같은 것에는 관심도 없었다. 민순은 가슴에 쌓인 적년회포를 풀 길이 없어 엄마의 묘를 찾아 속울음을 삼켜왔던 것이다.

그러나 그것도 잠시였다. 이를 못마땅하게 여긴 작은아빠는 급기야 되술래잡는 모의를 꾸미고 나섰다. 하지가 가까워 드바쁜 농사철인데도 난데없이 열없는 총각을 데리고 와서 맞선을 보도록 했다.

"인자 나이가 열네 살이 되었응께 시집가도록 해라. 엄마도 없응께 임자 있을 때 가는 것이 낫겠다."

느닷없이 시집가라고 각박하게 닦아세웠다.

"안 가요! 저는 절대로 안 갈 것이구만요. 아빠한테로 갈 것이랑께요."

"지금 딸 있는 사람들은 모두 일찍 시집보낼라고 야단이란다. 잘못했다간 처녀공출로 끌려간담서야. 나중에 후회하지 말고 내가 정해준 놈한테 시집가란 말이다."

열없어 얼굴마저 붉게 물든 그녀에게 벌컥 소리를 질러가며 윽박질렀다. 엄마 잃고 슬픔 속에 살아가는 어린 조카 마음에는 아랑곳하지 않았다. 남의 마음을 거들떠보기보다는 도리어 아프도록 후벼대는 성격은 예나 지금이나 변함이 없었다.

"느그 아빠도 너보고 작은아빠 시키는 대로 허고 살라고 했지 않았냐? 그런디도 아빠한테로 간다고 그래? 아빠가 받아줄 것 같으냐?"

"그래도 저는 시집 안 갈 거랑께요."

"어허! 어린 것이 왜 그리도 고집이 세냐? 느그 어매 닮아서 그러는 개비구나."

말끝마다 엄마를 닮아서 그렇다는 핀잔을 더해주었다.

그러던 다음날이었다. 우락부락하게 생긴 남자를 집으로 불러들였다. 알고 보니 맞선 상대였다. 그는 고흥 대서에서 소금을 만들어 파는 염부꾼이라고 했다. 생긴 것부터 하도 험상궂게 생긴 데다 새까맣게 탄 얼굴이어서 소름이 쫙 끼쳐들었다. 마치 사천왕을 쳐다보는 기분이었다. 눈을 부릅뜨고 바라보는 모습은 영락없는 도깨비와도 같아 기절초풍했던 것이다.

총각을 앞에다 놓고 살살 꼬드기듯 말했지만 그녀는 쳐다보지도 않았다. 그런데도 자기 마음대로 혼인 날짜까지 정해놓았다.

"민순아! 너한테 딱 맞는 신랑감을 찾았응께 인자 시집가야 쓰겄다."

"여자는 여편네 배곯지 않게 해주면 되는 것이제 뭐 볼 것 있다냐? 하루에도 소금을 서른 가마나 만들어 판다는디 묵고사는 데는 걱정 없겄제."

"저 시집 안 간당께라우. 절대로 안 갈 것이구만요."

민순은 더 이상 참지 못하고 신경질 섞인 말로 울부짖듯 말했다.

"니가 시방 반항하는 것이냐? 조카자식도 자식인 것인디 해롭게 허겄냐? 너를 위해서 그런 것잉께 잔말 말고 준비허고 있으란 말이다. 허튼 수작 부리다간 혼날 줄 알어라."

눈을 부릅뜨면서 을러메고 다그쳤다.

"작은아빠! 지는 아빠한테 가고 싶당께요. 엄마가 꼭 아빠한테로 가서 공부를 배우라고 허셨당께요. 기어코 갈 거구만요."

"지금 니 나이가 몇 살인디 공부하러 간단 말이냐? 아빠는 이미 새엄마를 얻어 살고 있는디 니가 가서 멋을 헐 것이냐? 행여 그런 생각은 허지도 마라. 너를 반기는 사람은 아무도 없응께 내 말 들어야 쓴다."

눈초리를 비비꼬면서 억지웃음을 치며 다그쳤다.

"전 절대로 시집가지 않는당께요."

"어허! 귀밑머리 풀어 얹어줄 사람이 생겨 날까지 받아놓았는디 그 무슨 소리냐? 이 기회를 놓치면 맹물도 없응께 그리 알어!"

벌컥 화를 내고서 고래고래 소리를 질렀다.

"작은아빠! 저보고 시집가라고 하지 말랑께요."

세 살 먹은 어린 아이처럼 엉엉 울면서 애원했다.

"느그 아빠도 그렇게 허라고 했단 말이다. 너는 왜 어른 말을 안 듣냐?"

"아니어요. 엄마가 아빠한테 가서 공부하라고 하셨당께요."

"말도 안 되는 소리 그만허고 혼인날짜 받아놓았응께 그리 알아라. 처녀공출로 끌려가기 전에 시집가야 쓴다."

그러나 그녀는 죽으면 죽어도 작은아빠를 따르고 싶지 않았다. 날짜가 점점 다가오면서 작은아빠는 애가 달아 안절부절못하는 눈치였다. 그녀도 마음이 급해지긴 마찬가지였다. 이리저리 궁리 끝에 찾아낸 묘안은 집을 나가는 것밖에 없었다. 맞선을 본 지 열흘 만이었다. 이른 새벽 모두 잠에서 깨어나지 않았을 때였다. 밤사이 싸놓은 짐을 들고 대문을 열고 냅다 뒷산으로 도망쳐 나왔다. 그녀 나이 열네 살. 엄마가 세상의 떠난 지 벌써 여섯 해가 되었을 때였다.

사람들의 마음을 음울하게 만들었던 길고도 긴 장마가 물러간 뒤 하늘에는 아직 여운의 구름조각이 둥실둥실 떠가고 있을 때였다. 모내기를 마친 들판은 쑥물을 부어놓은 듯 짙은 녹색으로 물들어갈 때 험준한 봉화산을 넘었다. 마을을 휘감은 산자락 갈참나무 가지에서 건드러진 뻐꾸기 울음소리 위로를 받으며 산길을 내달리고 있었다.

그녀가 찾아가는 곳은 학동영감이 살고 있는 자정골이다. 학동영감은 엄마의 소리스승이었다. 처음엔 외갓집으로 갈까 망설이기도 했다. 하지만 그곳으론 가고 싶지 않았다. 마을 사람들의 시선이 곱지 않았기 때문이다. 그렇다고 한양으로 아빠를 찾아갈까 생각도 해보았다. 그것 또한 내키지 않았다. 아빠하고 살고 싶은 마음이 전혀 없었다. 결국 그녀가 선택한 것은 학동영감이었다. 그동안 학동영감의 주소를 알아내려고 부단한 노력을 해왔다. 주소를 아는 사람은 그 누구도 없었다. 제자들이 일제히 비밀로 하며 가르쳐주지 않기 때문이었다. 결국 그녀가 찾아낸 것은 박실에 사는 동석이라는 사람이 학동의 제자라는 것을 알아냈던 것이다. 그녀는 곧바로 박실로 달려갔고 동석을 만났다. 남에게는 비밀로 할 것이라고 입다짐을 한 끝에 간신히 주소를 얻어내었다.

다행히 외갓집에 갈 때마다 외할머니가 꼬박꼬박 쥐어준 돈이 있어서 쉽게 길을 나설 수 있었다. 봉화산 비탈길을 넘어올 때는 찔레꽃 새순을 꺾어 먹고 산딸기를 따 먹기도 했다. 산자락에 자라고 있는 딱주도 캐어 껍질을 벗겨 내고 먹으면서 산길을 내려왔다. 그러나 먼 길을 걸어온 탓에 배도 고프고 발이 부어오르더니만 이네 물집이 터져 쓰라렸다. 물어물어 자정골을 찾은 그녀는 목화골 산골길에 이르렀다. 웃옷이 땀에 절어 쉰내를 풍길 정도였다. 양지바른 자드락길 가에는 산밭이 즐비했다. 밭에는 콩들이 푸릇푸릇 자라고 있고 아낙네들이 밭을 매고 있었다. 그녀는 잠시 밭두둑으로 다가갔다. 작은아빠가 뒤에서 쫓아오는 것 같아 말을 꺼내지 못하고 문치적대며 눈치만 보다가 용기를 내어 말부리를 헐었다.

"저 말씀 좀 물을 수 있을까라우?"

아낙들은 큰 소리로 수다를 늘어놓다가 이상하다는 듯 뚜렷거리며 그녀를 쳐다보았다. 처음 보는 낯선 객방임을 알아차린 아낙들은 도리어 그녀에게 물었다.

"그쪽으로는 여자가 갈 만한 곳이 못되는디 어디를 가능가?"

"예. 저 학동영감 집에를 찾아가는디요."

"워매! 거기를 왜 간디야?"

날카로운 눈초리를 곤두세우며 일어서는 여인은 기점이 엄마라고 부르는 것 같았다.

"가서는 안 되는 곳인가라우?"

"아니 꼭 그런 것은 아니지만 거기는 남자들만 살고 있은께 여자가 가면 그렇지 않겠능가?"

민순이도 이미 다 알고 있는 바여서 고개를 끄덕이며 안안한 웃음을 지어 보였다.

갓난아기를 등에 업고 있던 또 다른 여자가 야릇한 웃음을 지어가며 말길을 따고 나섰다.

"아이고! 아직 시집갈만하게 여물지는 못했는디 산길을 혼자 가면 못쓰제. 누가 보쌈이나 해가불면 어쩔나고 그러능가?"

혼자 산길을 가는 모습이 위태로워 보였는지 날카로운 눈초리를 세워들었다. 길 건너 밭에도 아낙들이 그 소리를 듣고 말을 거들고 나섰다.

"이 길은 조금만 가면 꽉 막힌 곳이랑께. 인자 갈 곳이 없어. 늙은 영감탱이하고 총각 놈하고 둘이 사는 집뿐이랑께. 그런디 왜 거길 가는 것이여?"

"예. 그 영감을 만나러 가는구만요."

"그래도 그렇제 산속에 부자(父子)만 사는 디 갈라고 그래. 참말로 얼굴이 긁어놓은 밤 맹키로 이쁘게 생겼구만. 아직 어리다고 해도 여자는 몸을 조심해야 쓰는 것 아닝갚네."

"그나저나 어디서 왔능가?"

민순이는 얼른 대답할 수 없었다. 알려줬다간 작은아빠가 곧 찾으러 올 수 있기 때문이었다. 그녀는 학동영감이 받아주지 않으면 한양으로 아버지를 찾아갈 요량까지 세우고 집을 나섰기 때문에 말해줄 수 없었다. 중년의 아낙이 의심스런 눈초리로 쳐다보며 다시 입을 열었다.

"그 영감하고 무슨 일가간이라도 되는 개비네. 그렁가?"

민순이는 엉겁결에 고개만 끄덕이고 말았다. 학동영감을 알고 있는 걸로 봐서 아직 살아계시는 것임에 틀림없었다. 안심은 되지만 돌다리도 두드려 간다는 심정으로 다시 물었다.

"이리 가면 그 영감 집에 가능가요?"

"이 길로 뽀짝 올라가면 자정골이 나오기는 허제. 그런디 생긴 모양은 소리꾼이 아닝 것 같은디 거기를 왜 가능가?"

밤우댁이라는 사람이 점잖게 물었다. 그녀의 눈빛에는 근심스러움이 자글자글 끓어오르는 것 같았다.

"안녕히 계싯시요."

공손하게 인사를 하고 막 몇 발자국을 내딛고 나서자 또 다른 밭머리에서 나이가 지긋한 여인네가 입을 떼고 나섰다.

"보따리를 들은 것을 봉께 요상하구만. 어두워지는디 사내놈들만 사는 집을 찾는 것이 말이여. 갈 곳이 없어 거길 간다믄 가지 말소. 나랑 밭을 매면 믹여는 줄 것잉께."

무엇을 추궁하려는 듯 따가운 눈빛으로 바라보며 말했다. 왠지 불안한 마음이 엄습해오는 기분이었다. 도톰한 입술을 씰룩거리며 말하는 어투가 교만이 빛나면서 냉연하도록 차가웠다. 고개를 좌우로 돌려가며 눈초리를 깜박깜박 거리는 모습이 무척 의심에 차 있는 것 같았다. 말하는 이는 박실댁이라는 사람이었다. 다른 여인네들도 의심의 눈초리를 추켜세우며 고개를 비틀기도 했다. 또 다른 아낙은 등에 업고 있던 갓난아이에게 젖꼭지를 물려 젖을 먹이면서 암니옴니 캐물어 들었다.

"혹시 학동영감 딸이 아닝가? 딸이 있다는 소리는 못 들었는디."

믿기지 않는다는 듯이 고개를 갸웃거려가며 말했다. 민순은 고개를 살래살래 저으며 눈웃음을 치고는 발걸음을 재촉하고 나섰다.

"고맙구만이라우."

하고 발길을 돌렸다. 그러나 옳게 찾아왔다는 안도감이 무겁게 가라앉아 후유 하고 한숨을 내쉬었다. 길에서 바라본 자정골은 바로 앞에 높은 산이 가로 솟아있었다. 보기만 해도 아찔하게 높은 벼랑과 같은 산이었다. 수목이 욱욱청청 울창하게 우거져 있었다.

어느덧 구름이 물러가고 맑은 하늘에 뜨거운 햇살이 눈두덩을 내리쬘렀다. 등허리에서 또 땀이 송골송골 배어나기 시작했다. 그녀는 이마에 흐르는 땀을 손바닥으로 튕겨가며 목하골 산내 길로 들어섰다. 저 멀리 높은 산마루에 흰 구름이 피어나면서 푸른 하늘에 하얀 그림을 그리기 시작했다. 기암괴석도 그리고 아름다운 고산도 그렸다. 괴물도 그리고 바다도 그려가며 두둥실 떠가는 것이었다. 아름답고도 기이한 모습에 심취되어 저절로 입에서 탄성이 솟구쳤다. 산자락 허리를 돌아 고개를 넘어드니 아득한 저 멀리 산 아래 흐릿한 지붕이 눈길에 잡혔다. 지붕은 대나무로 둘러싸여 있었고 한쪽 끝만이 보일 듯 말

듯 어렴풋했다. 짙푸른 대숲 사이로 삐죽이 고개를 내미는 모습이 보기에도 처처함 그대로였다. 가는 길목부터 외딴 길이요, 호젓한 산 아래 초가삼간 오두막집이었다. 산 그림자가 내려앉으며 벌써부터 집을 감싸기 시작했다. 산곡을 흐르는 물소리가 쾅쾅하게 귀속을 파고들었다. 바람도 그냥 지나치지 못할 것 같은 한적한 숲 속이 눈앞에 펼쳐졌다. 음음한 숲 속이 마음부터 가라앉게 만들었다. 산내 길을 지나 끄트머리에 이르자 대나무 발을 엮어 만든 사립문이 발랑 자빠지듯 열려져 있었다. 사립문을 들어서니 고즈넉한 오두막집 앞으로 감나무와 밤나무 밭이 산자락 밑으로 펼쳐져 있었다. 사람 대신 애매미 소리만이 정적을 깨우고 있었다. 마당 앞에는 덕석 같은 바위가 깔려 있고 그 아래에는 수정처럼 맑은 물이 흐르는 계곡도 있었다. 마루를 보듬은 세 칸짜리 오두막이 마치 보득솔처럼 마당을 굽어보고 있었다. 집 뒤로는 작은 헛간도 보였다. 마루 곁에는 부엌이 있었고 판때기 문이 비스듬히 달려있었다. 토방에는 넓적한 댓돌이 있고 그 위에 짚신 한 켤레가 가지런히 놓여있었다. 그녀는 일단 안도감에 발걸음은 가벼우면서도 한편으론 마음이 무거웠다. 갑자기 그녀의 눈앞에 엄마의 얼굴이 떠오르기 시작했다. 세상을 떠난 지 벌써 여섯 해가 지났건만 지금도 엄마의 모습이 눈에 선연했다. 엄마가 생각날 때마다 떠오른 사람. 학동영감 집에 왔다는 것만으로도 가슴이 뭉클했다. 눈시울이 무거워지며 이슬이 맺히려 들었다. 그녀는 힘을 다하여 인기척은 내었다.

"영감님 계신가요? 아무도 안 계셔요?"

하지만 대답이 없었다. 그녀는 다시 목에 힘을 주어 큰 소리로 외쳤다.

"영감님! 계신가요?"

몇 번을 불러도 아무런 응답이 없었다. 갑자기 머리끝으로 찬바람이 스치며 등골이 오싹거렸다. 부엌문으로 가까이 다가가 안을 기웃거리며 들여다보았다. 구정물 통에 밥그릇이 담가져 있고 행주를 씻어 널어놓았다. 밥 먹은 그릇을 그대로 담가놓은 것으로 봐서 얼마 되지 않은 것 같았다. 그녀는 다시 학동영감을 불렀다.

"영감님! 계신가요? 영감님! 영감님!"

숲 속이 쩡쩡 울리도록 외쳐대었다. 잠시 후 마당 저편에서 인적의 소리가 들렸다.

"누구요? 누가 왔능가요?"

가슴이 두근두근거리면서도 한편으론 외진 산골에서 사람의 소리를 들을 수 있다는 것만으로도 마음이 놓였다. 헛간 옆에서 한 노인이 머리를 쑥 내밀고 올라왔다. 얼른 봐도 학동영감이라는 알 수 있었다. 밭에서 일을 하다 온 사람처럼 보였다. 여섯 해 동안 얼굴을 알아보지 못하게 변해 있었다. 온 얼굴이 마치 마른 대추처럼 자글자글한 주름으로 가득 차고 듬성듬성한 머리가 이미 백발이 다 되어 있었다. 합죽한 턱에 구중중한 수염만이 터부룩했다. 누런 삼베 조끼에 쪼글쪼글한 새코잠방이 차림으로 다가오고 있었다. 그래도 갸름한 눈매며 오뚝한 콧날이 옛 모습 그대로여서 얼른 알아볼 수 있었다. 영감은 두 눈을 가늘게 뜬 채 눈언저리를 비벼가며 경계심을 늦추지 않았다. 알음알이가 쉽지 않은 듯 의심의 눈초리로 물었다.

"누군지 모르겠는디 누굴 찾아오셨능가?"

"안녕하셨어라우? 영감님!"

민순은 고개를 숙여 다소곳이 인사부터 했다. 얼른 알아보지 못한 학동영감은 고개를 좌우로 흔들어가며 궁금증을 자아내었다. 요모조모 얼굴 모습을 살피듯 바라보다가 이내 캐어물었다.

"나를 알겠능가?"

26

"예. 영감님!"

"어디서 오셨능가?"

민순은 생글한 웃음을 입가에 머금고 지숙한 표정으로 입을 열었다.

"호음동에서 왔어라우. 할아버지께서 정렬 어른이시고요. 엄니가 소리골에서 소리를 배우셨구만이라우."

학동영감은 기겁을 하듯 옴칠 놀라며 들고 있던 호미자루를 땅에 떨어뜨렸다. 낯빛마저 창백해지면서 가느스름한 눈에 양미간을 오므리며 주름살을 깊게 모았다. 골주름이 가득한 입술로 오열을 하듯 떨리는 소리로 입을 열었다.

"아니 정렬 어른 손녀라고 했능가?"

"예."

"무슨 일로 왔능가?"

학동은 도둑질을 하다 들킨 사람처럼 섬뜩 놀라면서 머쓱해보였다. 그러면서도 마루를 가르치며 앉기를 권했다. 민순은 학동을 따라 마루로 가서 걸터앉았다. 학동은 궁금한 듯 안부부터 꺼내들었다.

"할아버지께서는 여태 누워만 계시능가?"

"아니요. 진즉 돌아가셨구만이라우."

"뭐라고? 돌아가셨단 말잉가?"

"예. 지가 열 살 때 돌아가셨어라우."

"어허! 서운할 일이네. 참 좋은 양반이셨는디. 그건 그렇고 엄마는 지금 어디 계싱가? 혹시 한양으로 가셨능가?"

걱정스러움을 눈빛에 담아 쏟아내었다. 그러나 민순은 얼른 말을 못했다. 슬픔이 울컥 목덜미를 타고 올라와 말문을 막아버렸다. 어느새 두 눈에는 눈물까지 핑 돌면서 이슬이 맺혀들었다. 이내 고개를 숙인 채 훌쩍거리며 손등으로 눈물을 쓸어내리기 시작했다. 학동영감은 당혹스러움을 금치 못하며 게슴츠레한 눈으로 바라보았다.

말 못할 사연이라도 있는 것잉가?"

"엄마도 돌아가셨구만이라우."

민순은 가녀린 목소리로 울부짖으며 말했다. 숨결에는 애통한 흐느낌이 새어나오고 있었다.

학동영감은 짓부릅뜬 눈으로 바라보며 온몸을 바르르 떨었다. 얼굴에 만면수색을 띠면서

"뭐라고? 마님도?"

"예."

"언제 돌아가셨능가?"

"영감님께서 소리골을 떠나시고 곧바로요."

"그럼 시아부지보다 두 해 빨리 가셨다 그 말인가?"

민순은 고개만 끄덕였다. 한동안 무거운 침묵이 흐르고 있었다. 학동은 담뱃대에 가루담배를 채워 불을 붙이고는 뻐끔뻐끔 빨면서 침울한 표정을 지어가며 다시 입을 열었다.

"어쩌다가 그런 일이……."

희뿌연 담배연기를 뿜어내면서 넋두리를 하듯 말했다.

"사람들이 소리를 계속했다면 괜찮았을 것이라고 했어라우."

"그런 시어머니 밑에서 소리는 무슨 놈의 소리를 헌당가."

정떨어지는 말투로 냉정하게 말했다. 원한에 사무친 듯 입술을 앙다물기도 했다. 민순은 고개를 끄덕이며 눈물만 글썽거렸다.

"그렇다고 젊은 분이 그리도 일찍 돌아가셔부렸단 말이여?"

"집을 나가셨다가 물에 빠져 돌아가셨당께요."

"뭣이라고? 물에 빠져?"

"예."

"워매! 그런 괴변이 있어서 어쩔 것이랑가?"

곤혹스러운 듯 담배를 깊게 빨아들이고는 얼굴을 험상궂게 일그러뜨렸다.

"북장단을 치며 소리를 하다가 돌아가셨당께라우."

"뭣이여? 소리를 허다가?"

"예."

"어디서?"

"소리골에서요."

"뭐이라고! 소리골에서?"

학동은 일순간 물벼락이라도 맞은 사람처럼 소스라쳐 일어나며 눈을 부릅떴다.

"소리골 폭포 밑에서요."

"그랬어? 접시물에도 빠져 죽는다고 하더니만 그 웅덩이에서 그랬구만."

"예."

학동은 한참 동안 당혹과 놀라움에 사로잡혀 멍하니 앉아 있었다. 슬픔을 이겨내지 못한 채 저물어 가는 석양빛만 바라보았다. 산골에 어둠이 붉은 노을을 타고 내려앉기 시작했다. 청청한 대숲에는 이미 캄캄한 어둠이 자리를 잡았고, 산그늘이 마당에까지 찾아들었다.

"그건 그렇고 어떻게 여길 찾아왔능가?"

학동영감이 한숨을 삼키며 처연한 눈초리로 민순을 바라보더니 신수(新愁)에 찬 눈빛으로 물었다. 별반 반갑지 않은 듯 심드렁한 어조였다.

"박실 사는 동석 어른을 찾아가 물었구만요. 절대로 남에게 가르쳐 주지 말라고 함서 자정골이라고 말해주더구만요."

학동은 고개를 두어 번 끄덕끄덕하고는 품고 있던 의심을 쏟아내었다.

"무슨 일로 여길 찾아왔능가?"

미간을 좁히는 얼굴에는 두려움과 걱정이 함께 묻어나고 있었다.

"엄니가 이루지 못한 명창이 되고 싶어 왔구만이라우."

민순은 나이에 어울리지도 않은 말을 천연덕스럽게 꺼내들었다. 그녀는 얼굴 표정 하나 바꾸지 않고 태연하게 말했다. 하지만 학동은 화들짝 놀라 서릿발 같은 눈빛을 뿌려대며 얼굴을 일그러뜨렸다. 불의에 따귀를 얻어맞은 사람처럼 온 얼굴이 달아오른 것 같았다. 그것은 지난날의 쓰라린 고통이 여울물처럼 소용돌이치며 머릿속을 헤집기 때문이었다.

"멋이라고? 명창이 되고 싶어 나왔다 그 말잉가?"

학동은 눈초리를 비틀어가면서 버럭 소리를 질렀다. 어처구니가 없는지 혀를 쩍쩍 차며 양미간을 찡그리며 어이없다는 표정을 지었다. 민순은 민망스러워 일시에 얼굴 표정이 굳어지고 말았다.

"아무리 철이 없기로서니 말이나 되는 짓잉가? 남자가 집을 나왔다고 해도 용서받지 못할 짓인디 하물며 어린 여자 몸으로 그런 짓을 헌단 말이여? 우리 집으로 온 줄 알면 가만히 있겠능가? 당장 요절이라도 낼라고 달려들겠제."

그는 콧잔등을 씰룩거리며 눈을 내리깔았다. 입가에는 냉소적인 비웃음까지 그려내었다. 이윽고 벌떡 일어나 부엌문을 열고서 찬물을 떠서 꿀떡꿀떡 삼켰다. 이어 다시 마루로 다가와 삿대질을 하듯 말했다.

"내 눈에 흙이 들기 전에는 죽산댁을 잊을 수 없당께. 내가 이리 쫓겨 와 사는 것도 다 자네 식구들 때문이란 말이여. 그런디 여기까지 또 찾아온단 말잉가? 생사람을 잡아다 덕석몰이를 시킨 것을 생각허면

30

지금도 치가 떨린단 말이시. 잠을 자다가도 그 생각만 하면 벌떡 일어나 날밤을 새우는디 잊을만 헝께 불을 지르러 왔단 말잉가? 인자 딸까지 나서서 날 죽일라고 허는구만."

학동영감은 화들짝 놀라면서도 불쑥 화를 내며 소리쳤다. 너무나 퉁명스럽고도 매정하게 쏘아붙이는 까닭에 민순은 단박에 풀이 죽어 울상이 되고 말았다. 이내 닭똥 같은 눈물이 뚝뚝 떨어뜨렸다. 그녀는 더 이상 말도 붙일 수 없었다. 지난 삼 년 동안 품어왔던 꿈이 한낱 수포로 돌아가는 느낌이었다. 오직 학동영감을 만나면 명창이 될 수 있다는 신념으로 꿈을 키웠단 것인데. 새벽부터 집을 나서 종일 달려왔던 가슴의 설렘도 일순간 싹 날아가 버린 것이었다.

"그런 소릴 할라거든 당장 돌아가소!"

학동영감은 냉정하게 딱 잡아떼고 부엌으로 들어가 버렸다. 쾌도난마와 같은 말이어서 듣기에도 정이 떨어지는 것이었다. 인정이라곤 털끝만도 없이 박절하게 뿌리친 까닭에 무안쩍어 말도 붙일 수 없었다. 그녀는 그 순간 머릿속이 텅 비어버린 것이었다. 아무런 망설임도 없이 마당으로 발길을 내딛었다.

어느새 거뭇거뭇 땅거미가 처마 끝까지 뒤덮더니 하늘로 펴져 올라가 밝은 별빛을 쓸어내렸다. 대숲은 흑막을 쳐놓은 듯 캄캄하고 산새들의 푸드덕거리는 소리가 소름이 끼치도록 등짝을 내리 찍었다. 적막만이 앞을 가로막을 뿐이었다. 학동영감은 부엌으로 가서 저녁을 지은 것 같았다. 솥뚜껑을 떨컹거리는 소리가 들렸다. 그릇을 씻는 소리도 들리기도 했다.

그러나 그녀는 영감의 말을 곧이곧대로 들었다. 자신의 기대가 너무 허망스러웠음을 알게 된 그녀는 아무 생각도 없이 사립문 쪽으로 발길을 돌렸다. 하루 저녁 지내다 날이 밝으면 떠나고 싶은 것이 솔직한 심정이었다. 날이 어두워 무서움이 몰려들기 때문이었다. 이제 갈 곳은 한양밖에 없다고 생각했다. 물어서라도 아빠한테로 가고 싶은 생각뿐이었다. 집으로는 돌아가지 않을 것이라고 다짐하면서 아빠를 찾아가자고 마음먹었다.

민망스럽고 쑥스러운 그녀는 엉겁결에 터벅터벅 사립문을 벗어나고 있었다. 갈 곳도 없으면서 무작정 걷고 있었다. 잠시 집에서 학동 영감이 부르는 소리가 들렸다.

"어디 있는가? 어디 갔어?"

어둠 속에서 사람을 찾는 소리가 들렸다. 그러나 못들은 척 사립문을 벗어나 산길로 나아갔다. 무서움에 눈물도 나오지 않았다. 집을 나온 것이 후회되면서 안절부절못했다.

"아기씨! 어디 갔능가?"

영감이 사립문으로 향하는지 점점 가까이 다가오는 것 같았다. 부르는 소리가 산골에 쩡쩡 울려 퍼지기 시작했다. 그러나 민순은 영감이 무서워지기 시작했다. 당장 돌아가라고 외치는 소리가 귀청을 울리는 것 같았다. 그녀는 사립문을 지나 산길로 나아갔다. 비탈진 산길은 아무것도 보이지 않았다. 어두움만 짙게 깔린 채 풀벌레들만 요란스럽게 울어대었다.

그때 어둠속에서 발자국 소리가 들리는 것 같았다. 짐승인지 사람인지 구분이 가지 않은 채 소리는 점점 다가오는 느낌이었다. 온몸이 긴장되어지면서 머리끝이 쭈뼛쭈뼛해졌다. 발자국 소리가 점점 가까이 다가오더니 검은 물체가 눈앞에 아롱거렸다. 민순은 하도 무서워 길섶으로 덜썩 주저앉아 바들바들 떨었다. 온몸이 오그라들면서 심장이 멈추는 것이었다.

"누구요?"

남자의 목소리였다. 민순은 선뜻 입을 열지 못하고 엉엉 울어버렸다.

　"누구냥께요? 이 밤에 여길 왜 왔소?"

　그는 계속해서 소리쳤다. 그러나 그녀는 고개를 달달 떨면서 대답
도 하지 못했다.

　"어디서 왔소? 왜 말도 없이 울기만 허냐고라우? 말을 해야지라우.
잘못 왔으면 데려다 줄 텡께 얼른 말을 허란 말이요."

　그는 다급한 목소리로 외쳤다. 무척 짜증스러운 어투였다. 그때 학
동영감이 사립문으로 나와 그 소리를 듣고서 달려왔다.

　"득창이냐?"

　"예. 아부지."

　"아기씨 거기 있냐?"

　"예? 아기씨라고요?"

　"그렇단 말이다. 오늘 느닷없이 호음동에서 아기씨가 왔드랑께."

　"호음동 마님의 따님 말이어요?"

　"너도 봤지야? 어렸을 때 마님을 따라 놀러 왔을 때 말이다."

　"아! 그 성요라고 부르는 마님 딸 말이지라우? 그런디 이 밤에 어쩐
일이다요?"

　"금매 집을 나왔다고 헌당께. 멋헌다고 우리 집으로 올 것이냐? 이
리 온 것을 알기라도 헌다면 또 무슨 변고를 당할지 모를 일이제."

　학동은 한숨을 내쉬며 뒤탈부터 걱정하고 나섰다.

　득창은 그제야 민순을 알아보고는 마음이 놓인다는 듯 고개를 끄덕
였다.

　"그런디 왜 여기 있다요?"

　"무작정 명창이 되겠다고 집을 나왔다고 해서 당장 돌아가라고 했
더니 그렁개비다."

"가더라도 날이 밝으면 가사제 지금 어떻게 갈 것이요? 어린 아기씨가 밤길을 가다니요? 얼른 들어갑시다."

그때까지도 민순은 고개를 푹 숙인 채 길섶에 웅크리고 앉아 있었다.

"어서 일어나소. 이 밤에 가라고 했겄능가? 내일 가도록 해사제."

학동은 쪼그리고 앉아 있는 민순에게 다가와 어깻죽지를 잡아당기며 말했다. 민순은 못 이기는 척 일어섰다. 그리고 학동을 따라 다시 사립문으로 들어섰다.

어둠이 짙게 깔린 침묵의 밤. 어두운 밤하늘에 난데없는 먹구름이 하늘을 덮어가고 있었다. 벌써 동녘하늘에서는 번갯불이 번쩍이며 섬광이 일어나는 것 같기도 했다. 땅도 하늘도 오직 칠흑같이 어두웠다.

"어서 들어가시게."

학동은 방문을 열고서 빨리 안으로 들라고 말했다. 그러나 민순은 멋쩍은 표정으로 마루 끝에 걸터앉아 머무적거렸다.

"솔직히 말해서 받아줘서는 안될 일이제. 아직 어렸는디 집을 나와서야 되는 것잉가? 밤만 아니면 당장 되돌려보내겄네만 밤이 깊었으니 내일 가도록 허소."

학동은 눈길도 주지 않으면서 몰인정한 말을 거침없이 쏟아내었다. 비정하게 외면하려는 현실을 호탄이라도 하듯 매몰차게 호통을 치고 나섰다.

"아부지. 그래도 우리 집을 찾아온 손인디 어떻게 헐 것이요. 밤에 가라고 헌 것은 사람의 도리가 아니지라우. 지가 저 방에 잘 것잉게 재워갖고 내일 보내장께라우."

득창은 한 번만 봐주자고 간곡히 애원하듯 말했다. 이어 옷을 갈아입고 부엌으로 들어갔다. 민순은 못 이기는 척하고 방으로 들었다. 방에는 소나무 관솔을 태운 호롱불이 은은한 솔향기를 뿜어내고 있었다.

시커먼 불꽃 그을음을 만들어내며 일렁거렸다. 윗목에는 북과 장구가 나란히 놓여있었다. 울컥 엄마 생각이 사무치기 시작했다. 찢어진 북을 치다 저 세상으로 가신 엄마 생각이었다. 학동영감이 한동안 깊은 시름에 잠기는 듯 물끄러미 그녀를 바라보다 허두를 떼고 나섰다.

"인자 할머니는 늙으셨겠구만."

"예. 많이 늙으셔서 잘 못 움직이셔라우."

"사람이 살면 얼마나 산다고 그렇게 모진 일을 해서야……."

학동은 혀를 끌끌 차며 곰방대를 툭툭 털었다.

"집 식구들이 여기 온 줄 진짜로 모른다는 것이 참말잉가?"

"진짜로 모른당께라. 말 안했당께요."

"그런데 왜 집을 나왔능가?"

"작은아빠가 시집을 가라고 해서라우."

"아직 어린 나인디 시집가라고 허등가?"

"예."

"남자라도 정해놓고?"

"바닷가에서 소금을 만드는 사람이라고 했어라우."

"그 사람을 보기는 했고?"

"예. 중매쟁이가 집에 데리고 왔었어요."

"어허! 명색이 일본 유학을 마친 아비를 뒀는디 염부꾼이라니. 기가 찰 노릇이구만. 그건 그렇고 한양 가신 아부지께서 오셨다 가셨능가?"

"예 한 번 오셨어라우. 할아버지 돌아가셨을 적에요."

"몹쓸 사람이구만. 못 배운 사람만도 못한 짓이제. 마누라가 죽었을 때는 안 왔어?"

"예."

"배웠다고 한 사람이 그래서야 되능가? 배웠으면 배운 값을 해야제.

헛것 배운 것이제."

입맛을 쩍쩍 다시며 고개를 절레절레 흔들었다. 눈알을 뱅글뱅글 돌려 경멸과 분노의 빛을 담아가며 다시 말부리를 따고 나섰다.

"그러믄 외가라도 가야제. 작은아빠가 찾으러 다닐 것을 알면서도 잡히면 어쩔라고 도망을 쳤능가? 그 사람 성깔에 끌려가면 그냥 놔두지 않을 것인디."

민순은 솔직히 엄마가 돌아가신 뒤로는 다 남이 된 기분이었다. 외가에 갔을 때도 엄마가 계실 때와는 사뭇 달랐다. 물론 외할머니께서 애처롭고 안타깝다고 하면서도 손에 돈을 쥐어주고는 집으로 가야한다고 말했다. 그가 갈 때면 딸 생각이 더 난다고 하며 차라리 다 잊고 살 테니 눈에 보이지 않았으면 좋겠다고 말했다. 무엇보다 동네사람들이 보면 창피하다고 밖에도 나가지 못하게 하는 것이 마음 아팠다.

"외가에 가도 오래 있지 못했어라우. 동네사람들 봉께 밖에 나가지 말라고 하시드구만요."

"원래 그런 것이여. 옛말에 딸 죽은 사위 불 꺼진 화로라고 하는 것인디. 외손녀라고 예쁘겄어. 처음에는 불쌍하다고 하다가도 딸 생각하면 외손녀가 뭣이 반갑겄능가?"

잠시 후 마루에서 딸가닥 소리가 들렸다. 이내 방문이 열리고 득창이 밥상을 들고 들어와 방 가운데 털컥 내려놓았다. 밥상이라고 해보았자 판때기를 잘라 네모나게 만든 것이었다. 완두콩을 드문드문 넣어 지은 꽁보리밥에 반찬은 고작 두 가지였다. 콩밭 무청을 된장에 버무린 것과 하지감자를 썰어 고추장에 비빈 후 멸치를 넣고 끓인 국이었다.

"아씨! 찬은 없지만 같이 뜹시다요."

그는 시퍼렇게 녹이 슨 놋수저와 젓가락을 쥐어 건네주었다. 먼 길을 오느라 허기지고 시장했던 터였다. 하지감자를 점심 대용으로 먹었지만 그것으로는 허기를 달랠 수 없었다. 밥을 보자 입안에 군침이 확 돌면서 시장기가 발동했다. 그녀는 눈치 볼 것도 없이 숟갈질에 바빴다. 꿀맛 같았다. 감잣국도 너무 맛있었다. 게 눈 감추듯 밥그릇을 비우고 말았다. 학동영감이 무안쩍은 눈으로 바라보고 있었다. 그녀도 민망스러웠다. 열없기도 하여서 얼굴이 붉어지기도 했다. 밥상이 치워지고 밤은 점점 깊어가고 있었다. 갑자기 천둥벼락이 치며 굵은 비가 쏟아지기 시작했다. 하늘이 찢어질 듯 섬광이 번쩍이더니 뒷산이 데굴데굴 굴러오는 것 같은 소리가 났다. 순간 하마터면 큰일 날 뻔했다는 생각이 밀려들었다. 만일 득창을 만나지 않았더라면 어찌했을까 싶었다. 지금쯤 천둥벼락에 놀라 기절을 했을지도……. 아니면 분명 비를 쫄쫄 맞고 산속을 헤매다 죽었을지도 모를 일이라는 생각에 순간적으로 눈앞이 아찔했다. 득창은 무척 피곤한 기색을 보였다. 눈이 뻘게지며 하품을 해대었다. 민순도 마찬가지였다. 득창이 아버지를 향해 말했다.

"아부지. 지가 저 방에 가서 잘라요. 여기 윗목에 데리고 주무싯시오."

"그렇게 해야 쓸 것 같다. 혼자 재울 수는 없는 일이제. 원래 잠자리를 바꾸면 무서운 법인디 혼자서 자라고 할 수 있겠냐?"

"그럼 아기씨는 여기서 주무싯시오. 가서 잘라요."

득창은 벌떡 일어나 방문을 열고 나갔다. 하품을 해대는 민순을 바라본 학동영감은 베개를 내어 엷은 이불자락과 함께 건네주었다. 그리고는 밖으로 나가 옷을 갈아입고 들어왔다.

"고단할 터이니 어서 그리로 드러눕도록 허소."

민순에겐 무척 반가운 소리였다. 그런데 뱃속이 편치 않았다. 너무 빨리 먹은 탓인지는 몰라도 속이 더부룩했다. 물 한 모금만 마시고 싶었다.

"영감님! 물 좀 마시고 싶은 디 어디로 가야 허는가요?"

"내가 떠다 줌세."

그는 방문을 열고 나갔다. 바깥에는 억수같이 비가 쏟아지고 있었다. 처음 맞는 산골이라서 그런지 몰라도 세상이 온통 흑막에 가린 토굴 속 같았다. 와락 무서움이 밀려와 등골에서 빠지직 진땀나는 소리가 들렸다. 천둥벼락의 섬광이 반짝이고 장대비 내리는 소리가 들렸다. 불어난 계곡물 소리가 우레와 같이 들려왔다. 학동영감은 무서움도 모르고 마당가에 있는 샘으로 달려가 주전자에 물을 떠가지고 왔다. 그녀는 주전자 채 받아들고 꿀꺽꿀꺽 마셔대었다. 번갯불은 점점 밝아지면서 문짝을 내리치더니 우르르 꽝 우르르 꽝 바윗돌이 부서지는 소리가 들렸다. 밤이 깊어갈수록 빗소리는 더욱 세차게 쏟아지는 것 같았다. 민순은 몸을 잔뜩 웅크린 채 자리에 누웠다. 학동영감이 호롱불을 껐다. 온통 어둠과 적막 속으로 빠져 들어가는 것 같았다. 몰래 도망쳐 나온 첫날밤이 너무도 무서웠다. 마음이 떨리고 불안하여 어찌할 바를 모르고 있었다. 몸과 마음이 피곤하여 지쳐있지만 잠은 영 오지 않았다. 눈만 말똥말똥해진 채 엄마의 얼굴만 선연히 떠올랐다. 낯선 산골 외딴 집, 꿈에서도 보지 못한 집을 찾아와 엄마가 맺어준 인연으로 학동영감과 한 방에 누워 있다는 것 자체가 이상야릇할 따름이었다.

학동영감도 지난 일들이 파도처럼 밀려들어 잠을 이루지 못하게 했다. 몸만 뒤척이고 있었다. 소리골 황토담집이 눈 안에 쏙 들어오며 폭포 소리가 귀청을 흔들어대었다. 헛간에 앉아 함께 창을 하던 여인의 얼굴이 선연하게 여울지며 다가오고, 북장단에 맞춰 한숨 섞인 창을 해대던 모습이 눈앞에 너울거렸다. 이유도 없이 까닭도 없이 남편으로부터 배신을 당한 한 여인의 처절한 몸부림이 눈앞에 아른거려 잠을 이룰 수 없었다.

여인이 세상을 떠났다는 소식은 울분이 되어 가슴으로 파고들었다. 배신은 천벌을 받을 나쁜 짓인데도 거기서 끝나지 않고 자식마저 돌보지 않았다는 사실은 치가 떨릴 만큼 비분하다는 생각이 치밀었다. 갈 곳 없는 어린 것이 오죽했으면 이곳으로 찾아왔을까 싶어 가슴이 저미었다. 하늘은 왜 그리도 유순하기만 한 것인지…… 아내를 버리고 자식마저 돌보지 않은 사람도 똑같이 숨을 쉬며 살아가도록 내버려 두는 것인지, 따사로운 햇볕도 똑같이 나눠준단 말인가? 원망스러울 일이었다. 지난날 덕석몰이의 고통이 새삼스럽게 뼈마디를 찍어 누르는 것 같았다. 그때의 고통을 생각하면 모든 인연과 등을 지려고 입술을 으물었지만 사람의 정이란 그럴 수 없었다. 발부리에 걸어 채인 길바닥 돌부리도 전생에 인연이 있다고 했는데 어떻게 모른 척 할 수 있겠는가? 그는 참 오랫동안 살았다는 생각이 들었다. 정렬 어른이 세상을 떠났고 며느리마저 떠나갔는데 그 딸과 함께 한 방에 누워 잠을 청하고 있다는 생각을 하니 인생 설니홍조(雪泥鴻爪)요 수류운공(水流雲空)이란 말이 틀림없었다.

호롱불을 끈 지도 한참이 지났을 때였다. 학동영감이 막 잠을 청하여 눈이 감겨질 찰나였다. 그때 귀청을 울려대는 소리가 들렸다. 줄기찬 빗물이 낙숫물이 되어 후드득후드득 바윗돌을 두드리는 데도 그 사이를 파고들어 귀가 얼얼하도록 들리는 소리. 그것은 갑자기 끙끙 앓는 고통스러운 신음소리였다. 일순간 정신이 몽롱해졌다. 밖에서 들리는 소리 같았다. 알 수 없는 귀신의 신음소리처럼 야리게 들렸다. 그는 어둠속에서도 벌떡 일어났다. 방문 쪽으로 다가가 문틈으로 귀를 기울였다. 빗소리와 낙숫물 소리만 연신 들려올 뿐이었다. 그런데 밖에서 난 것이 아니라 방에서 나는 소리였다. 생각지도 않은 어린 것이 벽을 향해 돌아누워 죽어가는 신음소리를 내고 있었다. 홑이불을 머리까지 둘러쓰고 온몸을 굼벵이처럼 오므린 채 덜덜 떨고 있었다. 학동은 가슴이 철렁 내려앉았다. 자신도 모르게 이불을 걷고 이마에 손을 올려보았다. 장작불로 달궈놓은 구들장과 다름없었다. 단김이 솟아오를 것같이 펄펄 끓고 있었다. 오뉴월 염천에 학질이 아니고서야 이럴 수가 없을 것만 같았다. 그는 일순간 떡심이 풀렸다. 어찌할 바를 모르고 그녀만 덤덤히 바라보았다. 시간이 갈수록 열은 더 도를 더해가고 있었고 신음소리는 더욱 가냘파지고 있었다. 그는 방문을 열고 밖으로 나갔다. 잠자코 있었다간 큰일을 당할 것 같은 방정맞은 생각마저 들었다. 작은 방으로 다가갔다. 득창은 곤잠에 떨어져 코를 골고 있었다. 그는 방문을 두드렸다.

"득창아! 어서 잠깐 일어나야 쓰겄다."

잠에 취해 있던 득창이 깜짝 놀라며 일어났다. 어둠속에서도 눈을 비며가며 옷을 걸치고 나왔다.

"아부지! 왜 그러싱가요? 무슨 일이라도 있어요?"

"득창아! 큰일 났단 말이다."

"예? 큰일이라니요?"

"아기씨 몸에서 열이 펄펄 끓는당께. 얼른 와봐라."

"열이라니요? 갑자기 왜 그런다요?"

득창은 허겁지겁 안방으로 들어왔다. 호롱불을 밝히고 민순이 곁으로 다가갔다. 그녀는 몸을 새우처럼 웅크린 채 달달 떨고 있었다. 득창이 이마에 손을 얹었다. 마치 화덕을 만지는 것 같았다. 지짐질을 하는 것처럼 펄펄 끓고 있었다. 심히 불안하고 염려스러웠고 막연하기 이를 데 없었다. 열을 내려주지 않았다가는 정신마저 까무러칠 것만 같았다. 그는 벌떡 일어나 방으로 가서 먼 길을 갈 채비를 하고 다시 들어왔다.

"아부지. 지가 갔다 올라요."

"어디를 갈라고 그러냐?"

"아무래도 열부터 내려줘야지라우. 잘못했다간 사람 잡겄는디요."

"이 캄캄한 밤 우중에 산길을 어떻게 갈 것이냐?"

"그래도 가야지라우. 사람은 살려놓고 봐야지라. 우리 집에 온 손인디 모른 척해서야 쓰겄소?"

"맞는 말이다. 그럼 장터에 가서 금계랍을 사가지고 오니라. 열 내리는 디는 그것보다 나은 것이 없응께 얼른 갔다 와야 쓰겄다."

"예. 아부지."

"나는 익모초 잎을 뜯어 찍어야 쓰겄다. 그것도 열 내리는 데는 신효한 것잉께."

"캄캄한디 어떻게 하신다요."

"아는 길잉께 싸목싸목 가면 괜찮겄제."

늦은 밤 부자는 잠을 이루지 못하고 마루로 나왔다. 소나기인줄로만 알았던 빗줄기는 밤새 그치지 않았다. 하늘에 구멍이라도 뚫린 듯 알밤 같은 빗방울이 땅거죽을 세차게 두드렸다. 한 치 앞이 보이지 않은 먹물 같은 밤이었다. 득창은 우장을 쓰고 빗속으로 뛰어들었다.

"아부지. 얼른 다녀 올께라우."

"그래 한사코 조심허그라."

십리 길이 너끈하고도 남은 곳에 강산 장터가 있었다. 거기에는 옛날부터 양약방이 있는데 약이라고 해보았자 고작 열나는 데 금계랍, 속이 꽉 막힐 땐 소다, 그리고 상처가 났을 때 빨간약 정도가 고작이었다. 득창은 총총걸음으로 산길로 내달렸다. 등불도 잡을 수 없었다.

학동도 빗속으로 뛰어들었다. 진즉부터 밭고랑에 크고 있던 익모초를 눈여겨 보아두었던 까닭에 칠흑 같은 어둠을 헤치며 밭으로 향했다. 눈앞에 늑대가 앉아있다고 해도 알 수 없을 정도로 어두웠다. 그러나 그는 거침없었다. 헛간을 지나 남새밭으로 다가간 그는 한 치의 오차도 없이 익모초를 찾아내었다. 익모초를 뜯어 들고 비를 홀라당 맞은 채 마당으로 돌아왔다. 절구통에 넣고 찧었다. 풋내가 몽실몽실 솟구쳤다. 찧어진 이파리를 꼭 짜서 사발에 받쳐 들었다. 민순은 아직껏 열과 씨름 중에 있었다. 이미 정신이 녹아진 상태였고 턱까지 오들오들 떨면서 이빨 부딪히는 소리가 딱따구리 나무 쪼는 것 같았다. 이불을 걷어내며 그녀를 일으켰다. 마치 화로를 품은 것처럼 후끈후끈했다. 자신도 모르게 눈언저리에 퀭한 눈물이 핑 돌았다. 민순은 눈을 뜨지 못하고 오들오들 떨었다. 그는 놋수저로 익모초 즙을 떠서 입을 벌리며 한 숟가락을 쏟았다. 일각에 얼굴을 찡그리며 입술을 악물었다. 지독스럽게 쓴데다가 풋 냄새마저 심해 도저히 견디지 못하고 혀로 밀어내었다. 그래도 포기할 수 없었다. 그는 한 손으로 코끝을 인정사정 없이 쥐어 잡고 다시 입을 벌려 사발을 가져다 대고 부었다. 엉겁결에 목울대가 꿈틀거리며 꿀꺽꿀꺽 넘어가는 소리가 들렸다. 손을 놓고 시원한 냉수를 한 모금 마시도록 권했다. 오만상을 찡그려가며 찬물을 들이켰다. 그리고는 몸을 빌빌 꼬는 것 같았다. 학동은 부축을 해가며 조심스럽게 눕혔다. 그리고 방문을 열고 다시 달려간 곳은 샘이었다. 옹기 대야에 물을 떠가지고 달려왔다. 머리에 시원한 물찜질로 열을 내려주기 위해서였다. 대야를 들고 마루에 다다르자 방에서 왝왝거리는 소리가 들렸다. 그는 덜컥 겁이 났다. 냅다 방으로 달려들었다. 어린 것은 앙가슴을 부여잡고 엎드린 채 뒹굴고 있었다. 그는 냅다 달려들어 등을 도닥도닥 두드렸다. 하지만 숨이 꼴딱 넘어갈 듯 왝

왝거리며 목덜미에서부터 머리끝까지 핏발이 섬뜩했다. 저녁을 먹은 것까지 다 토해내더니 나중에는 미끌미끌한 멀건 맹물까지 쏟아냈다.

방바닥에는 이미 익모초 즙이 넘쳐나서 옷이고 이불이고 온통 푸르스름한 빛을 띠고 있었다. 시큼시큼한 냄새가 풋내와 한데 버무려져 콧구멍을 후비며 달려들었다. 한참 동안 빈 구역질을 하고 나더니 이윽고 정신이 조금 드는 것처럼 보였다. 그래도 몸을 가누지 못하고 벌렁 드러누워 버렸다. 학동은 토사물을 훔쳐가며 이부자리를 치웠다. 방문도 열어 냄새가 나가도록 했다. 마른 곳으로 다시 눕힌 뒤 계속해서 차가운 물찜질을 해주고 있었다. 잠시 후 열이 내린 성싶고 눈동자도 몰라보게 안정을 되찾아가는 것 같았다.

그때 마당에 인기척이 들렸다. 득창이 억수같은 비를 맞고 약을 사들고 왔다. 학동이 얼른 밖으로 나갔다. 토방에 서있는 그는 머리에서부터 발끝까지 온통 빗물에 절여놓은 것처럼 탱탱 불어있었다. 약이 비에 젖을까 봐 종지를 가지고 가서 거기에 담아 거꾸로 세워 비가 맞지 않게 들고 왔다고 했다. 그는 곧바로 옷을 갈아입고 방으로 들어왔다. 학동영감은 다시 민순을 일으키고 금계랍을 먹이려 들었다. 혹렬할 정도로 쓴 금계랍. 해열진통에 그만한 좋은 약이 없었다. 학동영감은 미리 준비해 둔 것이 있었다. 그냥 먹여서는 안 되기 때문이었다. 분명 다시 토악질을 할 것 같아 김치그릇을 가져다 놓았다. 김치 가닥에 싸서 입에 넣어주고 물과 함께 꿀꺽 삼키도록 했다. 민순은 학동영감의 가르침대로 따라주었다.

지독스럽게도 쓴 탓에 금방 다시 토악질을 할 것으로 예상을 했던 것인데 다행이었다. 가만히 누워있더니만 편안한 잠에 빠져드는 것 같았다. 그제야 마음이 놓였던 것이다. 아닌 밤중에 남의 칼을 맞은 것처럼 정을 치고 난 시각은 어느새 삼경을 지나고 있을 때였다.

여름밤은 참 짧았다. 늦게 잠이 든 까닭도 있지만 맹꽁이며 악머구리들이 새벽부터 떼를 쓰듯 울어대는 통에 늦게까지 잠을 청할 수도 없었다. 민순은 아침이 되어도 정신이 아찔하고 몸을 마음대로 움직이지 못했다. 온몸이 쑤시고 아픈 것 같았다. 담이 든 사람처럼 입을 벌릴 때마다 가슴과 어깨가 결렸다. 그래도 그녀는 아픈 몸을 이끌고 방문을 열고 나왔다. 밤새 뿌려대던 구름이 어디로 갔는지 한 점도 보이지 않았다. 유난히도 맑은 하늘만큼이나 상쾌한 아침이었다. 밤새 불어난 계곡물이 폭포수처럼 요란스럽게 콸콸대었다.

질퍽한 마당으로 나왔다. 마당에 걸쳐진 빨랫줄에 옷과 이불이 널어져 있었다. 학동영감이 새벽에 일어나자마자 빨래부터 해놓았던 것이다. 이를 본 순간 가슴이 뭉클하며 눈물이 나올 것만 같았다. 토사물이 가득 묻어 시큼한 악취가 역겨웠을 터인데도 흔쾌히 치워주고 빨아주었다는 고마움에 저절로 고개가 숙여졌다. 백배 천배 절을 하며 감사를 드려도 부족할 것만 같았다. 잠을 재워주는 것만으로도 고마울 일인데 죽어가는 사람을 살려준 은혜에 감읍할 따름이었다. 인정 없이 사람을 볶아대는 작은아빠와 극명하게 대비되었다. 고통 속에 살아온 지난 6년 동안의 일들이 여울이 되어 출렁이면서 머릿속에서 도리질을 해대었다.

온종일 사촌동생을 돌보느라 꼼짝도 하지 못했던 일들, 방청소, 설거지, 빨래, 거기에다 물을 기르고 밥까지 해야 했던 일들이 주마등처럼 머리를 스쳐지나가고 있었다. 힘든 일은 그렇다고 치더라도 늘어만 가는 꾸중 속에 눈물짓던 날들이 정회(情懷)가 되어 한꺼번에 날아들었다. 생각하면 생각할수록 커져가는 비회로 다가왔다. 그것들은 엄마 없는 하늘 아래 살아가는 설움이었다. 가슴에 박힌 쓰라린 통한들이었다.

그러나 한 가닥의 인연 끈을 소중히 여기는 득창이 너무 고마웠다. 죽음을 무릅쓴 채 비를 맞고 산길을 달려 약을 사다 먹여주고, 캄캄한 밤에 비를 맞고 청초를 뜯어 즙을 내어 먹여주고, 밤을 새워가며 병간호를 해준 고마움. 엄마의 정을 여섯 해 만에 다시 맛본 것 같았다. 울연히 엄마의 사랑이 뭉클하게 피어난 것 같았다.

부엌에서 딸그락거리는 소리가 들렸다. 그녀는 슬그머니 부엌으로 다가가 보았다. 학동영감이 아침상을 차리고 있었다.

"자 어서 방으로 들어가세. 저녁 먹은 것을 다 토해부러서 배고프겠제."

"아니요."

"그래도 그만하니라고 다행이제. 큰일 날 뻔했어. 오뉴월에 몸살 한번 앓고 나면 사람이 파김치가 되어버린 것인디 참말로 욕봤네."

민순은 대답 대신 열브스름한 웃음으로 얼버무리고 말았다. 학동영감은 늙은 몸에도 암팡지고 다부지게 보였다. 밥상을 들고 앞장섰다. 방으로 따라 들어갔다. 밥상을 사이에 두고 나란히 앉았다. 밥상에는 예상치 못한 음식이 놓여있었다. 그것은 들깨를 갈아 쑨 미음이었다. 까무잡잡하면서도 잿빛이 도는 죽이었다. 향기로운 들깨 냄새가 방안에 가득 찬 느낌이었다.

"입맛이 없을 것 같아서 미음을 썼응께. 떠 묵어보소."

"고마워요."

"고맙긴 뭐가. 자 어서 떠묵으랑께."

민순은 자꾸 눈물이 나오려고 하여 눈두덩을 끔벅끔벅거렸다.

"오늘 하루 푹 쉬면 괜찮을 것잉께. 그렇게 해. 아마 내가 서운하게 해서 그랬는개비여. 지금 생각해보면 내가 너무했제. 돌아가신 엄니와 맺은 끄나풀을 인연이라고 찾아왔는디 박절하게 했으니 아플 만도

45

허제. 마음 아프게 생각하지 말고 쉬었다가 가도록 허소.”

“득창 오빠는 어디 갔능가요?”

“벌써 새복에 갔다네.”

“어디를요?”

“음. 오늘은 장평장으로 갔겄구만. 장마당 굿쟁이들에게 북장구 장단을 쳐주러 다닌 지 오래되었제.”

“지금은 소리를 가르치지 않으신가요?”

“간혹 한 번씩 가르칠 때도 있제. 자 식기 전에 어서 떠보랑께.”

민순이 들깨 미음을 떠먹기 시작했다. 기이한 인연으로 아침상을 마주한 가운데 허심탄회한 대화가 이어졌다. 믿고 말할 수 있는 사람을 만나기는 몇 년 만에 처음이었다.

“집에서 찾으면 어떻게 할 것이랑가?”

민순은 숟가락으로 죽을 떠먹다말고 학동영감을 쳐다보았다. 일시 당황한 표정이 얼굴에 내려앉기 시작했다. 곰곰이 뭔가를 궁리한 듯 보이다가 어금니를 사리물면서 표정이 빳빳하게 굳어졌다.

“저는 죽어도 집에는 안 갈 거구만요. 돈 받고 조카를 염부에 팔아 넘기려는 작은아빠한테는 절대로 가고 싶지 않당께요.”

학동은 예상했던 대로 심사가 꼬여가는 기분이었다. 아직 어린 나이인데도 당돌하기 짝이 없었다. 또다시 닥쳐올 뒷일이 걱정되었다. 분명 찾으러 올 것이라는 생각을 하니 온몸에서 힘이 쭉 빠져 들었다.

“그러믄 어디로 갈라고 그러능가?”

학동은 추연한 기색이 역력한 낯빛으로 말했다. 그 말은 민순에겐 이곳을 떠나라는 무언의 암시로 비춰질 수밖에 없었다. 민순은 몹시 당황한 표정을 지었다. 갑자기 실의에 빠진 사람처럼 고개를 늘어뜨렸다. 뭔가를 곰곰이 생각한 척하다가 나직한 목소리로 입을 열었다.

"나중에 한양으로 갈 거구만요."

그녀는 힘이 쭉 빠진 채 가냘파 보였다. 가녀린 목소리는 애달픈 정감을 자아내는 것이었다.

"하믄! 그래야제. 자식이 부모를 찾아가지 않으면 누굴 찾을 것인가. 그것이 천륜인디."

학동은 밝은 미소를 그려가며 말했다. 그것은 당연한 노릇이라는 듯 무척 반기는 표정을 지어보였다.

"예."

학동은 마음이 아팠다. 시무룩한 표정을 짓는 모습이 안타까워 보였다. 오죽했으면 이런 산골까지 찾아들었을까 싶어 서글픈 심정을 금할 수 없었다. 금방 되돌려 보낸다면 가슴에 상처가 너무 클 것 같았다. 일단 느긋한 마음으로 기회를 엿보기로 속다짐을 했다.

"아빠 계시는 곳을 알고 있능가?"

그녀는 고개를 살래살래 흔들었다.

"그러믄 한양 가는 길은?"

"아니요? 잘 모르구만요."

"모름시롬 어떻게 갈라고 허능가?"

민순은 입을 꼭 다문 채 아무 것도 모르는 사람처럼 얼굴만 뚫어지게 바라보았다. 학동은 일부러 다시 물었다.

"아빠 만나면 얼굴은 알아보겠어?"

역시 마찬가지로 고개만 흔들어 댔다. 참으로 가련하기 짝이 없었다. 한창 아빠를 따르며 좋아할 나이인데도 얼굴조차 모르다니 배신이 가져다준 가족의 상처가 얼마나 큰 것인지 짐작할 수 있었다. 한때는 온 고을을 쩌렁쩌렁 울려대며 만인의 부러움을 샀던 혼인이었는데 불과 여덟 해 만에 아주 결판이 날 줄 누가 알았던가? 한 남자의 외도

로 일조에 풍비박산이 난 집안, 설상가상 아내는 미쳐 죽고 부친은 졸
중풍에 떨어져 세상을 떠났으며 딸조차 집을 뛰쳐나왔으니 이것도 사
주팔자라 해야 하는지……. 너무나 처절한 운명이었다.

"함부로 다녔다가 작은아빠한테 들키면 큰일 나겠구만. 어린 나이
로 한양엘 가는 것도 쉽지만은 않은 일이제. 당분간 꼼짝하지 말고 지
내다가 기회를 보고 가야쓰겠구만. 여긴 외진 곳이어서 사람들 눈에
띄기는 쉽지 않응께 괜찮헐 것 같네."

학동은 이것저것 곰곰궁리 끝에 단안을 내리듯 말했다. 일순간 민
순이 표정이 밝아지기 시작했다. 울상이던 얼굴이 일각에 펴지면서
영발한 눈빛으로 바라보았다.

민순이 자정골을 찾은 지도 벌써 닷새가 되었다. 그녀는 집안에 가
만히 있질 않았다. 작은 엄마 밑에서 배운 집안 살림을 도맡아 하다시
피 했다. 밥이며 빨래 그리고 집안 청소까지 거칠 것이 없었다. 텃밭
에 심어놓은 오이를 따고 개울가에 휘늘어진 미나리를 캐어 나물을
무쳤다. 계곡에서 다슬기와 재첩을 주워 국을 끓이고 가재를 잡아 굽
기도 했다. 산을 헤집고 다니며 도라지를 캐서 말리고 산대도 캐어 방
안에 가져다 놓았다. 갈그랑거리며 숨을 쉬는 학동영감을 위해 도라
지를 달여 주었다. 산딸기도 따다 밤이면 식구들이 나눠먹기도 했다.
낮에는 학동영감을 따라 밭을 매는 일도 게을리하지 않았다.

비록 어린 나이이지만 집안에 여자가 있으니 살림살이가 일순에 달
라지는 것 같았다.

2
처녀공출 마수(魔手)에 걸리다

　절기는 어느덧 소서를 지나 대서를 향해 달려가고 있었다. 소뿔도 꼬부라든다는 삼복더위가 연일 맹위를 떨치고 있을 때였다. 새벽녘에 소나기가 몰려와 한 줄금 뿌려대더니 금세 뜨거운 햇볕이 내리쬐며 후덥지근했다. 바람 한 점 없이 햇볕만 몰강스럽게 내리쬐었다. 학동영감은 더위에도 아랑곳하지 않은 채 산밭으로 나가 밭농사에 여일하고 집에는 민순 혼자 남아 있었다. 민순은 집을 나온 지 얼마 되지 않은 탓에 아직도 불안과 흥분을 잠재울 수 없었다. 먼발치에서 남자의 그림자만 봐도 작은아버지인가 싶어 두근거리는 심장을 가라앉힐 수 없었다. 지금쯤 작은아빠는 골골샅샅이 뒤지며 그녀를 찾아 헤맬 것이기 때문이었다. 잡히기라도 하면 영락없이 우락부락하게 생긴 갯사람에게 억지 시집을 가게 될 것은 불을 보듯 뻔했다. 꿈에서라도 다시 볼까 봐 사지가 발발 떨리는 사람이었다. 수미산 사천왕상보다도 더 험상에게 생긴 남자에게 시집을 보내려는 작은아버지가 너무 야속했다.

　다행히 외딴 산골로 숨어 든 탓에 한결 마음이 놓이긴 했지만 그렇다고 해서 밖에 나와 있을 처지는 못 되었다. 민순은 시원한 마루에 누워 있다가도 사람들의 인기척이 들리기라도 하면 얼른 방 안으로 숨어들었다. 그런데 한낮엔 너무 더워서 안에만 있을 수가 없었다. 바위틈에서 솟구치는 시원한 샘물의 유혹을 뿌리치기란 더더욱 어려웠다. 손이라도 담그려고 사방을 살피며 샘으로 다가갔다. 역시 샘물은 얼음같이 차가웠다. 손을 담그니 속살까지 시원한 느낌이었다. 찬물 한 모금을 머금고 막 일어서려는 순간이었다. 나이가 지긋한 세 여인네가 두런두런 거리며 마당으로 다가오고 있었다. 하나같이 날카로운 시선을 보내는 것이었다. 흠칫 놀란 그녀는 고개를 푹 숙인 채 허둥거리듯 부엌으로 발걸음을 돌렸다.

"워매! 그때 그 처자로구만! 여태까지 여기서 살았었능개비네."

귀에 익은 목소리였다. 슬쩍 돌아보니 박실댁이라는 여인네였다. 깔매운 눈초리로 쳐다보면서 넉살을 떨었다.

"앗따매! 아직 크지도 않은 것이 엉덩이에 뿔이 나부렀구만."

또 다른 젊은 여인네가 야살스럽게 음충한 수다를 꺼내들었다.

"벌써 그랬을랍디여?"

밤우댁이 고개를 저어가며 말막음을 하고 나섰다.

"그리 않음사 홀애비 하고 숫총각 허고 사는 집에 멋하러 왔겠능가? 하루 이틀도 아니고 벌써 여러 날이 되었잖능가."

눈알을 매섭게 휘굴리며 박실댁이 버럭 소리를 내질렀다.

"워매 얼굴이 깎어 놓은 단감맹이로 이쁘고 몸매도 날씬해서 며느리 삼았으면 좋겠구만이라우."

밤우댁이 마른 침을 삼켜가며 칭찬을 아끼지 않았다.

"앗따! 성님도. 며느리는 무슨 며느리요? 어디 당골년 딸을 데리고 왔는개비제. 아직은 크도 않은 것을 벌써부터 아들놈한테 붙여 놓았는갚제. 느자구가 노랗구만이라우."

또다시 젊은 여인네가 실눈을 흘기며 농염한 말을 휘갈겼다. 대뜸 남의 마음을 넘겨짚고 겉짐작으로 막말을 해대는 것이었다. 비록 초면은 아니라고 할지언정 딱 한 번 본 것뿐인데 이렇게 농지거리를 쏟아내도 되는 것인지 씁쓸한 기분이 가슴을 스쳐지나갔다. 나이에 비해 지엄함 같은 것은 찾아볼 길이 없고 요사스럽고 간사스러움만이 탱글탱글 묻어난 말투였다.

샘으로 다가가서도 계속해서 입정을 놀려대었다.

"남자를 알라믄 조깐 더 커야 쓰겠구만."

"벌써 그러기사 했겠능가?"

"아이고! 딱 보면 논흙인지 밭흙인지 모르겠소. 내보기엔 폴쎄 재 넘었당께라우."

"그러기도 헝 것 같고."

"무담시 천하다고 헌당가? 하는 짓거리가 저 모양잉께 천하다고 허제."

"귀때기 피도 마르지 않은 것이 벌써 사내놈을 찾은 것을 봉께 엉덩이에 뿔난 시앙치제."

혀를 쩝쩝 차가며 요괴(妖怪)함이 철철 넘치는 객쩍은 소리가 계속되고 있었다. 까닭도 없이 무시당한 것이어서 집을 나온 것이 후회스럽기도 했다. 질정을 할 수 없어 부엌문을 붙잡고 열없이 서 있었다. 천장을 물끄러미 쳐다보면서 눈물만을 쏟아내었다. 아낙네들은 떠나갔지만 어쩐지 사람들 만나기가 무섭고 불안하여 밖에 나오기가 싫어졌다. 저녁이 되어 민순은 낮에 있었던 일을 학동영감에게 말해주었다. 학동은 일순간에 얼굴이 일그러지며 섬뜩 놀라는 눈빛이었다.

"박실댁이 하루가 멀게 여길 올 것이 걱정이랑께."

"그분이 오면 안 되능가요?"

"박실댁은 일본순사 누님이랑께. 민순이가 우리 집에 숨어 있다는 것을 알기라도 허면 큰일 아니겠능가? 혹시 눈치라도 채면 어떻게 헐라고 그렁가? 내가 무슨 힘이 있어서 숨겨주겠어?"

학동은 걱정 섞인 눈으로 민순을 바라보며 깊은 한숨을 내쉬었다. 민순도 순사라는 말에 흠칫 놀라 얼굴이 초지장이 되어가는 것 같았다.

"순사가 사람을 잡아가는 것잉가요?"

"말이라고 형가? 잡아가는 것은 둘째고 끌려가면 죽은 목숨이나 다름없는 것이제. 우리 같은 소리꾼들은 발꿉자구 때만도 못하게 여긴 사람이여. 그렇게 박실댁은 잘 피해야 쓴단 말이시."

"예. 알았구만요."

민순은 이렇게 집 안에 갇혀있다시피 지내고 있었다. 방 안에 가만히 있는 것보다 차라리 산에 가서 돌아다니는 것이 나을 것 같다는 생각이 들었다. 산자락에 휘늘어진 더덕과 도라지꽃이 그녀를 유혹했던 것이다. 아침나절은 새벽녘의 서늘한 기운이 이어져 산길을 오를 만했다. 민순은 바구니와 호미를 들고 활성산으로 올랐다. 푹푹 찌는 삼복 중임을 알리는 것이 도라지였다. 산자락마다 흰색과 보라색으로 물결을 이루며 휘늘어져 있었다. 그녀는 도라지를 캐는 순간 눈물이 핑 돌았다. 엄마 생각이 났던 것이다. 엄마와 함께 노루목 산마루에서 도라지를 캐던 추억이 불쑥 떠올랐다. 하지만 지금은 엄마는 산비탈에 홀로 잠들어 계실 뿐이었다. 엄마를 홀로 버려두고 떠나왔다고 생각하니 가슴을 도려내는 아픔이 밀려들었다. 비정에 간 엄마의 한을 풀어드린다고 집을 나왔지만 오자마자 숨어 지내야한다는 것이 너무 가슴 아팠다. 멍하니 산마루만 쳐다보고 있을 때였다. 갑자기 날씨가 끄무러지는 듯싶더니 남쪽에서 짙은 먹구름이 몰려와 햇덩이를 집어 삼키고 말았다. 잠시 회오리바람이 일면서 빗방울이 떨어지기 시작했다. 그녀는 곧장 산길을 내리달렸다. 빗줄기는 점점 굵어지면서 우둑거리며 떨어졌다. 먹장구름으로 뒤덮인 하늘이 쩍쩍 갈라지기도 하면서 천둥번개와 함께 장대비가 쏟아졌다. 비를 쫄딱 맞고 터덕터덕 집으로 돌아왔다. 마당에 이르자 마루에 많은 사람들이 비를 피하고 있었다. 들에서 일을 하다 집으로 모여든 사람들인 것 같았다. 학동영감도 밭일을 멈추고 모두 함께 있었다. 민순은 엉겁결에 부엌으로 몸부터 숨겼다. 눈길 안으로 박실댁과 밤우댁 얼굴이 언뜻 들어왔기 때문이다. 일순간 등짝에 얼음물을 끼얹은 듯 오소소 소름이 돋아나는 것이었다.

"워매! 저자가 아직도 살고 있는개비네."

박실댁이 민순을 알아보고는 금세 소리쳤다. 학동은 그 순간 자기도 모르게 움찔했다. 가슴이 두근거리며 얼굴이 달아 붉어지기 시작했다. 하필이면 그 순간에 내려와 얼굴을 마주쳤을까 싶어 뒤탈이 걱정되기도 했다.

"저 가시네 이름이 뭣잉가?"

박실댁은 고개를 모로 저어가며 이것저것 캐묻기 시작했다.

"민순이라고 헙니다요."

"성은?"

"허가구만요."

"집이 어디랑가?"

너무도 꼬치꼬치 묻는 것 같아서 학동이 가슴이 뜨끔해지면서 얼른 입을 열 수 없었다. 머무적거리는 것을 눈여겨 본 박실댁이 눈치를 채고는 말허리를 돌리고 말았다.

"이리로 나오라고 허소."

박실댁은 명령하듯 말했다.

"예?"

학동은 뜻밖이라서 눈을 부릅뜨며 의아쩍은 표정을 지었다.

"왜? 나와서는 안 될 일이라도 있능가?"

"아아니어라우."

학동은 고개를 저으며 정색을 지었다.

"얼른 나오라고 허란 말이시."

박실댁은 성미가 급해서인지는 몰라도 금세를 참지 못하고 을러메 듯 소리쳤다. 당황한 학동은 슬그머니 분한 생각도 들었다. 하지만 어 찌할 도리가 없었다. 순순히 따르지 않았다간 해코지를 당할 것이 불 을 보듯 뻔한 일이었다. 학동은 할깃할깃 눈치를 보면서 마지못해 방 으로 들었다. 민순은 방안에 쪼그리고 앉아 달달 떨고 있었다. 학동은 마음에도 없는 눈짓을 하면서

"이리로 나와야 쓰겄네."

솜털같이 가냘픈 목소리로 말했다. 학동의 얼굴 표정을 바라본 민 순은 얼굴빛이 하얗게 질려가면서 사시나무 떨듯 했다. 그러나 할 수 없이 뿌루퉁한 얼굴로 내키지 않게 밖으로 나왔다. 기둥나무 곁에 쪼 그리고 앉아 손톱만 만지작거리며 어색한 표정을 짓고 있었다.

"어이! 영감! 우리 집으로 시집보내면 안 되겠능가?"

밤우댁이 가살스러운 눈웃음을 쳐가며 말했다. 빈정거림이 잔뜩 묻 어난 말투였다. 학동은 시답잖은 듯 말대꾸도 하지 않았다.

"앗따! 내 며느리 삼았으면 좋겠다. 너 몇 살 묵었냐?"

이번에는 민순이를 바라보면서 야살스런 수다를 던지는 것이었다. 허우대만 멀끔했지 아직 열네 살 밖에 되지 않았는데도 야발스럽게 어깃장을 늘어놓았다.

"제 조카 자식인디 맘대로 헐 수 있능가요. 즈그 아부지께서 한양에 공부하러 가셨는디 곧 데리러 오실거구만요."

학동은 에둘러 입막음을 해대었다.

"뭐? 한양이라 했능가?"

"예."

"아니! 소리꾼도 공부를 헌당가?"

박실댁이 비웃음을 가득 담은 눈초리로 째려보면서 노골적으로 빈정거렸다. 학동은 할 말이 없어 흘깃 쳐다보고는 고개를 돌려버렸다.

"아니 그런 사람 딸이 어째서 자네 집에 있냔 말이시?"

그녀는 고집스럽게도 따지려는 듯 오만하게 물어왔다.

"지 조카는 양반 중에서 양반이랑께라우."

"자네 조카자식이면 천한 것이제."

말끝마다 따지며 물고 늘어지려는 교태(驕態)를 보였다. 학동은 더 이상 말을 못하고 떨어지는 낙숫물만 바라보았다.

"느그 집이 어디냐?"

박실댁이 민순을 향해 의기양양한 말투로 물었다. 민순은 등골이 오싹거리고 혓바닥도 굳어져서 말이 나오지 않았다. 학질에 걸린 사람처럼 온몸을 떨면서 눈치만 살피려 들었다.

"너 귀 묵었냐?"

민순은 볼끈 화가 나 눈초리를 추켜세웠다. 하지만 곧 얼굴빛이 하얗게 질리고 사시나무 떨듯 하면서 입을 열지 못했다. 학동 눈치만 흘금 살피면서 머뭇하다가 고개를 숙여버렸다.

"아이고! 입까지 버버리가 되어부렀구나!"

박실댁은 다짜고짜 벽력 같은 소리를 질렀다.

"워매! 저것 봐라. 이 어른이 누군지나 아냐?"

밤우댁이 넉살을 뿌려가며 느물거린 말투로 끼어들었다. 그러나 민순은 고개를 저어가며 모른다는 시늉을 했다.

"어른이 물어도 대답이 없냐? 어디서 배워 묵은 버르장머리냐?"

밤우댁은 입술을 비틀어가면서 성마르게 화를 벌컥 냈다.

"잘못했구만이어라우."

민순은 고개를 폭 숙이며 허리를 굽실거렸다.

"느그 집이 어디냔 말이다?"

아리고도 따가운 물음소리. 날카로운 솔잎으로 젖가슴을 찔러대는 것 같은 기분이었다. 불안과 초조가 일시에 몰려들었다. 침울한 생각으로 빠져들어 다시 입을 닫아걸고 고개를 숙여버렸다.

"애비가 한양으로 공부하러 갔다면서 딸이 그 모양이냐? 부모가 없는개비구나!

갈수록 태산이었다. 눈물이 솟구치는 것을 억지로 참아가며 슬그머니 혀를 굴렸다.

"엄니는 돌아가시고 안 계셔라우."

민순은 눈물을 쥐어짜며 고개를 끄덕였다.

"뭐여? 돌아가셨다고 했냐?"

"그러고 봉께 니가 참 불쌍한 아이구나. 그래서 이런 곳에 와서 있제."

박실댁은 딱하다는 듯이 혀를 쩝쩝 차며 말했다. 울컥 슬픔이 복받쳐 오른 민순은 손등으로 솟구치는 눈물을 씻었다. 모두들 눈살을 짜그려가며 그녀를 향해 시선을 뿌렸다. 가련한 눈빛들이었다.

"워매! 참말로 임자 만나부렀네."

마루 끝에 엉덩이를 걸치고 있던 여인네가 벌떡 일어서며 넉살을 떨었다. 그녀는 초면이면서도 거침없이 큰소리로 호들갑스럽게 입정

56

을 놀렸다.

"가만히 봉께 이집 아들놈을 따라 살라고 왔는갚구만. 그런 놈 따라 살아봤자 생전 입에 풀칠하기도 바쁜 것이랑께. 지까짓 놈이 재물이 있어서 믹여 살 릴 것이냐? 아니면 힘이 좋아서 머슴살이를 할 것이냐? 이 외진 산골 오두막도 즈그 집도 아닌디, 소도 언덕이 있어야 비빈다고 무슨 재주로 믹여 살리겠이여? 얼굴도 오얏맹이로 이쁘고 몸매도 날씬하고 흠잡을 곳 하나도 없는디 뭣 땀새 천한 놈을 따라 살라고 허냐?"

박실댁은 주전자 물로 목을 축여가며 야살스레 수다를 늘어놓았다. 얄깃얄깃 쳐다보면서 존조리 타이르듯 말했다. 다그치듯 불고염치를 부리는 것 같기도 했다.

"아이고! 그러믄이라우. 그래서 여자 팔자를 뒤웅박 팔자라고 헙디여?"

기점이 엄마라고 하는 여자가 허벅지를 탁 치며 아양을 떨고 나섰다. 말끝을 비끄러매어 옆에 앉아 있는 여인네에게 건네주려 들었다.

"어이말시! 기실댁. 자네가 박실 형님 동생이 어떤 분인지 말 좀 해주랑께."

기다렸다는 듯이 기실댁이라는 사람이 넉살좋게 해사한 웃음을 머금었다.

"아무래도 니가 인덕이 있는개비다. 우리 박실성님께서 이러신 분이 아니신디 묘하당께. 이상스럽게도 너한테 관심을 부리신 것이 말이다. 박실성님의 동상님은 시상이 다 부러워 한 순사님이다. 옆구리에는 작두만이나 큰 칼을 차고 매끌매끌한 방망이를 휘두르고 다닌당께. 순사님이 길에 나타나기만 허믄 길바닥에 기어 다니는 개미조차도 초학을 하는 것이제. 그런디 사람이야 오죽 허겠냐? 우리 성님 맘에 들기만 하믄 팔자 고치는 일이제. 아마도 너를 도와주고 싶으신 개비구만. 워매! 니가 인복이 있어 도와 주실라고 허신갚다."

기실댁은 박실댁 얼굴을 설핏설핏 쳐다보아 가면서 아첨하는 말을 늘어놓았다. 면전에서 쑥스럽지도 않은지 따리를 붙였다. 박실댁은 도도한 표정의 미소를 짓고 있었다. 잘끈 물은 입술 위로 교만함이 잘잘 흐르는 것 같았다. 명주실 같은 잔주름을 눈자위에 그려가며 측은한 눈빛으로 민순이를 바라보고는 기세당당하게 말부리를 따고 나섰다.

"니가 오갈 곳이 없어 여길 왔겄제. 오죽했으면 곱상하게 생긴 것이 소리꾼을 찾아왔겄냐? 내가 너를 도와주마. 얼마 전에 내 동생을 만났는디 너 같이 어렵게 사는 처자들을 찾고 있드랑께. 광주에 가면 방직 공장이 있다고 허드라. 내 동상이 말만 취직을 시켜줄 수 있는 갚드랑께. 거기에 들어가기만 험사 팔자 고치는 일이제. 맛난 음식으로 배불리 묵고 좋은 옷 입고 떵떵거리고 산다고 허드라. 아무라도 부탁한다고 해서 취직시켜주는 것은 아니제. 내가 부탁만 허면 들어주겄제. 어째 생각이 있냐? 있으면 빨리 말해 줘야 써. 그런 곳은 서로 넣어달라고 쥐어짬서 달려든단 말이다. 너무 안쓰러워서 그렁 것잉께 다른 생각을 품지 말거라. 모레까지 나한테 말해줄 수 있겄냐? 너를 꼭 도와주라고 헐란다."

사람들을 흘끔흘끔 쳐다보면서 한바탕 입담을 늘어놓았다. 확신에 찬 눈빛이었고, 위풍당당한 기세가 자못 하늘을 찌를 듯 보였다.

"아직 나이가 어린디 그런 일을 어떻게 헐 것이요?"

듣고 있던 학동이 자못 불안한 마음을 감추지 못하고 덤덤하게 말했다.

"지금 몇 살이냐?"

"열네 살이구만요."

박실댁은 손가락을 몇 번이고 접었다 폈다 했다. 잠시 생각에 골몰하다가 불현듯 떠오르는 표정을 지었다. 입을 짝 벌린 채 눈을 부릅떠 휘굴리다가 허벅지를 툭 치고서 입을 뗴었다.

"어째서 그렇게 딱딱 들어맞다냐? 아무리 봐도 니가 팔자에 재복도 타고 났는 개비다."

입가에는 서글서글한 눈웃음까지 쳐가며 말했다.

"워매! 좋겠네. 어미 복은 없어도 재물복은 있는 개비구만."

기점이 엄마도 맞장구를 치고 나섰다. 그녀는 호활한 성품만큼이나 요란뻑적지근하게 소리를 질러댔다. 기실댁도 가만히 있질 못하고 곁장구를 치며 입정을 놀렸다.

"자네가 인덕이 있게 생겼구만그랴. 코 잘생긴 동냥치 없다고 허더니 오목오목 도드라진 콧날을 봉께 얼굴에 복이 꽉 찼네."

간살스런 웃음을 지어가며 능청을 떨고 나섰다. 민순도 싫지 않았다. 집을 나오자마자 도와주겠다는 사람이 나타나고 칭찬을 해주니 고마울 뿐이었다. 맛난 음식에 배불리 먹고 떵떵 거리고 산다는 말에 마음도 솔깃했다. 그지없이 흐뭇하였던 것이다. 비록 소리명창이 되고 싶어 왔지만 쫓기는 판국이라서 더 멀리 떠나고 싶은 마음도 다분했다. 그녀는 엉겁결에 고개를 끄덕이며 밝은 미소를 지어보였다.

"워매. 좋겠네. 내가 처녀였으면 얼매나 좋을까이."

기점이 엄마가 고개를 까불까불 거리며 얄밉도록 능청을 떨고 나섰다.

"그렁께 말이어라우. 스물여덟 살은 안 된다요?"

처음 본 여인네도 야살스럽게 혀를 굴려가며 오목하게 패인 눈을 번들거렸다.

"앗따! 할망구가 다된 여자를 데려다 어디다 쓴당가?"

59

기실댁이 여인네를 향해 눈총을 쏘며 비아냥거리듯 야유를 보냈다.

"모레까지는 알려줘야 쓰께 그리 알고 준비를 허고 있거라. 나는 당장 동생을 만나서 사정을 하고 와야 쓰겄다."

박실댁이 눈웃음을 샐샐 치며 말했다. 그녀는 자리에서 일어나 마당으로 내려가 하늘을 쳐다보면서 소리쳤다. 억수같이 퍼붓던 비가 잦아들고 있을 때였다.

"워매! 그놈의 비가 어디로 가부렀능가 모르겠네. 해가 나오네 그랴."

반가운 입담을 쏟아내었다. 활성산 뒷자락에서부터 꺼먼 구름 사이로 듬성듬성 호수 같은 파란 하늘이 구름을 벗어나고 있었다.

"인자 비가 갰는개비네. 가세."

모두들 박실댁 뒤를 따라 다시 산밭으로 갔다. 민순은 떠나가는 여인들의 뒤를 바라보면서 마음이 설레기 시작했다. 박실댁 말이 계속해서 귓가에 달곰쌉쌀하게 달라붙는 느낌이었다.

그런데 학동영감은 예상과 달리 수심이 가득 찬 얼굴로 담배연기만을 내뿜은 채 꼼짝하지 않고 앉아있었다.

"왜 생각도 없이 따라간다고 했능가? 잘못되기라도 허면 어쩔라고."

마루 끝에 혼자 에돌아 앉아 한숨이 늘어지는 심란한 소리를 늘어놓았다.

민순은 갑자기 반가움과 두려움이 한데 엉켜 마음이 어수선해지면서 뒤설레기 시작했다. 이왕지사 집을 나온 마당에 어디는 못 가겠나 싶은 것이 솔직한 심정이었다. 그러나 너무나 고마움에 부담스럽기도 하여 혹시 잘못되지나 않을까 걱정스럽기도 했다. 기분이 이상야릇해지면서 영절스럽게 피어오르는 호기심을 억누를 수가 없었다.

"빛깔 좋은 버섯에 독이 든 것이랑께. 뭣 땀새 자네한테 그리 좋은 자리를 만들어주겠능가? 자기 조카자식도 동네에 지천에 깔려 있는디 말일세. 잘 따져보고 나중에 알려주겠다고 해사제 그 자리에서 쉽게 결정한 것이 아니었당께. 세상살이가 그렇게 쉬운 줄 아능가?"

학동은 민순을 향해 신중하지 못한 처신을 나무라듯 말했다. 항상 조신하게 처신해야 한다고 일러줬던 것인데……. 학동은 말도 못하고 여태껏 동정만 살펴가며 바라보고 있었던 것이다. 가볍게 결정을 내린 것에 대한 질책이라도 하려는 듯 굳어 있던 인상을 펴지 않았다. 민순은 무안쩍은 생각에 금시 얼굴이 벌겋게 상기되었다.

"잘못했다간 허방으로 빠질 수 있당께. 내동 박실댁을 조심허라고 일러중께 그랬능가?"

학동은 담배연기를 푸우 하고 내뿜으며 재차 허물하고 나섰다. 민순은 일순간 가슴에 구멍이 뻥 뚫린 사람처럼 마음이 허전해지면서 불안한 기운이 엄습해 왔다.

"잘못이라니요?"

민순은 자못 궁금해서 얼굴이 붉어지면서 물었다.

"나도 세상물정을 모릉께 멋이라고 할 말은 없지만 방직공장으로 간다면 얼매나 좋겠능가? 그렇게 되면 잘된 일이제. 허지만 돌다리도 두들겨 보고 건너라고 허질 않던가? 혹시 잘못했다간 인생을 망칠 수도 있는 것이랑께."

학동은 굳어있던 표정을 허물지 않은 채 걱정 어린 눈빛으로 바라보며 말했다. 민순은 두려움과 초조함이 얼키설키 뒤얽히면서 마음의 갈피를 잡을 수가 없었다.

"그러믄 안 가겠다고 말하고 올라요?"

금세 후환이 두려운지 눈알을 뙤룩 굴리면서 벌떡 일어섰다.

"한번 가겠다고 해놓고 금방 돌아서면 또 무슨 탓을 들을라고 그러능가? 금방 말했다간 이랬다저랬다 한다고 되레 사람을 죽일라고 헐 것이랑께. 아무리 생각해봐도 자네가 집으로 돌아가는 것이 좋을 성 싶네. 다시 한번 생각해보소."

학동은 불안한 기색을 감추지 못한 채 산밭으로 가고 말았다. 혼자 남은 민순은 조바심이 커지면서 안절부절 진정을 할 수 없었다. 가슴마저 두근거리면서 귀밑이 화끈거리는 것이었다. 방으로 들어가 억지로 낮잠을 청해보지만 하릴없는 짓이었다. 이리저리 곰곰궁리에 빠져들다 보니 어느덧 하루해가 저물기 시작했다. 지는 노을만큼이나 마음이 어두워지고 있었다. 이윽고 저녁이 되어 호롱불 아래 학동영감이 득창과 마주 앉았다. 낮에 박실댁과 있었던 일을 먼저 학동영감이 꺼내들었다.

"박실댁이 와서 아기씨를 방직공장에 취직시켜준다고 허고 갔다."

"멋이라고요? 방직공장에 취직을 시켜준다고라우?"

득창이 고개를 외틀며 놀란 표정을 지었다.

"그럴란다고 허드란 말이다."

"가기로 했능가요?"

"가겠다고 고개를 끄덕이드랑께."

"알아보지도 않고 금세 결정을 해부렀다요?"

"아기씨가 멋을 알겠냐? 그저 배불리 밥밀여 준다고 헝께 그런 줄 알제. 끼어들었다가 무슨 탈을 들을지 몰라 나도 가만히 있었단 말이다."

학동은 착잡한 심정을 안타깝게 들려주었다.

"아기씨! 가고 싶으싱가요?"

득창은 민순을 향해 넌지시 속마음을 묻고 나섰다.

"솔직히 소리를 배워서 명창이 될라고 했는디 집으로 들어가라고 하지 않으면 갈라고 했었구만요."

62

"그렇게도 집에는 가고 싶지 않으싱가요?"

"절대로 집에는 안 가고 싶당께요. 죽으면 죽어도요 안 갈거랑께요."

"거기로 가면 명창이 될 수 없는디 갈라고 허능가요?"

"밥도 배불리 먹고 좋은 옷 입고 산다고 해서 마음도 끌렸어라우. 나중에 꼭 명창이 될 거랑께요. 그래서 우리 엄니 묘에 가서 명창이 되었다고 말해주고 아빠한테로 갈 거구만요."

어리숙한 민순은 가볍게 입을 열었다. 그러나 표정에는 무거운 그림자가 드리워져 있었다.

"그런다면야 오죽 좋은 일잉가? 참말로 좋제. 쌍수를 들어서라도 권할 일이고말고."

학동이 걱정스러운 눈빛으로 민순을 바라보며 의심에 찬 푸념 같은 말을 쏟아내었다.

"멋이라고 험서 갑디까?"

득창도 두려운 마음을 드러내며 뒷일부터 묻고 나섰다.

"모레까지 알려 주라고 허드라."

"그렇게도 급하다요?"

"다른 사람들도 서로 시켜달라고 쥐어뜯는다고 허드랑께."

"그렇게도 좋은 자리라면 친척들도 많은 것인디 아기씨에게 권하는 것이 말 못할 꿍꿍이속셈이 있는 것 아닐랑가요?"

득창이 고개를 갸웃대며 신중함에 빠져들었다. 의아쩍은 눈초리에 예리한 눈빛이 반짝거렸다. 무슨 함정이 있는 것이 아닐까 싶어 의심의 칼날도 세웠다. 생각하면 할수록 애간장이 탈 일이었다. 일면식도 없고 도와줄 까닭이 만무한 사람인데도 느닷없이 돕겠다는 것이 왠지 수상쩍었다. 혹시 그 안에 덫도 있고 은밀한 함정을 파놓은 것인지 알수 없었다. 못으로 찔러도 피 한 방울 나지 않고 얼음보다 냉찬 사람이라고 소문난 사람이 도무지 이해가 가지 않을 노릇이었다. 권세를 앞세워 몰정하게 남의 재산을 빼앗는 화적 같다고들 입을 모은 사람이라서 더욱 등골이 오싹거렸다.

"물도 급하게 묵으면 체한 것잉께. 쪼깐 알아보고 결정을 했어야 하는 것인디 그랬소. 내가 내일 장마당 사람들 소문을 들어보고 올라요."

"오냐! 그렇게 해봐라. 여러 사람들이 모인 곳에는 소문도 많은 것 잉께 알 수 있겄제."

학동은 반색을 했다.

밤이 깊어져 잠자리에 들었으나 쉽게 잠을 이룰 수가 없었다. 두려움과 불안함이 서로 얽혀들며 가슴이 조이는 것이었다. 득창은 새벽 일찍 장마당으로 나갔다. 장구재비로 장마당을 떠도는 그는 소리꾼들과 함께 5일장을 돌며 마당굿을 하고 지냈다. 학동영감은 아침나절부터 산밭으로 가서 밭일에 여일했다. 민순은 밖에도 나가지 못한 채 방 안에 종일 지내고 있었다. 해가 서산마루에 걸쳐 붉은 빛을 쏟아내었다. 자정골은 이미 산그늘에 가려 있었고 저 멀리 산마루는 불그스름한 노을빛을 받아 홍도화처럼 곱게 물들어 있었다. 어둑어둑해지자 학동영감이 햇고구마를 캐어 들고 내려왔다. 자정골로 이사를 온 후로는 가을에서부터 겨울까지 거의 고구마로 살다시피 했다. 소리로 한 세상을 살아온 학동은 이곳으로 삶의 터전을 옮긴 뒤로 소리꾼이라기보다 산지기로 지내는 형편이었다. 산 아래 다랑이 밭에 고구마, 메밀, 조, 수수, 감자, 보리 등을 심어 겨우 입에 풀칠하며 살아가고 있었다. 지금 살고 있는 오막살이도 나주 나씨 문중에서 지어놓은 집이라고 했다. 끼니조차 잇기 힘든 곤궁과 빈핍 속에서도 마음만은 여유로워 보였다.

햇고구마가 제법 밑이 굵었다. 벌써 햇곡식 맛을 보니 가을도 얼마 남지 않은 것 같았다. 저녁을 그럭저럭 때워야 할 참. 시원한 김칫국을 마셔가며 고구마를 먹고 있을 때 득창이 하루 일을 마치고 돌아왔다. 그의 손에는 보따리가 들려져 있었다. 그날은 운이 좋아 쌀보리 두 되를 받았다고 싱글벙글 웃음 진 얼굴이었다. 삼십 리 길을 걸어 온종일 북장구 장단을 쳐준 대가였다. 득창이 고구마를 받아들고 가느스름한 눈을 반짝이며 생글생글 눈웃음을 지었다. 배를 곯지 않을 것만 같은 기쁨인지 연신 입을 봉실거렸다. 지난봄에는 끼니를 거르기 일쑤였다고 했다. 태산보다 높다는 보릿고개. 그 고개를 넘느라 허리띠를 양식으로 살아왔다고 했다. 먼 길을 온 그는 고구마를 게 눈 감추듯 먹어치웠다. 학동영감은 아들의 모습을 안쓰러운 눈으로 시름없이 바라보고 있었다. 연거푸 대여섯 개를 집어삼키듯 먹어치운 다음 입을 떼었다.

"박실댁은 오지 않았능가요?"

"오늘은 오지 않았다."

"참말로 다행이구만이라. 걱정이 되어갖고 빨리 달려왔당께요."

"무슨 소식이라도 알아냈느냐?"

학동영감이 근심스러운 눈빛으로 바라보며 물었다. 민순도 걱정스러운 표정으로 바라보았다. 득창은 김칫국 사발을 떨어뜨리듯 놓고는 온몸을 달달거리며 입을 열었다.

"잘못했다간 꾐에 빠져 큰일 나겠드랑께요. 우선 몸부터 피해야 될 것 같구만이라우."

얼굴이 새파랗게 질려 가면서 말까지 더듬는 것이었다. 고개를 외틀어가며 민순을 바라보는 눈초리가 아무래도 심상치 않아 보였다. 그렇지 않아도 공포에 질려 있던 그녀는 어쩔 줄을 모르고 사지를 벌벌 떨었다. 입술이 파래지면서 울상이 되어갔다.

"찜이라니 그러믄 그것이 거짓이었단 말이냐?"

학동도 겁에 질려 몸을 오들오들 떨면서 당혹감을 감추지 못했다.

"어쩐지 수상허다고 생각이 들었당께라우. 멋 땀새 우리를 도와줄라고 허겄소? 꿍꿍이 수작을 부린 것이드랑께요."

"멋이여? 꿍꿍이 수작이었어?"

숨이 꼴딱 넘어갈 것처럼 놀라며 물었다. 부릅뜬 눈에서 살기마저 번쩍거리며 실망스러운 눈빛도 감추지 못했다. 하지만 내심 섭섭하기가 이를 데 없었다. 이 기회에 박실댁 말처럼 방직공장으로 가줬으면 하는 마음이 간절했던 것이다. 어려운 형편에 남의 딸을 데리고 산다는 것은 쉽지 않았다. 잠자리도 그렇고 옷가지며 먹는 것까지 거북스러웠던 것이다. 아무 곳에서나 옷을 갈아입을 수도 없고 목간도 마음대로 할 수 없었다. 서로 못할 일이었다. 다 큰 숫총각 아들을 데리고 사는 입장인데 처자가 들어와 산다는 것에 남의 이목도 있고 해서 몸을 사릴 수밖에 없었다. 솔직한 심정으로 박실댁이 데려다주었으면 하는 바람이 마음 한구석을 차지하고 있었던 것도 사실이었다.

"장터에 이상한 소리가 들리든디요."

득창이 고개를 모로 빼가며 머릿속을 들쑤시는 시늉을 했다. 칼날보다도 더 예리한 눈빛으로 민순을 바라보며 말했다. 귀를 바짝 곤추세운 학동이 재촉을 하고 나섰다.

"이상한 소리라니 그게 무슨 말이다냐?"

"장마당에 소문이 싹 퍼졌드랑께요. 지금 순사와 헌병들이 눈에 쌍심지를 켜고 있다고 헙디다."

"무슨 일로 그런다냐?"

"처녀들을 데려갈라고라우."

"멋이라고 했냐? 처녀들을 데려간단 말이냐? 시상에 그런 짓도 다

66

있다냐?

"예. 방직공장과 성냥공장에 보내준다고 해갖고 데려간다고 헙디
다."

"그럼 공장으로 데려가지 않는단 말이냐?"

"소문대로라면 그런 것 같습디다. 즈그 나라로도 데려간다고 허든
디요."

"워매! 멋이여? 즈그 나라로 데려가?"

"자세히는 모르지만 그런다고 들었어라우."

"워매 워매! 이런 죽일 놈들! 그게 무슨 말이다냐? 쌀도 다 뺏어감서
인자 처녀들까지 데려간다 그 말이여?"

"열네 살부터 데려간다고 헙디다."

"워매! 오살할 놈들. 어린 처자를 데려다가 무슨 짓을 시킬끄나?"

학동은 땅이 꺼지도록 한숨을 내쉬면서 비탄을 쏟아내었다.

"순사하고 헌병들이 앞장서서 처자를 찾아 나선다고 허드랑께요."

"멋이여? 순사들이?"

"예. 아부지."

"이거 큰일 났다. 박실댁이 동생과 짜고 아기씨를 넘보는개비다."

학동은 눈을 뛰룩거리며 삼복더위에도 불구하고 오들오들 떨며 팔
을 움츠렸다. 민순은 애달픈 시선으로 학동의 표정을 보고는 아연실
색 우들우들 떨기 시작했다.

"잘 알아보거라. 일찍 엄마 잃은 것도 서러운디 잘못 가기라도 하면
어쩔 것이여. 오죽했으면 나 같은 사람을 찾아왔겠냐? 천석꾼 부자 외
갓집을 놔두고 말이다."

"그래야지라우. 돌아가신 마님을 생각해서라도 보내서는 안 되겠지
라우."

학동은 사방을 두렷거린 뒤 민순을 향해 겁에 질린 표정을 지어가며 채근하고 나섰다.

"내 말 잘 들어야 쓰네. 시상에 믿을 사람 하나 없는 것이여. 멋 땀새 알지도 못 헌 사람에게 도움을 줄라고 허겄능가? 분명 꿍꿍이수작을 부리는 것이구만. 여자란 한번 허방에 빠지면 헤어나질 못한 것이랑께. 잘 알아볼 때까지 박실댁을 피해야 쓰겄네."

"아부지 말이 맞당께요. 소문대로라면 얼굴 이뻐서 천한 집 딸을 고른다고 헙디다. 소리꾼이나 백정 딸을 골라 데려간다고 헙디다."

"멋이라고? 이쁘고 천한 사람 딸을?"

"아마 우리 집에 온 것을 보고 노린 것 같구만이라우."

"그랬능갚다. 양반 딸인 줄 모르고 말이다."

학동의 입에서 한탄의 소리가 저절로 흘러나왔다. 그것은 신분제적 차별에 대한 서러움이었다.

"갈수록 소리도 못하도록 어깃장을 놓는 것도 서러운 일인디 딸까지 데려가다니……?"

"장마당에 소리굿도 못하도록 방해를 한당께요."

"즈그 조상신인지 몰라도 천조대신(天照大神)을 모시라고 헌담서야. 집집마다 카미타나(神棚)라고 하는 신이 들어있다는 상자를 만들어 모심서 거기에 경배허도록 말이다. 그래서 씻김굿도 허지 말라고 헌 것이제."

"내일 박실댁이 온다고 했담서요?"

득창은 두려움이 가득 찬 채 덜덜 떠는 목소리로 말했다.

"이 일을 어찌해야 한다냐? 남의 딸을 데리고 있다 빼앗기는 것 아니겄냐?"

"보내서는 안 되지라우."

"말이라고 허냐? 내가 비록 소리꾼이라고 하지만 내 딸이 아닌디 어떻게 보내겄냐?"

학동은 수심이 깃든 한숨을 내쉬며 시름에 젖어들었다.

"아부지! 아무래도 아기씨를 집으로 돌려보내드려야 헐 것 같구만요."

득창은 눈을 지그시 감고서 깊은 고뇌에 빠져든 채 입을 열었다. 학동은 대답도 못하고 민순 표정만 물끄러미 바라볼 뿐이었다. 철이 없는 민순은 새살스럽게 호들갑을 떨고 나섰다.

"집에는 안 들어간당께요. 죽으면 죽었지 안 가요."

민순은 입에 넣은 고구마를 삼키지도 못한 채 부들부들 떨며 말했다.

"예. 알았어라우. 그럼 다른 방도를 찾아봐야 쓰겄구만요."

득창은 눈을 부라리며 펄쩍 뛰는 민순을 보고는 달래듯 말했다. 그러나 머릿속에는 두려움만이 첩첩하게 쌓이기 시작했다. 초조와 긴장이 칼끝이 되어 등골을 엇박기 시작하는 기분이었다. 어두운 밤을 비끄러매어 두고 싶은 심정이었다. 당장 날이 밝으면 순사가 올지도 모른다는 생각에 심장이 멈추고도 남을 초조함이 밀려들었다.

밤은 점점 깊어만 가고 민순은 두려운 마음에 잠을 이루지 못했다. 이리저리 몸을 들척이다 보니 교교한 달빛이 방문 틈 사이를 비비적거리며 들어왔다. 조요한 달빛이 방안까지 희부옇게 밝혀주자 처량한 자신의 신세가 달빛에 아롱거렸다. 어디로 가야 할지 황망한 바다에 갈 곳 없는 돛단배처럼 너무도 처연했다. 돛을 밀어줄 바람도 없고 노도 없는 인생길이 너무도 황량했다. 적막한 산속 공기를 찢고 달려드는 귀뚜라미 소리가 무더운 여름밤을 삼킬 것 같았다. 새벽으로 달려간 여름밤이 산꼬대 바람에 치이고 쓰르라미 울음소리가 정적을 썰며 새벽닭 울음소리가 효신을 불렀다. 밤을 지새우다시피 한 채 자리에서 일어나자 학동은 굳은 표정으로 다가와 재촉하고 나섰다.

"하는 수 없을 것 같네. 집으로 돌아갈라면 몰라도 몸부터 숨기고 봐야 쓰지 않겠능가?"

학동이 새벽부터 안타까운 마음을 감추지 못하고 입을 열었다. 그의 손에는 삼베보자기가 들려져 있었다.

"그렇게 할라요. 영감님."

민순은 눈물이 핑 돌았다. 손등으로 눈물을 쓸어가며 대답했다.

"집으로는 돌아가고 싶지 않은 것잉가?"

"절대로 가지 않을 것이구만요."

민순은 입술을 윽물면서 다짐하듯 말했다. 집을 들먹일 때마다 긴장의 눈초리를 곤두세우기도 했다. 섬뜩한 독기가 핏줄을 타고 심장으로 모여드는 기분이었다. 다시는 돌아갈 수도 없고 가서도 안 되는 곳이었다. 엄마의 한을 풀어드리기 전에는 절대로 발을 들여놓을 생각조차도 하지 않고 몰래 도망쳐 나온 곳이었다.

"그렇다면 할 수 없제. 일단은 몸부터 숨겨야 쓸 것 같응께 어두워지면 내려오소."

학동은 얼굴이 일각에 일그러지면서 목소리는 비통에 젖어 들었다. 손에 들고 있던 삼베보따리를 건네주었다.

"이것이 뭣잉가요?"

자못 궁금한 눈초리로 보따리를 받아들었다.

"산속으로 가서 있어야 쓰겠네. 도라지도 캐고 가재도 잡고 있다가 어두우면 내려오소. 가서 있을라면 낮에 묵어야 쓸 것 아닝가? 배가 고플 것 같아서 고구마와 밀개떡을 쌌응게 점심대신 묵고 있다가 내려와야 허겠당께."

학동영감은 마치 돌아가신 엄마나 다름없었다. 꼭 자기 딸처럼 보살펴주었다. 이른 새벽부터 일어나 밥을 짓고 고구마와 밀개떡까지도 쪄놓았다.

"고마워요. 영감님."

순간 또다시 가슴이 찡하면서 눈물이 어려 드는 것이었다.

"절대로 멀리 가지 말고 가까운 데에 있어야 허네. 혹시 무슨 일이 있으면 집으로 달려와야 쓰고. 박실댁이 왔다가 가면 내가 곧 데리러 갈 텐께 우금목 골짜기에 있도록 허소. 요새는 비암도 조심해야 써. 독이 잔뜩 올라있을 때잉께 풀밭에는 가지 말고. 그리고 오빠시벌도 조심해야 쓰네. 모르고 벌집을 건드렸다간 달려들어 쏘면 사람이 죽능 것이랑께."

학동은 어린 것을 혼자서 산속으로 보내는 것이 못 미더운지 조심해야 할 것에 대한 당부도 잊지 않았다. 민순은 고개를 끄덕이는 것으로 대답을 대신했다. 슬픔을 가누지 못한 채 아침 햇살을 따라 산길로 내달렸다. 하루를 산속에서 지내야 할 판. 밥 위에 쪄서 물을 쭉 뺀 고구마와 밀개떡 서너 개를 들고 우금목으로 향했다.

활성산 우금목은 산형을 따라 굽이굽이 계곡이 펼쳐져 있었다. 맑은 물이 콸콸거리며 흘러내리는 곳이었다. 계곡의 양 안으로 높은 바위들이 중첩으로 포개져 물살을 가로 막은 탓에 소(沼)를 이루기도 하고 작은 폭포도 만들어내었다. 소에서 물살이 빙빙 돌다가 폭포를 만들어내는 것을 바라보니 엄마의 생각이 불현듯 솟구쳤다. 폭포에서 소리를 하다 돌아가신 엄마. 한을 풀어드리기 전에는 어떤 고난도 참고 살아야 한다고 어금니를 사리물었다.

골짜기는 하늘을 타고 내려오다가 둘로 갈라지면서 깊게 패여 으스스하면서도 침침했다. 편편한 너럭바위에 등을 붙이고 푸른 하늘을 바라보았다. 하늘이 손바닥 속으로 쏙 들어오는 것 같았다. 도란도란 흐르는 계곡물과 나뭇가지를 드나드는 바람 소리가 고즈넉한 침묵을 깨뜨리고 이름 모를 새들의 지저귐이 기이하게 어울림을 자아내었다. 녹청색 물총새가 톰방톰방 물속으로 들어가 고기를 주둥이에 문 채 거꾸로 솟아 나왔다. 다람쥐 한 쌍이 촛대처럼 우뚝 솟은 바위 끝에 앉아 도톰하게 부푼 볼을 앞다리로 까불까불 문지르며 세수를 했다. 바위에 올라앉아 우두커니 산만 쳐다보고 있으니 또다시 엄마 생각을 지울 수 없었다. 비탈진 산자락에 혼자 누워계실 엄마. 돌볼 사람 하나 없는데 외동딸마저 곁을 떠났을 때 얼마나 슬펐을까 싶어 가슴이 저미어들었다.

멍하니 하늘만 뚫어지도록 쳐다보다가 가재도 잡고 다슬기도 주웠다. 골짜기를 나와 억새풀이 우거진 둔덕에 올랐다. 잠자리도 잡고 방아깨비도 잡아 함께 놀자고 애원을 했다. 쓰름매미가 귀청이 찢어지도록 울어대었다. 간혹 산길을 오르내리는 사람들 인기척 소리가 들릴 때면 얼른 바위틈 사이로 몸을 숨겼다. 다시 산언덕으로 나왔다. 도라지가 아직도 지천으로 피어있었다. 노루목 산마루에 피어있던 그 도라지였다. 남보라색도 흰색 꽃도 피었다. 엄마가 좋아한 산도라지꽃에 호랑나비가 내려앉아 날개를 폈다 오므렸다 했다. 청아한 꽃에 내려앉은 나비의 모습은 꼭 엄마처럼 아름다웠다. 엄마는 베개머리에 도라지꽃을 수놓아 만들어 주었다. 꽃처럼 예쁘고 싱싱하게 자라라고 하던 엄마, 정령 엄마가 나비가 되어 이 산속에까지 찾아와 지켜주는 것 같았다. 엄마의 혼령이 나비가 되었을까. 빨랫줄처럼 곧게 날아오는 햇살을 바라보면 혼령의 빛처럼 보이기도 했다. 엄마의 혼령이 이곳에 살고 있다면 얼마나 좋을까? 종일 엄마와 함께 있고 싶었다.

진종일 혼자 숨어 지내려니 눈물만 나오고 마음도 서글펐다. 사람이 혼자 살아가는 것이 얼마나 외롭고 힘든 일인지 알 수 있을 것 같았다. 햇덩이가 황등색 빛을 남기고 서산마루를 등지고 돌아들었다. 골짜기에는 어스름한 어둠이 흐느적흐느적 모여들었고 점점 중첩으로 색깔을 짙게 뿌리기 시작했다. 어둠은 가만히 있지 못하고 춤을 추듯 머리를 하늘거리며 공중으로 퍼져나갔다. 산그늘을 따라 발길을 돌려 살금살금 집으로 돌아오지만 가슴은 두근거렸다. 혹시 그 사람이 또 왔다 갔을까 싶어 오금도 저렸다.

학동영감이 부엌에서 밥을 짓고 있었다. 두근거리는 가슴을 안고 어둠 속을 두리번거리며 집으로 내려온 그녀는 부엌문 안으로 얼굴을 슬쩍 내밀었다. 학동영감이 애잔한 눈빛으로 바라보았다. 이내 밖으로 나와 사방을 이리저리 살피더니 소매를 잡아 끄집으며 방으로 들어갔다.

"고생 많이 했제? 아무 일 없이 내려왔으니 다행이구만."

"박실댁이 왔다 갔는가요?"

"집에 오니 아무도 없다고 밭으로 나를 찾아왔드랑께."

"뭐라고 허등가요?"

"어디 갔냐고 물었어."

"그래서요?"

"아들 따라 장에 갔다고 해부렀당께."

"그랬드니 뭐라고 헙디여?"

"오늘까지 꼭 말해주라고 했다면서 궁시렁대드구만."

"그러믄 또 올지 모르겠네요."

"아니어. 내가 모레까지 알려준다고 말했구만."

"모레까지요?"

"응. 그래야 쓰겄드란 말이시. 득창한테 알아보고 오라고 했응께. 기다려보세."

"처녀공출을 들먹이등가요?"

"그런 말은 하지 않드구만. 불쌍해서 도와주고 싶어 왔다고 허드랑께. 득창이가 알아보고 오면 알 수 있겠제."

밤이 이슥해지자 밖에서 인기척이 들렸다. 헐레벌떡 가쁜 숨을 몰아쉬며 득창이 들어왔다. 다른 날보다도 일찍 돌아온 것이었다. 얼굴이 마치 납덩이처럼 창백하며 굳어있었다.

"그래 알아봤냐?"

학동이 성급한 마음에서 먼저 말을 꺼내들었다.

"예. 아부지. 하금아제가 말해줬어라우."

"그래 하금이가 뭐라고 허드냐?"

"오늘 박실댁이 오지 않았능가요?"

득창은 되레 집 걱정부터 하고 나섰다.

"왔다 갔다. 그런디 무슨 일이라도 있었냐?"

득창은 대답을 미룬 채 방문을 열고 바깥부터 살피는 것이었다. 누가 뒤따라와 엿이나 들을까봐 귀를 쫑긋거리며 초조함을 감추지 못했다.

"아기씨를 만나고 갔능가요?"

"아니다. 산속에 숨어 있다가 방금 전에야 내려왔다. 왜 그러냐?"

"그냥 가던가요?"

"모레까지 알려주라고 험서 내려가드라."

"모레까지라고요?"

"그래."

"빨리 이곳을 내빼야 쓰겄당께요."

갑자기 방 안은 숨조차 쉴 수 없도록 긴장의 도가니로 빠져들었다. 학동도 민순이도 모두가 놀란 기색이 역력한 채 눈망울을 휘돌렸다.

표정도 뻣뻣하게 굳어지기 시작했다.

"내빼야 쓴다니? 아닌 밤에 홍두깨 내밀 듯 무슨 소리다냐?"

득창은 마른 침을 꿀떡 삼킨 뒤 자초지종을 털어놓기 시작했다. 밖은 이미 캄캄한 데도 바깥에 신경을 곤두세워가며 불안에 떨었다. 캄캄한 이 밤에 누가 이 산골까지 오리라고 안절부절못하는 것으로 봐서 예사롭지 않은 것이라는 예감이 짙게 깔려들었다.

"어서 말해 보란 말다."

학동영감이 어린 아이 젖 달라고 보채듯 조르고 나섰다.

"큰일 날 뻔했드구만요."

그는 겨우 한마디 내뱉고서는 말을 못하며 덜덜 떨었다. 오다가 도깨비라도 만나 홀린 사람처럼 넋이 나간 것 같기도 하고 급소를 찔려 절명한 사람 같기도 했다. 민순은 겁을 잔뜩 먹은 채 우들우들 떨면서 아랫목으로 바짝바짝 다가들었다. 득창은 놀란 가슴을 쓸어내리려는 듯 찬물 한 모금을 마시고서 말문을 열기 시작했다

"아부지 저 복내 유정리 괴정이란 곳 아시지라우."

"그럼 잘 알제. 거기서 무슨 일이라도 있었다냐?"

"안종채란 사람이 살고 있단디요. 복내에서는 이름 있는 소리꾼이라고 헙디다. 상두꾼이기도 허구요. 똥구멍이 찢어지게 가난해서 하루 한 끼 보리밥도 먹지 못하고 살았는 갑습디다. 자식들 중에 열여섯 살 묵은 딸이 있었단디요."

"그래서?"

학동은 차오르는 숨을 가르랑거리면서도 다급하게 재촉하고 나섰다.

"지난 정월이었다요. 순사라고 허는 사람이 방직공장에 취직을 시켜준다고 허드라요. 거기로 가면 쌀밥에 고기반찬으로 배부르게 묵고

좋은 옷도 입고 살 수 있다고 꼬드기드래요. 딸이 이 말을 듣고는 배를 곯은 탓에 가겠다고 성화까지 부려 보내줬다고 허드구만요."

그는 말을 하다말고 다시 찬물 한 모금을 꿀꺽 삼키고는 계속 말을 이어갔다.

"그곳으로 간지 여섯 달이 지나도 아직까지 연락도 없고 소식조차 모른다면서라우."

"돈 버느라 집엘 못 온 것이나 보제."

"아니랑께요."

"아니라니? 그럼 왜?"

"소식이 없자 즈그 오빠가 공장으로 찾아 갔는갚습디다."

"갔더니?"

"면회도 안 되고 그런 사람은 없다고 펄쩍 뛰드란디요?"

"워찌된 일로 사람이 없어?"

학동은 눈알이 툭 튀어나올 만큼 놀랜 기색을 보였다.

"첨부터 공장에 온 일도 없다고라우."

"그러믄 어디로 데려갔으그나?"

"자세허게는 모르지만 군대로 보낸다는 말이 돌고 있드랑께요."

"멋이라고 했냐? 처녀를 군대로 보낸단 말이여? 여자가 무슨 재주로 싸움을 헌다냐?"

학동은 달궈진 인두로 지짐질이라도 당한 것처럼 얼굴을 일그러뜨리며 소스라치게 놀랬다.

"아이고! 이 일을 어쩌야 쓴단 말이냐? 워매 워매! 어쩌야 헐거나?"

학동은 불도 붙이지 않은 빈 담뱃대를 쭉쭉 빨다 말고 찬물을 꿀꺽 꿀꺽 마시며 원망스러움을 쏟아내었다. 구들장이 꺼지도록 한숨도 내 쉬면서 민순의 얼굴을 바라보았다.

"그렇께 절대로 따라가면 안 된다고 소문이 쫙 깔렸드구만요. 그래서 처녀를 둔 집마다 일찍 시집을 보내야 쓴다고 야단들입디다."

"그러면 우리는 어떻게 해야 쓰겄냐? 박실댁 눈빛이 예사롭지 안드란 말이다. 동생이 순사라서 그런개비다. 못 보낸다고 헌다면 우릴 죽이려 할 것이고, 그렇다고 보낼 수도 없으니. 이 일을 어찌해야 헐 것이냐? 모레 꼭 데리러 온다고 약조를 해놓고 갔단 말이다."

"절대로 보내서는 안 된당께라우."

"안 보내겄다고 허면 우리는 죽은 목숨이나 다름없는 것인디 어떻게 허냐 말이다."

"우리 집에 온 처녀라고 해서 무시하는 것이랑께라우."

"그런 것이제. 아기씨 외갓집을 생각하면 감히 그런 말을 입에 올리도 못할라면서 그런단 말이다."

"외갓집으로 보내면 안 될까요?"

"죽으면 죽어도 안 가겄다고 버티니 말이다."

"그렇다고 군대로 보낼 수는 없는 것 아니요?"

"말이라고 허냐? 어린 여자를 군대로 보내는 것은 죽으라고 헌 것이제. 육실 할 놈들! 땅덩어리 뺏는 것도 모자라서 사람 몸까지 뺏어가다니. 이다음 저승 가서 그 죄 값을 어떻게 갚을라고. 살모사보다도 독헌 놈들."

학동은 억분을 참지 못하고 턱을 부르르 떨었다. 득창도 계속 말을 이었다.

"딸이 없어진 것을 알고서는 즈그 엄마가 경찰서로 찾아갔는갚습디다."

"그렇께 멋이라고 허드라냐?"

"가르쳐주지도 않고 댑대 포악을 부리드라요."

77

"포악이라니?"

"말을 꺼내자마자 구둣발로 자근자근 밟더니 방망이로 후려치고요. 순사 부장이란 사람이 큰 칼을 쭉 빼들고는 가슴팍을 쿡쿡 찌르드란디요. 병신이 되다시피 나왔답디다. 그것만도 아니었다고 헙디다."

"여자헌테 그런 짓을 하드란 말이냐? 짐승만도 못헌 놈들이제."

"나중에는 헌병보조원이 집으로 와서 즈그 아부지도 끌어다 두드려 패서 반송장이 되어 왔드란디요. 얼매나 맞았는지 지금은 풍을 맞은 사람처럼 드러누워 있다고 헙디다."

"워매워매! 딸 뺏고 부모까지 죽이려 허다니. 즈그 나라에 가서 그런 짓을 해사제 왜 남의 나라를 뺏어 갖고 못살게 구냔 말이다."

깨 볶듯이 혀를 쩍쩍 차가며 말했다. 노구임에도 불구하고 주먹을 불끈 쥐고 바들바들 떨기도 했다. 얼굴마저 벌겋게 상기된 채 고개를 비틀거렸다.

"아부지 그것만도 아니랑께요."

"그것만도 아니라니? 또 무슨 일이 있었단 말이냐?"

"무조건 민순 아기씨를 빨리 감춰야 한당께라. 그냥 놔뒀다간 당장 끄집고 갈 것이구만요."

"끄집고 간다는 말은 또 무슨 말이냐?"

"예. 오늘은 보성장에서 그런 일이 있었당께요. 삼산 사는 누묵댁이란 사람의 딸을 끌어 가는 것을 봤구만요. 누묵댁은 장이 서는 날이면 난전에서 뒷박장사를 한 사람이여라우. 다섯 해 전에 남편이 술병으로 죽었다고 헙디다. 칠남매를 뒀는디 큰 딸과 둘째 딸은 시집보내고 셋째 딸이 엄마를 도와주고 다녔다요. 그 밑으로는 아들들이어서 아직 어리다고 헙디다. 오늘 끌려간 딸이 셋째 딸 끈냄이라고 하드구만요. 그런디 보름 전에 장을 마치고 집엘 가는디 마을 이장이 쪽지를 하나 건네주드람서요. 글자를 모릉께 집에 그냥 놔두고 말았답디다. 바쁘기도 해서 그랬것지라우. 그것을 처녀공출 통지서라고 허드구만요. 이장은 이미 알면서도 가르쳐주지 않고 건네주기만 했다요. 알았드라면 도망이라도 시켰을 것인디 모릉께 어쩔 수 없었겠지요. 누묵댁은 그것도 모르고 장에 나와 딸하고 쌀장사를 하고 있었는디 한참 장이 설 때에 장바닥으로 순사들이 개미 깔리듯 몰려옵디다. 모두들 가슴이 콩닥콩닥 뛰어 숨을 죽이고 보고만 있었지라우. 팔뚝에 빨간 완장을 두르고 허리에는 기다란 사벌을 꽂았드구만요. 누묵댁하고 딸은 그런 줄도 모르고 되로 쌀을 퍼담고 있었는디 순사들이 다가서더니 가타구타 말도 없이 양쪽에서 팔을 붙들고 데려가붑디다. 순식간에 이뤄진 일이라 말도 못허고 울면서 끌려가드랑께요. 누묵댁이 따라감서 내 딸을 내놓으라고 아이고땜을 쳐도 막무가내드랑께요. 코밑에 팔자수염을 기른 왜놈순사가 인정도 없이 누묵댁을 구둣발로 차드구만요. 땅바닥에 나가동그라져 버르적버르적 헌 것을 봤당께요. 사람들이 그 꼴을 보고 웅성거렸지만 순사들이 휘두르는 칼이 무서워 말도 못하드랑께요."

차마 입에 담고 싶지도 않은 일을 눈으로 직접 보고 온 탓에 가쁜 숨을 몰아쉬며 말했다. 얼굴은 솟아오르는 억분을 참을 수가 없는 듯 발개졌다. 목소리가 서글픔에 젖어들어 떨리고 있었다. 냉엄한 현실 앞에 놓인 질곡을 피해갈 수는 없어 그는 입술을 옥물기까지 했다.

"아부지. 아기씨가 얼른 피해야 헌당께요. 이러고 있다 큰일 당하면 어쩔 것이요."

"통지서는 없었응께 조금은 낫다만 맨날 산에 숨을 수만은 없제. 어떻게 허면 좋겠냐?"

희뿌연 담배연기 속에 한숨을 섞어 뿜어내었다. 심장이 후드득거리고 가슴이 우르르 떨려 말도 제대로 못한 채 주먹으로 가슴을 두드리며 말했다. 어느새 민순은 시들부들 풀이 죽어가는 꼴이었다. 글썽글썽 거리는 눈물 조각이 물비늘이 되어 호롱불에 어룽룽더루룽했다. 초주검이 되어 가는 상태여서 바깥에서 날아드는 버스럭 바람 소리에도 질겁하며 숨소리를 멈췄다.

"그건 모를 일이지라우. 이장이 가지고 있음서 전해주지 않은지도요. 어쨌던 간에 내일까지는 숨어 지내보고 결정을 해야 쓰겠구만요."

"그렇게 해사제 지금이야 별 도리가 없지 않겠느냐. 이 밤에 어디로 갈 수도 없는 일이니 내일까지 견디어 보고 모레는 결정을 내야 쓸 것 같다. 아기씨는 또 산으로 피해 있어야 쓰겠네."

민순은 고개만 까닥까닥거렸다. 까닭도 없이 산속으로 몸을 숨겨야 하는 것은 정말 싫은 일이었다. 그러나 어찌할 수 없었다. 부모그늘을 떠나 사는 것이 얼마나 서러운 것인지 알 것 같았다. 이래저래 불안하여 잠 못 이루는 밤. 또다시 뒤척이다가 아침을 맞이한 민순은 아침 이슬이 깨어나기도 전에 산길로 내달음질을 쳤다. 활성산곡 우금목으로 숨어든 그녀는 어제와는 달리 온몸에 힘이 쭉 빠졌다. 비심(悲心)만 첩첩이 쌓여들면서 가슴을 저미는 아픔이 가만 놔두질 않았다.

일제 강점기의 민족적 수난이야 어쩔 수 없다고 하지만 더욱 울분을 삭히지 못하게 하는 것은 동족이면서도 일제 앞잡이가 되어 동포를 못살게 구는 파렴치한들이었다. 권력에 빌붙어 거머리처럼 동포의 피를 빨아먹는 이들이 비분강개를 금하지 못하게 만드는 일이었다.

그들은 민족의 정서를 잘 알고 있을 뿐 아니라 지역사정을 꿰뚫고 있어 그 악랄함에 있어 일본사람들보다 도를 더했다. 나라를 빼앗겨 자유마저 유린당한 채 배를 곯고 사는 것도 서러운데 흡혈귀와 같이 민족의 피를 빠는 그들의 횡포가 의분에 떨게 만들었다.

곰재면에도 예외는 아니었다. 박실댁이란 사람이 그런 사람이었다. 득량 박실 도씨 집안에서 이 마을로 시집온 그녀는 볼품없는 남편에 재물도 그저 그만했는데 하루아침에 부자가 되었다. 친정집 둘째 동생 도석이 보성경찰서에 근무하는 순사였다. 일제 강점기 순사라고 하면 산천초목이 벌벌 떨 수밖에 없었다. 가죽장화를 신고 옆구리에 칼을 차고 빨간 완장을 두르고 다녔다. 일본은 1910년 경찰사무위탁에 관한 각서를 조선정부와 강제적으로 조인시키고 나서 경찰권을 장악했다. 경찰본연의 임무보다 식민지 탄압정치를 위해 경찰력을 투입했던 것이다. 그것은 무단통치였고 무소불위의 권력을 행사하도록 내버려뒀다. 닥치는 대로 총칼을 휘두르며 인권을 유린했다. 차마 눈뜨고 볼 수 없을 정도로 짐승만도 못한 짓을 일삼았다. 집안에 순사가 있다고 한다면 인척마저 순사나 다름없을 정도였다. 특히 도석은 제주 양씨 집성촌에 끼어 살면서 하세를 받고 살아온 터라 그 악랄함은 이루 말할 수 없었다. 그의 눈 밖에 나면 쥐도 새도 모르게 끌려갔다. 죄 없이 감옥에 갇히는 것은 말할 것도 없고, 억지로 뒤집어씌우면 그것이 바로 죄가 되고 말았던 것이다. 뇌물로 청탁을 해야 석방되는 일이 비일비재했다. 박실댁 남편 서기웅은 처남 덕분에 고을에서 일약 유명인사가 되었다. 특히 그는 힘이 없는 약한 사람들을 괴롭혀왔다.

일본은 1937년 중일전쟁 개시 후부터 인적 물적 강제동원에 심혈을 기울였다. 조선의 청장년들을 전장은 물론 탄광과 군수공장 그리고 노동현장에 투입했다. 이것만이 아니었다. 조선의 미혼 여성들을 군대의 특수 요무에 할당시키려 손을 뻗치기까지 했다. 남성은 병력 동원이요 여자는 특수형태의 노동력 착취였다. 엄밀히 말해 군위안부 동원령이었다. 일본은 교묘한 수단과 방법으로 국제법을 피해 이를 정당화시키려 들었다. 자신들의 나라는 「부녀 및 아동의 매매금지에 관한 국제조약」에 서명하면서도 조선과 대만 그리고 광동 조차지는 아예 제외시켰다. 이 국제조약에 의하면 21세 미만의 미성년 매춘은 본인의 여부와 상관없이 전면 금지하도록 되어 있었다. 한마디로 조선은 이 협약에 서명하지 않았기 때문에 제한을 받지 않았다. 따라서 조선을 군위안부 공급기지 발판을 만들어 놓은 셈이다. 조선총독부와 일본 육군성의 합작 하에 척척 진행되고 있었다. 당시 조선의 젊은이들이 쉽게 넘어갈 수 있는 까닭이 있었다. 식량 약탈과 공출로 농촌은 처참하리만큼 핍박한 상태였기 때문이다. 만주에서 가져다준 좁쌀과 콩으로 배를 채울 수밖에 없었다. 그마저도 부족해서 초근목피 생활이 대부분이었고 사월 보릿고개 없는 곳에서 한번 살아봤으면 원이 없겠다는 말이 유행할 정도였다. 굶어 죽어가는 사람이 속출하였고, 도시의 노동자나 걸인으로 떠도는 사람이 늘어갔다. 배가 고파 일본으로 밀항을 기도했고 만주로 떠나기도 했다. 배불리 먹을 수만 있다면 마다할 일이 없을 정도로 곤핍할 때였다. 일제는 자신들의 약탈로 말미암아 소치된 이 고통을 교묘한 술수로 파고들었다. 가난한 농촌 여자를 대상으로 취업을 미끼로 꼬드겨 위안부 차출을 시도했다. 일종의 취업사기였다. 취업을 미끼로 한 인력동원이 하나둘 허구임이 드러나자 민심은 흉흉해지고 딸들을 감추려 들었다. 일제는 광란의 도를 더해가며 헌병과 경찰의 무자비한 폭력을 통해 강제동원을 채택했다. 열네 살에서부터 스물한 살까지 미혼여자를 닥치는 대로 끌어가려 했다. 인력의 수요가 증가하자 학교를 통해서도 모집하고 나섰다. 기혼자는 제외한다는 규정이 있어 딸을 둔 부모들은 일찍 혼인을 시키려 든 탓에 조혼이 성행하기까지 했다.

이런 어려운 세태에 민순이 집을 나와 소리꾼 집에 머무르고 있는 것을 보고는 박실댁이 입맛을 다셨던 것이다. 학동과 같은 소리꾼들은 권력의 표적이 될 수밖에 없었다.

민순이 산으로 떠나고 난지 불과 한식경도 못 되었을 때였다. 학동영감이 홀로 집을 보다 산밭으로 가려던 참이었다. 저 멀리 산등 길에 두런두런 거리는 소리가 들렸다. 처음에는 머슴들이 나무하러 가는 줄로만 여기고 산밭 길로 접어들었을 때였다.

"여보게 학동! 어디 가능가?"

이장이 젊은이와 함께 걸어오며 불렀다. 그들은 뭐가 마냥 즐거운 듯 희희낙락 수다스럽게 다가왔다. 하지만 학동은 이장이라는 것을 직감으로 알아차리고부터는 사지가 바싹 오그라들면서 심장이 멈추는 것 같았다. 그렇다고 한 치의 틈도 보여서는 안 될 일이어서 부러 태연한 표정을 지었다. 생기침을 쿵쿵거린 뒤 두근거리는 가슴을 눌러 진정시켜가면서 그들에게 다가섰다. 이장 김진홍은 수년 동안 마을을 이끌어온 유지 중 한 사람이었다. 대면식은 별로 없었으나 순사들의 앞잡이 노릇을 한다는 입소문이 파다하게 나돌고 있었다. 그와 마주친 학동은 진정을 하려 들어도 극도로 긴장된 탓에 목덜미가 뻐근해지면서 등골에 식은땀이 송골송골 맺혀들었다.

"여보게, 학동영감."

이장은 목을 빳빳이 세워가며 매우 거만한 언동으로 불렀다. 뿜어내는 눈빛도 예사롭지 않았다. 허리를 굽혀 인사부터 서둘렀다.

"그동안 잘 계셨습니까요. 그런데 어쩐 일로 이렇게 일찍 오셨는가라우?"

"영감도 잘 있었능가?"

"예."

"그건 그렇고 왜 연락이 없었능가?"

"연락이라니요?"

"어허 이 사람이 아무것도 모른 사람처럼 시치미를 딱 떼는구만."

"시치미라니요? 잘 모르겠는디라우."

"자네가 지금 약을 올리는 것잉가?"

참나무 장작을 쪼개듯 팩 쏘는 소리를 내질렀다. 학동은 너무 황당한 일이라 말을 잇지 못하고 멍하니 쳐다보았다. 예감은 가지만 먼저 들먹일 이유가 없었다.

"시방 영감이 나한테 그렇게 할 처징가?"

"저는 무슨 말인지 모르겠는디요."

곁에 따라온 젊은이들도 가만히 있지 못하고 게두덜게두덜하며 불평을 늘어놓았다. 비록 소리꾼이라 할지라도 중늙은이한테 버르장머리 없는 말투여서 분노가 솟구쳤지만 하릴없는 짓이었다.

"워따매! 이 늙은이가 시치미를 딱 잡아띠어부네."

젊은 객기라도 부리려는 듯 목살에 힘줄을 그어가며 까랑까랑한 목소리를 내뱉었다. 학동은 어이가 없어 생그레 웃는 표정을 지었다. 이장이 시시비비를 따지자는 듯 턱수염을 곤두세우며 대들었다.

"우리 박실 아짐께서 그저께 다 말씀을 하셨는디 모른단 말이여?"

더 이상 모르쇠로 일관할 수 없었다. 잘못했다간 애꿎은 봉변만 당하거나 도리어 역효과를 가져오는 수도 있을 것 같아 그는 능청을 떨고 나섰다.

"아! 그말씀이구만요. 진즉 그렇게 말씀을 하셔야지라우. 지 며느리 될 사람에게 취직을 시켜주시겠다 그 말씀이지라우?"

짐짓 야살스럽게 억지로 간살웃음을 지어 보였다. 허리도 굽실거리며 혀를 쩍쩍 차며 말했다. 이장은 며느리란 말이 자못 불쾌한 모양이었다.

"참말로 며느릿감이란 말잉가?"

"그러믄이라우. 그렇게 이 외진 곳에 와서 있지라우. 그렇지 않다면 오라고 해도 오겠소? 어렸을 때부터 정해놓았구만이라우. 즈그 아부지와는 형님동생하면서 지내는 지기지우였당께요."

학동은 믿음성을 주고자 실실 눈웃음을 쳐가며 다정한 어조로 말했다. 그러나 이장은 미심쩍은 눈초리를 세우기 시작했다. 고개를 이리저리 비틀어가며 쉽게 수긍하려 들지 않았다. 젊은이도 마찬가지였다. 이미 박실댁이 실상을 알고 간 터라 듣고 왔는지는 몰라도 곧이 믿으려 하지 않았다. 학동도 변명을 해서는 안 될 줄 알면서 엉겁결에 터져 나온 말이 며느릿감이라고 했던 것이다. 덜렁 뱉어놓고 봐도 큰 무리는 없을 성싶었다. 얼토당토않다고 목숨을 내놓으라고 닦달을 할지 모를 일이지만…… 그러나 이장은 석연치 않은 듯 계속해서 의심의 눈길을 보냈다.

"자네 아들은 나이가 몇잉가?"

"스물 둘이구만요."

"그러믄 그 처자는 몇 살잉가?"

"열네 살이이구만요."

"이사람 보소. 지금 나를 속이려고 허는 것잉가?"

"감히 이장님을 속이다니요?"

"여덟 살 차인디 며느릿감이란 말이여?"

이장은 눈을 험상궂게 부릅뜨고 노려보았다. 너무도 정곡을 찔러대는 말에 가슴이 뜨끔했다. 그렇다고 어물어물 해서는 되레 뒤집어쓸 판. 그는 사주며 궁합까지 다 봐둔 것처럼 거침없이 토해내었다.

"제 아들놈은 정사생 스물둘에다 생일은 유월 스무 사흗날이고 며느릿감은 갑자생 열넷에 정월 열이렛날이 생일이구만요. 궁합이 좋아서 어려서부터 배필로 정해놨당께요."

85

실제적으로 아들의 생년월일은 정확하지만 아기씨만은 알 수 없었다. 나이 정도는 알고 있던 터라 대충 내뱉고 말았다. 자못 불안하지만 어색한 표정을 지어서는 안 될 일이었다. 더 이상 토를 달지 못할 줄로 알았는데 그는 진드기처럼 물고 늘어지고 나섰다.

　"열네 살밖에 안 묵은 어린 풋내 난 것이 여덟 살이나 더 묵은 놈한테 시집온다 그말이여? 말 같은 소릴 해사제."

　모멸에 찬 눈초리로 바라보면서 혜식은 웃음으로 입을 비주비죽 거렸다. 마음에 드는 구석 하나 없이 매정스럽게도 비위짱을 긁어대는 것 같았다. 학동은 대답조차 하고 싶지 않았다. 더 들먹이다가 되레 자기가 파놓은 함정에 걸려드는 꼴이 될 수 있었다. 순간에도 거짓말이 탄로날까 봐 등골에 진땀이 부직부직 솟구치는 것이었다. 이장은 조끼 주머니 속으로 손을 집어넣어 하얀 종이를 꺼내든 뒤 쭉 내밀며 학동에게 건네주려 들었다.

　"자 이것 받아서 며느릿감에게 전해주소. 알았능가?"

　"그것이 뭣이다요?"

　"아직은 시집오지 않았지 않았능가? 시집올 때까지 방직공장에 보내준다는 약정서라네. 그 처자가 먼저 박실댁한테 간다고 했담서. 그래서 순사님한테 사정사정해서 받아온 것인디 이제 못 간다고 허면 큰일잉께 그렇게 알고. 혼인식을 올리기 전까지만이라도 갔다가 오라고 허소. 자 어서 받소. 그리고 곧바로 전해줘야 쓴께 그리 알소."

　이장은 억지웃음을 지어가면서 협박을 하듯 윽박지르는 조로 나왔다. 얼핏 보니 종이에는 핏물 같은 붉은 도장이 선명하게 찍혀 있었다. 등골이 섬뜩하도록 두려움이 밀려들었다.

　어제 저녁에 득창이 말해준 그대로였다. 학동은 떨떠름한 기색을 감추지 못한 채 받아들었지만 정신이 아찔했다. 하늘이 빙빙 돌고 땅이 한쪽으로 기울어지듯 어지러웠다.

"처자는 어디 갔능가?"

이장이 눈을 부릅뜬 채 다그치듯 물었다. 마치 물고라도 내려는 듯 으름장을 놓는 소리를 질렀다. 하지만 학동은 절대로 말려들어서는 안 된다고 결심했다. 풀이 죽은 그는 나직한 목소리로 대답했다.

"즈그 집에 가고 없어라우."

삼수갑산을 가는 한이 있어도 어쩔 수 없었다. 은근슬쩍 거짓말을 하고 나섰다. 말한 마디에 어린 것의 운명이 달려 있다고 생각했다. 서산낙일의 운명이요 일생일대 결단의 순간이었다. 이장은 그냥 덮어 두려 하지 않고 시시콜콜 끝까지 물고 늘어지려 들었다.

"거기가 어딘가?"

"사는 집이라고 헐 것도 없이 그냥 장돌뱅이로 떠돌아다님서 사니께 철마다 다른 것을 어떻게 알겠소."

그는 일부러 새살맞게 능청을 떨었다.

"집이 없단 말이여?"

"집이야 있겠지만 떠돌아다닝께 집을 말한들 소용없는 일이지라우."

혹시 탄로 날까 봐 심장이 얼어붙은 느낌이었다. 조마조마함에 간도 녹아드는 것 같았다. 등짝에서 식은땀이 흐르고 입안이 바짝바짝 마르기 시작했다. 그러나 내색 없는 표정만이 위기를 넘길 수 있다고 굳게 믿었다. 순간만을 비껴가보자고 속다짐을 하며 말했다

"장마당엘 가서 찾으면 되겠능가?"

"이 고장 장바닥엘 다니는 사람들이 아니랑께요."

"그럼 어디 장이란 말잉가?"

"저기 장흥바닥이구만요."

"장흥이라고 했능가?"

"그렇구만이라우."

이장은 다시 조끼 주머니에 손을 밀어 넣고서 몽당연필과 흰 종이를 꺼내었다.

"즈그 애비 이름이 뭣잉가? 여기에 써 주소."

학동은 한바탕 호방한 웃음을 지어보였다. 마땅한 말이 순간 떠오르지 않았다. 몹시 난감해하면서도 머릿속을 굴리다가 선뜻 말을 가져다 붙였다.

"아이고! 장돌뱅이가 이름 부룹디여? 원래 이름이 있다고 해도 감추고 안 부른 것이요. 이곳저곳 떠돌아다니는 시러베자식 주제에 이름이 무슨 소용 있다요. 조상님들 뵐 면목 없다고 해서 다들 집어던지고 산당께라우. 그냥 오서방이라고만 부르는 까닭에 이름은 잘 모르고 지내고 있구만이라우. 소리꾼들한테 가서 장흥 오서방이라 하면 다 통하지요."

이장은 더 이상 할 말이 없었다. 소리꾼에다 장돌뱅이하고는 말이 통하지 않는 것 같았다. 그는 화가 치미는 듯 시뻘건 눈으로 그를 집어 삼킬 듯 노려보고 있었다.

"언제 온다고 했능가?"

"한 해는 있어야 오겠지라우. 아직 혼삿날도 받지 않았응께요."

"자네 아들도 장돌뱅이 소리꾼이람서 맞능가?"

"배운 것이 그저 그뿐인디 어쩔 것이요? 밥은 묵고 살아야지라우."

"자네 아들하고는 내통하고 있겠제. 오늘 당장 아들놈을 보내소. 모레까지 데려다 놔야 쓰네. 아마 모레는 순사님께서 직접 오실지도 모른단 말이시. 알았능가?"

이장은 마치 열없쟁이 다그치듯 호통을 쳐가면서 야박스럽게 닦아

88

세웠다. 하지만 학동은 허방을 짚는 일이 될 지라도 찍어 누르는 압박을 피하고 싶은 심정이었다. 젊은 놈이 늙은이한테 마치 짐승 닦달하듯 속을 간족거려가며 비위짱을 뒤집는 꼴이어서 억울하기도 하지만 참을 수밖에 없었다. 내 딸도 아니요, 어미 잃고 오갈 데 없어 잠깐 다니러 온 것뿐인데 언제 봤다고 몸까지 늑탈하려 드는 것인지. 학동은 자라목 오그라지듯 고개를 묻고 굽실거리며 비진사정을 하고 나섰다.

"이장님 지 말씀 한번 들어주시면 안 될까요?"

이장은 물음에 관심을 보이지 않았다. 시선을 딴 데로 돌리고 있었다. 냉소가 묻어난 표정을 지으며 이내 고추 먹은 소리로 에둘러 말했다.

"약조만 지키면 되는 것이제 무슨 할 말이 많웅가? 우리 동네 위신이 걸린 문제랑께. 순사님이 직접 오시기라도 헌다면 어쩔라고 그러능가?"

그의 말은 거의 협박조의 말이었다. 눈을 부릅뜨며 매섭게 을러댔다. 그러나 학동은 충정(衷情)된 맘으로 소리꾼들의 딱한 처지를 하소연해주고 싶었다.

"솔직히 말해서 그녀는 이미 내 며느리가 된 것이나 다름없당께요. 양반들은 자식들 혼인을 시키려면 혼인 날짜를 받아서 대소가며 친지들에게 알리는 것 아니요. 혼인식도 사모관대에 흑화를 신고 원산 족두리 예장을 하며 신부는 겹족두리에 용잠을 찌르고 붉은 바탕 수놓은 활옷에 기름한 황금 봉잠을 꽂고 청사초롱 밝히며 초례를 올리겄지만 우리 같이 천한 것들이 무슨 혼인식이 있겠소. 둘이 만나서 맹물 한 잔 떠놓고 작수성례하면 그것이 혼례식이랑께요. 돈도 맛난 음식도 싫고 오직 검은 머리 파뿌리 될 때까지 해로 하는 것이 대복이라 생각허니 이 통지서 거둬주면 안 되겠소?"

학동은 마치 살얼음판을 딛는 것처럼 어설픈 표정을 지어가며 말했다. 축 늘어진 그의 눈가에는 허탈한 슬픔이 끝없이 밀려들기도 했다. 그러나 이장은 매정했다. 곤장질이라도 할 듯 주먹을 폈다 쥐었다 하며 사람을 깔보는 것이 개돼지만도 못하게 여기는 눈빛이었다. 실상을 알고 보면 이런 설움을 당할 이유가 하나도 없었다. 잘못도 없으면서 빌어야 하는 까닭이 억울하기만 했다. 속심을 모조리 뽑아 진한 한숨으로 뿜어낸 학동은 슬그머니 눈을 감았다. 더 이상 보탤 말도 없었다. 일순간 침묵이 흘렀다. 젊은이가 이유도 없이 이를 부득부득 갈며 학동을 노려보았다. 허탕을 친 탓에 맥이 풀린 듯 다리를 빌빌 꼬고 서 있었다. 눈깔을 치뜨고 노려보는 것이 성깔깨나 있어 보였다. 피도 눈물도 없는 김진홍은 단박 관자놀이에 핏대를 얽어매며 제멋대로 약정을 뇌까리기 시작했다.

"시집을 온 것인지 아닌지는 내가 직접 물어볼 것잉께 모레까지 데려다 놓소. 그리 못하겠으면 집을 알려주든지. 장흥으로 갔다고 했제? 거짓말을 허다 들통이라도 나면 그땐 어떻게 되는 것인지 알겄능가? 각오해야 허네. 이미 통지서를 전해 줬응께 헌병이나 순사들은 다 알고 있을 것이니 장흥 아니라 그 어디로 갔다고 해도 뛰어봤자 벼룩이제."

마치 매닥질이라도 하려는 듯 몸을 비틀어가며 잡도리를 하고 나섰다. 일제에 빌붙어 조선인을 들들 볶아대는 것이 너무 야속했다. 명색이 이장이라고 하면서 뱃속에 똬리를 틀고 있는 구렁이를 감추고 다니는 모습이 너무 얄미웠다. 위세를 부리기 위해 음충맞고 야비한 술수를 부리는 꼴을 보니 혐오감이 똥물이 되어 목구멍으로 치솟는 기분이었다.

조실부모나 다름없이 눈칫밥 먹고 자라다 집을 나온 불쌍한 것을 그놈들한테 넘겨줄 순 없었다. 몸이 바서지는 한이 있더라도 그리고 내 몸과 바꿔치기를 해서라도 지켜주고 싶었다. 비겁하게 어린 것한테 간계를 부리다니. 제아무리 느물거린 수작을 부린다고 해도 넘어가지 않겠다고 속다짐을 했다. 그는 입술에 피가 맺히도록 옥물었다.

이장은 믿을 수가 없다는 듯 젊은이에게 까뭇까뭇한 수염 턱을 꺼덕꺼덕 쳐들며 신호를 보냈다. 집안을 한 바퀴 둘러보고 오라고 시키는 것 같았다. 젊은이는 잽싸게 방문이며 부엌문을 열고 안으로 들어가 이 잡듯 뒤졌다. 헛간에 이어 뒷간까지 살폈다. 대밭까지 샅샅이 둘러보고 돌아왔다. 없다고 고개를 살래살래 저었다. 이장은 슬슬 발걸음을 내딛기 시작했다. 사립문으로 향하면서 재차 다짐을 받듯 말했다.

"모레 올 것잉께 데려다 놓소. 알았능가?"

조롱의 눈빛을 던져가며 젊은이들을 이끌고 사립문으로 향했다. 한숨을 돌린 학동영감은 진종일 가슴이 벌렁벌렁하여 밭일도 할 수 없었다. 당장 민순을 감추는 일이 코앞으로 다가와 심란한 고민에 빠져들었다. 괜스레 가슴이 울렁거리면서 불길한 마음마저 들었다. 방정맞게도 민순이가 순사에게 끌려가는 모습이 눈앞에 아른거릴 때는 질정을 할 수 없었다. 젖비린내도 지워지기 전에 엄마 잃은 가련한 것을 더군다나 군대로 보내다니. 마님과의 정을 생각해서라도 보낼 순 없었다. 지난날 어지러운 기억들이 너울거렸다. 애타게 남편을 기다리던 가녀린 운명의 여인의 모습이 선연하게 아롱거렸다. 쑥대머리를 불러대던 청순한 여인의 모습이 아슴아슴 눈앞을 스치고 지나갔다. 애달픈 심곡을 한 많은 가락으로 채워가던 모습이, 한밤중에도 홀로 앉아 더덩실더덩실 장단을 쳐대던 모습이 여울물처럼 너울거렸다. 시집살이 설움을 설장구 장단에 맞춰 둥당거리며 춤을 추어대던 그 모습이……. 사악한 위선 앞에 결국 자신을 승화한 여인이 눈앞에 맴돌았다. 운명은 어찌 이 모녀에게만 모질게 다가오는 것일까? 어차피 닥친 운명이라 할지라도 한순간만 비켜갔으면 좋으련만, 불가제항이라 해도 한번 정도 피해갔으면 안 되는 것인지. 사람은 더러운 욕심을 만들었고, 그 욕심 앞에 결국 희생당하는 것이 또한 인생인 것을. 부모의 끈이 반 팔자라고 했는데, 끈 떨어진지 얼마 되었다고 참으로 고약하고 가련한 운명이었다.

산그늘이 석양빛을 덮어가기 시작했다. 온종일 산속에 숨어 있던 민순이가 산그늘을 따라 집으로 내려왔다. 모진 날을 견디어 낸 듯 까칠하고 창백한 얼굴이었다.

복숭아 빛처럼 발그스름하고 풋풋하던 얼굴이 오갈이 든 호박잎처럼 흙빛으로 변했다. 보시시한 솜털도 가시지 않은 앳된 얼굴이 비루먹은 짐승처럼 올근볼근 뼈만 남았다. 땟국마저 꾀죄죄하게 흘러넘쳤다. 두려운 마음을 가누지 못하고 사시나무 떨듯 부들부들 떨면서 아름작아름작 눈치만 살폈다. 저간 사정은 어떠했는지 의심의 눈망울도 빙빙 굴렸다.

"얼마나 고생이 많았능가? 괜찮은께 어서 방으로 들어가소."

벙어리가 다 된 것처럼 입을 뻥긋도 하지 않았다. 영락없이 사냥꾼에게 쫓긴 토끼와 다를 바 없었다. 힘이 쑥 빠져 어깨까지 축 늘어져 있었다. 저러다가 몸에 탈이라도 나면 어떨까 싶어 겁부터 덜컥 났다. 피붙이 끈이라곤 하나 없이 세상 끝자락으로 내몰린 어린 것. 보면 볼수록 안타깝고 간장이 녹아들었다. 가슴이 찢어지고 오장이 비틀어지는 느낌이었다. 증오와 분노로 가득 찬 한숨이 새어나오지만 하릴없는 일이었다. 신발까지 들고 방으로 들어간 어린 것은 어느새 깊은 잠에 곯아 떨어졌다. 산속에 혼자 지내다 보니 심신이 지친 것 같았다.

고구마 서너 개로 곯은 배를 채웠을 터인데도 배고프다는 말도 하지 않았다.

산골에 또 다시 어둠이 찾아들었다. 흐드러지게 잠에 취해 있는 어린 것을 바라보고 있는 학동은 심란한 마음을 감출 수 없었다. 당장 이곳을 떠나보내야 할 처지, 무슨 말로 위로를 해줘야 할지 말문이 막혀 입이 열리지 않았다. 벌써부터 부초처럼 떠돌며 살아야 하는 운명이 처량하게 느껴졌다. 뜨락에서 울어대는 귀뚜라미 울음소리가 한없이 구슬프게 사람의 마음을 휘어잡았다. 잠시 후 득창이 돌아왔다. 복내장에 다녀오느라 하루 칠십 리 길을 걸었다고 했다. 그러나 피곤함 같은 것은 거들떠보지 않은 채 낮 동안 별일 없었는지 걱정이 섞인 눈으로 바라보며 물었다.

"오늘은 별일 없었능가요?"

"왔다 갔다."

"누가요?"

"이장이 통지서를 가지고 왔드란 말이다."

"그래서 어떻게 하셨어요?"

"받아는 놨제. 그렇다고 보내겠냐? 보낼 수는 없는 일이제."

학동은 어금니를 사리물면서 말했다.

"잡으러 올 것이랑께요."

"모레 순사가 온다고 허드란 말이다."

"그럼 어떻게 헐 것이라요?"

"하늘이 무너져도 솟아날 구멍이 있다고 허질 않더냐? 일단은 피해야 쓸 것 같단말이다."

"그래야지라우."

이때 민순이 말소리에 놀라 잠에서 깨어나 정신을 차렸다. 검게 탄 얼굴에 팔다리가 비틀어진 무말랭이와 너무 흡사했다. 먹지도 못한 채 산속에서 종일 두려움과 씨름을 하다 보니 사람 꼴이 말이 아니었다. 아직도 초조한 눈빛을 감추지 못하고 학동 얼굴만 물끄러미 쳐다보았다.

"자 정신 차리고 저녁 먹세."

민순은 기지개를 켜고는 하품부터 쏟아내었다. 득창은 어느새 부엌으로 나가 밥상을 들고 문턱을 넘어서고 있었다. 밥상에는 산속에서나 먹을 수 있는 음식이 자리 잡고 있었다. 민순이 산곡에서 주워온 고동을 넣고 된장을 풀어 끓인 국 냄새가 물씬 풍겨났다. 가재도 구웠고, 산 도라지를 삶아 무친 나물도 있었다. 저녁을 마친 그들은 이제 본격적으로 닥쳐올 일에 대한 대책을 숙의하기 시작했다. 가만히 앉아 당할 수만은 없는 노릇이어서 특단의 고뇌를 짜내야 할 판이었다.

"아기씨 아무래도 여기 머물러선 안 될 것 같으니 당장 내일 떠나야 쓰겠네."

학동은 눈을 맞추지도 못한 채 나지막한 목소리로 부탁하듯 말했다. 내려덮은 눈두덩을 파르르 떨며 흥분에 젖은 목소리였다.

"솔직히 나 같은 놈을 찾아온 정을 생각헌다면야 이런 말을 해서야 쓰겠능가만은 시상이 이리 되었으니 어쩔 수 없는 것 아닌가. 그렇다고 억지로 보내는 것이 아니어. 여기 있다가 잡히기라도 하면 돌아오지 못할 곳으로 끌려갈 것인디 보고만 있을 수 없지 않는가. 이차에 집으로 들어갔다가 나중에 조용해지면 다시 찾아오소. 그때는 소리도 가르쳐줌세."

일순간 민순의 이맛살이 움찔하더니 납덩이처럼 온 얼굴이 딱딱하게 굳어지며 창백해지기 시작했다. 푹 꺼진 눈시울에 물비늘이 일고 실의에 찬 허탈한 눈빛이 시들시들 거렸다. 고개를 소곳하게 숙이고 시름에 잠겨 드는 표정까지 지어내었다.

"아부지. 아기씨는 집으로 들어 갈 수 없다고 했는디라우."

득창이 게슴츠레한 눈으로 민순을 힐끔힐끔 보아가며 말문을 열었다.

"누가 그걸 모른다냐. 나도 잘 알제. 그렇다고 집식구들도 모르게 남의 나라로 끌려가서야 쓰겠냐? 왜놈들이 억지로 끌어간다는데 어떻게 할 것이냔 말이다."

갈그랑거린 목소리엔 힘이라곤 찾아볼 길 없었다. 심연에서 뽑아내는 한탄조 그대로였다.

혀를 쩝쩝 차가며 한숨까지 몰아쉬었다. 늘어진 눈꺼풀 속 언저리에 영롱한 새벽이슬 같은 물비늘이 번쩍거리기까지 했다.

"날마다 산속에 숨어 있으면 안되능가요?"

민순은 대답도 없이 고개만 살래살래 도리질을 해대었다. 돌아가지 않겠다는 각심이 절절 흘러넘쳤다. 간장을 녹이고도 남을 만큼 애처로운 표정을 지어보였다.

"허구한 날 어떻게 숨어 살아. 지금은 괜찮제. 눈비가 오면 어떻게 헐 것인가? 그래도 친살붙이가 낫는 것잉게 들어가야제. 혹시 아부지께서 찾으면 어떻게 헐랑가?"

학동은 통사정을 해서라도 집으로 돌려보내고 싶은 마음이었다. 하지만 그녀는 눈을 끔벅거리며 연신 도리질을 해대었다. 앵돌아진 굳은 표정에는 이미 각오가 서려있었다.

"아니어라우. 저는 아빠 얼굴도 잊었어라우. 할아버지 할머니도 찾지 않은 분인데 저를 찾겠어요? 찾는다 해도 저는 안 갈구만요. 엄마를 생각하면 가고 싶지 않당께요."

"시집가라고 헐 때 가불제 그랬능가? 집나와 고생하는 것보다 나을 것인디."

"소리를 배우고 싶어 집을 나왔당께요. 엄마가 못 이룬 꿈을 이뤄보고 싶었구만이라우."

민순은 기다렸다는 듯이 입술에 침을 발라가며 반색을 했다. 어린 것치고는 당차고 대담한 구석이 있었다. 조금도 빈틈을 보이지 않고 스스럼없이 의지를 당당하게 피력했다. 잘 여문 푸르대콩이 당글당글 튀어나오는 소리 같았다.

학동 입가에 웃음살이 드리워졌다. 그 순간만은 모든 것을 다 잊어버린 채 오랜만에 흐뭇한 엷은 미소를 지었다. 소리꾼 앞에서 소리를 하겠다고 나서는 사람이 있으니 그보다 좋을 수 없는 일이었다. 그러나 지난날의 애틋한 정감이 간장을 오그라뜨리려는 듯 달려들었다. 남의 일도 아닌 그녀의 모친과의 정한이 가슴에 사무치는데 또 다시 딸과 부딪힌다는 것은 전고미문의 괴이한 인연일 수밖에 없었다. 꽃다운 나이 스물여덟에 소리꾼의 꿈을 꾸다 운명을 접은 엄마 앞에 애곡의 설움을 토해내는 것이었다.

다음날은 그저 별 탈 없이 하루가 지나가고 말았다. 그러나 이제 내일이 문제였다.

학동은 잠시 눈을 감고 상념에 빠져들었다. 하염없이 가쁜 숨을 허허 내쉬며 궁리를 해봐도 마땅히 떠오르는 것이 없어 난감할 뿐이었다. 회한의 눈물만 흘린다고 될 일이 아니었다. 눈을 감은 채 한숨을 몰아쉬고 있을 때 묘방 하나가 뇌리를 스쳐지나갔다. 비록 궁색하기 짝이 없지만 그래도 우선 숨기는 것이 상책이었다. 바로 누이동생 현심이 불현듯 생각났다. 기맥상통하는 피붙이라곤 오직 그녀 하나뿐이었다. 이 난감한 처지를 들어줄 사람을 찾다 보니 그녀가 설핏 떠올랐던 것이다. 속이 깊고 가슴이 따뜻한 탓에 배고픈 길손에 배를 채워줄 정도는 아는 동생이었다. 소리꾼으로 살아간 오빠를 잊지 못하고 항상 가련하게 여기는 현심은 화순군 능주면 천덕리에서 살고 있었다. 칠 남매 중 여섯째였다. 굶어죽게 되었어도 동생한테 손 한 번 벌리지 않았던 학동이 처음으로 도움을 청하고 싶었던 것이다.

"득창아! 내일 고모 집엘 다녀와야 쓰겄다."

득창은 전연 예상하지 못 했던 고모를 들먹인 탓에 무척 당황스러웠다. 까닭을 알 수 없어 어리둥절했다. 제대로 답변도 못한 채 멍하니 바라보고 서 있었다.

"머뭇거렸다간 무슨 일을 당할지 모르겄응께 내일 새복에 떠나도록 해라."

"무슨 일이라도 생겼능가요?"

"일은 무슨 일. 우선 사람을 숨겨놓고 봐야제. 민순 아기씨를 고모한테 데려다 주고 오란 말이다."

"예? 고모한테요?"

"청할 사람이란 고모밖에 더 있겠냐? 가서 어려운 사정을 말해주고 당분간 데리고 있어야 쓰겄다고 말씀드려라."

난데없이 고모를 들먹이며 채근하는 것이 예삿일은 아니었다. 그러나 이미 마음을 정한 듯 얼굴에는 비장한 각오가 서려있었다. 그도 싫지는 않았다. 세상 태어나 살붙이라고 고모밖에 모르고 살았다. 문중과 대소가도 없이 철저히 고아처럼 지내며 살아왔다. 조상을 뵌 적도 없고 친산에 성묘한 적도 없었다.

민순이도 당황스럽긴 마찬가지였다. 낯선 곳으로 데려다 주라는 말에 두려움이 일기 시작했다. 팔려가는 망아지처럼 가슴도 울렁거렸다.

"살았던 집만 아니면 어디라도 가겄능가?"

민순은 대답이 없었다. 잠시 어떻게 해야 할지 망설이는 눈치였다.

"거긴 내 동생이니께 걱정은 없을 것이네. 잠시 피해 있다가 시상이 아물어진 뒤 왔으면 쓰겠네. 여자 나이 열넷이면 조신해야 할 때이니 아무 데라고 가면 안 되제. 잘못했다간 웃음 파는 여자로 팔려갈 수 있어. 열 번 생각해도 미더울 곳은 내 동생뿐이어서 그런당께."

민순이는 금방 알아들었다는 듯 고개를 꼬박해 보였다. 마음이야 편할 리 없겠지만 시킨 대로 할 수밖에 없었다. 집으로 들어가 염부한 테 시집가는 것보다는 나을 성싶었다.

"거기서는 산속에 숨지 않아도 되능가요?"

"하믄. 그런 일은 없을 것이고, 혹시 그런 일이 있다고 해도 조카라고 하면 괜찮을 것잉께 걱정하지 말고 가서 있도록 허소. 거기서도 항상 조심은 해야 쓰겠제."

민순은 두 입술을 질근 깨물고 고개를 끄덕였다. 숨겨주려 애를 쓰는 마음이 너무 고마웠다. 자기 때문에 신경을 곤두세운 것을 생각하니 미안함이 어깨를 짓눌러 왔다.

"그러면 내일 새복 어두워서 떠나야 쓴단 말다. 동네사람 눈에 띄면 절대로 안 된당께. 벌써 장흥으로 갔다고 말했단 말이다."

"장흥이라고요?"

"그랬당께. 그랬는디 보인다면 거짓말 했다고 내를 잡아갈 것 아니냐. 그렇게 닭 울기 전에 산길로 내빼야 써. 그리고 길을 가다가 헌병이나 순사를 보믄 무조건 내빼야 쓴다. 모두다 아기씨를 알고 있다고 허드란 말이다. 뛰어봤자 벼룩이라고 험서 금방 잽힐 것이라고 큰소릴 치드랑께."

학동은 잔뜩 겁을 먹은 채 이장한테 들은 대로 말했다. 곧이곧대로 믿고 있었기 때문이다.

"예. 아부지."

"그리고 고모한테 가서 말씀을 잘 드려야 쓴다. 사정이 이렇게 되었으니 딸이라고 험서 데리고 있어라고 해라. 그리고 아기씨는 시킨 대로 해야 쓰네. 이쁨도 미움도 다 나한테 나오는 것잉께 부모처럼 따라야제. 넉넉지 못한 살림이라서 걱정은 되네만 마음만은 다시 없는 사람잉께 귀염을 받고 못 받고는 내 할 나름이제."

"예. 영감님. 고맙습니다요. 말씀대로 그렇게 할께요."

"내일 종일 걸어야 헌다. 기차를 타서도 안 되고 그렇다고 큰 길로 가서도 안 되니께 산길로 가야 쓴단 말이다. 사방을 잘 살피며 가야써. 곳곳에 헌병들이 개미처럼 쫙 깔려 있다고 허드라. 절대로 눈에 띄지 않게 피해서 가야 쓴다. 잘못했다간 산속에 숨어 있는 것만도 못하게 돼. 되레 잡히러 가는 꼴이 될 수도 있을지 몰라. 한사코 조심해야 헌단 말이다."

학동은 득창에게 세세하게 일러주었다. 곰재에서 화순 능주까지는 백 리 길이었다. 장정이 쉬지 않고 걷는다고 해도 하룻길이었다.

"자 어서들 자야제. 내일을 새복부터 하루 종일 걸어야 헝께 어서들 자거라."

산속에 여름밤은 깊어가고 적막한 고요가 방안에 내려앉았다. 하찮은 미물도 한집에서 오래 지내다 보면 주인을 알아보는 것 같았다. 밤이 깊은데도 참매미와 쓰르라미가 정적을 썰고, 뜨락의 귀뚜라미도 또르르 또르르 슬피 울면서 떠나가야 하는 그녀를 달래주려 들었다.

그러나 그는 잠을 이룰 수 없었다. 긴장감이 한껏 고조되면서 잠을 빼앗겨버린 느낌이었다. 혹시 길을 가다 붙잡히지나 않을지, 비록 동생집이라고 하지만 예고도 없이 한동자를 보낸다는 것이 선뜻 마음에 내키지 않았던 것이다. 그러나 그 길밖에 다른 방도가 없으니 어쩔 도리가 없었다.

늦게 잠이 든 민순은 코를 골며 자고 있었다. 사경이 지나 오경에 이르자 학동은 부엌으로 나가 밥을 짓고 간식거리를 마련하였다. 간식이라고 해봤자 찐 고구마와 밀개떡 정도였다. 먼 길을 떠날 그들에게 채워줘야 할 것이어서 괴나리봇짐에 싸두고 짚신까지 챙겨두었다. 그리고 삿갓을 하나 꺼내놓았다. 얼굴을 가리는 데는 삿갓만큼 좋은 것이 없기 때문이었다. 이어 방으로 들어간 학동은 잠자는 민순을 깨웠다. 흥건한 잠에 취해있던 그녀가 벌떡 일어났다. 아직은 잠결이라 의식이 흐린데도 두려움을 감추지 못하고 속눈썹을 한껏 쳐올리며 온몸을 바르르 떨었다. 학동은 눈시울이 뜨거워지기 시작했다. 어린 것이 이유도 없이 도망꾼이 되어야 한다는 생각에 구슬프고 안타깝기 한량없었다. 비분한 마음을 억누를 길이 없었다. 어린 것한테 무슨 죄가 있다고, 여자로 태어난 것이 죄란 말인가. 나라를 빼앗긴 설움이 어린 여식에게까지 찾아올 줄이야. 저절로 주먹이 불끈 쥐어졌다. 나라 잃은 서러움이 천한 사람에게는 곱으로 다가오고 있음이었다.

3
한 많은 도피 길

오경이 지나칠 무렵 온천지는 적막에 쌓여 있었다. 느지막하게 떠오른 하현달이 풀잎에 이슬을 송알송알 맺혀주었다. 이슬을 토해낸 달무리가 흑운(黑雲) 속으로 빨려 들어가 희뿌연 흔적만 그리고 있었다. 푹푹 찌며 무덥던 여름밤이 검은 구름에 매몰되면서 꿈틀거리기 시작했다. 산천이 어두컴컴해지며 우중충한 채 날씨가 점점 끄무레해지는 것이었다.

득창과 민순이 음음적막 산길을 나섰다. 새벽닭 홰치는 소리도 아직 이른 시각 그들은 평촌재를 넘어 보성으로 내달렸다. 산자락을 따라 오솔길을 바삐 걸어가는 그들은 해뜨기 전에 보성을 벗어나야 할 판이었다. 민순은 대삿갓을 깊숙이 우그려 쓴 탓에 얼굴을 쉽게 알아볼 수 없었다. 득창은 마음이 급했다. 젊은 놈이 여자를 데리고 산길을 간다는 것이 비근한 일이 아니기 때문이었다. 사람들 눈에 띄는 날엔 돌이킬 수 없는 화를 입을 것이고 민순은 곧바로 처녀공출로 끌려갈 것이라는 생각에 오금이 저렸다.

평촌재를 지나 들판으로 나아갔다. 어느새 동쪽 하늘에서 먼동이 희붐해지면서 밝아오기 시작했다. 들판에는 논에 물꼬를 보러 나오는 농부들의 모습이 눈에 띄었다. 그들은 그들의 눈을 피해 낮은 냇둑을 따라 달려갔다. 읍내에 가서 기차를 타면 곧장 갈 수 있음에도 그럴 처지가 못 되었다. 혹시 헌병에게 들키기라도 하면 스스로 화를 자초하는 꼴이 될 수도 있었다. 읍내에는 헌병보조원들이 물샐틈없이 오가는 사람들의 신원을 조사하고 있었다.

일본은 1905년 한일 을사조약 이후 조선인을 대상으로 헌병보조원을 선발했다. 일본헌병을 도와 각 지역에서 활동하고 있는 의병을 토벌하는 데 활용하여 동족끼리 싸움을 붙였다. 또한 독립 운동가들을 색출하고 체포하는 데 앞장서게 했으며 동족을 고문하고 탄압하는 악질적인 수단으로 적극 활용하였던 것이다. 이들의 악랄함은 이루 말할 수 없었다. 대개 사람들이 많이 모이는 역이나 나루터 혹은 오일장 등에서 사람들의 신원을 조사하고 정보를 입수하는 활동을 전개했다. 동족의 가슴에 총칼을 겨누고 숨통을 조이는 일이 그들의 몫이었다. 재판도 없이 그들의 마음대로 태형 등의 형벌을 가했고 구류는 물론 벌금까지도 부과할 정도였다.

두어 시간 걷다 보니 반암을 지나 덕림리를 지나 우와실로 들어섰다. 보성강 저수지가 눈앞에 다가왔다. 지름길로 나아가기 위한 유일한 방법은 나룻배를 타고 강을 건너는 것이었다. 강을 건너지 않고서는 넉넉잡고 두 시간은 더 걸어야 할 판이었다. 이른 새벽이라서 지나친 사람은 없었다. 득창은 고장의 장마당을 고루 다닌 터라 산길이며 샛길을 훤히 꿰고 있었다. 아직은 이른 시각이라 나루터에 헌병보조원들의 신원 점검이 없을 것으로 믿고 달려왔던 것. 다행이 강가에 인적은 없었다. 반대쪽 용지등 나루터에 배 한 척이 닻을 내린 채 대기하고 있었다. 어려운 고비 없이 마음과 같이 되어간다는 생각에 기분이

여간 흐뭇하지 않았다. 득창이 사공이 있는 강 맞은편을 바라다보며 이리 건너오라고 손짓을 하려고 할 때였다. 맞은 편 강 언덕에 이상한 사람이 걸어오고 있는 형체가 눈길에 잡혔다. 한 사람도 아니고 두 사람이 건너 쪽을 바라보고 오는 것이었다. 손으로 빛 가림을 해가며 바라보니 긴 칼을 차고 서있는 두 사람은 분명 헌병보조원임에 틀림없었다. 민순은 그 사실도 모른 채 널따란 보성강을 바라보며 감격에 젖은 표정이었다. 깊고도 맑은 물이 출렁거리고 나룻배를 탈 수 있다는 호기심에 한껏 심취해 있는 것으로 보였다. 득창은 깜짝 놀라 머리끝이 쭈뼛쭈뼛 솟고 심장이 멈춰드는 것 같았다. 얼른 민순의 손목을 잡고 끄집었다. 까닭을 모른 그녀는 기겁을 했다. 느닷없이 손목이 잡힌 탓에 어안이 벙벙한 눈빛이었다. 그는 강비탈 상수리나무 숲으로 몸을 날리다시피 끄집고 들어갔다. 워낙 경황없이 끌려오다 보니 삿갓이 벗겨지고 치맛자락이 밟혀 넘어지려다 발을 절룩거리기까지 했다.

"아기씨 얼른 이리 숨어야 한당께라우."

득창이 바스러지듯 소리쳤다. 나지막하면서도 숨통을 죄여오듯 위험에 처한 소리였다. 일순간 민순은 깜짝 놀라 정신이 나간 사람처럼 쳐다보았다. 득창은 공포에 질려있었고 눈을 희번덕이면서 다시 그녀를 쑥대밭 속으로 감추려 들었다. 둘이는 포개지듯 자빠지고 말았다. 엉겁결에 끌려 왔지만 어찌 된 영문인지 모른 민순은 기절을 할 듯 놀란 눈치였다.

"얼른 엎드려요. 저기 누가 우리를 노려보고 있당께라우."

"누가요?"

"헌병이 우릴 쏘아보고 있당께요."

그제야 까닭을 알아차린 민순은 풀숲에 납작 엎드린 채 사지를 부들부들 떨었다. 득창은 고개를 쑥 내밀어 헌병의 동태를 연신 살폈다.

하지만 헌병은 꼼짝도 하지 않고 서있었다. 한 치 앞을 기약할 수 없는 일이 눈앞에서 벌어지고 있는 것이었다. 곧장 간다고 해도 저녁나절에 도착할 것인데 돌아간다면 한밤중이 되어도 어려울 것 같았다. 득창은 사방을 살피기 시작했다. 혹시 이쪽에도 있을지 모른다는 두려움에 사지가 오그라들었다. 하늘에는 먹구름이 잔뜩 몰려오면서 우중충해지기 시작했다. 금방 빗줄기를 쏟아 내릴 것만 같더니 만 이내 굵은 빗방울이 떨어지기 시작했다. 우두둑우두둑 밤톨 같은 빗방울이 풀잎을 두드렸다. 삽시간에 풀숲은 쏟아지는 빗방울로 흠씬 젖어들기 시작했다. 아랫도리가 흥건하게 젖은 채 그들은 얼른 풀숲에서 나왔다. 억수 같은 장대비에 눈을 뜰 수가 없을 정도였다. 그러나 민순은 삿갓을 쓴 탓에 치마만 적셨을 뿐이었다. 득창은 우선 비를 피하고 싶었다.

사방을 둘러봐도 비가림막이란 눈에 띄지 않았다. 다만 나루터에 조그만 움막 같은 집이 있었다. 그들은 헐레벌떡 그곳으로 뛰어들었다. 이미 속까지 홀라당 젖은 뒤였다. 금세 싸늘해지며 한기마저 찾아들었다. 턱이 떨리고 오들거렸다. 하늘은 비를 멈춰줄 기미를 보여주지 않았다. 시간은 흐르고 비가 언제 멈출지 알 수 없는 일이었다. 닭 쫓다가 지붕 쳐다보는 꼴이 되었다. 오갈 수도 없는 노릇이어서 이럴 수도 없고 저럴 수도 없는 진퇴양난의 궁경에 빠져들고 있었다.

저수지에서 옅은 물안개가 자오록이 피어오르면서 강 건너 쪽 둔덕이 흐리해지기 시작했다. 비는 더욱 세차게 쏟아지는 것 같았다. 실바람까지 불어오며 강물을 출렁거리게 만들었다. 얇은 파도가 강 언덕에 철썩이기 시작했다. 하지만 득창의 눈에는 아무것도 보이지 않고 들리지도 않았다. 비 오는 것에는 관심도 두려움도 없었다. 오직 그의 신경을 곤두서게 만드는 것은 강 건너 헌병보조원이었다. 잘못했다간 처녀공출 시켜달라고 데려다 주는 꼴이 될 수도 있었다. 비바람 소리 속에서 철벙철벙 물소리가 들려왔다. 희미한 물안개 사이로 노를 젓는 뱃사공 모습이 아슴아슴하기 시작했다. 선객을 실은 나룻배가 뒤뚱거리며 한가롭게 다가오고 있었다. 흠뻑 비에 젖은 뱃사공이 삐거덕삐거덕 노를 젓고, 선객 한 사람이 우장을 두른 채 웅크리고 앉아 있는 모습이 눈길 안으로 들어왔다. 민순은 부들부들 떨며 초조한 기색을 보이기 시작했다. 그러나 득창은 용기를 내었다. 그가 믿는 구석은 비였다. 헌병들이 비를 맞아가면서까지 지키지 않으리라는 판단이 섰던 것이다. 그는 내심 속웃음을 치고 싶었다. 감개 어린 표정을 짓기도 했다. 이것이야말로 하늘이 준 절호의 기회일 수 있었다. 때마침 내린 비로 헌병을 피해갈 수 있다는 확신을 안고 나룻배에 올랐다.

오직 더 억세게 내려주길 바랄 뿐이었다. 비는 그칠 줄 모르고 더욱 힘차게 강바닥을 두드렸다. 그는 부러 하늘을 향해 허허 하고 힘차게 웃음을 토해내었다. 마치 얼빠진 사람처럼 실없는 짓을 보였다. 사공이 득창을 보고 얼굴을 손으로 쓸어가며 생그레 웃었다. 바람을 만난 빗줄기는 장대비로 돌변하여 세차게 강바닥을 작신작신 짓뭉개대자 옥구슬 같은 맑은 수정들이 영롱한 빛을 발하며 도돌도돌 튀어 올랐다. 사공은 억수 같은 비를 맞아가며 노를 젓기 시작했다. 눈을 뜰 수 없을 정도로 빗물이 뿌려대었다. 손목으로 얼굴을 쓱쓱 훑어가면서도 노를 젓는 소리가 커지고 있었다. 엷게 일렁이는 파도에도 나룻배는 출렁거렸다. 득창은 강 가운데로 나아가면서 건너 편 둔덕에서 눈을 뗄 수 없었다. 나룻배는 어느새 강 가운데로 나아가고 있었다. 빗물을 만난 강중 물고기들이 수면을 차고 공중으로 뛰어올라 은빛 비늘을 번뜩였다. 팔뚝만 한 잉어 떼들도 빗물 마중을 나와 유유히 헤엄을 치며 강을 헤집고 다녔다. 장대비는 강바닥을 다듬이질 하듯 요란하게 두드리고 나룻배는 방향을 잃은 것처럼 엉기적엉기적 기우뚱거렸다. 강바람에 휘날리는 빗줄기가 공중에서 곡예비행을 선보이고서 강바닥에 아름다운 무늬를 뿌려대었다. 나루턱이 가까워지자 득창은 다시 가슴이 두근거리고 다리가 후들거리기 시작했다. 긴장이 점점 고조되면서 등덜미에 식은땀마저 맺혀들었다. 그것은 정녕 생사를 걸고 모험에 도전했던 것이었다.

억수 같은 비는 계속 쏟아지고 있어 안심은 되지만 긴장의 끈을 풀지 못하고 사방으로 경계를 늦출 수가 없었다. 삐거덕거리며 물살을 가로지른 나룻배는 어느새 나루턱의 기스락에 뱃머리를 들이밀었다. 선착장에도 강둑에도 개미새끼 하나 얼씬거리지 않았다. 비를 피하느라 자리를 피한 것으로 짐작되었다. 그동안 걱정했던 체증이 일각에 내려가는 것처럼 속이 후련했다. 춤이라도 덩실덩실 추고 싶은 심정이었다. 배에서 내린 그들은 뒤도 돌아다보지 않고 발길을 재촉했다. 둔덕 넘어 머지않은 마루터기에는 오막살이 주막집이 있었다.

헌병보조원들은 비를 피해 주막집으로 들어간 것 같았다. 그들은 주막집의 반대편 산길로 내달렸다. 그곳은 험한 산 오름 길이었다. 하지만 뒤돌아볼 새도 없이 숲 속으로 숨어들었다. 숨이 차서 헐떡거릴 때는 이미 깊은 산길로 접어든 뒤였다. 비탈산길을 올라채고 나서야 긴장의 끈을 늘어뜨릴 수 있었다. 한숨을 돌린 득창이 말부리를 헐고 나섰다.

"하늘이 도왔구만이라우."

득창이 안도의 한숨을 내쉬면서 말했다. 민순은 아직도 얼떨떨한 표정을 지었다.

"비가 와서 안 잡힌 것잉가요?"

"이 비는 하늘에서 아기씨를 위해 내려준 것이랑께요. 아까 지가 아기씨를 숲 속으로 끄집을 때 일본 헌병이 강가에 있었당께요. 그런디 비가 온께 잠시 비를 피하러 갔는지 몰라요. 빨리 가야 된당께요. 뒤에서 쫓아올지도 모를 일이랑께요.”

“멋이라고라우? 헌병이 따라온다고요?”

헐금씨금 숨이 차서 걸음을 걷지 못할 지경에 빠진 그녀는 헌병이 뒤쫓아 온다는 말에 그만 걸음을 걷지도 못하고 땅바닥에 털썩 주저앉아버렸다. 꼭지가 확 돌아버린 사람처럼 눈에 초점조차 잃어가고 있었다. 득창은 그녀의 소매 끝을 잡아 일으켰다. 다리에 힘이 쭉 빠져 후들거리는 모습이었다. 갈 길이 먼데도 울먹거리며 걸음발을 떼려 하지 않았다. 얼마나 놀랐으면 저리 할까 싶어 비분에 입술을 질끈 깨물었다.

“비가 그치지 않응께 괜찮을 거구만요.”

득창이 하늘을 쳐다보며 살가운 웃음을 지었다. 그러나 그녀는 연신 뒤를 돌아다보며 불안한 기색을 놓지 않았다. 억수 같은 비는 그칠 줄 모르고 내렸다. 머리에서부터 발끝까지 온몸이 물속에 들어갔다 나온 사람처럼 흠뻑 젖었지만 마음만은 흐뭇하였다.

그들은 은덕리를 지나 운림리로 접들었다. 이제 천마산을 넘으면 복내로 나아갈 수 있었다. 고도가 높고 비탈진 산길로 접어들자 빗줄기보다 바람이 더 세찼다. 온 산이 비구름에 감싸여 낮인지 새벽인지조차 구분이 가지 않았다. 솔바람 우는 소리가 인정도 없이 귀청을 때려대고 비바람은 몰강스럽게도 얼굴을 핥고 지나갔다. 하늘에는 시커먼 구름발이 어지럽게 휘돌며 세상을 금방 집어삼킬 듯 웡웡거렸다. 바위를 비 가림 삼아 잠깐 머무르고 싶어도 그럴만한 시간적 여유가 주어지지 않은 탓에 세찬 빗방울을 피해갈 수 없었다. 잠시도 발걸음을 재촉하지 않을 수 없었다. 괴나리봇짐은 이미 빗물로 흥건하였고 보리개떡이며 찐 고구마가 빗물에 젖어 탱탱 불어있었다. 주린 뱃속을 채워보려고 보리개떡을 꺼내어 씹어 삼키면서 빗물로 목을 축였다. 하늘을 향해 도드라진 바위들도 세찬 물세례를 받고 눈물을 씀벅거렸다. 바위틈에 내려앉은 박새들이 꼬리를 까딱거리며 빗물 목욕에 빠져있었다. 둥글넓적 가랑잎들이 빗줄기에 낮이 간지러워 팔락거리며 사르륵사르륵 소리를 내었다. 산골짜기 벼랑 위에서 쑥국새 한 쌍이 곡예를 하듯 산마루로 날아들더니 가슴속 응어리진 피를 토해내려는 듯 꾹꾹꾸르륵, 꾹꾹꾸르륵 청승을 떨기 시작했다.

천마산 고갯마루에 올라섰다. 이 순간만은 도망치는 사람이라는 것을 떨쳐버릴 수밖에 없었다. 불현듯 정신이 무아지경으로 빠져드는 느낌이었다. 눈앞에 다가오는 산천은 옥양목 천 같은 구름 띠가 차츰차츰 덮어오고 있었다. 천공(天空)을 떠가는 구름조각에서 패연하게 쏟아지는 빗줄기가 하얀 천에 어룽어룽 눈물자국을 그려내었다. 소복을 입은 산천은 마치 여인의 치맛자락이었고 학의 날개가 너울거리는 것과 다름없었다. 세상은 구름 속으로 빨려 들어가 온통 자취를 감춘 채 자신을 드러내지 않았다. 득창은 하늘의 옥계청류에서 만난 선남선녀와 같이 채운(彩雲)을 타고 가는 느낌이었다. 부질없는 풍진세상 쫓기는 몸이어도 그 순간만은 풍월객도 부러울 것이 없었다. 혹세의 세상을 떠나 별유선경(別有仙境)에 다다르니 천국이 산 아래 깔려 있었다. 구름자락에서 천상의 옥피리 소리가 들리는 듯하며 마치 천궁(天宮)으로 불려가는 기분이었다. 칠떡칠떡 거리는 치맛자락을 끄집고 산비탈을 내려오니 덕촌마을 서당이 눈앞에 나타났다.

그 순간부터 다시 쫓기는 기구한 신세가 되어 정신을 가다듬기 시작했다. 그들은 초라한 몰골 그대로였다. 한나절 동안 빗물에 젖어든 탓에 사나흘 물에 담가 놓은 보리쌀처럼 탱탱 불어 있었다. 머리카락도 치렁치렁 등줄기를 타고 흘러내렸다. 삿갓을 깊숙이 우그려 쓴 통에 그나마 민순의 얼굴모습은 그대로였다. 득창은 다시 긴장이 고조되기 시작했다. 복내장을 끼고 돌아야 하기 때문이었다. 복내는 보성군에서 광주로 나아가는 길목에 있는 면 소재지이며 삼개면의 교통 중심지였다. 보성강을 끼고 돌아 끝없이 펼쳐진 들판에 마을들이 당글당글 잘 여문 옥수수처럼 촘촘히 들여 박혀 있었다. 이곳은 사통오달로 툭 트여 있는 길이라서 헌병들이 상주해 있고, 주재소도 자리 잡고 있었다.

어느덧 내리막길을 걷다 보니 복내 유정리 덕촌마을에 닿아 있었다. 괴정마을 앞길로 나아가 내기 앞 신작로에 이르렀을 때였다. 신작로에 괴이쩍은 복장차림을 한 사람이 다가오고 있었다. 헌병 복장임에 틀림없어 보였다. 비옷을 입고 철모를 쓰고 긴 칼을 찬 채 방망이를 든 폼이 헌병으로 보였다. 득창은 복내장엘 자주 오는 까닭에 금방 알아볼 수 있었다. 지나칠 땐 응당 신원을 조사할 것이고 들통이 날 때는 주재서로 끌려갈 것임이 불을 보듯이 훤한 일이었다. 득창은 갑자기 화살이 가슴팍으로 날아드는 것 같았다. 소스라치게 놀란 그는 민순의 손목을 잡아끌면서 논두렁에 벌렁 엎드렸다. 그리고 슬슬 언덕을 기어올라 길도 없는 계당산자락으로 내달렸다. 숲 속에 몸을 숨긴 채 신작로를 내려다보니 헌병과 보조원이었다. 하마터면 한나절 동안 비를 맞고 산길을 달려온 고생이 도로 아미타불이 될 뻔했다. 그들은 신작로로 나가지 못하고 다시 산길을 헤매기 시작했다. 한참을 더 걸어야 하지만 인적이 뜸한 외진 곳으로 갈 수밖에 없었다. 한참을 허둥대다 화순군 춘양면 묵곡리로 나아가는 길로 접어들었다. 한적한 산길과 들판이 번갈아 나타나는 곳이라 인적이 뜸했다. 이제 낮은 산 하나만 넘으면 보성을 벗어날 수도 있었다. 산곡 흐르는 냇물은 누런 흙

109

탕물을 뒤집어 쓴 채 거칠고 요란스럽게 넘실거렸다. 용동리에서 화령으로 나아갈 즈음 빗줄기가 가늘어지며 서쪽하늘에 하얀 동공이 나타나기 시작했다. 극성스럽게 몰아붙이던 빗줄기가 그칠 징조가 나타났다. 짜락짜락 빗줄기를 뿌려대던 먹구름들이 임무를 마치고 돌아가려는 듯 북쪽 장재봉을 넘어가고 있었다. 어느덧 비비한 세우(細雨)가 되어 바람과 함께 날아들었다. 한나절이 지나도록 비바람 풍욕에 지칠 대로 지친 그들에게 노곤함이 찾아들었다. 민순이 다리를 절룩이고 있었다. 잠시 다리쉼도 할 겸 너럭바위에 자리를 잡았다. 득창이 봇짐을 풀어 먹다 남은 고구마와 보리개떡을 꺼내들었다. 보리개떡은 마치 곶감 죽을 쑤어놓은 것처럼 뭉개져 죽사발이 되어있었다. 찐 고구마가 탱탱 불었지만 그래도 곯은 배를 채워주는 데는 도움이 될 것 같았다. 득창은 우선 민순에게 고구마를 건네주었다. 달착지근한 고구마 냄새가 코끝을 찔러대니 뱃속에서 꼬르륵 소리가 들렸다. 물렁한 고구마를 받아든 민순은 마파람에 게 눈 감추듯 순식간에 먹어치웠다. 서너 개를 연거푸 먹고 난 그녀는 끄르륵 트림을 연거푸 해대었다. 눈망울에도 금시 연한 생기가 돌며 불구슬처럼 번쩍거렸다. 아직 갈 길은 멀었지만 햇덩이는 벌써 서산마루를 기웃거리기 시작했다. 곧장 바위에서 일어나 발걸음을 재촉해야 할 판이었다. 일어난 민순이 발걸음을 뒤뚱거렸다. 발바닥에 생긴 물집이 급기야 짓물러 터진 것이었다. 뻘건 살이 드러나 만지기만 해도 쿡쿡 쑤시고 쓰라렸다. 아파도 어찌할 수 없는 일이었다. 참고 견딜 수밖에 다른 도리가 없었다. 아직도 한나절을 걸어야 할 판. 지친 몸을 이끌고 억새 우거진 냇둑을 따라 걸었다. 지석천 냇둑은 한천면으로 통하는 길이었다. 한천만 지나면 곧장 고모네 집에 다다를 수 있어 이제 고생도 얼마 남지 않았다는 생각뿐이었다. 저 멀리 능주와 한천으로 가는 모산리 삼거리가 아롱거렸다. 냇물은 시뻘건 흙탕물을 뒤집어 쓴 채 요란스럽게 넘실거리고 하늘은 우중충한 구름옷을 벗어던지며 파란 옷을 꺼내 입기 시작했다. 햇덩이도 간혹 구름 속을 헤집고 나와 젖은 옷을 말려주었다. 칠떡대기만 하던 치맛자락과 바짓가랑이가 햇볕을 보고나서는 꼬독꼬독해지기 시작했다.

이곳은 낯선 화순 땅이어서 득창도 처음이나 마찬가지였다. 어디쯤에 검문소가 있는지 알 수 없었다. 모산리 삼거리를 지나칠 무렵이었다. 이곳은 이양면과 춘양면 그리고 능주면이 함께 만나는 삼거리 길이었다. 교통요지라서 어김없이 검문소가 있었으나 그들은 모르고 있었다. 지석천 냇둑을 따라 걷다 신작로로 올라 삼거리를 지나칠 즈음이었다.

바로 앞에 검문소가 있었고 헌병보조원이 검문을 하고 있음에도 눈치 채지 못했던 것이다. 헌병보조원을 바라본 그들은 도둑이 제 발 저린 격으로 그 자리에서 멍하니 서고 말았다. 종일 비를 맞아 헝클어진 머리며 협수룩한 매무새는 의심을 사기에 충분하였다. 거기다가 헌병을 보자 깜짝 놀라는 것이며 얼굴이 붉어지는 것 또한 스스로 빌미를 제공해주는 꼴이 되었다. 표정에서부터 어딘가 모르게 어색한 그들의 모습을 보자 헌병은 금방 이상스러움을 발견했던 것이다. 헌병은 눈을 빤뜩거리며 쳐다보다 가까이 다가오기 시작했다. 순간 득창은 발이 저려 앞으로 나아가지 못했다. 민순도 오금이 저려 바들바들 떨 뿐이었다. 득창은 얼른 민순의 팔목을 붙잡고 슬금슬금 뒷걸음질을 치기 시작했다.

"아기씨 얼른 내빼야 쓰겠당께요."

득창이 시선을 헌병보조원에게 고정시켜 놓은 채 영악히 소리쳤다. 헌병보조원은 고개를 꼿꼿이 세운 채 그들 앞으로 다가오고 있었다.

"얼른 도망가야 헌당께요."

득창은 인정도 없이 팔목을 낚아채듯 민순을 끄집은 채 뒤로 달아나기 시작했다. 민순도 죽을 각오로 득창의 보조를 맞추었다. 잡히면 이제 모든 것이 끝장이 나는 판국이어서 사생결단으로 도망치기 시작했다. 바로 눈앞에서 도망치는 것을 본 헌병보조원이 가만히 있을 리가 없었다. 그도 있는 힘을 다해 뒤쫓아보지만 그들을 따를 수가 없었다. 후루루 호각을 불어보지만 멈추지 않고 도망쳤다. 이때 헌병보조원은 검문소 안으로 들어가 자전거를 꺼내 타고 쫓아오고 있었다. 뒤를 돌아다본 득창은 오금이 펴지지 않아 앞으로 나아가지 못하고 제자리걸음만 하는 것 같았다. 자전거 바퀴 돌리는 소리가 들릴 정도로 가까이 다가오고 있었다. 이제 꼼짝없이 잡혔다는 체념밖에 다른 도리가 없어 보였다. 모든 것을 포기할 수밖에 없는 처지에 놓이게 되었다. 일촉즉발의 긴장감이 감돌았다. 까뭇까뭇한 턱밑 수염을 기른 그들이 여유로운 웃음을 지으며 힘차게 페달을 밟아대었다. 한 손에는 매끌매끌한 방망이를 추켜들고 눈을 부라리며 호각을 불어대었다.

"걸음을 멈춰라!"

헌병은 목청껏 외쳐대었다.

"멈추지 않으면 가만 두지 않겠다!"

계속해서 서릿발 같은 악다구니를 짖어대었다. 이때 득창은 민순의 손목을 낚아채어 길옆 비탈진 언덕을 구르듯 뛰어내렸다. 급한 낭떠러지라서 하마터면 웅덩이로 빠질 뻔했으면서도 겁에 질린 그들은 벌떡 일어나 좁다란 논두렁길로 내달렸다. 종일 비가 내린 탓에 논두렁은 질컥거리고 미끄러울 뿐 아니라 풀잎이 빗물에 젖어 칙칙 감기느라 걸음을 제대로 걸을 수 없었다. 논에는 물이 가득 괴어 넘실거렸다. 하지만 그들은 물을 첨벙거리며 필사적으로 도망쳤다. 줄줄 미끄

러져 넘어지다가도 재빨리 일어나 다시 달렸다. 뒤를 돌아다 볼 겨를
도 없었다. 한참을 달리다보니 쫓아오던 그들은 닭 쫓다가 지붕 쳐다
보는 개처럼 길가에서 호각만 불어대었다. 이어 냇둑을 돌아 반대편
으로 올 요량으로 다시 자전거를 타고 냇둑으로 페달을 밟고 있었다.
논길을 벗어난 곳은 냇둑이었다. 곧은길이어서 자전거를 타기에 그만
이었다. 이제 더 이상 도망칠 곳도 없었다. 득창은 다시 민순의 팔목
을 붙잡고 냇물로 뛰어들었다. 비가 온 뒤라서 흙탕물이 가슴팍에까
지 차올랐다. 민순은 치마가 봉긋 솟구치며 물살에 휩쓸렸다. 빠른 물
살에 휩쓸려 둥둥 떠내려가면서 앞으로 나아가기 힘들었다. 한 가운
데 깊은 곳에 이르렀을 때는 허우적거리기 시작했다. 키가 큰 득창의
손목을 움켜잡고 까치발을 하고서 간신히 몸을 가누며 앞으로 나아갔
다. 잘못 걸었다간 빠져죽기 십상이었다. 득창은 민순의 신발까지 머
리에 이고서 한손은 민순을 추켜잡고 다른 팔로는 헤엄을 치듯 냇물
을 가로질러 건너기 시작했다. 헌병들은 뒤에서 계속 호각을 불어대
었다.

"좋은 말 했을 때 이리로 나오라! 잡히면 그땐 용서 없다."

고래고래 고함을 치며 엄포를 놓았다. 그러나 그들의 소리를 들을
여유조차 없는 상황에 이르렀다. 회오리치는 급물살에 이르렀을 때는
물속으로 곤두박질을 치기 시작했다. 득창은 사생결단으로 민순을 잡
고 끄집었다. 가까스로 가상 자리로 나왔지만 앞엔 또 다른 암초가 놓
여 있었다. 그곳은 냇둑이 아니라 급경사를 이룬 산비탈이었다. 산비
탈도 이만저만이 아니었다. 깎아지른 절벽이었다. 헌병은 냇둑에서
호각을 불어대고, 햇덩이는 어느새 뉘엿뉘엿 서산위에서 어두움을 뿌
려대기 시작했다. 득창은 이러지도 저러지도 할 수 없는 진퇴양난의
길에 빠져든 꼴이었다. 그러나 죽을 때 죽더라도 헌병에게 잡힐 수만

113

은 없었다. 일말의 생각도 없이 위태로운 절벽으로 민순을 끄집었다. 여자로서는 도저히 상상조차 할 수 없는 가파른 천인단애와 같은 곳이었다. 거칠게 깎아지른 벼랑에다 땅가시덤불이 더북더북 우거져 있었다. 생사존망의 기로에 선 탓에 허겁지겁 숨찰 겨를도 없었다. 손과 얼굴에 가시가 박히고 발바닥 물집이 터져 걸을 수가 없어도 우듬지를 붙들고 네발로 기었다. 마디마디가 움직일 수 없을 만큼 쓰리고 아팠다. 이내 온몸이 만신창이가 되어가고 있었다. 그래도 이를 악물며 가시넝쿨을 뚫고 기어올랐다. 그들이 산잔등에 올랐을 땐 햇덩이가 서산낙일로 접어들어 기다렸던 어둠이 산속을 덮어가고 있을 때였다. 그들은 곧바로 으슥한 숲 속으로 몸을 숨겼다. 인기척도 낼 수 없고 그렇다고 내려갈 수도 없었다.

"아기씨, 여기서 숨어 있다가 가야 쓰겄구만이라우."

득창이 가쁜 숨을 몰아쉬며 입을 떼었다. 민순은 초주검이 된 것이나 다름없었고, 아직도 겁에 질려 말을 못하고 고개만 끄덕였다. 때마침 집채만큼 큰 웅퉁바위가 그들의 앞으로 다가왔다. 득창이 비호같이 달려들어 바위를 한 바퀴 빙 돌더니 틈을 발견하고서 민순을 끄집었다. 둘이는 우선 틈으로 기어들어 몸부터 숨기고 들었다. 똬리를 튼 채 쪼그리고 앉아 오들오들 떨며 밤이 깊어지기만을 기다렸다. 보이는 것이라곤 하늘에 반짝이는 별뿐이었다. 나뭇잎 바스락거리는 소리에도 흠칫 놀라며 몸을 움츠렸다. 푸드득 거리는 산새들의 날개 짓 소리에도 화들짝 놀라며 초조한 마음을 달래지 못했다. 다행히 헌병이 따라오는 발자국소리는 들리지 않았다. 일식경 동안 숨소리까지 죽여가며 너구리처럼 숨어 있던 그들이 고개를 밀고 밖으로 나왔을 땐 칠흑같이 어두웠다. 한 치의 앞도 내다보이지 않았다. 지친 몸을 이끌고 들판으로 내려온 그들은 천덕리를 향해 발걸음을 재촉했다. 다리가 팍팍하고 어깨도 결리고 옆구리도 뻐근하지만 온몸이 상처투성이가 되어 쓰라리고 아팠다.

　그러나 무사히 석고리를 지나 천덕리에 이르렀다. 집집마다 보릿겨 모깃불들이 거불거불 타오르고 매캐한 연기와 뜨거운 열기가 골목에까지 서려있었다. 대나무밭을 휘돌자마자 커다란 쌍바라지 대문이 아직도 열려있었다. 득창이 두리번거리며 이쪽저쪽을 살피고서 날렵하게 대문으로 뛰어들었다. 마당 한가운데엔 마른 보릿겨에 생풀을 더 부룩하게 쌓아 놓았다. 밑에서 연기가 모락모락 피어오르고 있었다. 집안 식구들은 마루에 앉아 오순도순 정다운 대화를 나누는 중이었다. 캄캄한 밤 갑자기 마당으로 낯선 사람이 뛰어 들어오자 적잖이 놀란 기색이었다. 눈을 휘둥글며 어리둥절한 표정들을 지었다. 그러나 득창은 불안에 사로잡혀 자신을 수습할 수 있는 능력을 상실한 상태였다. 헐레벌떡 토방까지 뛰어든 그는 경망스럽게 호들갑을 떨며 다급한 목소리를 내질렀다.

　"고모님! 고모님!"

　득창이 불쑥 다가가 고모를 불렀다. 고모 현심은 무망중이라 매우 당황스러워 제대로 대답도 하지 못했다. 까닭을 모른 현심은 기겁을 한 채 와들와들 떨면서 입을 열었다.

　"누구냐?"

　"저 득창이구만요."

　"득창이라니? 아이고 이 밤에 니가 어쩐 일이냐?"

　현심은 화들짝 놀라며 물었다.

　"고모부님께서랑 그동안 안녕하셨능가요?"

　득창은 그 순간에도 대문 쪽을 연신 바라보며 불안의 끈을 늦추지 않았다. 그러면서도 좌중을 향해 허리를 굽혀 인사부터 했다. 득창을 알아본 식구들은 놀란 가슴을 쓸어내리지 못하고 어쩔 줄을 모르는 눈치였다.

"그래 아부지도 잘 계시냐?"

고모부 박태빈은 짐짓 반갑게 웃음 웃는 얼굴로 맞이해주었다. 그는 또 다른 인사치레까지 잊지 않았다.

"예. 고모부님."

식구들의 시선은 하나 같이 토방 끝에 서서 고개만 수그리고 있는 민순에게 쏠리기 시작했다. 기이하게 여긴 현심이 의심이 가득 찬 눈초리로 물었다.

"저자는 니 색시냐?"

"아니어라우."

득창은 고개를 살래살래 저으며 말했다.

"아니 그럼 누군데 이 밤에 데리고 왔느냐?"

"잠시 숨겨달라고 아부지께서 보내셨구만이라우."

"멋이라 숨겨주라니 그것이 무슨 말이냐?"

"천한 사람이라고 해서 막 처녀공출로 끄집어 갈라고 해서 숨겨줄라고 데리고 왔당께요."

"누가 그런 짓을 한다냐?"

"일본사람들이 방직공장으로 보내주겠다고 거짓말을 험서 일본군대로 끄집어간당께요."

"멋이여? 일본군대로?"

"지금 바깥에는 일본 순사와 헌병들이 처녀들을 데리고 갈라고 눈에 불을 켠당께라우."

"누군데 그러냔 말이다?"

"아기씨 이리 오셔서 인사 드리싯시요."

어둠속에서 우두커니 앉아있던 민순이 가까이 다가왔다. 수줍음을 감추지 못하고 채 고개를 숙여 넙죽 인사를 했다. 얼굴이 흙탕물과 함께 땀에 젖어 때물이 줄줄 흘렀다. 이마에 가시로 찔린 자국도 선명했다. 시큼시큼하면서도 고리한 땀국 냄새가 코끝을 움찔거리게 만들었다. 손에는 대나무 삿갓을 들고 있었다.

　"아기씨라니 누구냐?"

　"예. 아부지한테 소리를 배우던 분의 따님이구만요."

　"그런디 왜 느그 집에가 있었다냐?"

　"그럴 일이 있었당께요."

　"그건 그렇고 이름이 멋이제?"

　"아기씨 이름은 허민순이어라우."

　득창이 나서서 대신 말해주었다.

　"워매! 비를 맞고 오니라 고생했겄다. 그런디 이마가 왜 긁혔다냐? 아프겄는디."

　득창은 머리를 한 손으로 쓱쓱 긁으며 멋쩍게 웃었다. 민순 뿐만 아니라 득창도 핏기라고는 하나 없이 안색이 백지장 같고 물옷이 땀에 절어 쉰내를 물씬 풍기며 이마와 목에는 땀방울이 주르륵 흘러내리고 있었다.

　"고모님 이따가 말씀드릴게라우."

　"그래라."

　고모 현심은 방으로 들어갔다. 한참 동안 어둠 속에서 뭔가를 찾는가 싶더니 손에 들고 나온 것은 하얀 무명옷이었다. 한 벌은 종수에게 건네주며

　"저 냇물로 가서 목간을 하고 이 옷으로 갈아입혀야 쓰겄다. 몸에서 쉰 네가 난다."

"예. 고모님."

득창은 고종 사촌형 종수를 따라 마을 앞 냇물로 나아갔다. 이어 고
모는 민순에게 또 다른 치마와 저고리를 내밀며 말했다.

"민순이라고 했제?"

"예."

"너는 저 정지 모퉁이로 가서 언니한테 물을 찌끄러달라고 해서 목
간을 하고 이 옷으로 갈아입어라. 이 옷은 우리 종자 옷잉께 괜찮것
제. 땀에 젖어 꿉꿉허겄다."

현심은 딸 옷을 가져다 건네주며 가녀린 웃음을 지어보였다. 그러
나 민순은 선뜻 대답하지 못하고 머뭇거렸다.

"괜찮허다. 어서 가서 목간을 허고 갈아입도록 허랑께."

그제야 계면쩍은 웃음을 지으며 고개를 끄덕이고는 옷을 받아들었
다. 종수 부인을 따라 뒤란으로 간 그는 우물가에서 물을 끼얹고 목간
을 했다. 온종일 흘린 땀국을 깨끗이 벗겨낸 그녀는 깨끗한 무명옷으
로 갈아입었다.

큰며느리는 어두운 부엌으로 들어가 다시 밥을 짓기 시작했다. 냇
물이 바로 마을 앞에 있어서 득창도 금방 되돌아왔다. 저녁밥을 짓는
동안 득창은 마루에 앉아 식구들 앞에서 자초지종의 이야기를 털어놓
았다. 소리를 통해 맺어진 민순 할아버지로부터 인연에서부터 그의
엄마와 관계까지 세세히 일러주었다. 민순이가 집을 나왔다는 사실과
처녀공출을 피하기 위해 달려온 내용까지 자세히 들려주었다. 식구들
은 끓어오르는 울분을 참지 못하고 목이 메는 듯한 슬픔에 젖어들었
다. 서로들 가슴이 꺼질 듯 탄식을 쏟아내며 비참의 눈빛으로 민순을
바라보기도 했다. 종수 부인과 동생 종자와 종금은 설움에 북받쳐서
울먹이기까지 했다. 박태빈은 자못 심각한 표정을 지으며 수긍하는

눈치를 보였다.

"잘 왔다. 그럼 사람이 살고 봐야제."

목숨을 지키기 위해 사투를 벌리며 데리고 온 득창을 칭찬해주며 흔쾌히 받아줄 것임을 암시하고 나섰다. 소문대로 표리가 없어 넓은 아량이 한껏 묻어난 모습 그대로였다. 눈치 빠른 종수가 대문으로 다가가 문을 잠그고 빗장을 걸었다.

"잘 데리고 왔다. 일본 놈 노리갯감으로 보내서야 쓰겠냐? 여기서는 걱정 마라. 당분간 우리가 데리고 있으마."

고모도 여유롭고도 초연한 미소를 입술에 그려가며 반가운 기색을 내비쳤다. 민순은 들은 대로 착한 사람들임을 직감할 수 있었다. 다시 없는 위안처라는 생각에 보내준 학동영감이 너무 고마웠다.

"아버지는 뭣 하는 사람이냐?"

"공부하러 한양에 가셨구만요."

"공부를 하러 가셨다고?"

"예."

"무슨 공부를?"

"과거보러 가셨어요?"

"머시라! 과거를 보러 갔다고?"

"예."

"거참! 알 수 없구나. 그런디 왜 집을 나왔냐?"

민순이 자못 심각한 표정을 지으며 말을 못하고 고개를 푹 숙였다. 차마 말을 하지 못하고 얼굴을 붉히며 좌불안석하는 표정을 지었다. 마치 정곡을 송곳으로 쑤심질했음을 알아차린 태빈은 슬그머니 말끝을 돌리고 나섰다.

"그래. 처녀공출에 가라고 통지서를 받았단 말이냐?"

득창이 말부리를 따고 나섰다.

"예, 고모부."

"어떻게 알고 너희 집으로 나왔다냐?"

"지가 살고 있는 마을에 박실댁이란 사람이 살고 있는디라 그 사람 친정 동생이 순사랑께요. 그런디 자정골 밑에 논과 밭이 많이 있당께요. 우리 집 샘물로 물을 뜨러 다니다가 민순 아기씨를 보고서 동생에게 일러바쳤는 갑습디다."

"그랬었구나. 얼굴이 곱상하게 생겼으니 더 했겄제."

"지금 나이가 몇 살인디 그랬다냐?"

고모 현심씨가 민순을 바라보고 물었다. 득창이 어서 말해라고 졸라대듯 민순을 바라보았다.

"열네 살이구만요."

"어허! 아직 어린 아이를 처녀공출로 보내겠다고 했단 말이냐?"

"예, 고숙님."

"해도 해도 너무 했다. 천벌을 받을 놈들이제. 언제나 우리나라를 되찾아 이런 꼴을 보지 않고 살랑가 모르겄다."

태빈은 부리부리한 눈으로 화가 치민 낯빛을 드러내며 한숨을 지었다. 울화를 참지 못하고 목까지 잠겨드는 것 같았다.

"때리는 시어미보다 말리는 시누이가 밉다더니 왜놈들은 그렇다고 치고 그 앞잽이가 더 밉단 말이다. 내 동포 내 민족 가슴에 못을 박고 총칼을 겨누는 놈들! 내 아들 딸들을 남의 나라에 팔아먹는 그놈들. 얼른 해방이 되어 이 땅에서 몰아 내불면 얼마나 좋겄냐."

태빈은 참을 수 없는 분노를 씹으며 거미줄 같이 자글자글 피어난 주름을 치켜 올렸다. 이번에는 큰 아들 종수가 입을 쩍쩍 다시며 허두를 떼고 나섰다.

"하늘은 알고 있겄제. 언젠가는 천벌을 받을 짓인 것을. 미친놈은 몽둥이가 최고지만 지금은 어쩔 수 없당께. 바위를 주먹으로 때리면 내 손만 아프제. 아직은 때가 아닝께 피하는 것이 상책이제. 잘 피해왔다. 당분간은 내가 지켜주마. 걱정말고 놔두고 가거라. 오죽했으면 외삼촌께서 여기까지 보내셨겄냐?"

"형님 고맙구만이라우."

"고맙긴 뭐가 고맙냐. 북풍한설이 아무리 기세가 댕댕하다 할지라도 따스한 봄 햇살 앞에서는 맥을 못 추는 것이제. 언젠가는 우리나라에도 봄이 오겄제. 그때까지는 십시일반 서로 도와가며 견디며 지내야 쓰지 않겄냐?"

종수는 용트림을 하듯 욱욱하게 큰소리를 질러대었다. 고모부 태빈은 커진 목소리에 자못 불안감을 감추지 못한 눈치였다. 혹시나 순사보조가 골목을 지나다가 듣기라도 하면 큰일이기 때문이었다. 간혹 헌병보조원이 골목길을 싸대며 주민들의 동태를 살피고 다녔다. 외간 사람들이 마을에 찾아들었는지 조사하여 정보를 입수하는 일도 그들의 임무였다. 만일 외인이 집에 잠입한 것이나, 또는 일제의 탄압에 대한 불평불만을 늘어놓다 들키기라도 하면 가혹한 형벌과 벌금을 면키 어려웠다. 커진 목소리를 잠재우려는 듯 집게손가락을 입술에 세로로 세워 쉬쉬거리는 듯 나지막한 목소리로 속삭였다.

"그럼. 지놈들이 총칼로 짓누른다고 해도 우리 마음까지 바꾸겄냐. 고약으로 속병은 못 고치는 것이제."

종수가 아버지의 마음을 얼른 알아차리고 일찍 잠자리에 들어야 한다고 권하고 나섰다.

"아부지 오늘은 일찍 불을 끄고 주무시는 것이 좋겄구만요. 괜시리 불안하당께요."

"그래야 쓰겄다."

말이 길다보면 자연히 대성질호(大聲疾呼)로 비화되어 만단의혹을 살 수 있었다. 괜히 빌미를 찾고자 떠도는 그들에게 들키기라도 하면 독립운동을 했다고 트집을 잡아 끌려가기 일쑤였다. 고을에서도 하루에도 몇 건씩 이와 같은 일이 비일비재하게 벌어지고 있었다. 하찮은 말에도 생트집을 걸곤 했던 것이다. 한번 그들의 입에 오르내리기라도 하면 늘 감시를 받기 일쑤였다. 그것은 돌이킬 수 없는 고통일 수밖에 없었다. 고모 현심은 첫날이고 해서 민순을 자기 곁에 두고 재우기로 했다. 득창은 대청마루에 자리를 깔아주었다. 밤은 깊어지고 모두가 자리에 들었다. 하지만 민순은 묘한 감회가 뭉클하게 솟아올라 코가 아릿해지면서 쉽게 잠이 오지 않았다. 낯선 땅 낯선 사람들과 뜻하지 않은 만남은 야릇한 감회를 일으켜 잠을 청하려 들어도 오지 않았다. 뼈마디마디가 욱신욱신 쑤셔대고 발목, 장딴지, 무릎, 허벅지, 허리 그 어디 결리지 않은 곳이 한 군데도 없었다. 하지만 정신만 멀쩡하여 멀뚱멀뚱 천장만 쳐다보고 있었다. 그날 하루에 이뤄졌던 풍상이 한 꺼풀씩 벗겨지며 눈앞을 스쳐갔다. 새벽부터 산길을 내달렸던 일이며 나루터에서 풀숲에 숨던 일. 비를 맞고 나룻배를 타고 도망쳐 산길을 내달린 일, 자전거를 타고 쫓아온 헌병과 어둠속에서도 바위에 숨어 있던 일들이……. 잡히지 않고 달려온 길이 마치 아슬아슬한 줄을 탄 것과 전혀 다름없었다. 슬픔과 비분이 서로 얽혀지고 감사함이 파도처럼 너울져 머릿속을 철썩철썩 두드렸다. 곁에 누워계신 어른의 잠을 깨울까봐 숨소리 하나 들리지 않게 움직이지 않고 누워 있었다.

"내가 느그 집을 조금은 알고 있단 말이다."

"예?"

"우리 학동 오빠가 소리골에 살도록 느그 할아버지께서 도와주셨다는 것을 안당께."

"어떻게 아셨어요?"

"전에 내가 소리골에 갔을 때 오빠께서 가르쳐주시드란 말이다. 얼마나 고맙든지……. 그런데도 뵙지도 못하고 왔는디 너를 봉께 참말로 반갑다."

현심은 지난 일을 들춰내어 은혜를 잊지 않은 듯하였다. 진실 된 마음에서 우러나오는 말 같았다.

"그런데 느그 할아버지께서는 건강하시냐?"

"아니어요. 진즉 돌아가셨어라우."

"그랬구나. 언제 돌아가셨냐?"

"벌써 5년 되었구만요."

"느그 엄마는 언제 돌아가셨냐?"

"할아버지보다 일년 먼저 돌아가셨구만요."

"느그 할아부지가 가슴 아픈 일을 겪고 가셨구나."

"아버지께서는 한양에 가셨담서 자주 오시느냐?"

"아니요."

"소식은 있고?"

"소식도 몰라요."

"할아버지께서 돌아가셔도 안 왔단 말이냐?"

"예."

"엄마 돌아가셨을 때는?"

"안 오셨어요."

"어찌 그런 사람이 있을그나. 분명 한양에 가신 것은 맞고?"

"잘 몰라요."

"일본이나 만주로 갔는 것이 아니냐. 한양에 삼시롬 그러겄냐. 공부도 많이 했담서?"

"일본유학생이라고 하셨어라우."

갑자기 혀를 쩝쩝 차는 소리가 들렸다. 주무신 것으로만 여겼던 남편 태빈이 다 듣고 있었는지 허두를 따고 나섰다.

"어허! 배운 사람이 그래서는 안 될 일이제. 일본이 아니라 중국에 가 있더라도 그래서야 쓰겄냐. 산짐승들도 제 새끼 있는 골짜기는 벗어나지 않은 것인디. 하물며 부모님과 처자식을 놔두고 가서 소식을 끊고 살다니 짐승만도 못할 짓이제. 오지는 못하더라도 연락은 하고 지내사제. 그래서 엄마가 화병에 돌아가셨능가 보구나."

"한양에서 어떤 여자가 와서 아버지를 데리고 갔어라우. 그 뒤로부터 소식이 끊어졌어요. 그때부터 엄마는 소리를 배우러 다니셨구만이라우."

"어떤 여자라니? 그 사람이 누군데 와서 데려가?"

"아빠께서 일본에서 학교 다니실 때 동창생이라고 들었어요."

"공부하러 간다고 해놓고 여자에게 빠졌능개비구나."

혀를 차는 현심의 끌끌 소리가 방안에 쩌렁쩌렁 울렸다.

"그래서 엄마가 소리를 하러 다녔었구나. 할머니께서 소리를 하라고 내버려두셨다냐?"

"아니요. 못하게 하셨어라우."

"당연히 그랬겄제. 그랬는데도 계속 한다고 했능가 보구나."

"예. 백일수련을 떠나시다가 작은아빠한테 붙잡히기까지 하셨당께요."

"그래서 어쨌다냐?"

"끌려오신 뒤로 실성하셨어요."

깜짝 놀라며 슬픈 마음을 가누지 못했다. 캄캄한 어둠 속에서도 두 눈의 광채가 반짝반짝 빛을 내고 있었다.

"실성을 했어?"

"예."

"워매! 그래갖고 돌아가셨구나."

"집을 나가서 소리골 폭포 밑에 빠져 돌아가셨구만요."

현심은 더 이상 말을 잇지 못하고 눈물이 그렁그렁한 것 같았다. 갑자기 민순의 손을 꼭 쥐어주면서 온몸을 바르르 떨었다.

"얼마나 한이 되고 원이 되어 그랬을그나. 그래도 살았어야제. 달아매여 살아도 저승보단 이승이 났다고 했는디."

태빈도 안타까움을 감추지 못하고 긴 한숨으로 가슴을 진정시키려 들었다.

"아이고 엄마가 한을 가슴에 묻고 죽어서 어찌해야 쓸끄나. 여자가 한을 품으면 오뉴월에도 서리 친다고 했는디. 그건 그렇고 너는 왜 집을 나왔느냐?

"작은아빠가 시집가라고 해서요."

"뭐? 벌써 시집을 가라고 했어?"

"예."

"그럼 시킨 대로 허제 왜 나왔어?"

"너무 무서웠어요. 사람이 아니라 괴물 같았당께요."

"괴물이라니? 어떻게 생겼길래?"

"바다에서 소금을 일구는 염부라고 했는디 꼭 짐승같이 생겼드랑께요."

"니가 봤어?"

"집으로 데리고 왔었어라우."

"마다고 할 일이제. 도망을 나와 어떻게 할라고?"

"제가 시집을 가면 쌀 열 가마를 받는다고 허드랑께요."

"오라! 돈으로 색시를 사가려고 했능개비네. 참 못된 숙부구나. 엄마는 안계시고 아빠도 연락이 없웅께 제 맘대로 할라고 했구만. 그럼 아빠한테 돌아간다고 허제 그랬냐?"

"……."

"하기야 소식이 없다고 했제. 말을 들으니 기가 막힐 일이로구나. 그래서 득창이 사는 집으로 찾아갔구나?"

"예."

"왜 그곳으로 먼저 갔느냐?"

"저도 소리가 배우고 싶었어요.

"소리를 배워 어디다 쓸라고?"

"엄마가 한이 되어 돌아가셔서 저라도 해보고 싶었어요."

"그러고도 싶었다만 작은아빠가 그냥 두고 보겠냐?"

"그래서 몰래 나왔어요."

"느그 작은아빠는 득창이 사는 곳을 모르냐?"

"예. 몰라요. 가르쳐 준 사람이 없어요."

"앞으로도 소리를 할 작정이냐?"

"저는 기어코 명창이 될거구만요."

"참 속이 깊구나. 명창이 된 다음엔 뭣을 할라고?"

"엄마께서 이루지 못한 것을 제가 이루고 싶당께요. 그래가지고 아빠를 찾아갈 거구만요. 불쌍하게 돌아가신 엄마의 한을 전해드릴라고요."

"얼마나 원이 되고 한이 되었으면 니가 그런 말을 허겄냐?"

현심은 어둠 속에서도 맑은 눈으로 그녀를 물끄러미 바라보며 쓸쓸히 말꼬리를 흐렸다. 도란도란 얘기를 나누다 보니 삼경이 훌쩍 지나간 것 같았다. 민순의 아픈 마음은 위로해주고 가려운 곳은 긁어 줄줄 아는 인자한 사람이었다. 손을 꼭 잡아주며 이제 안심하라고 위로까지 잊지 않았다. 민순은 오길 잘했다는 생각에 안도의 한숨을 내쉬었다.

희뿌연 새벽이 여명을 타고 밝아왔다. 늦게 잠이 든 민순은 훤한 줄도 모르고 잠에 취해 있었다. 아침상이 차려질 때가 되어야 겨우 눈을 떴다. 부끄러움을 감추지 못하고 눈두덩을 움찔거렸다. 아침을 먹기 위해 온 식구들이 다 모였다. 그런데 득창의 얼굴이 눈에 띄지 않았다. 분명 대청마루에 누워 코를 골고 자고 있었는데 자못 행방이 궁금하기 짝이 없었다.

"눈을 떴구나. 고단한 것 같아 가만 놔뒀다. 어둑어둑 했을 때 득창은 떠났다."

"예? 벌써 떠났어요?"

"늦게라도 복내장으로 가야 한다고 허드라."

민순은 자신도 모르게 가슴이 찡해지는 것이었다. 눈시울에서 눈물이 핑 돌았다.

종일 비를 맞고 산길을 오느라 고단했을 터인데 날이 새기도 전에 지친 몸을 이끌고 되돌아갔을 거라는 생각에 가슴이 미어질 것만 같았다.

한편 학동은 민순을 능주로 보내놓고 불안에 덜덜 떨고 있었다. 다행이 동생 집으로 잘 데려다 주고 왔기에 안심은 되지만 다가올 뒷감당이 걱정이었다. 분명 이장이 오늘은 데리러 올 것이기 때문이었다. 꼭 데려다 놓으라고 옥박지르던 표정이 눈앞으로 불쑥 떠오르는 것이었다. 날이 밝아지면서부터 초조함은 더욱 커지기 시작했다. 그가 오면 뭐라 변명을 해야 할지 조마조마한 마음에서 일손이 잡히지 않았다.

득창은 장마당으로 떠나고 뜨거운 햇살은 동쪽 산을 넘어 자정골로 쏟아졌다. 학동은 헛간으로 가서 호미를 하나 꺼내들고 나왔다. 가슴을 졸이고 있기보다는 차라리 밭일을 하고 있는 것이 나을 성싶어 감나무 밭 기슭으로 올랐다. 들깨가 꽃이 피기도 전에 명아주에 치어 되레 오므라드는 것 같았다. 명아주는 뿌리까지 깊게 박아 어려서 뽑지 않고선 밭농사를 망치기 일쑤였다. 학동은 들깨 밭으로 들어가 한참 명아주 뿌리를 뽑아내고 있었다. 그때 사립문 쪽에서 웅성거리는 사람들의 기척이 들려왔다. 그는 말로 형언할 수 없을 정도로 착잡한 심정이었다. 잠시 후 집 안으로 사람들이 들어오고 있었다. 그는 들깨 밭고랑에 앉아 고개만 쭉 내민 채 집안을 훑어보았다. 눈길 안으로 들어오는 사람은 박실댁과 이장 그리고 머슴으로 보인 젊은이가 마당에서 서성거렸다. 마당으로 들어선 그들은 먼저 집안의 동정부터 살피려었다. 이장은 머슴을 시켜 집안 구석구석을 살펴보라고 시키는 것 같았다. 머슴은 뒤란으로 왔다 갔다 하며 헤집고 다녔다. 부엌문을 열어 두리번거리더니 마루로 올라가 방문까지 활활 열어젖혀 보고는 이내 마당으로 나왔다.

"영감! 영감 없능가?"

이장의 목소리가 들렸다. 빈집인 것을 확인하고는 사람을 불러대었다.

"누구요?"

하고서 학동이 들깨 밭에서 고개를 내밀었다. 이미 알고 있으면서도 부러 새삼스러운 내색을 떨었다.

"저기 밭에 있구만요."

이장이 밭에 있는 학동을 알아보고서 박실댁에게 손짓을 하며 말했다. 그들은 천천히 밭으로 올라와 학동을 보고 입을 떼었다.

128

"그 처자를 데려다 놓았능가?"

"아니요. 한 번 간 사람을 금방 데리고 오겠어요? 아직 데리고 살 형편이 못 되어 나중에 오라고 했당께요. 형편이 나아지면 연락할거구만요."

그는 태연스러우면서도 능글맞게 말했다.

"나하고 약조를 했지 않았능가?"

이장은 본 성깔이 나오는지 금방 핏대를 세워가며 벽력같은 소리를 질렀다.

"아직은 며느리는 아니고 남의 딸인디 어찌 내 맘대로 허겠소. 데려 갈라거든 나한테 말하지 말고 직접 가서 본인한테 말을 허싯시요. 나는 그런 말 못 하겠소."

학동은 두루뭉술한 표정을 지으며 말했다.

"약조를 했담서 모른 척허깅가?"

가만히 눈치를 살피고 있던 박실댁이 비장이 뒤틀린 듯 가시 돋친 혓바닥으로 싸늘히 쏘아붙였다.

"약조도 할 수 있는 것이 있고 못하는 것이 있지라우. 남의 딸을 어떻게 내 마음대로 헐 것입니껴? 잘못했다가 내 딸 내놓으라고 허면 어떻게 헐 것이요?"

학동은 괜히 어정쩡한 태도를 보였다간 변탈을 부릴 것 같아 애당초부터 당찮은 짓이었음을 들먹이고 나섰다. 이장은 뭐라 대꾸하기가 난감한지 이상야릇한 표정으로 사람을 째려보고서 담배에 불을 댕겼다. 연기 한 모금을 죽 빨아 밖으로 내뱉고서 박실댁을 쳐다보았다. 박실댁이 눈꼬리를 가늘게 모으고서 얼굴을 일그러뜨리며 입을 열었다.

"이 사람아 나쁜 일이면 내가 여길 오지도 않았당께. 방직공장에 들어가기가 그렇게 쉬운 일인 줄 아능가? 불쌍하고 가련해서 도와줄라고 했구만 자네가 중간에서 산통을 깨다니. 그것은 어디서 나온 배짱 인가?"

그녀는 책임을 추궁하려 들었다. 피눈물도 없다고 소문난 그녀가 오늘 따라 마치 보살이나 되는 것처럼 시치미를 뚝 떼는 것이었다. 속에 능구렁이가 들어앉은 성깔이어서 학동은 긴장을 풀지 못했다. 말한 마디마다 신중을 기해야 했다.

"네 놈이 남의 동네에 들어와 삼시롬 이장 말을 한 귀로 듣고 다른 귀로 흘렸단 말이냐? 이놈아 이 일은 나라를 위한 것이고 그리고 마을을 위한 것인디 시상 무서운 줄도 모르고 함부로 나불거려. 요자식이 맛을 좀 봐야 정신을 차릴랑 개비네."

이장이 소매를 걷어 올린 채 득달같이 달려들어 늙은 학동의 머리채를 끄집었다. 엉겁결에 머리채를 붙잡힌 학동은 감나무 밭으로 질질 끌려가고 말았다. 힘 한 번 써볼 겨를도 없었다. 이장은 인정사정도 없이 머리채를 흔들어대며 불심지가 바삭바삭 타들어 가는 소리를 내지르기 시작했다.

"이 천한 개 상놈아! 누구 앞에서 함부로 입을 나불거려. 너 죽고 싶으냐?"

머리채가 다 헝클어지고 턱이 덜덜 떨리며 이빨이 서로 부딪히는 소리가 나도록 흔들었다.

무섭고 서러운 마음이 서로 뒤범벅이 되어 분함을 짓눌렀다. 환갑이 다 된 나이인데도 아직 새파란 젊은 사람이 거침없이 몹쓸 짓을 해대었다. 잠시 후 그는 머리채를 놓고서 학동을 쭉 밀어버렸다. 힘없는 그는 감나무로 가서 벌렁 자빠져 머무적거리고 말았다. 그는 아직도 분을 삼키지 못하는 눈치였다. 손뼉을 탁 치고는 침을 퇘 내뱉고서 째려보았다.

"자네 아들은 어디 갔능가?"

가만히 구경만 하고 있던 박실댁이 엄중한 경고라도 하려는 듯 아들을 찾았다.

"장에 갔구만요."

"장에서 멋을 하고 다닝가?"

"장돌뱅이로 굿판을 벌리며 빌어묵고 사는구만요."

"그렁가? 젊은 놈이 그런 짓을 하고 살아서 멋에다 쓸 것잉가. 다음에 좋은 기회가 오면 아들에게 도움을 주도록 해야 쓰겄네. 무슨 말인지 알겄능가?"

"잘 모르겠구만이라우."

"이 바보 같은 놈아 나중에는 니 아들은 보내주시겠다는 말씀이란 말이다."

진홍이 다시 맞장구를 치고 나섰다. 그것은 엄중한 경고였다. 나중에 다시 보자는 말이었다. 아무튼 남의 비위짱 긁어내는 재미로 살아가는 사람인 것 같았다. 명색이 이장이란 자가 박실댁 하수인(下手人)이 되어 일제의 앞잡이 역할을 하는 것을 보면 피가 거꾸로 솟았다. 마을 사람들은 하나같이 그의 비겁함을 경멸적 시선으로 바라보며 억분해보지만 정작 말리려 드는 이가 없다는 것이 문제였다. 친일적으로 날뛰던 사람들이 활개를 치는 까닭이 여기에 있었다. 그들은 가난하고 비천한 신분에게 전횡을 휘둘렀다.

"그만 돌아가세."

박실댁이 애써 무덤덤한 표정을 지으며 돌아가자고 채근하고 나섰다.

"야! 이 천한 놈아! 다시 한 번 함부로 주둥아릴 놀렸다가는 목숨은 커녕 뼈다귀도 추스르지 못할 줄 알고 있어."

진홍은 시퍼런 날이 선 말투로 겁을 주었다. 약자에겐 한없이 강하고 강자에게는 속까지 꺼내주며 아부를 일삼는 건방진 소리였다. 박실댁은 별수 없다는 생각이 들었는지 천천히 발걸음을 돌렸다. 밭둑가에 줄곧 앉아 있던 머슴을 데리고 사립문 쪽으로 향했다.

학동은 하마터면 큰일 날 뻔했다는 생각이 들었다. 이제 낯선 먼 곳으로 피신을 시켰다는 안도감이 들었지만 또 한편으론 이제 아들을 보내주겠다는 말을 곱씹어보았다. 그것은 분명 불안하면서도 서늘한 기운이 되어 등짝을 오싹하게 만들었다. 일을 하다 말고 학동은 집으로 내려왔다. 더 이상 밭일이 손에 잡히지 않았다. 마루에 앉아 하염없이 담배만 피워대며 먼 산으로 눈길만 뿌렸다. 분하고 억울함이 숨길마저 막아버린 것 같았다. 허탈한 슬픔이 하염없이 밀려오고 눈가가 촉촉하게 젖어들었다.

4
혼담의 고개를 넘다

…… 처서를 지나 백로로 향하는 절기는 무더운 복중더위가 한풀 꺾이고 햇살은 살갗 속으로 파고들 듯 날카롭게 쏟아지고 있었다. 끝 자락으로 내몰리고 있는 여름은 아침저녁으로 서늘한 기운을 뿌려대 었다. 민순이 득창 고모 집엘 온 지 열흘이 다되었다. 낯선 집으로 오 는 날부터 눈 밖에 나지 않으려고 몸을 사리지 않았다. 집안일이라면 닥치는 대로 거들고 나섰다. 빨래를 도맡아 하고 집안에 먼지 하나 스 며들 틈도 없이 방이며 마루까지 번질번질 광이 나도록 걸레질을 해 대었다. 그것만이 아니었다. 어린아이 돌보는 것은 말할 것도 없고 동 이에는 물을 가득가득 채워놓기까지, 솥이며 그릇까지 닦아 놓았다. 한마디로 집안 살림의 보배로운 애머슴이 제 발로 들어온 꼴이었다. 집식구들이 그녀의 착한 마음을 차츰 알아주기 시작했다. 자연스럽게 집안 식구들의 마음을 사로잡는 이가 되었다.

거드름을 피우거나 몸을 아낄 줄 모르는 그녀의 천성을 알아차린 현심은 마치 친딸과 다를 바 없이 여겨주었다. 민순은 친 고모처럼 스 스럼없이 지내면서 실제 고모라고 불렀다.

천덕리는 북쪽으로 낮은 산들이 병풍처럼 가려주고 남쪽으로는 훤히 트인 들판을 바라보고 있는 마을이었다. 건넛산 밑에까지 마치 꼬막껍질을 엎어놓은 것처럼 초가집들이 올망졸망 둘러붙어 있고, 대충 눈짐작에도 백여 호가 넘는 큰 마을이었다. 마을 앞으론 지석천 맑은 냇물이 흐르고 저 멀리 능주 소재지가 눈 안으로 들어왔다. 예로부터 선비의 고장이어서 인물도 많이 배출한 고장이라고 하였다.

처음 올 때만 해도 행여 헌병의 눈에 띨까 봐 대문 밖 출입을 꺼리며 집안에 갇혀있다시피 했던 민순이 점점 여유를 찾아가고 있었다. 마을 사람들의 이목을 살피는 데도 애를 썼다.

현심은 그녀를 조카라고 알렸고 마을 사람들 또한 그렇게 여겼다. 그 후로는 곧잘 밖에도 나가기도 하면서 새 생활에 쉽게 적응하였다. 그녀의 행실을 바라본 마을 사람들은 한결같이 칭찬하기 시작하였고 지선(至善)하다는 입소문이 삽시간에 마을에 퍼졌다.

그러나 민순은 태빈 부부에게 신수(新愁)와도 같았다. 집안형편으로 봐서 오랫동안 데리고 살만한 처지가 못 되었다. 여섯 마지기 논농사로 식구들 입에 풀칠이나 하며 근근이 살아가는 입장이었다. 태빈은 하루도 쉬지 않고 남의 집 품팔이를 다녔고 현심도 마찬가지였다. 거기에 또 다른 걸림돌이 있었다. 엇비슷한 또래 딸이 둘이나 있었던 것이다. 때문에 부부는 밤마다 이리저리 궁리를 짜내기 시작했다. 그러나 쉽게 묘방이 떠오르지 않았다.

능주라고 해서 처녀공출이 없는 것이 아니었다. 들리는 바에 의하면 딸을 빼앗기다시피 처녀공출로 보낸 사람들의 억울한 사연이 날아들었다. 기구한 운명과도 같은 슬픈 것들이었다. 태빈 부부는 자기 딸을 지키는 것도 벅찬 일인데 남의 딸을 데리고 있는 것까지 심히 불안하였던 것이다. 세상인심은 날로 흉흉해지면서 조혼이 성행해지기 시작했다. 열네 살부터 처녀공출이 해당되는 만큼 그 전에라도 시집을 보내려는 부모가 늘어만 갔다. 그래도 이름 있는 집안 딸들은 걱정할 것이 없었다. 부모가 방패막이가 되어준 까닭에 관서(官署)에서도 대상으로 삼지 않았다. 가난하고 낮은 신분의 딸들을 표적으로 삼았던 것이다.

이런 경황에 뚜쟁이 경심이 태빈을 찾아들었다. 그녀는 고을에서 이름난 중매쟁이였다. 세태가 뒤숭숭하다 보니 딸을 가진 부모를 찾아가 조혼을 권하고 다녔다. 특히 현심에게는 남의 딸을 데리고 있다가 무슨 일을 당하려느냐고 능글스레 웃어가며 수완을 부려대었다. 그녀가 현심을 찾아온 것도 민순이는 얼굴도 예쁜 데다 부지런하고 인사성이 바르다는 좋은 평판 때문이었다. 마을 아낙들은 민순을 볼 때마다 입이 닳도록 칭찬을 했던 것이다.

"아이고! 내 딸도 힘든디 남의 딸까지 데리고 사느라 얼매나 고생이 많으싱가라우?"

저녁밥을 먹고 마루에 앉아 있을 때였다. 경심이 간살스런 웃음을 지어가며 숨넘어가듯 언사를 치며 다가왔다. 현심은 그녀가 찾아온 까닭을 넘겨짚고도 남음이 있을 수밖에 없었다.

"어째서 고생스럽게 보이등개비네."

"그런이라우. 딸 가진 사람들은 지금 숨도 지대로 못 쉬고 산당께라우. 그런디 남의 딸까지. 아이고! 그 속을 누가 알아주겠소? 얼른얼른 떨어내야지라우."

부부 표정이 냉연하게 가라앉아 있는 것을 눈여겨보고서는 능갈맞게 다가섰다.

"아직도 처녀공출은 끝나지 않았당가?"

"그걸 말이라고 허싱니껴. 지금 순사들 눈깔이 뒤집어 부렀당께요."

"내 딸이야 괜찮네만 한동자가 와 있어서 걱정이랑께."

현심은 은연중 자신의 속내를 털어놓고 말았다. 솔직히 밤에 제대로 잠을 이룰 수 없을 지경이었다. 오빠가 숨겨달라고 보낸 통에 엉겁결에 데리고 있지만 갈수록 걱정이 태산이었다. 이렇다 할 묘안이 떠오르지 않은 것이 궁금답답할 노릇이었다.

"하믄이라우. 남의 집 강아지만 얼씬거려도 신경이 쓰인디 비민하겠소? 가만 뒀다간 못 본 재주할 수 있당께요. 이참에 이런저런 핑계로 짝을 채워줬으면 좋겠당께요."

경심은 입술에 침을 발라가며 오두방정을 떨고 달려들었다. 얼굴을 흘낏흘낏 쳐다보며 조심스럽게 마음을 떠보는 심사였다. 간살스러운 눈웃음을 쳐대는 것이 말을 들어주지 않으면 분명 수작을 부리고도 남을 것 같았다.

"하기사 그렇기도 허네."

"그렁께 이참에 눈 딱 감고 짝을 채워불장께라우. 내가 낳은 딸도 못 믹이고 못 입힌디 남의 딸까지 데려다 속 썩힐 필요가 어디 있다요?"

"어디 좋은 신랑감이라도 있능가?"

"그러믄이라우. 성님! 민순이한테 딱 맞은 천생연분이 나타났당께요."

"그랬으면 좋겠지만 몸만 보내야 헐 것인디 천생연분인들 무슨 소용이 있겠능가?"

"워매! 걱정도 팔자요. 내가 누구요. 천생연분에 보리 개떡이라고 다 격에 맞춰 중매를 하제 아무하고나 허간디라우. 염려 놓으시요잉."

"그런 사람이 있단 말이여?"

"있당께라우. 걱정허시지 말고 허락만 허싯시요."

"어디 사는 누구랑가?"

"앗따 저기 옹구쟁이 길동이랑께라우. 여자 하나 들어가면 육칠월 조대가리 늘어지듯 팔자가 쭉 늘어지고 말 것이구만요. 착하고 부지런한겄다. 재물 다복다복 모아놓았겄다. 거기에다 술도 안 먹제. 노름은 구경조차도 싫어한 사람이니 얼매나 좋겄소."

"옹구쟁이 길동이 말잉가?"

"그렇당께라우. 천하다는 것 하나 뿐이제. 그런 신랑감이 어디 있겄소? 여자 팔자는 뭐니 뭐니 해도 지집 귀하게 여기고 배곯리지 않은 놈한테 시집가는 것이 최고 아니겄소. 그래서 오뉴월 개 팔자가 상팔자라고 헙디여."

고모 현심이 알아차렸다는 듯 새부리처럼 입술을 삐죽삐죽 내밀며 고개를 끄덕였다. 길동이 만큼은 자타가 공인할 수 있는 총각이었다. 이목구비도 그만하면 어디에 내놓아도 뒤처지지 않고 먹고살 만했다. 그녀 말마따나 착하고 인사성도 바른 이였다. 누가 얼굴에 침을 뱉는다고 해도 쓱쓱 닦고 말 사람이지, 탓을 할 사람은 아니었다. 뚜쟁이 경심은 온몸에 신바람이 쌩쌩 돋아난 듯 생기가 넘친 표정을 지었다. 마치 난쟁이 허리춤 추키듯 길동을 칭찬을 하고 나섰다. 히죽히죽 웃는가 하면 눈가장에 자글자글 잔주름을 모아갔다. 희끔한 이빨을 드러내며 징글맞은 웃음으로 능청까지 떨어대었다.

"남의 딸 오랫동안 데리고 있어 좋을 일 있간디라우?"

"하기야 그러긴 허제."

"허락 하신 것으로 알고 있을라요. 가을일만 끝나면 곧장 날을 받아야 쓰겄구만이라우."

"쪼깐만 기다리소. 그래도 그렇제. 당사자한테 물어보지도 않고 내 맘대로 해서야 쓰겄능가? 속을 좀 떠보고 알려줄 것잉께 잠깐 기다리랑께. 알았능가?"

"하기사 남이 무슨 소용있겠소. 전라감사도 지 하기 싫으면 그만인 것인디 지가 시집을 가겠다고 해야제 억지로 보낼 수는 없지라잉. 그래도 누구보다도 마님 말은 들을 것잉께 잘 타일러 보싯시요잉."

"알았네. 내 그리해봄세."

"언제나 알려주실라요?"

"내 곧 알려줌세. 기다리고 있소."

"마님이 그렇게 하싱께 혼인은 이뤄진 것이나 다름없겠구만요."

"이 사람아 혼사란 떡시루 김이 나다가도 깨지는 것이여. 그래서 첫날밤 지내봐야 믿는 것이라네. 그것도 모릉가?"

"아이고! 중매쟁이 노릇 해온지가 이십 년인디 그것도 모르겄소."

"그렇께 잠자코 기다리란 말이시."

"예. 마님."

태빈의 생각에도 별반 무리가 아닐 성싶었다. 주막거리 근처는 물론 하고많은 노름판엔 얼씬도 않고 그저 자기 일에 묵묵히 일만해 온 착실한 젊은이였다. 다만 사람들이 홀리는 노파심은 스물둘의 젊은 나이에 청상이 되어 아들 하나만 보고 살아온 어머니가 근걱정이었다. 대개 그런 여인네가 시어머니가 될 적엔 표독한 시집살이를 시킨다는 세인의 추측성 속설이 있기는 하지만, 아무튼 그에게 시집을 든 여자는 먹고 사는데 지장 없을 거라고 입을 모은 것만은 사실이었다. 그러나 아무리 좋은 일이라고 할지라도 본인의 의사를 무시할 수는 없었다. 고모 현심이 정중하게 민순을 불러 기탄없고 솔직한 심정으로 의견을 들어보고 싶었다.

"민순아 그동안 우리 집에 사느라 불편했지야?"

"아니요."

"말은 안 했어도 니 속은 불편했겠제. 니 속 모르겄냐?"

"불편하지 않았당께요."

"잠자리도 불편했고, 종자 비위맞추느라 애를 쓴 것도 다 알고 있단 말이다."

현심은 심중을 꿰뚫고 있는 사람처럼 너스레를 떨고 나섰다. 남의 집에 더부살이로 사는 것이 얼마나 힘든 것인 줄 현심은 다 알고 있었다. 민순은 그동안 종자와 종금과 함께 한 방에서 지내왔다. 좁은 방에 끼어 지내느라 감히 말도 제대로 못한 채 시킨 대로 하며 지냈다. 몸종이나 다름없으면서도 불평 한마디 할 수 없는 노릇이었다.

"그래도 저는 괜찮아요. 허지만 종금 언니가 불편했겠지라우."

"서로 간에 불편했겠제. 그래서 너를 편한 곳으로 보내줄라고 헌디 어쩌겠냐?"

현심은 말허두를 꺼내들었다. 부모도 없이 도망쳐온 그녀로 봐서 길동만큼 좋은 배필은 없을 것만 같았다. 혼수품 하나 없이 받아줄 이였고, 또 데려가면 호강시켜 줄 이 또한 그였기 때문이었다. 민순은 갑작스런 말에 어쩔 줄을 모르고 흠칫 놀랐다. 전혀 예상치 못했던 터라 당황함도 감추지 못했다. 처녀공출을 시키려들면서 방직공장에 취직을 시켜주겠다고 엉큼스러운 꿍꿍이수작에 내몰려졌던 지난 일들이 설핏설핏 스쳐지나갔다. 좋은 집에 맛난 음식으로 배불리 먹고, 잘난 서방을 만나 떵떵 거리고 사는 것은 시간문제라고 꼬드기던 일들이 머릿속에서 도리깨질을 해대었다. 세상에 믿을 사람 하나 없다고 일러주던 학동영감이 떠올랐다. 이상스럽게도 실감으로 가슴에 와 닿는 순간이었다. 그녀는 태빈을 의심의 눈초리로 바라볼 수밖에 없었다. 벙어리 냉가슴 앓듯 곤혹스런 입장으로 빠져드는 느낌이었다. 신경이 예민해진 가운데 팽팽한 긴장감이 돌면서 시름 속으로 잠겨드는 기분이었다.

"지금 딸을 가진 부모들은 열네 살만 되면 시집을 보낸다고 허드랑께. 그러믄 처녀공출을 피헌담서야. 우리 집에는 너까지 셋이나 처녀가 있어 내가 저녁이면 잠을 못 잔다. 그렇께 너라도 이참에 짝을 만나가도록 해라. 어차피 시집은 가야 쓸 것잉께 너를 욕심 낸 사람헌테 가면 얼매나 좋겄냐. 여자는 자고로 지 각시 귀하게 여긴 남자를 만나야 호강하고 산 것이여. 내가 봤을 때 그만한 놈은 없을 것 같다."

현심은 아기 달래듯 웃으면서 나지막이 말했다. 그러나 민순은 칭찬해주는 것은 고맙지만 마음에 썩 내키지 않았다. 집을 나올 땐 그냥 그렇게 대충 살고 싶어 대문을 나선 것이 아니었다. 골수에 사무친 것을 이루지 않고서는 그 어떤 호강스러움도 바라고 싶지 않았다. 그녀는 고개를 좌우로 살래살래 흔들며 현심의 제안을 분명히 거부하고 나섰다.

"아니어라. 지는 명창이 되기 전에는 시집을 안 갈 거구만요."

그녀는 냉연하게도 딱 잘라 거절하고 나섰다. 확호불발의 굳은 신념을 보여주기라도 하듯 입술을 굳게 맞물었다.

"평양감사도 지 싫으면 그만인 것인디 천만금을 준다고 헌들 니 싫으면 그만이제. 니 뜻을 그대로 전해주마. 하지만 니가 우리 집에 오래 머무를 수는 없을 것 같응께 달리 생각은 해야 쓰겄다."

현심은 평소와는 달리 싸늘한 눈길로 바라보며 냉랭하게 입을 떼었다. 그것은 예상에 없던 말이었고 칼날처럼 날카로웠다. 태빈도 몹시 서운한 기색을 보였다. 장래를 생각해서 꺼내들었던 것인디 맹탕으로 흐르자 괜히 빈축만 사는 꼴이어서 심히 보기가 거북스러웠다. 삐뚜름한 표정을 짓는 그녀를 힐끔거리며 허망함을 감추지 못한 눈빛이었다.

민순은 큰 빚을 진 것처럼 마음이 무겁고 심사가 복잡하게 꼬여가기 시작했다. 자신이 집안에서 큰 짐이 되고 있음을 직감할 수 있었기 때문이었다. 그날로부터 심리적으로 다소곳이 위축되면서 마음이 바싹 오그라들었다. 마음이 흐트러지면서 텅 비어 뭔가 공허함이 곁을 떠나지 않았다. 서글프고 괴로울 때면 엄마만 떠올리자고 다짐했던 그녀는 어김없이 엄마 생각에 젖어들었다. 낙목한천 추운 날에도 산길을 오르며 명창이 되려던 엄마를 되새기며 굳은 신념을 불길처럼 지폈다. 그냥 대충 살고 싶어 집을 나온 것이 아니었다. 골수에 사무친 것을 이루지 않고서는 그 어떤 호강도 받아들이고 싶지 않았다. 이제 새로운 활로를 찾아야 할 때가 닥쳤음을 의식하기 시작했다. 주먹을 불끈 쥐어 결의를 다져가며 담담히 말했다.

"고모부 저는 나중에 꼭 하고 싶은 일이 있구만이라우. 그것을 이루기 전에는 다른 생각은 하지 않기로 했구만이라우."

"명창이 되겠다는 것이냐?"

"예."

"소도 언덕이 있어야 비빈다고 헌 것인디 무슨 수로 할 수 있겠냐? 부모님도 안 계신데다 무일푼으로 집을 나와 놓고서 어디 가서 배울 것이냔 말이다. 목에 풀칠이라도 헌다면 그것만으로도 큰 다행으로 여겨야제. 앉을 자리 봐 가면서 다리를 뻗으라고 허질 않더냐?"

태빈 어른이 얇은 입술을 깨물어가며 입을 떼었다. 다소 불만스러운 듯 표정만큼은 좋아보이진 않았다. 쇳소리 나는 헛기침을 해대면서도 담배연기를 훅훅 내뿜으며 말했다. 마음이 변했는지 지금까지 보아온 얼굴과는 사뭇 다른 표정이었다.

민순은 할 말을 잃은 채 시무룩한 얼굴로 앉아 있었다. 온몸이 쇳덩이처럼 딱딱하게 굳어져 가는 느낌이었다. 그동안 눈칫밥을 먹고 살아왔음을 알아차린 민순은 새로운 길로 뚫고 나아가야 함을 깨닫게 되었다. 일순간 열기가 식어가면서 애착심마저 내려놓을 때가 된 것 같았다. 기세가 한풀 꺾인 그녀는 비 맞은 삼베옷처럼 단박에 풀이 죽어 고개를 외오빼며 지냈다. 여태껏 홈잡을 것 없이 각단지던 그녀가 일순간부터 칠칠하지 못한 모습으로 빈틈을 보이기 시작했다. 허탈한 눈빛에다 실의에 빠진 모습이 안타깝기도 했다.

그렇다고 태빈 부부는 단 한 차례로 물러설 기색은 아니었다. 무작정 남의 딸을 어정쩡하게 데리고 있을 일 또한 더더욱 아니었다. 어찌되었던 간에 한번 꺼냈던 일을 물리칠 수도 없는 일. 또다시 태빈 부부는 민순을 불러 혼사를 슬그머니 내비치면서 심중을 타진해보고 싶었다. 부부는 민순을 안방으로 불렀다. 민순은 잡혀 온 죄수처럼 풀이 죽은 채 안방 문을 넘었다. 표정에는 의기소침한 빛이 역력했다. 예전에 없던 서먹서먹함까지 낯빛에 드러났다. 번민에 시달려 침식을 잃어가는 사람처럼 혈색마저 창백하면서도 까칠했다. 남의 자식 고운데 없고 내 자식 미운 데 없다고 하더니만 옛말 틀린 데 없었다. 아무리 잘 해준다고 해도 내 자식만 못한 것이 남이었다. 이왕지사 꺼낸 말이니 기어코 가닥을 짓고 말겠다는 의지가 선득거렸다. 다시는 아귀손처럼 서로 간 못할 일이 되어서는 안 될 것만 같았다.

"민순아! 시집은 가고 싶지 않냐?"

"예. 고모부님."

그녀는 고개를 푹 숙인 채 목으로 다시 기어들어 가는 소리로 대답했다.

"남의 집에 와서 눈칫밥 묵고 사는 일이 힘들지야?"

아무래도 심상치 않은 일이 벌어지고 있음을 알아차린 민순은 왕방울 같은 눈동자를 뒤룩뒤룩 굴리다가는 흘금 눈치를 살폈다. 이내 말을 아끼고 고개를 푹 숙였다.

"얼매나 힘든 것인 줄을 나도 잘 안다."

현심이 속내를 한 자락 깔고 나섰다.

"다 너를 위해서 그런 것이제 미워서 그러겠냐? 처녀공출을 피해 이 곳으로 도망왔응께 앞으로 그런 일이 없게 헐라고 그랬제. 아무리 생각해봐도 그만한 놈이 없단 말이다. 갈수록 처녀공출이 많아진다고 해서 너를 안심할 수 있는 곳으로 맡길라고 헌 것잉께 서운하게 생각말고 권한장사 믿가지 않은 것이다. 눈 딱 감고 시집가도록 해라."

현심은 질긴 마음으로 달래가며 차근차근 설득하고 나섰다. 그러나 민순은 고개를 숙인 채 묵묵무언으로 일관하고 있었다. 곁에서 부채질만 해대던 태빈이 다소 신경질을 빨아 당기듯 거들고 나섰다.

"느그 집으로 돌아갈 생각은 접었냐?"

그는 느닷없는 집을 들먹이고 나섰다. 민순은 옴칠 놀라며 긴장한 내색을 감추지 못했다. 눈이 둥그레지며 이상하리만큼 민감한 표정을 지어보였다.

"집에는 안 들어갈거구만요."

현심은 알았다는 듯 싱겁게 고개를 끄덕였다. 속심을 떠보려는 셈으로 꺼내들었던 것이다.

"니가 얼굴도 예쁘고 속이 좋다고 소문이 나갖고 너를 며느리로 삼고 싶어 그런 것잉께 값나갈 때 가는 것이 좋제. 부모도 없어 혼수 이불때기 하나 못할 너를 누가 원하겠냐?"

민순은 놀라움과 당혹스러움이 엇갈린 눈매로 현심을 바라보았다. 무슨 말을 해야 할지 당황스러워 얼굴이 홍조로 물들기 시작했다. 이제 집에 머물지 말고 떠나라는…… 갈대로 가라는……. 막다른 골목으로 내몰리는 느낌이었다. 어서 집을 떠나라는 은근한 다그침으로 들렸다. 민순의 마음이 술렁이기 시작했다. 핏기 없는 희끄무레한 입술을 반쯤 벌리고서 한숨은 내쉬었다. 찬물을 끼얹은 듯 숙연해지면

143

서도 두근거리는 가슴을 달래려는 듯 마치 석상처럼 미동도 하지 않고 앉아 있었다.

"내가 봐서 그런 신랑감은 없당께. 굴러오는 복을 마다 허고 발로 찰라고 그러냐? 어찌나 부지런하던지 밤에 옹구를 구워가지고 낮에 팔러 다니단 말이다. 술도 안 먹제, 노름판에는 구경조차도 마다한 사람이랑께. 너 그 집에 들어가면 니 팔자에 무상대복 속으로 들어간 것이제. 그렁께 내 말 들어. 남 주기가 아까워서 그런단 말이다."

현심은 입속에 침이 마르도록 길동을 칭찬하고 나섰다. 듣는 이로 하여금 부러워하지 않을 수 없게끔 요약을 피웠다. 입언저리에 게거품을 뽀글대가면서 사삭스러움을 떨어가며 말했다. 태빈도 고개를 까닥까닥 끄덕이면서 몸짓으로 거들고 나섰다. 그러나 민순은 얼른 낯빛을 바꾸어 짐짓 태연한 척 딴청을 피웠다. 더 이상 할 말이 없다는 듯 피식 웃고서 생글생글한 미소를 입가에 매달았다. 짐짓 골수에 사무친 확호한 결의를 담담히 토해내었다.

"고모님. 저 시집 안 갈거구만요. 명창이 되기 전엔 그 어면 일도 하지 않을 거랑께요."

대꼬챙이로 찔러대는 것처럼 카랑카랑한 쇳소리 같은 목소리로 의연함을 드러냈다. 담담하면서도 단호한 의지를 피력했다. 마치 녹죽이 꼿꼿한 절개를 자랑하듯 한 치의 흐트러짐도 없어 보였다. 태빈이 가소롭다는 듯 탑소록한 수염을 손바닥으로 쓸어가며 반문했다.

"하필 천한 소리꾼이 되려고 그러냐?"

"엄마의 한을 풀어 드리고 싶당께요."

"그것이 엄마의 유언이었냐?"

"아니요."

"그런데 왜 소리를 하겠다고 나서! 소리를 하다가 돌아가셨담서?"

"엄마는 소리를 하다 돌아가신 것이 아니고요, 못하게 해서 돌아가신 것이랑께요."

"그렇다면 어디서 소리를 배울라고 허는 것이냐?"

"아직 정하지 안했구만요. 개구리가 움츠리는 것은 멀리 뛸라고 헌담서요. 뜻이 있으면 길이 있다고 우리 외할아버지께서 가르쳐 주셨당께요. 잊지 않고 뜻을 세우고 있구만요."

외골수가 되겠다고 마음을 먹어서인지는 몰라도 입술을 꽉 물어가면서 고집을 부렸다.

끝끝내 뜻을 굽히지 않으려 들었다. 눈보라 휘날릴 때까지 결곡한 자태를 흐트러뜨리지 않은 한 송이 토종국화와 다름없었다. 구김살 없이 정연하고 위엄한 기품을 눈매에 새겨가며 말했다.

"소리꾼들은 천한 사람인 줄 모른 단 말이냐?"

"저는 천한 것이 뭣인지 모른당께요. 엄마가 보고 싶을 땐 소리만 하고 싶구만요."

"내가 보기엔 너한테 딱 맞는 배필이랑께. 혼수도 없이 그냥 몸만 오라고 하니 얼마나 좋냐? 그런 총각과 혼담이 오가는 것만으로도 니 팔자가 좋웅께 그러제. 그런데도 마다고 허는 니 속을 모르겠다. 그까짓 소리를 잘헌다고 밥이 나오냐 아니면 돈이 나오냐? 뭣땀새 천한 일을 사서 할라고 그러냐. 매를 들고 가서 때려달라고 보채는 사람이나 다름없는 일이제. 하기사 동냥치 첩도 제멋에 헌다고 하드라만 내가 봤을 땐 말도 안 되는 일을 할라고 헝께 속이 탄다."

태빈은 은근슬쩍 화가 난 말투였다. 입술을 쭈뼛거리면서 투덜투덜 볼멘소리였다. 부아가 치밀어 오른 듯 눈초리를 세우고 이마에 주름을 깊게 새겨가며 말했다. 아니꼽고 가소로운 듯 입을 비죽대기까지 했다.

"고모부 저는 시집 안 갈라고 집을 나왔당께요. 절대로 가지 않을 거구만요. 천하다고 손까락질을 받아도 저는 명창이 되고 싶어라우."

민순은 낯빛까지 바꿔가며 짐짓 태연한 척 가장을 해가하며 딴청을 피웠다. 어린 나이에 믿어지지 않을 만큼 어른스러웠다. 너무나 어른스럽게 이지렁을 떠는 것이 마음에 들지 않은 듯 태빈이 입을 씰기죽거리더니 홀떡 일어섰다. 밖으로 나가면서 낙심에 찬 말을 쏟아내었다. 이제는 더 이상 타협은 없다는 듯 무겁게 흐르던 분위기를 일각에 깨고 나섰다.

"어른 말을 들으면 자다가도 떡이 생긴다고 허는 것인디 말끝마다 대꾸를 하다니 어디서 배워먹은 버르장머리란 말이냐? 이제 우리는 모르겠응께 니 알아서 해라."

그 순간 그녀는 정신이 번쩍 났다. 갑작스런 불벼락 같은 소리에 어리둥절하여 놀란 수리부엉이 눈을 하고 태빈을 쳐다보았다. 잔뜩 긴장한 탓에 타들어 가는 입술에 침만 묻혀갈 뿐 말을 하지 못했다. 얼굴도 벽돌처럼 딱딱하게 굳어지고 있는 것만은 사실이었다. 아무튼 고모부 말속에는 호락호락하게 놓아두지 않겠다는 각오도 담겨 있어 심곡(心曲)이 쿡 찔린 기분이었다. 고모 현심도 오기에 차 있었고 비꼬듯 딴청을 부리려 들었다. 언제부터 토라졌는지 알 수는 없지만 입을 쌜쭉쌜쭉 거리며 민순을 쳐다보지도 않았다. 내심으로는 어이없다는 듯 눈을 치떠가며 냉조에 가까운 비웃음까지 그려내었다. 민순은 이제 어찌할 도리가 없었다. 가슴에 품고 있던 마지막 보루로 여긴 사연을 꺼내들지 않을 수 없었다.

"고모님! 저 남의 담살이로 가면 안 되능가요?"

고모 현심은 귀가 번쩍 뜨였다.

"뭐 담살이를 가겠다고 했냐?"

"예. 고모님."

"누구 집인디?"

"이양할머니 댁이어라우."

"그 집에서 널 담살이로 오라고 허드냐?"

민순은 머무적거리며 얼른 대답을 하지 못했다. 혹시 퇴짜라도 놓
으면 어떨까 싶어 선뜻 대답하지 못하고 우물쭈물하고 있었다. 그러
나 예상 밖이었다. 얼굴에 밝은 미소가 배어나왔다. 눈을 곧추세워가
며 호기심 어린 눈빛으로 곰살가운 표정을 지어보인 것이었다.

"갈 곳 없으면 오라고 했어라우."

"누가 그러드냐?"

"이양할머니께서요."

"언제 그랬어?"

"지가 서너 번 할머니 집에 갔었당께요."

"그랬더니 오라고 했어?"

"예."

"시집 안 갈라믄 그렇게라도 하면 좋제. 그 집으로만 들어가면야 너
는 지켜주고도 남을 것이다. 능주서 그만한 인품을 가진 집안도 없제."

5
야학당에서 글을 깨우치다

이양할머니는 천덕리에서 제일 부자로 살아가는 대농가였다. 남편과 사별했으나 아들며느리와 함께 다복하게 살고 있었다. 머슴을 셋씩이나 부리고 사는 까닭에 늘 부엌일이 달렸다. 며느리가 있지만 혼자서는 감당할 수 없을 정도였다. 지난 늦은 봄까지 담살이가 있었는데 그만 시집을 가고 마는 통에 며느리 혼자 해내느라 진땀을 흘려오고 있었다. 다시 사람을 구하려 애를 쓰고 있었다. 하지만 이양할머니는 아무나 집안에 들이지 않았다. 집에 들이는 사람은 식구들과 허물없이 지내는 탓에 골라 들이고 나갈 때는 반드시 그만큼 보상을 해줬다. 민순이가 마을에 들어온 지 한 달이 지난 터라 소문을 들어왔다. 그리고 유심히 눈여겨 보아왔다. 태빈의 집안 형편으로 봐서 한동자를 먹여 살릴 만한 여유가 없을뿐더러 딸들이 둘씩이나 있으니 머지않아 집을 나오리라 여기고 기다리고 있었다. 들은 바에 의하면 아주 착하고 부지런하다는 말에 호감이 가졌던 것이었다. 간혹 길에서 마주칠 때면 부러 다정다감하게 대해주고 관심을 보이려 애를 썼다. 하루는 집 앞 고샅으로 지나가는 민순을 불러 집으로 데리고 가서 인절

148

미와 복숭아를 주면서 묻기도 했다. 그리고 오갈 곳 없으면 집으로 들어오라고 권하기까지 했다. 할머니의 세심한 배려와 자상한 인간미에 마음이 쏠렸지만 정작 고모한테는 말을 못하고 벙어리 냉가슴으로 지내왔다. 그런데 예상보다 반색을 하는 까닭에 마음이 푹 놓였다.

현심과 이양할머니와는 남도 아닌 대소가 지간이었다. 이양할머니는 마을 사람들의 가려운 곳을 어루만져주는 자상한 분이라고 알려져 있었다. 마을 사람들 치고 할머니의 은덕을 입지 않은 이가 별로 없다고도 했다. 배고픈 사람들에게 밥을 주고 헐벗은 사람에겐 옷을 입혀주는 후덕한 성품이어서 누구를 막론하고 이양할머니의 청을 거절할 수는 없었다.

이렇게 해서 천덕리로 들어 온지 한 달 하고도 열흘 만에 민순은 이양할머니 집 부엌담살이로 들어갔다. 혼처를 물리치고 담살이로 들어간 민순은 주어진 역할을 위해 열과 성을 다할 요량이었다.

이양할머니집은 소문난 부잣집이었다. 민순은 외갓집으로 착각할 때가 많았다. 어려서 엄마 따라 갔던 외갓집과 꼭 닮은꼴이었다. 기와집도 그렇고 사랑채와 별채까지 영락없었다.

할머니 집에는 머슴까지 합치면 식구만도 아홉이었다. 거기다가 날마다 놉을 써야 하기 때문에 하루 식량만도 쌀 서 되와 보리쌀 두 되씩 밥을 지어내야 했다. 밥은 밥이려니와 거기에 딸린 반찬을 만드는 데 하루 품을 바치기 일쑤였다. 틈나는 대로 빨래도 해야 하고 청소 또한 마찬가지였다. 새벽에 일어나면 저녁 늦게까지 엉덩이를 바닥에 붙여볼 새가 없었다. 반면 좋은 점도 많았다. 무엇보다 후덕하고 온후한 인품이었다. 하찮은 담살이까지 따뜻하게 배려해주는 고고한 인품에 반하지 않을 수 없었다. 종일 일을 해도 마음이 편하니 살맛이 났다. 옷차림이 남루해서는 안 된다고 고운 옷도 마련해주었다. 추석빔으로도 비단 색동저고리에 꽃자주색 치마를 지어주었다. 일곱 살 적 엄마가 지어주셨던 화려한 인견양단 치마저고리와 아얌이 생각났다. 부엌에 달린 방은 혼자 사용하게 해주었다. 부엌문을 나서면 곧장 도르래가 달린 우물이 있어 물을 긷지 않아 편했다. 빨래도 냇가로 가지고 가지 않아서 좋았다. 부엌에 나무는 머슴들이 언제나 가져다주고 아궁이 재까지 치워주었다. 단지 그녀가 하는 일은 밥 짓고 설거지하며 빨래하는 일이었다. 남새를 다듬고 방과 마루 청소하는 일이었다. 거드름을 피울 겨를도 없이 하루를 보내야 했다. 곯지 않고 배부르게 먹고 사는 덕에 본래 얼굴이 피어나 꽃송이가 된 기분이었다. 도화색의 두 볼이 보송보송 뽀얗게 피어났다. 거울 앞에 서서 예뻐진 얼굴을 바라볼 적엔 함박웃음이 지어졌다. 이양할머니도 그녀를 볼 적마다 입가에 웃음을 실실 흘렸다.

"너는 어찌 그리 예쁘게 생겼냐?"

이양할머니는 솔직하고 꾸밈이 없이 본 대로 느낀 대로 말했다. 민순은 얼른 말을 못하고 흐뭇하고도 옅은 웃음만 머금었다.

"누굴 닮았느냐?"

"어려서부터 아빠 닮았다고 들었어라우."

"그래? 딸이 아빠 닮으면 잘산다는 것잉께. 꼼짝 말고 여기서 살거라. 내 좋은 남자한테 시집보내주마."

"예. 할머니."

"어쩐 일로 천년동까지 오게 되었냐?"

이양할머니는 그때까지도 천덕리로 오게 된 내막을 잘 모르고 있었다.

"보성 곰재에서 쫓겨왔구만요."

"쫓겨오다니? 누구한테?"

"일본순사가 광주 방직공장으로 보내준다고 해서요."

"오라! 그 처녀공출잉가 뭔가 그것 때문에 이리로 왔는개비구나."

이양할머니는 첫말부터 대뜸 겉짐작으로 넘겨짚고서 고개를 끄덕이고 나섰다. 그 순간에도 민순은 누가 들을까 봐 연신 눈치를 살피며 짐짓 불안한 기색을 보였다.

"인자 걱정허지 마라. 우리 집에 사는 동안에는 그런 일을 없을 것 잉께. 관청 사람들도 천하고 힘없는 사람들만 넘어다보는 것이다. 앉을 자리 보고 다리를 뻗으라고 허질 않드냐? 내 아들 얼굴을 봐서라도 그런 짓은 하지 못할 것잉께 안심허도록 해라."

눈가에 엷은 웃음을 띠며 자신에 찬 시선으로 말했다. 그동안 그녀를 괴롭혔던 자못 불안한 감정을 일각에 거두어들이고 나선 것이다. 말만 들어도 살이 찐 기분이었다. 할머니는 엄마같이 상냥하고 싹싹한 분이었다. 언제 어디서나 누구한테든 한결 같은 마음씨였다. 이양할머니를 볼 때마다 민순은 마음이 아팠다. 늘 친할머니와 비교되기 때문이었다. 엄마에게 가혹하리만큼 시집살이를 시키던 친할머니의 모습이 벌컥 떠올랐다. 엄마가 세상을 일찍 떠난 까닭도 할머니의 모진 학대와 수모가 있었기 때문이었다. 그러나 이양할머니의 며느리 사랑을 볼 적마다 가슴이 뭉클했다. 할머니의 구박을 받고 부엌에서 눈물을 흘려대던 엄마의 얼굴이 불쑥 떠오를 때면 눈물을 쓸어 담곤 했다.

계절은 여름이 가고 서늘한 바람이 불어오는 가을로 접어들었다. 그녀가 집으로 들어 온지도 보름이 지나가고 있었다. 가을들판이 누런 황금색으로 물들기 시작했다. 길가에 피어있는 코스모스의 한들거리는 모습이 정겨웠다. 귀뚜라미가 서글프게 울러댈 때면 돌아가신 엄마가 한없이 그리워졌다. 집을 나온 뒤로는 엄마의 묘에 꽃송이 하나 꽂아줄 이 없다고 생각하니 더없이 슬펐다. 엄마를 생각할 때마다 불끈불끈 솟아오르는 애틋한 마음을 달랠 길이 없었다. 그럴 때마다 집을 나올 당시 초심을 잊지 않기 위해 이를 악물었다. 기어코 명창이 되어 엄마의 한을 풀어드리고 아빠를 찾아가 엄마의 죽음을 소리로 알리고 싶었다. 민순은 아버지의 얼굴이 떠오르지 않았다. 태어나 두 번밖에 보지 않았던 까닭에 보지 않고서는 좀처럼 기억나지 않았다. 엄마가 돌아가서 오지 않았는데 딸을 찾을 리 만무했다. 나중에 찾아간다고 해도 반가이 맞아줄 지는 모르지만…… 아무튼 그 꿈은 버리지 않았다.

그녀의 꿈 앞에 뜻밖의 복병이 도사리고 있었다. 명창이 되기 위한 조건으로 글자를 알아야 하고 한문을 익혀야 한다는 학동영감의 말씀이었다. 어려서 엄마한테 글자를 배웠으나 그동안 다 까먹고 잊은 상태였다. 민순은 기회가 주어지면 반드시 글자를 배우겠다고 자신과 맹약을 했던 것이다. 그런데 능주 소재지에서 야학을 가르친다는 소문이 날아들었다. 귀가 솔깃하고 마음이 설레기 시작했다. 이야말로 절호의 기회일 수 있었다. 인자하신 할머니 성품을 생각하면 보내줄 것도 같아 보여 마음이 뿌듯했다. 좋은 기회라고 생각되어 차근차근 만반의 준비를 하기 시작했다. 야학에 다닐 꿈을 키워가며 몸을 사리지 않고 더욱더 열심히 일했다. 집안 식구들 모두 칭찬을 해 주었다. 심덕이 백옥 같다고 입에 침이 마르도록 칭찬했다. 심지어 집에 보물이 들어왔다고 야단들이었다. 특히 민순을 예뻐하고 아끼는 이는 며느리 이영심이었다. 민순을 대놓고 밤에는 공부도 하라고 격려까지 해주었다.

일제는 식민지교육정책이라는 미명 아래 교육시설을 확충하길 꺼렸다. 다시 말하면 식민지교육정책은 비자주적이어야 하고 초보적인

기능만을 가르친 식민지인(植民地人) 양성을 목적으로 하였기 때문이다. 따라서 고등교육을 억제하고 점진주의(漸進主義)라는 것을 내세워 초등교육조차도 민도(民度)에 맞춰야 한다는 구실 아래 보급조차도 소극적이었다. 민족의 교육열에 반하는 정책을 수행했던 것이다. 이때 생겨난 것이 야학이었다. 정규교육을 받지 못한 성인 등을 대상으로 밤에 이뤄지는 비정규 교육기관이었다.

원래는 사설학술강습회라 명칭으로 고을마다 국어, 산술, 작문, 습자, 강화, 한문, 역사, 일본어, 농업 등을 가르쳤다. 삼일독립운동 이후 민족실력양성운동이 전개되면서 민족 자주적 교육열이 고조되었다. 민족의 실력을 양성하기 위해서는 교육을 통해 산업을 진흥시켜야 한다는 문화계몽주의적 운동이 전개된 까닭에 각 고을마다 우후죽순처럼 생겨났다. 소외된 민중들이 교육을 받아야 자기 향상이 이뤄지고 이는 자녀들에게 이어진다는 의식이 팽배해졌던 탓도 크게 작용했다. 정규적인 교육기관이 아닌 터여서 옛날 서당이나 마을 회관 또는 창고와 같은 허름한 건물에서 밤에 공부를 했다. 공부시간은 하루에 2~3시간 정도였고 입학연령은 제한이 없었다. 정원은 일정하지 않았으나 100명 이하의 경우가 대부분이었다. 교사의 학력도 거의 소학교(초등학교)의 졸업자가 대부분이었다. 특히 외딴 촌에서는 교육기관과 통학거리가 멀리 떨어져 교육을 받을 수 없는 문제점을 안고 있었다. 교육문제가 공동과제였기 때문에 개인독지가들이 나서 공동으로 야학을 설립하기도 했다. 운영경비는 야학생이 부담하는 경우도 있었고 대부분 설립자가 부담했다. 동민들이 후원회를 조직하여 경비를 조달하기도 했다. 능주 소재지에도 제법 규모가 큰 야학당이 있었으나 마을과 멀리 떨어져 있는 탓에 동네 사람들은 선뜻 나설 수 없었다. 밤길을 오가는 것이 쉽지 않았기 때문이었다. 거기에다 책값이며 공책 연필 등 학용품을 사는 돈도 만만치 않았다.

그녀가 밤으로 야학당에 다니는 데는 할머니의 도움이 절대적으로 필요했다. 우선 제때에 집을 나가야 하는 탓에 밤에 해야 할 일을 하지 못할 뿐 아니라 필요한 경비를 마련하는 일이었다. 남의 집 담살이를 한다고 해 봐야 하루 밥 세끼 먹여주고, 철 따라 입을 옷을 사주는 것이 고작이었다. 품값은 없고 오래 살다 시집을 가게 될 땐 이불과 살림 도구 등 혼수를 마련 시집보내주는 것이 일반적인 관례였다. 하지만 아무리 그 길이 험난하다고 해도 반드시 헤쳐 나가겠다고 다짐을 했던 것이다. 가을일이 절정에 이르러 식구들마다 눈코 뜰 새 없이 바빴다. 그런 와중에도 민순은 할머니에게 좋은 기회를 놓치고 싶지 않아 불쑥 서막을 장식하고 나섰다.

"할머니 저 글공부 배우러 야학당에 다니면 안 되능가요?"

느닷없는 질문에 당황한 기색을 보이면서도 짐짓 표정을 엄숙하게 하고서 운을 떼었다.

"밤에만 댕긴담서. 남자도 아닌 가녀린 여자 몸으로 밤길을 어떻게 다닐라고 그러냐?"

가느스름한 눈가에 잔주름을 모아가며 생글생글 웃으며 되레 걱정부터 꺼내었다.

"힘든 줄 알지만 그래도 이 때 아니면 못 배울 것 같구만이라우."

"배움사 좋제."

"할머니께서 도와주신다면 아무리 힘들다고 해도 다닐거구만요."

민순은 어금니를 옥물어가며 다짐하고 나섰다. 하지만 기필코 배우고야 말겠다는 속다짐을 하면서도 막상 다닌다는 것은 엄두를 내지 못할 일이었다. 이양할머니도 마찬가지인 듯 근심스러운 눈빛으로 바라보고는 다시 근엄한 목청을 가다듬었다.

"오냐. 니 뜻을 알았응께. 잠시 기다려봐라. 내가 좋은 방법을 찾아보마."

"할머니 고마워요."

민순은 하도 고마워 말을 하지 못하고 은덕에 감복할 뿐이어서 자기도 모르게 덥석 할머니 손을 잡았다. 그리고는 실없는 행동에 머쓱한 듯 머리를 긁적거렸다.

"같이 다닐 사람이 있으면 좋겠다. 아마 폰수도 다니고 싶어 하든디. 지금은 접었는지 모르겠다만 내가 한번 알아보마."

할머니께서는 지난 기억을 되살리려고 고개를 갸웃거렸다. 들먹인 폰수는 집에 사는 꼴머슴이었다. 세 명의 머슴 중 막내였다. 큰 머슴 장근은 마흔두 살이고 둘째 머슴은 스물한 살 홍기였다. 막내는 다섯 해 전에 꼴머슴으로 들어와 한식구로 살아가고 있었다. 그의 나이는 올해 열여덟이었다. 큰 머슴 장근은 쟁기질이며 지붕을 이는 일까지 못하는 일이 없을 정도에 큰 머슴이라 새경도 꼴머슴에 비하면 두 배가 넘었다. 그는 이웃집 양정댁 곁방을 얻어 살림을 하고 있었다. 밤이 되면 부인한테로 가서 잠을 자고 새벽이면 다시 돌아와 일을 했다. 이양할머니 댁 별채에는 소 마구간과 함께 머슴방이 있었다. 머슴방은 총각인 홍기와 폰수가 살다시피 했다. 머슴들에게 아침저녁 밥상을 나르는 일은 민순이 몫이었다. 그래서 늘 그들과 마주치는 까닭에 다정스레 지내기도 했다. 처녀총각이 자주 만나다 보면 정감(情感)이 오가기 마련이고 나중에는 뗄 수 없는 연분이 되어 성례했다고 했다. 지난봄까지 담살이로 지냈던 용순이는 작년 중머슴 순만이와 눈이 맞아 정월에 혼인을 하고서 집을 나갔다고 했다. 그래서인지는 몰라도 두 총각머슴이 서로 민순에 관심을 보이기 시작했다. 지난 추석이 막 지나고 있었던 일이었다. 그동안 아궁이 재를 치워준 머슴은 둘째 홍기였고, 땔감을 가져다 준 이는 폰수였다. 그런데 어느 날부터 폰수의 모습은 보이지 않고 홍기만이 두 가지 일을 다 하고 있었다. 식구들이 의아하기는 했지만 일단 서로 간 약속을 했겠지 하고 대수롭게 넘겨치웠던 터였다. 그런데 그게 아니었다. 두 총각 사이에는 말 못할 갈등의 골이 깊어 있었다.

그날도 어김없이 민순이 저녁상을 들고 별채를 향해 걸어가고 있을 때였다. 서로들 네 잘못이라느니 아니라느니 옥신각신 우김질을 해대는 소리가 들렸다. 마치 삼각관계나 되는 것처럼 사랑싸움을 하고 있었다. 떡 줄 사람은 꿈도 안 꾸는데 김칫국부터 마신 격이었다. 숙덜숙덜 떠드는 소리가 감히 가관이었다. 그들은 민순을 밥순이라 불렀다.

"느그들 한 집에서 한 솥밥 먹고 삼시롬 그러면 못 쓴다. 알았냐?"

그 소리의 주인공은 큰 머슴 장근이었다. 쉬지근한 목소리로 따끔하게 훈계를 하려 드는 소리가 날아들었다.

"앗따! 말도 마랑께라우. 밥순이가 들어온 뒤로 정지에도 못 가게 한당께요. 이제껏 나무를 날려준 사람은 나였당께라우. 그런딘 왜 못 하게 하냔 말이요?"

심통이 났는지 칭얼거리듯 큰 머슴에게 일러바치는 것 같았다. 목소리는 짜증스러웠고 심히 몰아붙이는 느낌이었다. 하던 일을 못하게 하느냐고 따지듯 대드는 것이었다.

"야! 이 귀때기에 피도 안 마른 놈이 성님 놔두고……. 찬물도 위아래가 있는 것인디 니가 시방 밥순이를 차지하겠다는 것이어? 이 싸가지 없는 놈 말한 것 좀 보소."

홍기가 귀싸대기라도 올려붙이려는 목소리였다. 쌍메를 칠 듯 윽박지르는 소리가 들려왔다. 폰수는 금방 풀이 죽은 듯 다른 대꾸를 하지 않았다.

"꿈 깨 이놈아! 밥순이가 너 같은 머슴 놈한테 시집간다드냐? 얼굴 좀 보고 말하라잉. 솔직히 말해 천덕리에 밥순이보다 더 반반한 여자 봤냐? 그 얼굴에 느그들 처다나 볼 줄 아냐? 가당찮은 짓들 그만허랑께. 괜히 한방에서 한 이불 덮고 삼시롬 낯들 붉히면 못써."

장근 머슴이 마치 종아리를 회초리로 내려치듯 말했다. 터무니없는 짓들 그만하라고 간곡히 타일렀다.

"앗따매! 성님 그런 소리 마싯시오. 지는 뭐 별 다르다요. 남의 집 담살이로 들어왔으면 내놓을 것도 없제. 지나 나나 남의 밥 먹고 사는 주제 아니오. 그러믄 나는 홀애비로 살아란 말이요?"

홍기는 자신을 무시하려 드는 장근의 말에 속이 뒤틀린 것 같았다. 오히려 마뜩찮은 듯 심드렁한 소리를 내질렀다. 폰수도 가만있지 않았다.

"성님은 너무 나이가 많당께라. 어느 여자가 아부지 같은 남자를 좋아하겠소."

조금도 굽히지 않고 나이를 구실삼아 당당히 맞서가며 뿌득뿌득 우겼다.

"내 나이 스물둘인디 많다는 거여? 그래도 스물은 넘어야 장가를 가는 것이제. 아직 젖비린내 나는 놈이 여자는 무슨 놈의 여자여! 꼴깝 떨지 말고 아가리 닥쳐! 알았지? 한 번만 더 나불거리면 주댕이를 뭉개놓을 텡게."

폰수는 기에 눌려 더 이상 할 말을 잃은 듯 잠잠해졌다. 민순이 인기척을 해대었다. 폰수가 방문을 활짝 열어젖혔다. 민순이 바짝 다가서 밥상을 드밀었다. 폰수는 풀이 죽어 벌게진 얼굴을 들지 못하고 내리깔고 있었다. 홍기는 밥상을 든 민순을 보고는 마치 얼싸안을 듯 다가왔다. 반가운 기색을 감추지 못하고 상을 넘겨받았다. 생기발랄한 눈

157

으로 생글생글 웃음까지 지어 주었다. 그리고는 침을 질질 흘려가며
말했다.

"아이구메! 이렇게 이쁜 여자가 어디가 있다 왔당가. 이름이 민순이
라고 했제?"

민순은 이미 다 듣고 왔던 탓에 순간적으로 기분이 언짢아도 내색
을 하지 않고 입도 떼지 않았다. 홍기는 흘금흘금 민순의 눈치를 살피
더니 아랫입술을 끌어다 윗입술을 덮어 꽉 악물고는 다시 꼭지를 따
고 나섰다.

"아니 이쁘다고 칭찬을 해주면 고맙다고 헐 일이제 입 놔뒀다가 어
디다 쓸 것이여?"

왜 외마디도 없냐고 다그치는 눈치였다. 매섭게 돌아간 눈초리가
제법 성깔 있게 보였다.

어쨌건 다 알고 있는 사실이어서 고비를 잘 넘기는 것이 현명하다
는 판단 아래 그녀도 짐짓 능을 치고 나섰다.

"이쁘다고 헝께 고맙지라우."

"말한 입은 더 이쁘네! 어서 가서 밥이나 많이 묵어."

정에 겨운 목소리가 야들야들 부려져 몸에 착 감기는 것 같았다. 마
치 부인이나 되는 것처럼 밥부터 걱정을 하고 나섰다. 그리고는 호탕
한 웃음을 열어 젖혔다. 민순도 얄브스름한 입술을 모아가며 천진난
만한 눈웃음을 지어보였다. 그러나 폰수는 아니꼽다는 듯 매서운 눈
을 내리떴다. 그 눈길에는 진한 분노가 잔뜩 서려있었다.

가을걷이가 어느덧 끝나가고 들판은 텅 비어있었다. 일손이 집중되
는 농번기엔 야학도 잠시 쉬어간다고 했다. 상강이 지나고 나서 다시
야학생들을 모집한다는 방(榜)이 마을 회관에 내걸렸다. 이를 본 이양
할머니 마음이 급해지기 시작했다. 이참에 민순이를 꼭 보내주고 싶

은 마음 때문이었다. 죽은 이의 원도 풀어 주는데 하물며 산 사람의 청마저 거절할 수 없다는 마음에서 들어주기로 했다. 부모도 형제간도 없이 혼자 쫓겨 왔으면서도 글공부를 하겠다는 것이 참 신통하고 기특하기도 했던 것이다. 흔쾌히 승낙을 하면서도 마음에 걸린 것은 밤길에 보내는 일이었다. 냇물을 따라 외진 산을 돌아드는 길이라서 혼자 다니기엔 무리였다. 더욱이 여자로서는 더 말할 나위 없었다. 나름대로 여러 가지 고민 끝에 안출해 낸 묘책은 누구와 함께 보내는 것밖에 없었다. 그렇다고 해서 남모르는 이는 미더움을 줄 수 없었다. 작년 용순이와 순만이를 봐도 알 수 있는 일이었다. 청춘에 든 남녀란 눈만 마주쳐도 정이 드는 법이니 되레 고양이에게 생선을 지키라고 맡겨놓은 꼴이 될 수도 있었다. 이양할머니는 하는 수 없이 꼴머슴 폰수에게 권하고 나섰다. 비록 머슴살이를 하고 있지만 아직 어린 나이이니 글을 배우는 것이 좋을 듯싶기도 했다.

그날 저녁 머슴들은 이엉을 엮고 저녁을 먹을 참이었다. 이양할머니가 민순과 함께 밥상을 들고 머슴들 방으로 들었다.

"민순이 너도 잠깐 이리 오너라."

할머니는 내심 무슨 작정이라도 한 것처럼 다부지게 말했다. 민순은 긴장감을 감추지 못했다. 그때까지만 해도 아무것도 몰랐기 때문이다. 어찌 보면 황당하기 짝이 없는 일이었다. 그녀는 얼굴이 확확 달아올랐다. 슬그머니 방문턱을 잡고 쪼그리고 앉았다. 머슴들은 숟가락을 들고서 밥보다 민순이 얼굴 쳐다보기에 바빴다. 이때 큰 머슴 장근이가 말머리를 떼고 나섰다.

"무슨 일이라도 있으싱가요?"

그는 이양할머니와 민순을 향해 눈길을 줘가며 자못 궁금한 기색을 보였다. 홍기와 폰수도 마찬가지여서 밥숟가락을 든 채 귀를 쫑그리고 있었다.

"폰수 너는 내일부터 밤마다 능주를 다녀와야 쓰겄다."

이양할머니는 밑도 끝도 없이 능주를 들먹이고 나왔다. 머슴들은 하나같이 깜짝 놀라 그녀를 향해 시선을 쏟았다. 하지만 민순은 조금 알 것 같아 예감이 비껴가지는 않았다. 내심 반기면서도 짐짓 눈을 휘 둥글며 바라보았다.

"날마다요?"

"그래. 못하겄냐?"

"아니어라 할머니."

"그럼 그렇게 하도록. 알았제?"

"그런디 무슨 일로 밤마다 가야하능가요?"

"지난 번 니가 야학에 다니고 싶다고 해놓고 잊어부렀냐?"

"예? 그럼 야학에 댕기라고요?"

"그런 뜻도 있제."

"또 다른 일도 있능가요?"

"민순이가 야학에 다니고 싶다고 헝께 너랑 같이 다녔으면 쓰겄다. 책이랑 공책이랑 연필도 사줄 텡께 다녀보도록 허란 말이다. 알았냐?"

"예! 할머니."

"폰수 너한테 꼭 부탁허고 싶은 것이 떠 한 가지 있단 말이다."

이양할머니께서는 꽤 심각한 표정을 지으며 차가운 눈길로 폰수를 직시했다. 어느 때보다 비장한 결의가 찬 눈빛이었다.

"무슨 말씀인디요?"

"너도 알다시피 우리 동네는 반촌이제. 비록 머슴이라고 해서 행동 거지를 아무렇게나 헌다면 당장 내가 욕을 먹는 일이다. 너야말로 다 섯 해 동안 우리 집에 있음서 허튼 짓 한 번 없이 조신했으니 믿음은 간다마는 남의 눈을 무서워할 줄 알아야 헌단 말이다. 옛날부터 사람은 일곱 살이 되면 남녀동석을 허지 않는 것인 줄 너도 잘 알겄제. 말이나 행동을 조심해야 헌다. 길에 오갈 때도 항상 몇 발자국 떨어져서 다니도록 해라. 내말을 귀담아 듣지 않고 잘못했다간 동네 사람들 입방아에 금방 오르내릴 것이다. 작년에 순만이랑 용순이 땀새 내가 곤혹을 치른 사실을 너도 봤지야. 한집에 삼시롬 정이 든 것까지야 누가 탓을 하겄냐 만은 좋으면 즈그 둘이 좋을 일이지 남이 보는 앞에서 왜 손을 잡고 다닐 것이냐. 그것도 두 번이었다는데 난리가 난 것이제. 새경도 제대로 받지 못하고 중간에 쫓겨 간 것을 너는 봤응께 그럴 리 없겄지만 아무튼 조심해야 써. 사람들 눈은 호랭이보다 더 무서운 것이란 말이다. 작년 일도 있고 해서 더 매서운 눈초리로 바라볼 것이다. 민순이는 아직 어린께 니가 잘 데리고 다녀야 쓴다. 알았냐?"

폰수는 일순간 얼굴에 화색을 돋우더니 첫날밤 새색시 옷고름 풀어내는 놈처럼 싱글벙글 어쩔 줄을 모르고 좋아했다.

반면 의심의 눈초리를 늦추지 않고 있던 홍기는 망연자실, 넋 나간 꼴이 되고 말았다. 눈망울을 뒤집어 까듯 희멀개지며 고개를 절레절레 흔들었다. 이유 없는 질투심이 분노로 다가와 울컥 치미는 화를 견디지 못하고 얼굴이 벌게진 채 숟가락 든 손을 바들바들 떨었다.

"안 된당께라우. 밤에도 가마니 처야허고 덕석도 만들어야 하는디 가불면 된다요?"

"나도 그런 줄 아네. 그렇지만 폰수는 아직 젊으니까 글을 배울 수 있도록 해줘사제. 젊은 놈이 글을 몰라서야 쓰겄능가?"

"저도 젊었는디요. 같이 다니면 안될까라우?"

그때 큰 머슴 장근이 갈퀴눈으로 잔뜩 쩨려보고는 혀를 쩍쩍 찼다. 이어 홍기를 향해 쏘아붙였다.

"이 자식 말한 것 좀 보소. 오뉴월 한나절이면 푸나무 석 짐을 말리는 것인디 네 살을 더 먹었으면 나잇값을 해사제. 그 무슨 말이냐? 어르신 말씀이 말 같지 않냐?"

"그래도 나 그 꼴 못 본당께라우."

"왜 못 봐? 까닭이라도 있냐?"

"똑 같은 머슴에 누구는 밥순이랑 글공부 하러 다니고 나는 가마니나 만들어라고요?"

"자네 속 모른 거 아니여. 말은 톡 까넣고 해사제. 꽈배기처럼 빙빙 돌링가?"

이양할머니가 떨떠름한 표정을 지어갔다. 못마땅하다는 듯 이맛살을 찌푸리고 미간을 좁혀가며 입술을 비죽인 채 말했다. 민순은 내막을 잘 알고 있는 탓에 고개만 푹 숙이고 있었다. 홍기는 더 이상 말을 하지 않고 썩은 콩을 씹어 먹은 표정으로 부리나케 숟가락질을 해대었다. 죄 없는 숟가락에 분풀이라도 하려는 듯 놋쇠까지 집어 삼킬 태세였다. 쌀자루 옆구리 터지듯 볼때기가 툭 불거져 터질 것만 같은데도 숟가락질을 멈추지 않았다. 방 안 사람들 모두 얼없는 그 꼴을 바라보다가 편치 못한 눈길만 서로 주고받았다. 심기가 편치 못한 이양할머니는 말도 없이 벌떡 일어나 방문을 열고 나가고 말았다. 민순도 그 뒤를 따라 일어섰다. 뒤를 따라오는 민순을 향해 할머니는 노파심에 찬 말을 꺼내 들었다.

"한사코 몸조심 하거라. 낳아준 아버지 빼고는 사내는 믿을 놈 하나 없는 것이랑께. 작년에 용순이가 사내 덫에 걸려갖고 맘에도 없는 놈한테 억지로 시집갔단 말이다."

"예. 할머니."

"이 동네는 옛날부터 반촌이다. 그래서 남녀 간엔 특히 몸가짐을 잘

해야 헌다. 너도 나이가 열다섯 살이 되어강께 한사코 남자를 조심해야 헐 때다. 폰수 하고 가까이 붙어가지 말고 멀리 떨어져 다녀야 써. 잘못했다 마을 사람들 눈에 띄기라도 하면 금방 온 동네에 소문이 확 퍼지고 말 것잉께."

"예 할머니 그렇게 할께요."

"폰수라고 해서 별 다르다냐? 그놈도 사낸디."

"예."

"내보기엔 너는 용순이와는 달라. 머슴 놈 따라 살기엔 아깝다 싶당께. 몸 간수 잘허고 있어야 헌다. 내가 어떻게 하든 괜찮은 놈 만나도록 애써보마."

이양할머니는 민순이가 염려스러운지 고분고분 헤아리고 있음이 분명했다. 민순은 얼른 대답하지 못했다. 명창이 되고 싶다는 말은 차마 입 밖으로 낼 수 없었다. 나중에 어떻게 될지 몰라도 지금은 갈 때까지 가고 싶은 심정이었다.

드디어 희붐한 아침이 여명을 타고 밝아오고 있었다. 아직도 뒷마당엔 밤새 내려앉은 희미한 어두움이 이제 떠나갈 채비를 갖추고 머뭇거리고 있었다. 지난밤에 느꼈던 정회(情懷)가 공기 중으로 얽혀들었는지는 몰라도 찬 서리가 마당과 지붕을 하얗게 뒤덮었다. 어제와 다름없이 잠자리에서 일어난 민순은 우물로 다가가 도르래부터 돌리기 시작했다. 작은 꿈을 하나씩 이뤄가는 첫날이라고 생각하니 마음은 뛸 듯이 기뻤다. 글공부를 하러 간다는 설렘에 좀처럼 흥분이 가라앉지 않았다. 말로 형언할 수 없는 기쁨이 아지랑이처럼 모락모락 피어올랐다. 이제 저녁은 꿈을 키워주는 시간이 될 수밖에 없었다. 앞으로는 밤에 해야 할 일들을 미리 당겨 낮에 해둬야 했다. 아침나절이 지나자 하늘의 태양은 눈이 부실 정도로 밝은 햇볕을 쏟아부었다. 밤사이 찬 서리를 맞고 널브러져 무맥해 있던 황국이 따스한 햇살에 진한 향기를 내어가며 벌 나비를 불러대고 있었다. 마치 자신의 신세가 마치 황국과 다름없다는 생각에 젖어들었다. 집은 나온 뒤로 온갖 시련으로부터 도망쳐 온 길. 이제 지고지순한 황국처럼 그윽한 향기를 뿌릴 꿈이 여물어가는 날이었다. 아침을 들자마자 이양할머니는 곧장 집을 나서 어디론가 가고 없었다. 점심준비를 하고 있을 때 바쁜 걸음으로 되돌아왔다. 손에는 작은 보자기가 들려져 있었다. 밥을 안쳐놓고 불을 지피우려 들 때 방에서 부르는 소리가 들렸다. 그는 안방으로 달려갔다. 할머니는 하얀 광목에 목련꽃 수가 놓인 보자기와 연필 그리고 공책을 사놓고 불렀던 것이다. 양철을 접었다 폈다 할 수 있는 필갑까지 준비해주며 글공부를 열심히 하라고 격려를 해주었다.

"민순아! 오늘밤부터 야학에 가는 것이지야?"

"예. 할머니."

"그래서 내가 장에 가서 사왔응께 가지고 다녀라. 한사코 몸조심 하고 글도 빨리 익혀야 쓴다. 알았냐?"

"예. 할머니 그렇게 할께요."

"내가 좋으면 남도 다 좋은 것이다. 니가 잘항께 나도 널 도와주는 것이여."

할머니는 덕성스러운 눈으로 바라보며 연한 웃음을 지었다. 너무나도 감격에 겨운 민순은 눈언저리에 촉촉한 눈물이 아롱거리기 시작했다. 감사의 눈물이 흘러내렸다. 그녀는 허리를 넙신 굽혀 감사의 인사를 했다. 점심을 먹고 나자마자 짧은 해는 해거름을 재촉하고 나섰다. 낮 동안 해맑은 노란색으로 사람의 시선을 사로잡던 황국이 밤이 싫은 듯 어느새 시들부들 해지고 있었다. 민순은 여느 때와 달리 일찍 저녁준비에 들어갔다. 폰수도 이영을 엮다가 일찍 일을 끝내고 준비에 들어가는 것 같았다. 일찍부터 쇠죽을 쑤는가 하면 머리도 감고 세수도 했다. 어둑어둑 해지자 민순이 저녁상을 차려들고 머슴방으로 가지고 갔다. 방문을 열고 상을 드밀었다. 홍기 머슴이 속이 뒤틀렸는지 부루퉁한 얼굴로 쳐다보며 폰수를 탓하고 나섰다.

"늦게 와갖고 방문 열어달라고 허믄 안 된다. 나는 한번 잠을 깨면 못 잔 성질이랑께."

담배를 태워가며 우거지상을 짓고서 참나무 장작 패는 소리를 빽 질렀다. 말 속에는 심술궂은 가시가 도톨도톨 돋쳐있었다. 민순을 바라보는 곱지 않은 눈초리가 못마땅한 속심을 그대로 드러내고 있었다. 하지만 폰수는 대꾸도 하지 않은 채 말을 아끼는 것 같았다.

"야! 내말 안 들리냐?"

"알았당께라우."

내심 불만스러운 듯 듣기에도 퉁명스럽게 쏘아붙였다.

"너 우리 밥순이 잘 지켜야 돼. 알았지야?"

"왜 밥순이가 형님 것이라요?"

"이 자식 봐라. 찬물도 위아래가 있다고 했는디도 못 알아듣네. 이 뱀 대가리 같은 새끼가 글공부를 한다고? 워매! 환장하겠네."

폰수는 대꾸도 하지 않은 채 숟가락질만 해대었다. 이어 저녁이 끝나고 폰수는 먹고 남은 상을 부엌까지 들고 와서는 토방에 대기하고 있었다. 땅거미가 지는 어둑어둑한 저녁 대문을 나섰다. 고샅은 이미 어둠으로 물들어 캄캄했다. 들판 길로 나오니 찬 서리가 내리는 듯 온몸이 오그라지도록 추위가 몰려들었다. 동네에는 어렴풋한 호롱불빛이 반짝거리며 드러나고 있었다. 이어진 산자락들은 마치 숯검정을 발라 놓은 것처럼 암흑의 세계였다. 맑은 늦가을하늘에는 초저녁부터 빛을 뿌려대던 눈썹 같은 초승달이 서산으로 숨어들고 까만 밤하늘에

형형한 별빛이 그득히 빛나고 있었다. 마치 반딧불을 박아놓은 것처럼 유난스레 반짝거리며 초롱초롱 빛을 뿜어댔다. 석고리를 지나 연주산 자락을 돌아들 때 산속에서 올빼미 소리도 들리고 쑥국새 푸드덕 거리는 소리가 귀청을 흔들었다. 지난여름 득창과 함께 도망오던 일이 무릇 떠올랐다. 헤엄을 치며 냇물을 가로질러 산비탈로 기어오르던 일, 바위틈에 숨어 어두워지기만을 기다리던 기억이 어제 일처럼 떠올랐다. 모진 고생을 참아가며 자신을 데려다 준 득창의 얼굴이 설핏 눈앞으로 지나치는 것이었다. 데려다준 덕분에 오늘 글공부를 배우러 간다고 생각하니 한량없이 그리우면서도 고마웠다. 지석천 냇가 징검다리에 이르렀다. 냇물은 캄캄한 밤 고요한 정적을 가르며 유유히 흐르고 있었고, 하늘의 별들은 물속으로 내려앉아 밝은 빛을 토해내며 반짝거렸다. 이윽고 눈앞으로 다가온 것은 바윗돌을 괴어놓은 징검다리였다. 어석더석 험상의 바윗돌들이 펑퍼짐한 엉덩이짝을 위로 쳐든 채 듬성듬성 엎드려 있었다. 울멍줄멍한 바위틈 사이로 휘도는 물결에는 별빛이 너울너울 춤을 추었다. 이제 밤마다 만나야 할 것들. 들길, 냇물, 징검다리, 산 숲, 하늘의 별과 달과 친해지고 싶었다.

민순은 폰수의 뒤만 졸졸 따랐다. 밤길에 지켜야 할 할머니의 가르침을 되새기며 서너 발자국 멀리 떨어진 채 걸었다. '밤길에도 멀리 떨어져 다녀야 써. 가까이 가면 안 된다.' 바윗돌에 오르니 출렁이는 물결에 아랫도리가 후들후들 떨려 앞으로 발을 내딛을 수가 없었다. 바위마저 뒤뚝거리는 것 같아 엉거주춤 균형을 잃어간 민순은 앞서나간 폰수를 향해 소리쳤다.

"엄마야! 나 몰라."

민순은 금방 물속으로라도 빠질 것처럼 다리가 후들거리면서 무서웠던 것이다. 앞서 건너가고 있던 폰수가 깜짝 놀라 어쩔 줄을 모르

고 홱 뒤돌아보았다. 엉겁결에 민순을 향해 징검돌을 건너뛰어 달려
든 폰수는 그녀의 손목을 움켜잡았다. 일각에 손목을 잡힌 민순은 방
망이에 이마빡을 한 대 얻어맞은 사람처럼 어리둥절했다. 가슴팍으로
찬바람이 쌩하게 날아와 파고드는 것 같았다. 화들짝 놀라며 팔목을
뿌리치듯 흔들어댔다. 폰수는 능글맞게 뒷머리를 긁적이며 멋쩍은 웃
음을 지어냈다.

"물귀신이라도 밟았냐?"

"아니요?"

"조심해서 따라와야 쓴다. 여기서 발을 잘못 딛었다간 물귀신이 쏙
잡아당겨분당께."

민순은 머리끝이 쭈뼛해지면서 오금이 당겨지는 것이었다. 그래도
이를 악물고 서너 발자국 뒤로 물러나 졸졸 뒤쫓았다. 이윽고 능주 소
재지에 이르렀다. 밤에 보아도 초가집과 기와집이 어우러져 가득 차
있었다. 신작로엔 오가는 인적이 끊어지지 않았다. 집들이 나닥나닥
붙어 있어 어디가 어딘지 쉽게 알 수 없었다. 어리둥절한 마음으로 부
리나케 폰수 뒤만 졸졸 따라갔다. 폰수는 본디 고향은 남면이지만 능
주를 자주 다닌 탓에 골목까지 훤히 꿰뚫고 있었다. 구부러진 신작로
를 이리 돌고 저리 돌더니 드디어 커다란 창고 같은 건물로 다가섰다.
건물 밖에도 남포등이 켜져 훤히도 밝았다. 입구에서부터 공책과 연
필을 내놓고 팔고 있었다. 그들이 가까이 다가가자 한 여자가 의심의
따리를 틀며 물었다.

"어디서 오셨능가요?"

"천덕리에서 왔는디라우."

"글공부하러 왔능가요?"

"예."

"두 사람이요?"

"예."

"워매! 부부가 글공부에 나섰는개비네요."

젊은 여자가 능갈스럽게 코웃음을 씩둑대며 쳐다보았다. 폰수는 보기와는 달리 의뭉한 구석이 있었다. 엉큼한 본색을 서서히 드러내는 듯 어물어물 하려 들었다. 남자들 속마음은 호두알 속처럼 엉큼스러운 미궁이라고 하신 할머니 말씀이 틀림없었다. 민순이 나서 당당하게 말해주었다.

"아니어라. 같은 마을에만 살 뿐이랑께요."

젊은이들은 고개를 갸우뚱거리며 힐끔힐끔 폰수를 쳐다보았다.

"그럼 아가씨를 좋아하능가 본디요."

"나는 그렇것 모른당께라우."

민순은 다분히 신경질적인 반응을 보이며 응수하고 나섰다. 다신 그런 말이 나오지 못하도록 입막음을 하고자 하는 의도도 깔려있었다.

"이름이 뭣이요?"

젊은이가 폰수를 향해 물었다.

"지는 김폰수고요 이는 우리 밥순인디요."

젊은이는 입을 막고 키들거렸다.

"밥순이라니요?"

폰수는 무안쩍은 마음에 민순을 흘쩍 바라보고서

"민순이어라."

젊은이는 창호지로 엮어 만든 책자를 뒤적이며 명단을 찾기 시작했다. 폰수는 메기 같은 입을 헤벌쭉 벌려 소리쳤다.

"처음 왔응께 안 써졌을 것이요."

"처음 왔다고요?"

"지금에사 왔당께요."

그래도 젊은이는 끈덕지게 장부를 뒤적였다. 대여섯 장 정도를 넘기고 나서 끄트머리에서 환한 웃음을 머금으며 이름 위에 동그라미를 쳤다.

"여기 있네. 김폰수 그리고 민순이구만요."

그 순간 민순은 기분이 묘했다. 난생처음 찾아왔는데 사전에 이름을 알고 적어놓았다는 것이 이상할 따름이었다. 둘이는 미심쩍은 눈길만 돌린 채 고개를 갸웃갸웃 거리며 눈꼬리를 길게 찢어가고 있었다.

"처음 왔는디 어떻게 이름을 안다요?"

젊은이는 무덤덤한 반응을 보이다가 외려 묻는 사람들이 이상하다는 듯 눈을 뛰룩거렸다.

"아침나절에 오지 않았었능가요?"

민순은 그제야 머리 구석에 짚이는 것이 생각났다. 그것은 이양할머니께서 아침나절 책이랑 연필 그리고 공책과 보자기를 가져온 것이었다.

"할머니가 오셨든가요?"

"예. 노인이 월사금하고 책값을 내고 가셨는디라우."

민순은 너무 감격스러운 나머지 코끝이 시큰해졌다. 눈언저리에는 눈물도 맺혀 산연히 번쩍거렸다. 폰수도 멍하니 밤하늘만 쳐다보고 말문을 닫았다.

"자 나를 따라 오싯시요."

젊은이는 그들을 데리고 안으로 들어갔다. 안에는 이미 사람들로 가득 채워가고 있는 중이었다. 사람마다 서로 다른 표정으로 다채로운 눈빛 아래 인간 군상들의 모습을 보여주고 있었다. 생기가 넘쳐흐르고 있었다. 벽기둥엔 환한 남포등을 군데군데 걸어두었다. 이쪽저

169

쪽 밝고 고른 빛을 비춰주었다. 교실은 불빛만큼이나 열기가 넘쳐 훈훈한 기운이 감돌았다. 앉은뱅이 나무책상이 놓여있었다. 서로 마주 보고 앉아야 했다. 먼저 온 사람들은 칠판을 마주 볼 수 있으나, 나중에 온 사람들은 돌아앉은 탓에 하루에도 수십 번씩 허리운동을 해야 칠판을 볼 수 있었다. 민순과 폰수는 가운데 기둥나무 곁에 자리를 정해주었다. 늘 고정된 자리라고 일러주면서 지각도 안 되고 결석을 해서는 더더구나 안 된다고 말해주었다. 정면에는 작달막한 검정 칠판이 걸려 있고 그 양 옆으로 남포등이 켜져 칠판에 써진 글자가 쉽게 눈에 들어왔다. 칠판 위에 벽에는 '아는 것이 힘, 배워야 산다.', '문맹퇴치.'라는 글자가 내걸려 있었다.

사설학술강습회 즉 야학당은 어디까지나 식민지교육정책에 의해 설립되었기에 언제든지 폐쇄명령이 가능하였다. 일 년 단위로 인가되기 때문에 사실상 합법적으로 장기적 존속은 어려운 상태였다. 일본은 한글공부를 억제하고 자국의 글자를 익히도록 강요했다. 혹시라도 독립을 위한 민중계몽에 치우치는지, 혹은 일본어를 가르치지 않고 소홀이 하는지, 밤이면 순사와 헌병들이 수시로 야학당을 드나들며 위압감을 줘가며 감시했다. 만일 자기들 마음에 들지 않고 어겼다고 판단될 땐 도장관은 즉각 폐쇄조치를 단행했다. 그러나 빈곤과 정규학교의 취학이 어려운 이들을 대상으로 초등교육기관이나 다름없는 역할을 충실히 수행하였다. 때문에 민중계몽 교육에 성과를 올렸을 뿐만 아니라 크게 기여한 것은 사실이었다.

글공부를 배우러 온 사람은 대부분 나이 많은 사람들이었다. 남녀 구분 없이 혼성이었고 가르치는 교사가 배우는 이보다 훨씬 어린 편이었다. 대부분 열다섯 살을 넘겼고 나이가 많은 사람은 서른 살을 넘긴 남자도 있었다. 민순은 야학당에서 가장 어렸다. 곱상하고도 예쁘게 생긴 그녀는 산뜻한 인기바람을 일으키고도 남을 만했다.

첫날이면서도 처음 공부가 시작되었다. 가르쳐주실 선생님의 소개가 이뤄졌다. 한글을 가르치는 선생님은 나무꾼과 선녀에 나오는 주인공처럼 아리따운 처녀였다. 이어 글공부가 시작되었다. 첫날에는 우리 한글을 익히고 기초 셈본 공부부터 시작했다. 기역 니은 디귿부터 읽고 쓰는 일, 아라비아 숫자를 읽고 세는 공부였다. 선생님을 따라 읽는 글방소리가 교실을 뜨거운 열기로 달구고 있었다. 보조 선생님들은 개인별로 돌아다니며 연필 쥐는 방법에서부터 글 쓰는 필순을 가르쳐주었다. 마분지로 만들어진 공책에 육각연필을 깎아 쓰고 또 써보는 공부였다. 빛깔과 느낌이 말똥과 비슷하다고 해서 이름이 붙여진 마분지는 공책 겸 연습장이었다. 한글공부엔 깍두기처럼 네모 칸이 적격이었다. 셈 공부엔 줄쳐진 공책이었다. 우둘투둘 좁쌀 가루 같은 것이 나서 글씨가 잘 써지지 않고 찢어지거나 구멍이 뚫어지기 쉬웠다. 조금 여유가 있는 집에서는 창호지를 오려 공책으로 사용하기도 했다. 글자가 틀렸을 땐 손가락 끝에 침을 묻혀 문질러 한 껍데기를 벗겨내는 것이 보통이었다. 그럴 때면 공책에 때꼽재기가 끼어 까무잡잡한 얼룩이 지기도 했다. 연필이 닳거나 부러질 땐 칼로 깎아야 했다. 이때 면도를 사용하는가 하면 낫이나 식칼로 깎는 이도 있었다. 때문에 보자기에 낫이나 식칼을 가지고 다닌 사람도 눈에 띄었다. 연필이 진하지 못해 글씨가 희미해서 보이지 않을 땐 연필 끝에 침을 묻혀 꾹꾹 눌러 쓰면 진해지기도 했다.

첫날 공부가 끝났다. 민순은 폰수를 따라오던 길을 되돌아 마을로 향했다. 공부가 끝날 무렵에는 밤이 깊어서 같은 길인데도 으슥한 느낌을 주고 한적했다. 민순은 폰수만 졸졸 따라 밤길을 걸으니 무서움은 없었다. 생각해볼수록 폰수가 고맙다는 생각이 솔솔 생겨났다. 폰수 없이는 다닐 수 없을 것 같았다. 혼자서 다니기엔 너무 외지고 먼 거리라 여겨졌다. 그들이 마을 앞에 이르렀을 땐 대부분 호롱불이 꺼져 적막에 싸여 있었다. 아직 대문을 잠그지 않고 열어두었다. 방마다 불이 꺼져 있었다. 폰수가 대문을 잠그려 들 때 안 방문 여는 소리가 들렸다. 이양할머니였다. 처음 길이라 염려스러웠지 잠을 이루지 못했던 것 같았다.

"민순이제?"

"할머니 잘 다녀왔어요."

"잘했다. 글공부가 잘 되드냐?"

"예."

"폰수 너도?"

"그랬구만이라우."

"잘했다."

"할머니 덕에 배우게 되었지라우."

"고맙다. 한사코 민순이를 잘 데리고 다녀야 쓴다. 그리고 혹시 순사나 헌병이 물으면 집 주인 이름만 대면 괜찮을 것잉께 그렇게 하도록 해라."

"예. 할머니."

"어서들 들어가 자거라."

"할머니께서도 안녕히 주무싯시요."

"오냐."

할머니는 마치 친 손녀처럼 정성스럽게 대해주었다. 인자하신 마음씨는 이루 말로 할 수 없었다. 생각하면 할수록 은혜야 말로 정말 백골난망이었다. 방으로 들어간 민순은 그날 배운 글을 다시 한 번 써가며 복습하기 시작했다. 마음이 설레어 잠이 오지 않았다.

방바닥에 엎드려 다시 읽고 써보는 글공부에 밤이 깊은 줄도 몰랐다. 세워 쓰고 뉘어 쓰고 돌려 쓰는 글자가 너무나도 신비스러웠다. 손가락을 접었다 폈다 하며 수를 세어보고 숫자를 쓰는 일도 신기했다. 자고나서도 틈만 나면 땅바닥에 써보고 손가락을 연필 삼아 손바닥에도 써가며 글자를 익혔다. 부엌에서는 부지깽이로 글자를 써가고 젓가락으로 수를 세어가며 익히곤 했다. 그럴 때면 이양할머니나 며느님께서 먼발치에서도 마냥 흐뭇한 눈길로 상글상글 웃음을 지어보였다.

"아주 글공부에 푹 빠져부렀네!"

민순은 무안쩍어 말을 못하고 민망한 기색을 감추지 못했다.

"괜찮아. 그렇게 해야제. 그래야 글을 빨리 읽을 수 있을 것 아니냐."

"예. 아주머니."

그녀는 그저 감사함에 몸 둘 바를 모르고 가진 정성을 쏟아내려 힘쓸 뿐이었다.

야학당 글공부에 빠진 민순은 누구보다 열심히 노력했다. 그녀는 글자를 깨우치는 데 남과 달랐다. 받침이 둘 있는 낱말까지도 막힘없이 읽고 쓸 줄 알았다. 하나를 가르쳐주면 둘을 알 정도였다. 셈본도 정확했고 빨랐다. 받아 올리고 내리는 계산도 척척 소화해냈다. 부끄러움도 없는 편이어서 앞에 나와 책을 읽고 문제를 푸는 데 쑥스러워하지도 않았다. 나이답지 않게 당차고 대담한 구석이 있었다. 자발적으로 손을 들어 책을 읽고 문제를 푸는 데 앞장섰다. 하도 또박또박 책을 잘 읽어 선생님으로부터 늘 칭찬을 들었다. 그리고 학생들로부터 박수세례를 받기 일쑤였다. 야학당은 열기를 더해가고 있을 때 그 선봉에는 늘 민순이가 있었다. 그러나 폰수는 복습할 기회가 많지 않아서인지 그 속도가 다소 더디었다. 발음도 정확하지 못하고 글씨도 삐틀삐틀 벌레가 기어가는 꼴이었다. 매사에 야무진 민순을 따라가기엔 꽤 버거운 모양이었다. 갈수록 그는 열등의식에 사로잡혀 풀이 죽은 사람처럼 괴로움을 보일 때가 있었다. 마주본 책상에 앉아 열없는 표정을 지어가며 붉어지는 얼굴을 숨기지 못했다. 나중에는 모르면서도 그저 엄벙뗑하려 들 때가 많았다. 민순은 사심 없이 다가가 가르쳐 주고 도와주기도 했다. 그러다보니 처음과 달리 서로 격의 없어지고 임의로운 사이가 되어 마치 이성 친구처럼 변해갔다. 말투도 달라지고 못할 말이 없어졌다. 어느새 할머니의 가르침을 깜빡 잊은 채 허물없는 농담까지 응대하며 지냈다.

야학당을 오가면서만 그런 것이 아니었다. 거침없는 말이며 행동이 어느새 몸에 배어들어 집에서도 나타났다. 보는 이로 하여금 눈살을 찌푸리게 하고도 남았다. 늘 곁에서 지켜보는 이는 홍기였다. 그는 처음부터 민순이를 끔찍하게도 아끼고 좋아했기 때문이었다. 그런데 도를 넘을 정도로 가까워지는 사이를 볼 때마다 분노가 치밀어 오르고 억분을 참을 수 없었다. 비위가 거슬리고 배알이 꼴려 한동안 충격에서 벗어나지 못하더니만 암한(暗恨)을 품기 시작했다. 마치 바위 속에 엎드려 있는 호랑이처럼 호심탐탐 기회를 노리기 시작했다.

이제껏 친형제처럼 사이좋게 지내왔던 둘 사이가 마치 벼락을 맞고 갈라진 바위처럼 금이 가기 시작했다. 급기야 사나운 맹수같이 서로 잡아먹으려고 날카로운 이빨을 드러내기도 했다. 늦은 밤 야학에서 돌아와 방문을 열고 들어올 때면 잠을 자다가도 시금털털하고도 역한 말을 뱉어내곤 했다.

"숭어가 뛰니까 망둥이도 뛴다고 하더니 니 놈이 그 꼴 낫제. 글공부를 아무나 하는 줄 아냐? 너 같은 곰탱이가 무슨 놈의 글이냐?"

홍기의 비아냥거림은 날로 도를 넘어 위로 치닫고 있었다. 하지만 폰수는 일언반구의 말대답도 없이 참고 지내왔다.

"너에게 분명히 말했다. 밥순이는 내 것잉께. 니가 잘 지켜줘야 쓴 단 말이다. 허튼 짓 했다간 다리몽댕이를 부러불 것잉께 그리 알아. 알아들었냐?"

홍기는 능갈맞고 끔찍한 말을 밤마다 지껄여대기 시작했다. 그러나 폰수는 아랑곳하지 않았다. 오직 민순한테 달렸을 뿐이고 그는 마음을 사로잡겠다고 속다짐을 했다.

폰수가 야학에 다닌 지도 한 달이 훌쩍 지나고 난 뒤였다. 북풍한설이 몰아치는 동짓달. 폰수는 글공부가 서투름에도 중도에 그만 두지 않고 밤마다 민순과 함께 보조를 맞춰왔다. 동짓달 보름이 다가오자 밤인데도 대낮처럼 달이 밝았다. 그날도 야학을 마치고 폰수는 민순을 데리고 집으로 돌아왔다. 여느 때와 마찬가지로 대문은 열려있었고 방마다 불이 꺼져 적막했다. 그런데 머슴방에 아직 불이 켜져 있었고 인기척 소리마저 들린 듯했다.

폰수가 슬그머니 방문을 열었다. 어김없이 작은 머슴 홍기가 눈살을 크게 찌푸리며 뚫어져라 째려보았다. 폰수는 불쾌하고 화가 나면서도 부러 은근히 참고 아무렇지도 않은 척 자리부터 챙겼다. 하지만 내심 불안했고 긴장의 끈을 놓지 못했다.

"야! 머슴 놈이 글 배워 어따 쓸 것이냐?"

짜증스러운 어투에 불만이 잔뜩 묻어 있었고 마뜩찮은 눈길이었다.

"모른 것보다 낫것지라우."

"워따매! 요자석 말한 것좀 보소."

홍기는 마치 굶주린 맹수가 노루를 향해 돌진하려는 듯 험상스럽게 게뚜더기 눈을 부릅뜨고 목침(木枕)을 집어 던질 태세였다. 일순간 몸을 피해야 할 날카로운 위압감이 닥치는 예감이었다. 그러나 그는 부러 입을 꼭 다문 채 고집스런 표정으로 앉아 있었다.

"글을 알면 새경을 더 준다고 허드냐?"

"아니어라우."

"그러믄 왜 하지 말라는 짓을 하고 다니냐?"

"왜 성님이 이래라 저래라 하시냐고요?"

"맨날 밥순이랑 같이 댕기니께 그러제."

"저는 같이 다니면 안 됭가요?"

"어허! 몇 번이나 말을 해야 알아듣겄냐? 뱀 대가리만도 못한 놈의 새끼네!"

어허! 해대는 대목이 방 안에 공허하게 메아리치더니 문틈을 타고 밖으로까지 퍼져나갈 정도였다. 진배없이 친형제 같았던 사이가 칼날을 세워가고 있었다. 이제 돌이킬 수 없는 파경지탄(破鏡之歎)으로 내몰리고 있었다.

"앗따! 그만하시고 어서 주무시잔께라우."

"야! 지금 내가 잠 잘 기분이겄냐?"

"밥순이 혼자 다닐 수 없는디 어쩔 것이요? 저라도 데리고 다녀야 헐 것 아니요? 밥순이도 저랑 같이 가는 것을 좋아한단 말이요."

"멋이어야? 너랑 같이 다닌 것을 좋아한다고 했냐?"

눈꼬리를 길게 찢어가며 쏘아보는 꼴이 심상치 않아 그만 꼬리를 내리고 싶었다.

"같이 글공부를 하는디 싫기사 허겄소?"

"워매! 이 자식이 말할 것 좀 보소. 너 밥순이 소매끈이라도 만지면 그날이 니 제삿날잉께 그리 알고 허라잉. 나는 한번 한다고 하면 꼭 한 놈잉께 두고 보믄 알제."

"밥순이는 그렇게 생각하지 않는당께라우."

"보자보자 하니 이 자식이 밥순이를 좋아하는 개비네! 야 이놈아! 찬물도 위아래가 있다고 몇 번이나 했는디 못 알아듣냐? 내가 먼저 점을 찍어 놓은 것을 모른단 말이여? 이 자식 눈치가 곰만도 못 허네!"

"성님 나이가 몇인디 딸 같은 애한테 점을 찍었다고 하시냐고요?"

"야! 나이가 대수냐? 여자 데려다 고생시키지 않고 잘 살리면 되제. 나는 집도 사고 논밭도 다 장만했단 말이다. 내일부턴 밥순이 곁에 얼씬도 말어. 알았냐?"

"그건 안된당께라우. 할머니께서 데리고 다니라고 하셨어라."

"내일부터 내가 데려다 주고 마중 갈 것잉께 너는 이제 그만 두란 말이다. 너도 반머슴인께 쇠죽도 써야제. 글 배운다고 나한테 쇠죽 쓰라는 말이 나오냐?"

"성님! 저 진짜로 글 배운당께요. 한 번만 봐주시면 안 되능가요?"

"봐주길 뭣을 봐주라는 것이여. 니가 글 배우러 다닌다고야? 워매 소가 웃겄다. 요놈이 능청을 부릴 줄도 아네. 밥순이 만나고 싶어 다니제. 이제 다 그만 두란 말이다."

갑자기 소름이 끼치는 싸늘한 기운이 등줄기를 타고 흘러내린 것 같았다. 눈꺼풀도 가늘게 떨리기 시작했다. 폰수는 완전히 압도당하는 자신의 모습이 너무 초라해졌다. 그는 홧김에 물 한 양푼을 숨도 쉬지 않고 벌컥벌컥 들이켜고 말았다.

다음날 아침 예전과 마찬가지로 홍기는 새벽에 일찍 일어나 아궁이 재를 치우러 부엌으로 갔다. 마침 민순이도 일찍 일어나 부엌으로 나왔다.

"앗따 조금 더 있다가 나오제 그랬냐? 저녁마다 공부하러 다니느라 힘 들 것인디."

허나 민순이는 민망스러워 얼굴을 마주 대하길 피하고 싶었다. 그

녀는 우물로 다가가 도르래를 돌려 물을 퍼내려던 참이었다. 홍기가
우물까지 다가와 소리쳤다.

"물도 내가 퍼줄 것잉께 언제든지 말만 해."

민순은 아무것도 모르는 척 묻는 말에 대답조차 아꼈다. 시치미를
뚝 떼고 천연덕스럽게 할 일만 해대었다. 그러나 홍기는 폰수가 해오
던 나무까지 혼자 다 날라다 주었다. 이때 폰수가 부엌 쪽으로 다가오
자 화를 버럭 내며 벼락같은 소리를 내질렀다.

"너 성님 말 안 들리냐? 이쪽엔 얼씬도 하지 말라고 헌 말 잊어부
렀냐?"

폰수는 비위에 거슬리는 것을 참지 못하고 허망한 웃음을 짓고는
부득부득 나무다발을 들고 부엌으로 향했다. 그리고는 아궁이 속으로
집어넣기 좋게 잘게 자르고 있었다.

"야! 너 성님 말 안들리냐?"

그래도 폰수는 모르는 척 나무만 자르고 있었다. 순간 홍기는 참지
못하고 고무래를 들고 폰수에게 달려들었다. 일격을 가하려는 듯 눈
동자가 완전히 뒤집힌 채 사지마저 달달 떨었다. 폰수는 그 순간에도
한 대 얻어맞고 민순이를 차지할 수 있다면 좋을 성싶었다. 이때 건너
방문 열리는 소리가 들리더니 아주머니께서 나오셨다. 홍기는 은근
슬쩍 고무래를 나무 청에 던져두고 슬금슬금 별채로 발걸음을 옮기며
분위기는 가라앉았다.

이후로 홍기는 헤아릴 수 없을 정도로 귀에 거슬리는 고까운 소리
를 해대었다. 폰수에겐 아슬아슬하고 위험한 외줄타기와 다름없는 일
이 날마다 벌어지고 있었다. 만만찮은 불만이 쌓여가고 있다는 것을
유감없이 보여주고 싶지만 반머슴 입장이라 허탈한 슬픔만 밀려올 뿐
이었다. 홍기는 폰수를 향해 마치 강짜를 부리는 사람 같았다. 두 눈

에 쌍심지가 돋는 듯 일거수일투족을 감시하려 들었다. 부엌엔 얼씬도 못하게 하고 민순을 도와주는 일을 자기가 도맡아 해대었다. 밥상을 들고 온 기척이 나면 언제 알았는지 쏜살같이 밖으로 나가 받아들고 들어왔다. 민순과 대면조차도 못하게 했다.

하지만 폰수는 날마다 민순이와 함께 오가는 순간이 너무 좋았다. 둘 사이는 점점 가까워졌고 모든 것들이 다정하게 느껴졌다. 하루 일을 하다가도 저녁만 생각하면 속웃음이 저절로 키들거렸다. 힘든 줄도 모를 정도였다. 진정으로 민순이를 좋아하고 그녀 없인 살 수 없을 것만 같았다. 그녀가 원하는 것이라면 다 해주고 싶었다. 일을 하다가도 화장품 장사의 북소리가 들리면 냅다 달려갔다. 화장품을 사서 감춰두었다가 그녀에게 주었다. 찰랑찰랑 거리는 엿가위 소리를 들으면 엿을 사서 밤길에 그녀와 나누어 먹기도 했다. 민순도 폰수가 싫지 않았다. 오빠 같기도 하고 은근히 애당기기도 했다. 밤마다 데리고 오가는 두터운 신뢰 속에 거리낌 같은 것은 훌훌 털어버리고 싶었다. 얼금뱅이도 자주 만나면 얽은 구석구석 마다 정이 간다고 그이와 깊은 정이 들었다. 사람에겐 무서운 게 정이라고 하더니만 그녀는 초심이 엉클어져 타성에 빠져드는 것 같았다. 명주실 같은 끈끈한 정에 얽매인 그녀는 다시 엄마를 생각하며 초심으로 되돌아가려고 애를 썼다.

어느덧 섣달이 다가왔다. 설날도 며칠 남지 않았다. 머슴살이를 한 사람들은 대개 섣달 중순정도면 일 년을 마무리하고 새경을 받은 뒤 집으로 돌아가는 것이 관례였다. 홍기는 본래 힘이 장사일 뿐 아니라 농사일을 각단지게 잘했다. 때문에 부잣집마다 그를 머슴으로 데려가려고 안달을 부릴 정도였다. 주인 박영주는 일찌감치 다음해에도 그를 머슴으로 정해두고 새경마저 올려주었다. 홍기는 섣달 보름이 지나자 잠시 고향엘 다녀오려 집을 비우고 없었다. 그러나 폰수는 야학 때문에 혼자 남았다. 당분간이라도 혼자 지낸다고 생각하니 그만 세상이 다 자기 것처럼 느껴졌던 것이다. 그는 밤마다 무엇인가를 골똘히 생각하고 있었다. 새로운 일을 궁리하며 잠을 이루지 못했다. 울컥하는 심정으로 부랴부랴 장마당으로 나갔다. 받아 둔 새경 탓에 주머니가 두둑했다. 장마당엔 설 대목이어서인지 오만 물건이 가득하고 발 딛을 틈도 없이 벅신벅신했다. 그는 생각할 겨를도 없이 다짜고짜 비단가게로 들어섰다. 가게엔 사면 벽이 오채금실 필필이 짜 놓은 비단으로 장막을 쳐놓았다. 손에 돈을 쥐고 금실 비단을 찾은 적은 난생 처음이었다. 우쭐한 마음으로 어깨에 힘이 잔뜩 들어갔다. 하지만 점포주인은 구차한 손님인 양 대수롭지 않은 눈길로 쳐다보았다. 고개를 외틀어가며 바라보는 꼴이 돌처럼 차갑고 냉랭해 보였다. 애써 짓고 있던 미소까지 벗어던진 채 돌연 싸늘한 눈빛으로 칼날처럼 날카로운 입을 열었다.

"무슨 일로 오셨능가요?"

점포 주인이 입은 옷은 진한 군청색 바탕에 백옥 같은 목련꽃, 나풀거리는 꽃나비가 어우러진 치마저고리였다. 눈이 부실지경이었다. 비단에서 내뿜는 현란함이 그를 황홀지경으로 몰아가고 말았다. 그는 묻는 말도 듣지 못했다. 소같이 큰 눈을 부릅뜨며 입도 헤벌쭉 벌인 채 잡아놓은 촌닭처럼 어리벙벙한 표정을 지었다. 맨 앞에 치렁치렁 내걸린 옥색 색동저고리와 연한 자줏빛 치마가 눈에 쏙 들어올 뿐 다른 옷은 눈가에 차지도 않았다. 바라보는 옷은 마치 호수 위에 신휘처럼 반짝거렸다. 그는 한참 동안 눈길을 돌리지 못하고 멍하니 서있었다. 이윽고 얼뜬 사람마냥 무언가 중얼대더니 난데없이 큰 소리를 내질렀다.

"이 옷 얼마요?"

주인은 심드렁하게 뒤틀린 낯빛으로 폰수의 위아래를 흘끔흘끔 훑어보고 나서는 볼멘소리로 투덜투덜 대었다.

"워매! 그 옷이 얼맨지나 아요? 바뻐 죽겄는디…….."

물건을 팔아 이익을 남긴 장사꾼들은 사람들의 행색만 보아도 수중에 돈이 있는지 없는지 금방 알아차리는지는 몰라도 노골적으로 무시하는 투였다.

"얼마냥께라우?"

폰수도 다분히 신경질적인 반응을 보여 주었다. 어느 구름에 눈이 들며 어느 구름에 비가 들었는지는 알 수 없는 일. 주인은 미심쩍은 눈초리를 지어가며 금방 내색을 바꾸어 값부터 불렀다.

"오백 환 내시오."

"자 여기 있소."

폰수는 일각의 망설임도 없이 쥐고 있던 손에서 지전 다섯 장을 넘겨주었다. 돈을 바라본 그녀는 순간 놀라 눈이 까무러치도록 둥그레졌다. 외틀며 치굴리던 냉랭한 표정은 어디로 가고 웃음집이 벌어진 채 눈초리가 찢어질 듯 주름을 쥐어가며 함박웃음을 쳤다. 일순간 돌변하여 어느 귀공자 못지않게 깍듯한 대접을 하려들었다. 함께 있던 아낙네들도 적잖게 놀라며 눈알을 휘굴렸다. 마수걸이에 걸려 제법 짭짤한 이문을 보았는지는 몰라도 일순간 희희낙락 헤식은 웃음이 온 얼굴에 번졌다. 주인은 혹시 손때라도 묻을까 봐 섬섬옥수로 조심조심 고이접어 옥광목 보자기에 싸주었다. 그는 푼더분한 웃음을 지어가며 가게를 나왔다.

이어 다시 신발가게로 다가갔다. 예쁜 모란꽃이 그려진 신발도 한 켤레 사들었다. 흐뭇한 마음에 신나는 속웃음이 연방 콧바람을 일으켜댔다. 비단가게엘 가보는 것도 처음이요 여자 옷을 사보기는 더더욱 처음이었다. 넉넉잡고 두어 달 새경 값은 되고도 남을 만한 비싼 옷이었다. 그는 사모하는 간절한 마음을 민순에게 담아주고 싶었다. 비단실처럼 끈끈한 연모의 정이 맺어지길 진실로 바라는 마음을 안고 잰걸음으로 달려왔다. 사랑보다 더 무서운 게 정이라고 하더니 날마다 함께 한 글공부 덕에 이제 떼어낼 수 없는 정이었다. 그동안 덩굴진 가슴에 감춰놓고 혼자 애태우던 마음을 전하려드니 싱숭생숭하기도 하고 떨리는 마음이 천근만근 무거웠다. 속마음을 알아줄까 싶어 노심초사하면서도 일생 곁에 있어주기만을 진심으로 바라고 싶었다. 오는 길에 또 민순이가 좋아하는 것이 생각나서 엿, 곶감, 유과도 샀다. 그는 물건을 훔치다 주인에게 들킨 사람처럼 자기도 모르게 가슴이 두근거렸다. 누가 볼까봐 산길을 오르고 후미진 솔밭 길로 돌아들었다. 옷 보따리를 가슴팍에 숨겨가며 간신히 집으로 들어온 그는 외양간 볏짚 속에 감춰두었다. 혹시 방심하였다가 홍기라도 불쑥 나타난다면 이만저만한 낭패가 아닐 것 같았기 때문이었다. 잘못했다간 홍기 성질에 살인나지 않는다는 보장도 없었다. 일껏 세워놓은 계획이 한순간 수포로 돌아갈 것이 불을 보듯 뻔했다. 집에서 민순을 만나 전해주기가 마땅찮았다. 그렇다고 옷만 덜렁 넘겨줄 수도 없는 일. 그는 둘만의 시간이 필요하다고 느꼈다. 따로 시간 들여 만날 순 없었고 야학당에 가는 시간이 제일 좋을 성 싶었다. 저녁노을이 물들어지고 어슴푸레한 어둠이 밀려올 시각 폰수는 민순과 함께 야학 길에 나섰다. 설 명절이 며칠 남지 않은 탓인지 여느 때와는 달리 길에는 사람들의 발길이 잦았다. 폰수는 책보자기 속에 또 다른 보자기를 싼 채 민순이 뒤를 따랐다. 어두운 탓에 그녀도 얼른 알아볼 수 없었다. 연주산 자락을 돌아갈 때였다.

폰수는 마음이 급했다. 밤새 잠을 이루지 못하고 짜낸 궁리는 홍기

머슴이 돌아오기 전에 민순을 데리고 천덕리를 떠나는 속셈이었다. 설을 쇠고 나면 곧장 돌아올 그를 생각하면 남은 시간이 없었다. 앞서 가던 폰수가 갑자기 휙 돌아 민순의 팔목을 붙잡고 한껏 잡아당겼다. 민순은 기겁을 하고 얼른 뒤로 물러서보지만 힘센 머슴의 힘을 당할 재간이 없었다. 여태껏 없었던 돌발적인 행동이라서 너무나 당혹스러 웠다. 그녀는 가슴을 밀치며 몸부림을 치기 시작했다. 하지만 폰수는 놓아주지 않은 채 울먹이기 시작했다.

"민순아! 이거 내 맘잉께 받아주라."

그는 묶어진 보자기를 풀기 시작했다. 또 다른 보자기를 꺼내어 쭉 내밀었다. 캄캄한 밤에 보아도 하얀 옥양목 보따리였다.

"이것이 뭔데?"

"설도 되고 해서 옷을 샀어. 그 속에 내 맘이 들어 있당께."

민순은 어둠 속에서도 폰수의 얼굴을 바라보았다. 눈언저리에 물비 늘이 반짝인 것 같았다. 진솔한 고백이 묻어난 것 같기도 했다. 순간 말로 표현할 수 없는 이상야릇한 기분이 서로 뒤엉켜 감정을 자극하 기 시작했다.

"무슨 옷인데?"

"오늘 장에 가서 샀어. 제일로 값나간 옷이라고 했당께."

민순은 그 순간 할머니께서 하신 말씀이 벌떡 떠올랐다. 더 생각해 볼 겨를도 없이 뒤로 물러서며 손사래를 쳤다. 하지만 붙잡힌 그녀는 더할 도리가 없었다.

"남의 집 밥순이 주제에 이런 옷을 입는다요. 난 안 받을라요."

"이제 밥순이는 그만해야제."

"예? 그만하라고요?"

"인자 내가 먹여 살려줄께."

"말도 안 되는 소리 하지 말랑께라우. 폰수가 왜 날 먹여 살려요."

"난 민순이 없으면 못 살 것당께."

폰수는 아직도 그녀의 어깻죽지를 붙들어 잡고 놓아주지 않았다. 오히려 점점 조여들어오고 있었다. 어깨를 흔들고 돌려보지만 마치 덫에 걸린 짐승처럼 꼼짝할 수 없었다. 그녀는 엉겁결에 주위를 두리번거리며 사방을 살폈다. 사람들이 다가오는 것 같았다.

"쓸데없는 소리 그만하고 얼른 야학에나 가잔께요."

"절대로 쓸데없는 소리 아니어. 이 옷 입고 내일 나를 따라 광주로 떠나자."

"내가 왜 가요? 나 안 간당께라우."

"내가 죽도록 일해서 민순이 편히 먹여살려 줄게."

폰수는 새겨놓은 속마음을 한 꺼풀씩 벗겨내고 있었다. 말하는 마디마디가 가관이었고, 마치 약혼자나 되는 것처럼 도를 넘고 있었다. 민순은 자신도 모르게 정신력이 가물가물해지며 혼돈된 갈등 속으로 빠져 들어가는 것 같았다.

"내가 왜 폰수를 따라가냐고요? 무슨 상관이 있어 이러는 것이냐고요. 가고 싶으면 혼자 가랑께요. 나는 꼭 해야 할 일이 있당께라우."

민순은 쾌도난마로 단박에 잘라 버릴 듯 그의 요구를 일축하고 나섰다. 두 번 다시 말을 못 붙이도록 도끼로 내리 찍듯 단호한 어조로 거절했던 것이다. 폰수는 허공을 향해 희어멀뚱한 눈으로 바라보다가 눈을 지그시 감는 것 같았다. 이내 길바닥이 꺼질 듯 거푸 한숨을 내쉬었다. 민순은 다시 어깨를 휙 돌려 그의 품에서 빠져나왔다. 머뭇거릴 수 없어 능주를 향해 발걸음을 내딛었다. 야학시간이 늦을 것 같아 총총걸음을 치고 있었다. 그러나 폰수는 여기서 멈추지 않았다. 다시 뒤쫓아 달려와 큼직한 손으로 어깻죽지를 덥석 잡았다. 이미 정신을 잃고 눈이 뒤집힌 사람 같았다. 또다시 앞을 가로막고 나섰다. 그리고는 두 손으로 팔꿈치를 붙들어 잡고서 잠시 고개를 숙인 채 침통한 기색으로 한숨만 내쉬더니 이제는 아예 껴안기 시작했다. 점점 조여들어오기 시작했다. 숨이 꽉 막힐 지경이었다. 하지만 민순은 소리칠 수도 없었다. 그는 한참 몸부림을 치듯 흔들어대다가 이번에는 허리춤에 손을 넣어 뭔가를 꺼내어 손을 벌리라고 했다. 별빛에도 반짝이는 꽃신이었다.

"자 받어. 이왕 샀응께 주인한테 돌려줘야제."

"난 주인 아니랑께요."

민순은 느슨한 틈을 타 옆으로 피해 앞으로 나아가려고 했다. 폰수는 다시 앞을 가로막으며 받으라고 성화를 부렸다. 둘이는 어둠 속에서 한참 동안 실랑이를 벌이고 있었다. 그런데 그들 옆에는 길을 가던 사람들이 숨을 죽인 채 그 모습을 보고 있었던 것이다. 하지만 그들은 흥분에 젖은 탓에 알아차리지 못했다. 한참을 지켜보고 있던 사람들이 서로들 구시렁구시렁 거리는 소리가 들렸다. 털끝만큼도 변명할 여지도 없이 들통이 난 꼴이 되고 말았다. 민순은 정신이 까무러칠 것 같았다. 길바닥이 푹 꺼져 그 속으로 빨려 들어가는 느낌이었다. 딱 죽고 싶은 마음밖엔 아무것도 없었다. 또 다른 마을 사람들이 부러 헛기침을 해대면서 가까이 다가오는 것이었다. 그래도 폰수는 조금도 아랑곳하지 않았다. 아직도 제정신이 아닌 듯 코를 씩씩거리며 옷을 받으라고 다그쳤다. 민순은 들은 채 만 채 망연자실 눈물을 흘려대며 발을 동동 굴렀다. 사람들 중엔 누구보다 민순을 잘 알고 있는 경심이가 함께 하고 있었다. 처음부터 지켜보았는지는 몰라도 혀를 쩍쩍 차며 실뚱머룩한 표정으로 입을 삐죽거렸다. 그리고는 능청을 떨어가며 퉁명스러운 소리를 내뱉었다.

"워매! 민순이 아니어? 길에서 뭣하는 짓이다냐? 남녀칠세부동석이라고 했는디 글공부하러 다닌담서 그런 것만 배웠는갑네."

냉소가 잔뜩 묻어난 말투였다. 목소리를 알아듣는 순간 곤혹스런 처지가 되고 말았다.

한바탕 호천통곡이라도 하고 싶은 심정이었다. 하늘에 걸린 별들이 씀벅씀벅 눈물을 흘리는 것처럼 가물거렸다. 너무나 갑작스레 일어난 일이라 어떻게 변명할 여지조차도 없었다. 어리벙벙해서 움츠린 채로 고개만 숙이고 있었다.

"아니 누구란 말이여?"

고모 현심 뒷집에 산다는 청풍댁이 알면서도 부러 능갈을 치고 나섰다.

"아! 저 나주댁 현심이 조카랑께."

경심은 귀청이 떨어져 나가도록 소리쳤다.

"오라! 그 당골 딸이라고 험서 이양댁에 살러간 그 가시내구만."

"그렇당께라우."

"그래서 씨도둑은 못한다고 허든개비네."

"양반동네로 살러 왔으면 몸가짐을 바르게 해사제 그 무슨 해괴한 짓들이여. 엊그제까지 만해도 시집 안 가겠다고 눈물을 쥐어짜더구만 금방 머슴놈한테 붙어갖고 강아지 꼬리치듯 흔들어대는 것이여. 역시 피는 못 속인당께. 동네방네 소문 다 내야 쓰겄다."

경심은 민순이한테 미묘한 감정이 엮여 있던 터라 야기죽거리며 약을 올렸다. 길동이에게 중매를 섰음에도 거절하고 부잣집 담살이로 빠져나간 것이 못내 분하고 얄미웠기 때문이다. 내심은 지금이라도 늦지 않으니 돌아오라는 암시 같기도 했다. 중매구전으로 쌀가마니가 눈앞에까지 다가왔던 것인데 그만 허탕을 치는 통에 지금도 아쉬움이 남아 있었다.

민순은 가만히 있을 수 없었다. 그냥 있다간 당장 쫓겨나 오갈 곳 없는 신세가 될 것만 같았다. 그녀는 길바닥에 철퍼덕 주저앉듯 무릎을 꿇고 말았다. 얼음장같이 차가움도 마다하지 않고 두 손을 싹싹 빌기 시작했다.

"잘못했어요. 글공부하러 가는 중이어었는디 설날 신으라고 꽃신을 사준다고 해서 그랬어라우. 진짜 다른 짓은 안 했당게요."

어두운 밤길인데도 길을 가던 사람들이 계속해서 모여들었다. 비식비식 웃는가 하면 낄낄대며 수군거리기도 했다. 개만도 못한 짓을 했다고 야살 까는 소리도 들렸다.

"꽃신을 사다줄라면 집에서 줄 일이제 왜 길에서 붙들고 야단이다냐? 그렇지 않아도 동네에서 둘이 손잡고 다닌다고 쑥덕대든디 인자 봉께 틀림없구만. 동네에 풍기문란 그만 일으키고 적저금 동네로 가야 쓰것네. 이 동네는 양반들만 사는 곳이어서 그러면 안되야."

청풍댁이 야유적인 어조로 비난에 찬 격정을 싸잡아 토해내었다.

"하믄! 그래야제. 설령 부부라고 하드라도 길바닥에서 해서는 안 될 짓이제. 사람이 오가는 길바닥에서 그런 음탕한 짓을 해서야 되능감. 잘못했다간 덕석몰이 당할라고."

"정말로 잘못했어요. 다시는 같이 가지도 않을께라우. 저 혼자서 다닐라요."

민순은 마치 죽을죄를 저지른 사람처럼 애걸복걸 매달리며 용서를 청했다.

"그런 짓 할라고 담살이로 들어갔구만. 워매! 길동이는 폰수에 비하면 천석꾼이랑께. 그까짓 꽃신이 문제간디."

경심은 뇌꼴스러운 꼴을 보고 간다는 듯 새침하게 돌아섰다. 폰수는 보따리를 든 채 석상처럼 우두커니 서서 밤하늘만 쳐다보고 있었다. 민순도 슬그머니 일어섰다. 허방에 빠졌다가 나온 사람처럼 다리에 힘이 쏙 빠진 모습이었다. 가야 할 야학을 그만 두고 집을 향해 발걸음을 돌렸다. 뒤도 돌아다보지 않고 총총걸음으로 집으로 돌아왔다. 방으로 들어간 그녀는 애써 잠을 청해 보지만 정신이 말똥말똥해지는 것이었다. 졸지에 당한 일이 너무 억울하고 기가 막혔다. 마을 사람들이 보고 갔으니 좋지 못할 풍문이 나돌 것은 뻔한 일이었다. 아무리 되짚어 봐도 돌아올 뒤탈을 감당할 자신이 없었다. 또 한편으론 폰수가 무서웠다. 왜 사람들은 자기를 가만히 놔주지 않은지 알 수 없었다. 방직공장에 처녀공출, 어린 나이에 시집을 가라고 보채고, 이제는 광주로 내빼자는 일까지…… 세상이 새삼 비참하게 느껴졌다. 다시는 눈물을 흘리지 않겠다고 다짐을 해왔건만 소용없었다. 혹시 집을 나가라고 한다면 어떻게 해야 할지 두려움이 가슴을 내리 눌렀다. 오갈 곳 없는 버려진 인생. 하루 밥 세끼 먹고 사는 것만으로도 감지덕지한 은혜이거늘 글공부까지 보내준 집을 절대로 떠나고 싶지 않았다. 잠을 청해도 두려움과 초조함이 얽혀들면서 새벽녘에야 겨우 눈을 붙였다.

한편 마을에서는 풍문이 꼬리에 꼬리를 물고 온 마을에 퍼져나갔다. 와언과 무근지설까지 걷잡을 수 없는 풍설 속에 낯가죽을 들고 다닐 수가 없게 만들었다. 입이 싸기로 치면 엄지손가락에 꼽히고도 남을 경심이 가만히 있을 리 없기 때문이었다. 내심 분풀이를 하겠다고 벼르고 있던 터에 마치 덫에 걸린 격이었다. 그녀는 온 동네방네를 할랑거리며 다니면서 서슴없이 까발리기 시작했다. 밤마다 남녀가 같이 야학을 다니는 것도 풍기를 어지럽히는 일이라고 수런거렸던 것인데, 이제는 길바닥에서 서로 끌어 앉고 음탕한 짓까지 했다는 소문이 삽

시간에 동네에 확 퍼지고 말았다. 여러 사람이 두 눈으로 똑똑히 보고 있는 데도 스스럼도 없이 그 짓을 해대더라는 말까지 보태졌다. 말은 말을 낳고 눈과 말은 굴릴수록 커진다고 하더니만 꽃신 선물을 쏙 빼 놓고 길가에서 입을 맞추고 있더라는 험담이 더해졌다. 아직 솜털도 가시지 않은 앳된 것이 들어와 온 마을에 음탕(淫蕩)의 문란을 일으키고 있다고 혀를 내둘렀다. 급기야 그 짓을 하도록 놔두느냐고 이양댁을 향해 빈축을 늘어놓기도 했다.

드디어 이양댁 귀에까지 날아들었다. 그렇지만 속이 깊은 이양댁은 듣고도 못 들은 척 지내고 있었다. 심성이 곱고 예의 바른 그녀의 아들 박영주도 그 소문을 들었다. 그는 어머니의 심중을 먼저 헤아려 보는 것이 도리라고 생각되어 안방으로 향했다.

"어머니 소문 들으셨습니까요?"

이양댁은 일부러 못 들은 척 하며 아들의 의사를 물으려 들었다.

"무슨 소문이라도 있드냐?"

"예."

"무슨 소문인데?"

"좋지 않은 풍문이 떠돌드구만요."

"풍문이라니? 누가 무슨 짓을 했다냐?"

"언제부터인지는 몰라도 동네 사람들이 폰수랑 민순이가 같이 야학에 다닌다고 입방정을 떨드라면서요. 다 큰 것들이 밤마다 같이 다닌다고 흉을 보아왔답니다. 그런디 저번 날 밤에 장구배미 앞길에서 서로 붙들어 잡고 차마 눈뜨고 볼 수 없는 짓을 하드란디요."

"요새는 달도 없어 캄캄해서 보이지도 않을 터인디 누가 봤다냐?"

"중매쟁이 경심이와 청풍댁이랑 여럿이 봤다고 허드구만요."

이양댁은 잠시 눈을 감고 못내 입맛을 다셨다. 뭔가 못마땅한 것이 있는 듯 이맛살을 찌푸리며 서운함을 꺼내들었다.

"오냐. 나도 들었다. 아마 경심이 입에서 나온 것이 분명하단 말이다. 그 사람 참 몹쓸 사람이제. 아직 어린 것한테 시집가라고 안달을 부리다가 지 말을 안 들어중께 이제 모략을 일삼는개비다. 어떻게 했으면 좋겠는지 너부터 말해봐라."

"첨부터 어쩐지 찝찔하드구만요. 원래 남자와 여자가 자주 만나게 되면 문제가 생기는 것 이 당연한 일이 아니겠습니껴? 지금 생각해보면 잘못된 점도 있었당께요. 그동안 아무 일도 없이 잘 다니길래 가만 놔뒀더니만 그런 짓을 했능가 봅니다요."

"경심이 말대로 했을 리는 만무허고 혹시 입맞춤이나 했을지 모르겄다. 길바닥에 서서 말도 안 되는 소리제. 내가 알아봉께 무슨 꽃신을 사다 주며 받으라고 했단다. 그런디 민순이가 받지 않아서 붙들어 잡고 통사정을 했는갑드라. 남의 이목이 있는디 길바닥에서 처녀총각이 붙들어 잡는 것도 있을 수 없는 일이제. 우리 집에 사는 것들이 그랬다니 낯을 들 수가 없다. 양반 집에선 군자(君子)다운 냄새가 나야 하는 것인디 음란(淫亂) 냄새를 풍겨서야 되겠느냐. 한 해도 아니고 이태 동안 계속 이어지니 남부끄럽구나."

"그러면 어떻게 할까요?"

"작년에도 용순이가 순만이 아이까지 배갖고 억지로 따라갔지 않았냐. 일이 더 커지기 전에 한 사람을 내보내도록 해야 허겄제."

"누구를 내 보낼까요?"

"당연히 폰수가 잘못했제. 민순이가 그럴 리는 만무하고. 집에 들어온 지도 오래되었응께 이참에 내보내자. 사람을 너무 오래 쓰면 주인 머리 위에 올라앉을라고 헌 것이다."

"저도 그렇게 생각하구만요. 홍기 말에 의하면 폰수는 글공부에 맘이 없었는 것 같습디다. 애당초부터 민순이하고 같이 다닐 수 있어서 좋다고 했담서요."

"못된 놈! 처음에는 지가 먼저 배우고 싶다고 했음시롬."

"말은 그렇게 했지만 민순이가 얼굴도 예쁘고 허니 같이 다니고 싶어 그랬겄지라우."

"그렇다고 꼴머슴 주제에 여자를 밝힌단 말이냐?"

"원래 남녀 간에는 가까이 하다 보면 묘한 일이 생긴다고 합디여."

"알았다. 서운하게 하지 말고 좋게 타일러서 내보내도록 해라."

"예. 어머님."

폰수는 야학당에 나간 지 한 달 보름 만에 접어야 할 처지가 되었다. 화순 남면 사평리에서 김용구의 넷째 아들로 태어난 그는 취생몽사(醉生夢死)의 삶을 살아간 아버지 곁을 떠나 능주로 온 지 다섯 해가 되었다. 김용구는 마치 술독에 빠진 사람처럼 밤낮없이 술만 마셔대었다고 했다. 오형제가 한결같이 집을 나와 뿔뿔이 흩어져 머슴살이를 했다. 형들은 근근이 모은 새경으로 그럭저럭 여자를 만나 사는 꼴이어서 그도 민순이를 아내로 맞이하려 했던 것은 사실이었다. 일취월장한 미색에 반한 그는 일순간 심한 충동에 사로잡혔고 급기야 데리고 내빼려는 술수까지 부렸다. 그가 그렇게 급하게 다그친 까닭은 홍기의 강짜가 도를 더해가기 때문이었다. 그가 집을 비우고 없는 동안 무리를 해서라도 그녀를 데리고 한시바삐 도망가고 싶었던 것이다. 밤마다 고분고분 자신을 잘 따라주자 그녀의 마음을 슬쩍 넘겨짚고 나름대로는 옷을 사주며 꼬드기면 금방이라도 따라올 줄로만 알았다. 그러나 민순이 결코 호락호락 받아들이지 않자 맥이 탁 풀리면서 일순간 세상 살맛이 없어지고 말았다.

두어 달 새경으로 사놓은 옥색 색동저고리와 연한 자줏빛 치마는 건네주지도 못한 채 외양간 볏짚 속에 묻어두고 마음만 졸였다. 끈끈한 연모의 정을 맺어줄 것으로만 여겼던 비단옷이 화근거리로 전락한 까닭에 불길한 예감에 휘말려드는 것이었다.

다음날 아침 주인 박영주는 곧바로 폰수를 불러들였다. 얼굴이 꺼칠해진 것으로 봐서 심적 고통이 컸음을 알 수 있었다. 이미 사태를 예견하고 왔는지 덤덤한 표정도 지어보였다. 모든 걸 체념한 사람처럼 꼼짝 않고 서서 눈치만 힐끔힐끔 살폈다.

"이리 따뜻한 곳으로 와서 앉거라."

그는 대답도 하지 않았다. 슬그머니 윗목에 무릎을 꿇은 채 두 손을 모았다. 마치 붙잡혀 온 사람처럼 숨기가 하나도 없었다.

"너한테 할 말이 있어서 불렀다. 며칠 전 밤에 장구배미 논길에서 무슨 일이 있었냐?"

그는 감정의 동요를 일으키지 않았다. 마음을 비운 사람처럼 담담한 심경으로 듣고 있었다. 이내 눈에서 눈물이 그렁그렁 고이더니 주르르 흘렸다. 후회의 눈빛이 선연했다. 눈물을 닦으려고도 하지 않았다.

"울 것까지는 없어. 남자가 그까짓 일로 눈물을 보여서야 되겠냐?"

"예. 주인어른."

그는 손등으로 눈언저리를 문질러가며 숨을 몰아쉰 채 눈물을 거두려고 애를 썼다. 이어 평정을 되찾고 긴장과 한숨으로 굳었던 얼굴이 풀리는 듯싶었다.

"무슨 일이 있었냐? 어서 말해보랑께."

"예. 민순이 보고 같이 가서 살자고 했구만이라우."

"뭐? 같이 가서 살자고?"

"예."

"어디로 가서?"

"광주요."

"광주로 가면 살 집이 있냐?"

"아니요?"

"그런데 왜 거리로 가자고 했냐?"

"그냥 방을 구해서 살라고 했어라우."

"너 혼자 갈 일이지 왜 민순이한테 가자고 했냐?"

흘끔흘끔 얼굴을 쳐다보며 얼굴이 붉어지기 시작했다. 그리고는 입을 꼭 다문 채 서슴거리며 아름아름 눈치만 살폈다.

"어허! 말을 하라니까. 왜 가자고 했냔 말이다?"

고개를 푹 숙인 채 방바닥만 미적미적 바라보다가 무거운 입술을 슬그머니 열었다.

"지가 좋아했구만요."

목소리는 떨면서도 잠겨있었다. 분위기는 일시에 침중함에 빠져들어 가는 것 같았다.

"좋아한다고 해서 무조건 같이 살자고 해서야 되겠냐?"

그는 다시 침묵으로 일관하기 시작했다. 박영주는 싸늘한 눈빛으로 바라보며 코웃음을 쳤다. 이내 눈초리를 위로 치켜세워 노기 뿜은 얼굴로 말했다.

"사람이 안 할 짓은 안 해야제 어쩔라고 그런 짓을 했냐?"

"제가 죽을 짓을 했구만이라우. 다시는 그런 일이 없을 거구만요."

"아무튼 잘 알았다. 좋아한다고 해서 여자를 길바닥에서 붙들어잡고 못된 짓을 해서야 쓰겠냐? 그래서는 안 되제. 일곱 살만 되면 남녀동석을 하지 말라는 가르침도 못 들었냐? 이번 일은 절대로 용서받지 못할 짓이다. 하지만 이번엔 눈 딱 감아주마. 그 대신 이곳을 떠나야 쓰겠다. 만일 더 있다간 무슨 일을 당할지 모릉께 오늘이라도 당장 떠나도록 해라."

영주는 고개를 돌려 구석에 놓여 있는 자개문갑 문을 열고서 지전을 세어 꺼냈다. 그리고는 폰수 앞에 놓고

"자. 넣어 두거라. 이미 새경은 다 줬으니 떠나갈 차비에 보태거라. 지난 다섯 해 동안 애 많이 썼다."

폰수는 허망한 듯 한숨을 내쉬었다. 혈육의 정은 아닐지언정 지난 다섯 해 동안 한식구로 살아온 풋풋한 정을 잊을 수 없었다. 이양댁을 마치 친 어머니와 다름없이 존경하고 앙모(仰慕)해오며 살아왔던 추억들이 굴비두름처럼 엮어져 뇌리를 스쳐지나가고 있었다.

서운하면서도 근심스러운 눈빛을 감추지 못하고 바라보려니 금시 맥이 풀렸다. 하지만 박영주는 조금도 여유를 주지 않고 을러멜 듯 다그쳤다.

"설이 지나고 갔으면 좋겠다만 이런 일을 저질렀으니 어쩔 수 없는 일이제. 느그 집으로 가서 명절을 쇠고 일자리를 찾아보거라. 한 가지 명심해야 할 것은 이 시각부터 민순이는 잊도록 해라. 좋아해서도 보고 싶어 해서도 안 되는 것을 명심해야써. 알았지야?"

그는 방바닥이 꺼질 듯 거푸 한숨을 몰아쉬고서 고개를 획 돌린 뒤 벌떡 일어섰다. 방문을 열고 나가려던 찰나 박영주가 일어서 소매를 잡았다. 얼른 지전을 주워 건네주려 들었다. 그는 한사코 사양하며 밖으로 나갔다. 마루로 나온 박영주는 그의 허리춤에 찔러 넣어주었다. 그는 그대로 머슴방으로 가서 짐을 꾸렸다. 한참 있다가 보따리를 짊어지고 나온 그는 안방으로 들어가 이양할머니께 하직인사를 했다.

"할머니! 그동안 베풀어주셔서 고마웠었구만이라우."

"아니다. 내가 더 고마웠제."

"아니구만요. 어디를 가드라도 잊지 않을 거구만요."

"어디로 가든 몸 성히 잘허고 살거라. 그리고 장가도 가고."

그는 못내 아쉬운 듯 선뜻 말을 잊지 못했다. 속으로 뭔가 아쉬움이 있는지 머무적거리며 고개를 숙였다. 이양댁은 가슴이 뜨끔했다. 괜스레 아픈 곳을 건드렸다는 생각에 무안하기도 했다.

"순만이가 그 짓을 해서 장가를 간께 너도 배웠는개비구나."

이양할머니는 능글스럽게 웃어가며 말했다. 그러나 폰수는 표정이 납덩이처럼 딱딱하게 굳어지면서 얼굴색마저 파랗게 변했다.

"내가 내동 조심허라고 허질 않더냐? 그래서 일찍 떠나라고 했다. 너무 서운하게 생각허지 말고 가거라. 알았지야?"

"예."

"허고 싶은 말이 있으면 해 보거라."

"지가 잘못했구만이라. 떠남서 무슨 말을 허겄습니까요. 그러나 외양간 볏짚 속에 옷을 넣어놓았구만이라. 지가 떠나드라도 민순이에게 주셨으면 헙니다요."

"니가 산 옷잉께 가지고 가제 그러냐?"

"아니구만요. 그동안 고맙고도 미안했다고 전해주싯시오."

그는 눈물을 글썽이며 코 먹은 소리로 말했다. 그리고는 일어서서 큰절을 올렸다. 마루를 나서면서도 연신 부엌방을 바라보았다. 민순이의 정을 잊지 못한 눈치였다. 석별의 정을 나누지도 못한 채 떠나는 것이 가슴 아픈 모양이었다. 섣달그믐이 이틀 남았는데 아쉬움만 남기고 천덕리를 떠나갔다.

비록 폰수가 떠나갔지만 그가 남기고 간 것도 있었다. 그중에서 결정적인 공헌이라 할 수 있는 것은 머슴도 글을 배워야 한다는 것을 깨우쳐주었다. 배워야 산다는 도도한 대세를 거스를 수 없다는 사실이었다. 천한 일을 하면서도 밤마다 글공부를 하러 다닌다는 사실은 마을 사람들에게 충격을 주고도 남을 만했다. 그로 인하여 마을에 야학 바람이 불어닥쳤다. 소학교를 보내지 못한 부모들은 너도나도 야학당 문을 두드렸고 관심을 갖기 시작했다. 서당에서 천자문을 익혔던 이들도 한글을 익히기 위해 눈을 돌렸다. 넘치는 사공 때문에 배가 산으로 오를까 염려스러울 지경이었다.

6
영장 없는 징용

　……설이 지나고 대보름이 다가왔다. 온 들판에 불꽃놀이가 한창이었다. 사람들마다 논두렁이며 밭두렁에 불을 질러대었다. 불이 담긴 깡통을 돌려대는 아이들 얼굴에는 신바람이 일었다. 내 더위 사가라고 외쳐대는가 하면 서로들 웃어가며 부럼을 나눠먹기도 했다.

　이양댁 집에는 새로운 꼴머슴이 들어왔다. 열세 살짜리 어린 소년이었다. 장흥 장평 어곡리에서 온 그는 삼 년째 꼴머슴으로 전전하다 천덕리로 들어왔다. 이름은 상보였다. 어린 상보는 폰수가 했던 일을 깔끔하게도 메꿔가고 있었다. 특히 민순이를 누나처럼 여기며 잘 도와주었다. 이를 지켜본 홍기는 마음이 흐뭇했다. 이제 연적(戀敵)이 사라진 마당이라서 다툴 필요도 없었다. 하늘로 훨훨 날아가기라도 할 듯 마음이 홀가분해졌다. 끙끙 앓아왔던 이가 빠진 것이나 다름없었다. 오직 민순이 남편감이 될 수 있는 자는 자기뿐이라는 생각에 사로잡혀 있었다. 열 번 찍어 아니 넘어가는 나무 없다고 차근차근 다가가기로 속심을 챙겼다. 폰수가 떠나가고 나서부터는 민순은 혼자서 야학당에 나갔다. 이양할머니는 여자가 밤길을 좋아해서는 안 된다고 그만 멈추라고 성화를 대었다. 하지만 그녀의 향학열만은 꺾을 수가 없었다. 북풍한설 눈보라 속에서도 단 하루의 결석도 없이 글공부에 몰두했다. 혼자서 인적이 끊긴 밤길을 갔다 온다는 것은 여간 무섭지 않았다. 산모롱이를 돌아들고 징검다리를 건널 때 등골이 오싹해지며 진땀이 배어났다. 추운 밤 올빼미 소리는 머리끝을 곤두세우고 몸을 떨게 만들었다. 출렁이는 물결 소리도 소름을 돋게 했다.

그러나 그는 오직 명창이 되고자 하는 일념으로 글공부에 매진했다. 밤늦게까지 불을 밝히며 읽고 쓰는 일에 정열을 불태웠다. 그의 노력은 헛되지 않았다. 수많은 야학생들 중 단연 으뜸이었다. 하나를 가르쳐주면 둘을 깨우치고 셋까지 내다볼 줄 알았다. 너무 앞서가는 까닭에 가르치는 선생님들도 당황스러울 때가 많았다. 야학당에 나온 지 석 달 만에 한글은 거의 깨우쳤고 쓸 수도 있었다. 얼굴만큼이나 글씨도 예쁘게 잘 썼다.

정월 대보름이 지나고 나서 야학생들이 물밀듯이 모여들었다. 야학이 알려지면서 젊은이들이 배움에 대한 갈망을 키웠던 탓이었다. 여러 마을 중에서 유독 천덕리 사람들이 많았다. 그것은 떠나간 폰수와 민순이의 공을 무시할 순 없었다. 민순은 글공부를 잘한 탓에 새로 들어온 야학생들을 돌봐주는 일까지 했다. 그는 이제 배우는 일보다 가르치는 일에도 많은 시간을 할애해야 하는 위치에 올라섰다. 야학당에선 세인의 주목을 한 몸에 받아가며 가장 인기를 누리는 학생이기도 했다.

저절로 그녀를 부러워하는 이들이 늘어 가는가 하면 뒤 구석에서 시샘을 하는 이도 많았다. 죽은 당골 딸이어서 남의집살이를 할 수밖에 없는 천기(賤妓)나 다름없는 이라고 비아냥거리기도 했다. 하지만 민순은 남의 말에 조금도 개의치 않고 신념만 키워가고 있었다.

여태껏 그랬듯이 낮에는 몸을 사리지 않고 일하고 밤에는 야학에 매달렸다. 이양할머니의 입에서는 침이 마를 정도로 칭찬이 흘러나올 뿐이었다. 흠잡을 곳 없는 복덩이라고 치켜세우기에 인색하지 않았다.

폰수가 떠나가고 나자 뚜쟁이 경심은 은근슬쩍 그 빈자리를 파고들기 시작했다.

자신이 섰던 중신은 아직도 유효하다고 씩둑대면서 방정스럽게도 이리저리 들쑤시고 다녔다. 정초부터 엉덩이를 할랑거리며 팔자걸음으로 동네방네를 싸돌아다닌 그녀가 길동이 집을 다시 찾았다. 길동 엄마 금례도 아들이 한 살을 더 먹어 스물세 살이 되어가자 마음이 다급해졌다. 거기에다 민순이에 대한 자랑만 솔솔 날아드니 애간장만 탈 뿐이었다. 차라리 혼담이라도 없었으면 마음이나 아프지 않을 것을 괜히 처녀가슴에 간들간들 봄바람을 붙여주어 탱탱 부풀게 만들고만 꼴이었다.

"아이고 길동이 어멈 있능가?"

"누구시오?"

금례가 방문을 빠끔히 열고서 되물었다. 사립문이 닳도록 드나드는 사람이라서 발소리만 들어도 알면서도 엉큼스럽게 능청을 떨었다.

"나랑께. 설은 잘 세었능가?"

"설이나마나 두 식구 사는디 무슨 재미가 있겠소. 닭장국 넣어서 떡국 한 사발 끓여갖고 그냥 먹고 말았당께라우."

말투가 몹시 비양조였다. 은근히 빈정거리면서도 덤덤한 표정을 지어가며 그녀를 맞았다.

"그렇께 말이시. 길동이가 장가를 가야 할 것인디."

절에 가서도 멸치젓을 얻어먹고 남을 사람 경심은 금방 눈치를 채고서 넉살을 떨어가며 안방으로 쑤시고 들어왔다.

"인자 되었단 말이시."

"뭣이 되었당가요?"

"폰수가 가부렀당께."

경심은 애써 가살스러운 웃음을 지어가며 힐끗힐끗 눈치를 보았다.

"폰수가 길동이하고 무슨 상관이라도 있답디여?"

"상관은 없제. 하지만 좋아하던 놈이 가불고 없응께 인자 해볼 만하당께."

작은 불씨를 살려내려는 듯 살갑게 다가서 눈웃음을 쳐가며 말했다. 살관이나 만난 것처럼 걱정 없다는 어취였다.

"시집을 안 간다고 허드람서요."

"그것이 아니당께. 내 말 좀 들어봐."

"아니라니요? 폰수가 가고 나서 달라졌능가요?"

"어허! 지가 뭣을 내놓을 것이 있다고 버티겄능가? 얼굴 하나만 반들할 뿐이제. 부모가 있능가 아니면 형제간이 있는가. 아무것도 없음스롬 소갈머리 없는 짓을 허드랑께."

"그렇다고 새앙치처럼 코를 뚫어갖고 끄집고 올 것이요 아니면 보쌈을 해 올 것이요. 지가 시집오기 싫다고 하면 다 소용없는 일이것지라우."

"워매! 자네는 모른단 말이시."

"모르다니요? 뭣을요?"

"지난번 폰수하고 민순이가 장수배미 논가에서 허든 짓 말이여."

"말은 쪼간 들었구만이어라우."

"나는 이 두 눈으로 똑똑히 봤당께 그러네. 달이 없어 캄캄했제. 설 대목이라서 청평댁하고 기남이 엄마하고 셋이 물레방아 간에서 가래떡을 해서 머리에 이고 오는 중이었제. 산모퉁이를 막 돌아오는디 누가 씩씩 거리고 있드란 말이여. 깜짝 놀라서 논둑으로 몸을 숨겼제. 숨을 죽여가며 보고 있응께 누가 온 줄도 모르고 붙들어 잡고서 폰수 는 받으라고 허고 민순이는 안 받는다고 하면서 실갱이를 하드라니 까. 그럼시롬 같이 가자고 허는개비여."

"서로 입맞춤도 허드라면서요?"

"그것은 못 봤제."

"그런디 입을 맞추고 있드라고 소문이 났던디요."

"그것을 봤음사 내가 무슨 낯짝으로 여길 오겠능가?"

"진짜로 안 봤어라우?"

"인자 그 말은 그만 들먹이고 내말 들어보소."

"무슨 말을 할라고 그러시오?"

"원래 장작불과 계집은 쑤석거리면 탈이 난 것인 줄 알제? 그리고 열 번 찍어 안 넘어가는 나무 없다는 것도. 민순이가 한집에 살면서 폰 수 하고 같이 야학에 다님시롬 쬐끔은 넘어간 것이랑께. 그래서 내가 길동이를 생각하고 폰수를 내쫓을라고 소문을 퍼뜨렸당께. 인자 그놈 이 떠나갔응께 길동이가 대신 나서야제. 내가 다리는 놓고 말 것잉께 열 번만 찍어보라고 허소. 무슨 말인지 알겠능가?"

두 눈망울이 야릇한 빛을 내고 있는 가운데 입가에는 게거품을 질 질 흘려가며 설익은 웃음까지 지어보였다. 아귀가 딱 들어맞도록 그 럴싸하게 꾸며 대는 술수가 정말 대단했다. 옹색한 자기변명 같기도 해서 쓴웃음도 나왔다. 금례는 뭣을 어떻게 하라고 하는지 몰라서 아 무런 내색도 하지 않았다. 잘못된 기류에 휘말린 것도 같아서 몹시 두 려움까지 느꼈다. 잠시 침묵이 흘렀다. 경심은 몹시 곤혹스러운 눈빛 으로 결을 따고 나섰다.

"그렁께 길동이보고 야학에 나가라고 허란 말이시."

"예? 야학에 나가라고요?"

"폰수 대신 나서라고 하라니까 못 알아들었능가?"

금례는 수심 깊은 낯으로 한숨을 내쉬었다. 밤으로 옹기를 배달해야 하는 형편이어서 난감한 입장에 놓여 있었다.

"길동이한테 물어봐야 쓰겄구만요."

"어허! 민순이가 며느릿감으로 싫은 개비네."

"싫기야 허겄소. 길동이가 좋다고 헝께 며느리로 들어왔으면 허고 있당께요."

"평생 같이 살 사람을 구하는 일인디 두서너 달 옹구 못 판다고 입에 거미줄 치겄능가?"

"그것은 아니어라. 그렇게만 됨사 뭣을 못하겄소."

"자네가 당장 길동이한테 권해보랑께."

"날마다 가기만 하면 된답디여?"

"그게 아니랑께 그러네."

"야학에 다니라고 했음시롬 그러요?"

"야학은 멋으로 다니고 폰수처럼 민순이를 데리고 다니라 그 말이어."

도대체 자신의 감정이 어떤 것인지 알지도 못한 채 미묘하고도 복잡한 일곱 빛깔 무지개 색처럼 심란한 감정이 그녀의 가슴을 요동치게 했다. 그러나 경심은 의중을 확호하게 전했다는 듯 은근히 자신감에 도취한 모습이었다. 정확한 답을 내놓지 못하면서……

"그러기만 하면 안 되지라우. 예편네는 글을 잘하는디 서방이 못한다고 해서야 쓰겄소. 부지런히 배워서 같이하도록 해야겄지라우."

"그럼사 더 좋은 일이고."

"언제부터 다닌당가요?"

"내일부터 가라고 하랑께. 갈 때는 그냥 보내지 말고 민순이 좋아하는 것도 싸서 줌시롬 나눠먹으라고 허소. 가까워질라면 나눠묵는 것보다 더 좋은 것이 있겠능가?"

"그렇게만 허면 되능가요?"

"어허! 가보면 알제. 좌우지간 내일부터 꼭 가라고 허란 말이시."

"예. 알았구만요."

"그럼 나는 갈라네. 또 갈 곳이 있다니까."

경심은 엉덩이춤을 추듯 온몸을 한들거리며 집을 나섰다.

……봄이 점점 무르익어가고 있을 때 사람들의 시름도 그만큼 커가고 있었다. 어김없이 찾아든 춘궁(春窮)하곤(夏困)기. 나물죽에 보리개떡으로 간신히 배를 채워야 할 판. 아녀자들은 바구니를 옆에 낀 채 들판으로 내몰렸다. 한 줌의 쑥이라도 더 캐야만 곯은 배를 채울 수 있었다. 푸릇푸릇 돋아난 새싹도 초근목피로 연명해가는 가난한 소작농들의 더할 나위 없는 식량이었다. 천덕리 앞 넓은 들판은 한겨울 보리밭에 까마귀 떼 내려앉은 것처럼 아녀자들로 붐볐다. 조금 있으면 먼 산나물까지 동이 날 판이고 송기(松肌)와 송순(松筍)까지 벗기고 잘라 배를 채워야 할 때가 멀지 않았다.

민순은 부잣집 담살이를 하는 까닭에 하루 세끼 밥을 먹는 복을 받았다. 남의 집살이라는 설움은 그 어디에서도 찾아볼 수 없었다. 되레 낳아준 부모 밑에 자랄 때보다도 잘 먹고 행복한 나날을 보냈다. 몸도 마음도 성장했을 뿐 아니라 집안 살림에 대해 감내할 수 있을 만큼 숙련을 쌓아온 탓에 맡은 일을 능숙하게 할 수 있었다. 무엇보다 작년에 비해 정신적 갈등에서 벗어난 것도 그녀를 기쁘게 만들었다. 두 머슴의 대립과 갈등의 틈바구니에 끼어 시달릴 대로 시달려 말 못 할 압박

감에서 벗어나지 못했던 것이 사실이었다. 그러나 인제 폰수가 떠나가고 홍기만 남은 까닭에 갈등은 사라지고 도움만 배로 커졌다.

홍기는 조금도 꾸밈없이 지궁스럽게 민순을 도왔다. 그가 있기에 부엌살이도 힘들지 않았다. 때만 되면 아궁이 재를 퍼내주고, 땔감을 미리미리 가져다 쌓아놓고, 물까지 퍼주었다. 들일을 나갈 때도 새참 그릇까지 스스로 챙겨들었다. 세심한 배려에 따뜻한 인간미를 느끼지 않을 수 없었다. 홍기가 너무 고맙고 마음은 행복스러웠다. 하지만 경계를 게을리하지 않았다. 언제 어떻게 변할지 모르는 그의 개운치 못한 심사를 알고 있기 때문이었다. 폰수가 떠나고 없기 때문에 순한 토끼처럼 위장을 했을지 모를 일이었다.

이양할머니는 예년과 다름없이 야학에 다닐 수 있도록 극진한 배려를 해주었고, 학용품은 물론 월사금까지 넉넉히 대주었다. 민순은 일찍 한글을 깨우친 까닭에 한자까지 익혀가고 있는 중이었다. 폰수가 떠나가고 난 자리를 요행이도 마을에서 많은 이가 메꿔 주어 밤길에 대한 두려움도 해결되었다. 천덕리에서만도 한꺼번에 여덟 사람이나 입학했다. 나이가 지긋한 길동에서부터 같은 또래 정자까지 이제 밤길을 쓸고 다녀야 할 판이었다. 대부분 이름 있는 집안의 아들딸들이어서 여유도 있어 보였다.

그들이 야학당에 처음 나왔을 때만해도 민순을 깔보는 눈치였다. 남의집살이하는 주제에다 당골 딸이라고 알려진 까닭에 업신여기려 들기까지 했다. 마주치는 것조차 피하기 일쑤였고 같이 다니는 것조차 망설이는 눈치들이었다. 다만 이양할머니의 도움으로 먼저 야학에 다녔을 뿐이라고 치부하고서 대수롭지 않게 여겼던 것이다. 그러나 막상 야학당에 들어가서 보니 그게 아니었다. 부엌데기에 당골 딸이라 무시했던 그녀가 거의 선생님이나 다름없는 위치에 있음을 바라본 그들은 놀라지 않을 수 없었다. 전혀 예상하지 못했던 것이다. 용렬한 소치에 질투와 시샘이 지글지글 끓지만 그들은 야학에서만은 그녀의 가르침을 배청해야 할 처지에 놓였다. 민순은 마을에서 온 이들에게 남다르게 호의를 베풀었다. 연필 잡는 법에서부터 글자를 쓰고 읽는 법까지 열과 성을 다해 도와주었다. 그중에서도 특히 나이가 많은 길동에겐 깍듯이 위해주며 경의를 표했다. 이미 지난해부터 혼담까지 있었던 것을 알고 있던 터라 더욱 신중을 기해지는 것이었다. 날마다 처음 볼 땐 어른을 대하듯 허리 굽혀 인사도 했다. 길동은 당당한 풍채에 어깨가 딱 벌어져 얼른 봐도 힘깨나 쓰게 생겼다. 일자형의 짙은 눈썹에 쌍꺼풀이 선명한 눈, 오뚝한 콧날과 각진 턱은 매력적이면서도 강한 인상을 풍겼다. 그러나 천한 신분에다 옹기 굽는 일을 하는 까닭에 순진하고 어리숙하게만 보였다. 그런 그가 민순의 따뜻한 배려에 힘입었는지는 몰라도 하루아침에 싹 달라지기 시작했다. 활달하면서도 명랑해지려고 애쓰는 모습이 눈에 띄었다. 모르는 것이 있으면 서슴없이 민순이에게 달려왔다. 일부러 가까이 다가오려는 의도가 다분히 비춰질 때도 있었다.

하지만 민순은 일정한 거리감을 유지하려 무진 애를 썼다. 떠나간 폰수와 격의 없이 지낸 탓에 얼토당토않은 오해를 자아내어 지울 수 없는 상처를 입었기 때문이다. 이제 남자와 가까이 지내는 일이라면 옆으로 비켜서고 싶었다.

그들이 야학당에 나온 지도 어언 한 달하고도 열흘이 지났다. 모두들 완전히 낯이 익은 탓에 서로 간 허심탄회하게 대화를 나눌 수 있는 임의로운 사이가 되어가고 있었다.

그런데 소재지 김범재라는 젊은 청년은 정잿몰이라는 마을에서 살았다. 부친 김치복은 능주 주재소에 근무하는 순사였다. 능주 바닥에서는 그를 모르는 이가 없을 정도로 그의 위세가 하늘을 찌르고도 남았다. 김치복은 원래 능주 사람이 아니고 나주 산포 사람인데 순사가 되어 이곳으로 온 사람이었다. 길을 다닐 때도 일부러 허리에 큰 칼을 탈칵대며 다녔다. 사람들이 그 꼴을 보기라도 하면 무춤무춤 뒤로 물러설 수밖에 없었다. 아버지의 위세는 아들에게까지 이어지고 있었다. 그의 아들 김범재는 마치 자기가 순사라도 되는 것처럼 어린 것이 안하무인격 살기가 돌았다. 원래 광주에서 소학교를 다니던 이었는데 무슨 연유에서인지 그만 두고 야학당으로 나오긴 하지만 글공부를 위한 발걸음은 아닌 듯싶었다.

　부모의 성화에 못 이겨 나온 것인지는 몰라도 매일 나온 것도 아니고 드문드문 들렸다가 금방 갈 때도 많았다. 그렇다고 해서 어느 누구도 그를 탓할 수 있는 입장은 아니었다. 잘못했다간 되레 되술래잡혀 애꿎은 봉변만 당할 판이었다. 아버지의 권력을 무기 삼아 폭력을 휘두르기 일쑤였다. 그것만이 아니었다. 부친을 닮아 성격이 포악하고 표독스럽다고 정평이 나 있었다. 음사함도 그를 당할 자가 없을 뿐 아니라 서슴없이 농을 치는 바람에 야학 분위기를 험악스럽게 몰아갈 때가 많았다. 혼자만이 아니고 데리고 다니는 우배(友輩)만도 대여섯 명에 달했다. 그들은 어미닭이 병아리를 몰고 다니듯 그들은 범재를 졸졸 따라다녔다. 범재를 속칭 쌍칼이라 불렀는데 광주바닥에서 얻은 별명이라 했다. 처음 야학에 나올 때부터 올빼미 부리 같은 코에 마늘 눈썹이 섬뜩한 인상을 풍겼지만 말수가 없는 듯 보였다. 그래서 교사들 모두 별탈은 없을 것 같다고 여겼던 것인데 시간이 갈수록 본성을 드러냈던 것이다. 때문에 야학 교사들도 벙어리 냉가슴이었다. 밤마다 기어 나오는 독충과 같은 다를 바 없는 이여서 탓을 해본들 소용없었다.

그가 야학에 나온 지 열사흘 째 되는 날이었다. 여느 날과 다름없이 민순은 야학생들에게 글자를 가르쳐주느라 야학당 안을 배회하고 있을 때였다. 그때 밖에서 왠지 소란스러운 소리가 나탈나탈 날아들었다. 이어 범재 우배들이 교실 문을 열어젖히고 안으로 들어섰다. 야학이 시작된 지 꽤 오래되었는데도 조금도 미안한 기색도 없이 시끌벅적 소란을 피워대는 것이었다. 남의 이목가림을 벗어던진 채 얼굴에 술기도 얼찌근해보였다. 고광춘에게 글을 가르치고 있는 민순에게 다가와 시물시물거리며 쳐다보는 시울이 섬뜩하리만큼 날카로웠다. 입에서는 콧속을 후벼 팔 것처럼 술과 음식 쾬 냄새가 뒤엉켜 찔러왔다. 광춘은 오장이 뒤틀린 듯 콧구멍 속으로 손가락을 비틀어가며 막았다. 이를 본 범재가 뱀같이 찢어진 눈으로 째려보더니 전광석화같이 날샌 동작으로 주먹을 날렸다. 오른쪽 볼에 한 대의 주먹을 얻어맞은 광춘은 뒤로 벌렁 나가떨어져 버르적거렸다. 이를 본 민순은 자신도 모르게 바스러지듯 소리를 내질렀다.

"아이고! 엄니!"

"야 이년아! 내가 니 엄니야?"

그는 미간을 구기고 마늘 눈썹을 세워가며 눈초리를 비틀었다. 그를 본 민순은 굼벵이처럼 몸을 움츠러들이며 두 주먹을 턱에 가져다 대고서 오들오들 떨었다.

"야! 아가리 닥쳐! 천한 네 년한테 글 배우러 온 줄 아냐?"

까닭도 없이 삿대질까지 해대었다. 곁에 있는 이들도 실없는 웃음을 키들거리며 받은 말로 맞장구까지 되뇌었다. 그러나 모두들 모른 척 돌아다보지도 않았다. 민순은 쪼그린 채 벽에 몸을 기대고 손바닥으로 얼굴을 가리며 눈물을 삼켰다.

"흥! 천한 년이 글 좀 배웠다고 가르치려 드네. 그렇다고 니가 양반 된다냐?"

　재범은 술을 얼마나 마셨는지 혀가 꼬부라진 소리를 내뱉었다. 입에서는 마치 구중중한 시궁창을 뒤집어 엎어놓은 듯 해골 썩은 냄새 같기도 하고 곤쟁이젓 썩은 냄새가 목소리를 타고 술술 풍겨 나왔다. 눈가에는 지게미가 허옇고 흰자위에는 진달래꽃 빛처럼 핏발이 선명한 채 콧속에서는 돼지 맥 끓는 맹맹한 소리가 갈그랑거렸다. 일시에 만장(滿場)의 시선이 한군데로 모아지면서 얼굴들을 찌푸렸다. 하지만 어느 누구도 그들을 말리려 들지 않았다. 교단 위에 선생님도 멍하니 서서 바라만 볼 뿐이었다. 그때 재범의 우배 원택이가 목덜미를 붙잡고 광춘을 일으켜 세웠다. 광춘은 입언저리에 핏자국이 벌겋게 내번진 채 고개를 비틀었다. 손바닥으로 쓱쓱 문지르고서 야릇한 눈초리로 쳐다보고 서 있었다. 범재는 기세 당당히 앉아 있다가 다시 일어서더니 재차 가슴팍을 향해 서너 번 주먹을 날렸다. 원택이 하는 짓은 마치 두목에게 아첨이나 하려는 듯 붙잡아주는 짓이 되고 말았다. 광춘은 또 다시 벌렁 쓰러져 일어나지 못하고 나뒹굴었다. 이어 범재는 민순이 앞에 쪼그리고 앉더니 얼굴을 가리고 있던 손을 밀치고서 볼을 살살 문질렀다.

　"고년 참 예쁘게 생겼네!"

　민순은 몸을 옆으로 비틀어가며 고개를 돌려 그의 손을 피하려 들었다. 하지만 그는 볼을 잡아 끌어당기며 야기죽야기죽 약을 올렸다.

　"요년 엄마가 기생이었겠제. 그렇게 이렇게 이쁜 딸을 낳았겠제. 맞지? 느그 엄니가 기생이었지? 너도 내 기생 좀 되어 줄래?"

　하는 꼴은 마치 고양이가 쥐를 잡아놓고 놀려대듯 인격을 깔아뭉개고 있었다. 민순은 고개를 내리 숙인 채 울먹였다. 하지만 그는 턱을 잡고 밀어 올리며 볼을 만지작거렸다. 이어 가슴속으로 손을 밀어 넣고 주물럭거리려 들었다. 만인 앞에서 양심도 없는 철면피 같은 짓에 민순은 손을 밀치며 자리에서 일어섰다. 분하고 억울한 눈물이 주체 없이 쏟아지고 몸은 오열하고 있었다. 수많은 사람들이 보는 가운데 인면수심과 같은 짓을 하는데도 누구 하나 탓하지도 못했다. 여자들은 눈살을 찌푸려가며 모두들 웅성거리기 시작했다. 그저 한숨만 들이마시고 혀만 쩍쩍 거릴 뿐이었다. 이때 사람들에게 활력이 샘솟게 하는 사람이 있었다. 그는 천년동에 사는 옹기장이 길동이었다. 어려서부터 옹기 일로 뼈가 굵어 온 그는 힘으로 한다면 범재 정도는 식은 죽 먹기였다. 이미 나라에서 문벌(門閥)과 신분계급의 타파를 국법으로 정했음에도 천한 년이라고 놀려대는 것을 보고 그냥 넘길 수도 없었다. 내일에 대한 두려움은 벗어던졌는지는 몰라도 여태 목을 길게 빼고 지켜보고 있던 그가 새파랗게 질린 채 벌떡 일어섰다. 윽 소리가 나도록 어금니를 악물더니 두 손을 모아 쥔 채 바들바들 떨기 시작했다. 매서운 눈초리로 범재를 찔러보고는 번갯불처럼 잽싸게 달려들어 멱살을 단단히 거머쥐었다. 주먹깨나 쓴다고 해서 쌍칼이란 칭호를 듣던 그도 그의 힘 앞에선 맥도 못 췄다. 길동은 마치 닭 모가지를 비틀 듯 범재의 멱살을 대롱대롱 움켜쥐고 흔들었다. 만장사람들은 그의 거침없는 행동에 깜짝 놀라며 지레 겁을 먹고 화들화들 떨었다. 그동안 쌓인 억분이 단박 풀리는 듯 수런수런 목소리를 키워내는 사람도 있었다.

 "윗따매! 속이 시원허다."

 "곤조가 나쁜 놈이랑께! 저런 놈은 요절을 내부러야제."

 그러나 민순은 불안한 마음으로 길동을 바라보았다. 금방이라도 닥쳐올 환란의 폭풍 같은 엄청난 고통 때문이었다. 나라 잃은 설움 속에 살아온 그들은 그것이 어떤 것인 줄 잘 알고 있었다. 일본 사람들보다

자국민으로 일제의 앞잡이 노릇을 한 이들이 훨씬 혹독한 시련과 고통을 준다는 것을 직접 눈으로 보아왔다. 길동은 젊은 혈기를 주체하지 못해서 그리고 돌아올 고통을 몰라서 달려든 것이 아니었다.

그의 내심에는 나라 잃은 설움에 대한 울분도 있었지만 나름대로 연정을 지키기 위해서였다. 그는 볏단 끄집듯 범재를 한 손으로 휘어잡고 밖으로 나갔다. 무리들이 가만 있지 않을 줄 알았는데 정작 그의 힘을 보고는 쥐 죽은 듯 조용히 앉아 있었다.

길동은 마당으로 끌고 가서 그를 땅바닥에 인정사정없이 집어 던졌다. "아이고!"하며 거꾸로 나자빠진 그는 석 달 굶은 쥐새끼처럼 발발 기어 달아나려 들었다. 그러나 길동은 여기서 그치지 않았다. 다시 번쩍 들어 돌림배지기를 하듯 내리쳤다. 또다시 꼬꾸라진 그는 모든 것을 포기한 사람처럼 사지를 쭉 뻗은 채 벌렁 드러누워 버렸다. 희멀건 눈망울만 씀벅거릴 뿐 죽은 송장이나 다름없었다. 길동은 손을 탈탈 털고서 안으로 들어왔다. 사람들의 눈길은 모두 하나가 되어 그에게 모아졌다. 이내 자리로 가서 주섬주섬 물건을 챙기고서 민순이한테로 다가왔다. 아직도 벽에 기대고 앉아 눈물만 흘려대던 그녀를 보고는 손목을 잡아 끌어당겼다.

"자! 가장께. 나만 따라오란 말이여!"

힘없는 민순은 길동의 팔에 끌려 밖으로 나갔다. 학생들은 슬금슬금 곁눈질을 해가며 눈치를 보면서 혀를 내둘렀다.

"아이고! 어쩔라고 저럴까이!"

"워매! 인자 일 나부렀구만!"

여자들은 한결같이 어쩔 줄을 모르고 몸을 부들부들 떨고만 있었다. 야학 교사들은 나름대로 부랴부랴 모여 뭔가 입을 맞추기 시작했다. 얼굴에 어두운 그림자가 드리워지고 누구에게 쫓기는 사람들처럼 당혹스러움을 감추지 못했다. 잠시 야학을 이끄는 대표 유진구 선생이 단상으로 나왔다. 그의 옆으로 모든 선생님께서 나란히 섰다. 모두들 얼굴 표정이 납덩이처럼 굳어 있었고 겁에 질려 말조차 다달다달 더듬었다.

"오늘은 이것으로 마쳐야 쓰겠구만이라우. 공부도 안 될 것 같은께 얼른 집으로 돌아가싯시요. 머뭇거리지 말고 곧장 가셔야 쓰겠구만이라우."

일각이 급한 것처럼 빨리 집으로 돌아가라고 채근하고 나섰다. 야학생들은 그날만은 공부도 못한 채 일찍 파하고 말았다. 두려운 기색이 역력했고 쫓기듯이 급하게 일어섰다. 교실은 순식간에 아수라장 같았고 마치 살얼음판을 걷듯 살금살금 꽁지발로 빠져나가기 시작했다. 그때까지 범재는 오만상을 찌푸리며 마당에 쪼그리고 앉아 있었다. 악에 받치는지 길동이를 잡아오라고 악다구니를 써가며 눈두덩을 비틀었다. 그때 창현이와 대춘이가 달려가 일으켜 세우려 했으나 억울하다고 고함을 쳐댔다. 한참 머뭇거리다가 곁부축을 하여 그를 데리고 갔다. 그러나 범재는 절뚝거리며 간신히 걸으면서도 의기양양한 표정으로 두고 보자고 바리바리 소리쳤다.

활처럼 휘어진 상현달이 머리 위에서 밝은 빛을 뿌려주고 있었다. 엉겁결에 손목이 잡힌 채 끌려간 민순은 길동과 함께 석고리로 나아갔다. 두근두근 뛰는 가슴을 부여잡고 그의 뒤를 졸졸 따랐다. 초조한 마음을 억누를 길이 없었다. 일순간에 저질러진 일이라 머릿속이 온통 범벅이 되어 전후좌우에 대한 상황판단이 서질 않았다. 분명한 것은 몸을 사리지 않고 달려든 길동의 용기에 고개를 숙이고 싶었다. 또 한편으론 왜 나서서 산통을 깼는지 원망스럽기까지 했다. 한순간 봉변을 당하고 말았으면 뒤탈 걱정은 하지 않아도 되는 것인데 생각하면 가슴이 두근거려 숨조차 쉴 수 없을 지경이었다. 뼈를 깎는 고통이 닥친다고 해도 참고 살자고 다짐을 해 온 터라 못내 아쉽기만 했다. 인격 좀 무시당했다고 해서 죽어가는 것도 아닌데 혹시 이 일로 해서 글공부를 접게 될까 봐 노심초사 속이 타들어갔다. 술에 취한 사람마냥 정신마저 몽롱해져 발바닥이 땅에 닿는지조차 모를 정도로 살걸음을 걸었다. 참담한 비애를 토해내듯 그를 향해 굳은 입술을 들먹대었다.

"가만히 놔두고 볼 일이제 왜 나섰어요?"

찜찜한 마음을 가누지 못하고 푸념을 하듯 물었다. 공연히 남의 일에 껴들어 일을 엉클어트린 꼴이어서 어이없다 속내도 전해주고 싶었다. 길동은 아직도 싸우러 가는 장수처럼 얼굴에 의기가 넘쳐흐르고 있었다.

"더런 놈의 시상 태어나서 한 번 죽제 두 번 죽간디. 나는 죽을 때 죽어도 그런 꼴은 못 본단 말이여."

타고난 풍채에서 뿜어 나오는 기품은 속이지 못하는 것 같았다. 두꺼운 눈두덩에 내리깔 듯 바라본 눈초리가 고집스런 반항기로 뭉쳐져 있었다. 거기에다 술수도 모른 대쪽 같은 성품이 합쳐졌으니 그만 일을 저지르고도 남았으리라 여겨질 뿐이었다.

"인자 어쩔 것이오. 다른 사람도 아니고 순사 아들이람서. 순사는 사람을 죽이고도 남는다면서라우?"

입술이 마르고 속이 바짝바짝 타들어가는 심정으로 속울음을 쓸어내며 말했다. 그것은 조금도 보탬이 없는 그녀의 솔직한 심정이었다. 순사만 들먹여도 소름이 돋고 심장이 으스러질 것 같은데 하물며 순사 아들을 두드려 패놨으니 원망스러움이 뼛속 깊이 파고들었다. 혹시 지난 일이 들춰지지 않을까 조바심은 더욱 커지며 오장이 타들어 갔다. 새벽부터 산길을 도망쳐 온 지난 일들이 뇌리에 몰아쳤다. 억수 같은 비를 맞아가며 산비탈을 오르면서 보리개떡으로 곯은 배를 채우고 빗물로 목을 적시던 일들이, 발이 부어터지고 쥐가 난 다리를 질질 끄집던 일들이, 뒤에 쫓아오는 헌병을 피해 목까지 차오른 냇물과 죽음의 사투를 벌렸던 일들이, 가시밭 비탈길을 기어올라 바위틈에 숨어 어둠만을 애타게 기다리던 일들이 문어발처럼 생생하게 눈앞에 펼쳐지기 시작했다. 생각해볼수록 쥐구멍을 막다 독이 오른 살모사를 건드린 꼴이 되고 말았다. 길동도 공포와 불안으로 싸여 있는 듯 보였다. 침울한 수심기가 눈가에 어룽거리는 모습이 어슴푸레한 달빛에 비쳐졌다.

"지까짓 놈이 뭐라고 민순이를 무시하냐니까. 신분계급이 없어진 지 언젠디."

"나 그런 소리 들어도 괜찮당께라우. 잡으러 오면 어쩔 것이오?"

"지금 이 자리에서 죽어도 민순이를 무시한 놈 가만 놔두지 않는당께. 당해도 내가 당할 것잉께. 걱정 말고 어서 가서 잘 자란 말이어."

"나도 사람인디 잠이 오겠소?"

길동은 하염없는 달을 보고서 한숨을 푸푸 삼켰다. 한순간을 참지 못해 얻은 괴로운 한숨이었다. 민순은 더 이상 말을 아낀 채 그이 뒤만 졸졸 따라갔다. 어느덧 마을 앞 갈림길에 들어섰다. 이제 헤어져야 할 시간이었다. 저절로 주춤주춤 거려지면서 발걸음이 떨어지지 않았다. 왠지 말 못할 사연을 품은 것처럼 갈 길마저 잃어버린 사람 같았다. 민순은 이제 고샅으로 들어서야 했다. 대나무 숲이 하늘을 가린 고샅길은 어둠이 안개처럼 자오록 휘감고 있었다. 갑자기 어둠 속에서 눈썹 뭉개진 나병환자가 기다리는 것 같은 소름이 솟구치더니 등줄기에 얼음물이 짝 뿌려졌다. 하지만 길동과 만나는 것만도 감당할 수 없는 굴레라는 생각이 뇌리를 휘감기도 했다.

"여기서부터는 혼자서 갈 수 있구만이라우."

"아니어. 이왕 여기까지 왔응께 집에까지 데려다 주고 갈 거구만."

"누가 보면 어떻게 할라고 그래요. 괜찮당께라우. 어서 그냥 가란 말이요?"

"여자 혼자 가면 무서운께 데려다 준다고 허면 되제."

또 다른 곤혹스럽게 그녀를 얽어매려는 오랏줄이 생겨난 기분이었다. 그녀는 잠시만이라도 어둠속으로 내달리고 싶었다. 하지만 길동은 연신 뒤를 졸졸 따라오고 있었다.

"그냥 가랑께요."

"아니어! 이 세상 끝까지 내가 지켜 주고 싶당께."

"말도 안 되는 소리 하지 마랑께요. 길동씨가 뭣 땀새 날 지켜 준다요?"

"나도 모르제. 그렇게 살면 안 되능가?"

"지발 나한테 그러지들 말란 말이요. 나 좀 가만 놔두랑께요?"

"알았응께 어서 가."

어느덧 휘우듬 길을 돌아드니 맞은편으로 대문이 눈길 안으로 들어왔다. 대숲을 뚫고 들어온 얼멍얼멍한 달빛이 이상야릇한 그늘을 만들어 시야를 흔들어 대었다. 그녀는 뒤도 돌아다보지 않고 반달음질로 내달려 어둠 속 고샅길로 사라지고 있었다. 길동은 내심 긴장이 되고 불안하면서도 나중에야 삼수갑산을 가더라도 가슴이 뿌듯했다. 비록 일본순사 아들놈이라 할지라도 본때를 보여줬다는 자긍심에 콧노래라도 흥얼거리고 싶었던 것이다. 그는 아직도 갈기갈기 흩어진 혼몽에서 깨어나지 못한 채 민순의 뒷모습만 지켜보고 서 있다가 황소 같은 몸을 천천히 돌려세웠다.

대문을 열고 들어간 민순은 심연의 고통에 빠진 사람마냥 발걸음소리조차 낼 수 없었다. 오가는 곳마다 눈치를 보고 살아야 한다는 것이 슬픈 일이었다. 천한 인생으로 의지가지없이 살아간다는 것이 얼마나 힘든 것인지 가슴에 절실하게 와 닿았다. 천한 신분은 마치 기생같이 해웃돈이나 받아먹고 사는 사람으로 여기는 것이 너무 슬펐다. 마치 남자들의 노리갯감으로 여기는 꼴이 추악하고 몸서리쳐진 것이다. 방으로 들어와 자리에 누었지만 뼛조각 같은 상념들이 머릿속에서 매대기질을 하는 통에 눈이 감기지 않았다. 이죽야죽 약 올리며 쳐다보던 범재의 얼굴이 떠오르는가 하면 젖가슴 속으로 손을 집어넣던 순간이 지워지지 않았다. 또 한편으로는 순사의 아들이라는 무섬증 때문에 온몸이 바들바들 떨렸다. 영락없이 덫에 걸려든 산짐승이 된 꼴이라는 생각을 지울 수 없었다. 몸을 비틀어가며 잠을 청해도 괴로움은 머리통 속을 갈퀴질을 해대었다. 부걱부걱 치밀어 오른 분한 한숨을 삼키다보니 어느새 문틈으로 새벽공기가 스며들기 시작했다.

민순은 야학당에 나가기가 자못 불안하고 무섭기까지 했지만 저간에 있었던 일을 입밖에 내지도 않은 채 밤이면 야학당으로 나갔다. 그런데 정작 문제는 그날 다툼이 있고서부터 길동의 얼굴이 보이지 않았다. 그의 소식을 아는 사람은 아무도 없었다. 민순은 길동이 야학당에 나오지 못한 것은 자기 때문이라는 자책감을 떨쳐버릴 수가 없었다.

까닭을 알아보고 싶어도 그럴 만한 처지가 아니어서 가슴 아팠다. 야학당 분위기도 예전만 못했다. 모두가 하나같이 범재를 다분히 경계하는 눈치였고 가까이 오기라도 하면 슬슬 피했다. 그런데도 범재의 오도깝스런 행동은 그칠 줄 몰랐고 오히려 그 도가 더해가는 느낌이었다. 우배의 태도는 날이 갈수록 기고만장해지면서 시정잡배와 다를 바 없었다. 야학당을 공포의 도가니로 몰아가고 있었다. 그렇다고 해서 제재를 하거나 나무랄 사람이 아무도 없었다. 그들에게 대들었다간 길동과 같이 야학당을 그만 둬야 하기 때문이었다.

　민순은 여전히 한자를 익혔고 학생들 사이를 오가며 학습도움을 주는 일을 하고 있었다. 길동이 그만둔 지 나흘 째 되는 날이었다. 셈본 공부를 도와주고 막 일어서 옆으로 나서려들 때였다. 심술 맞게도 춘배가 걸어가는 다리를 걸었다. 그녀는 마치 씨름장사가 메어치기라도 하듯 찰가당하며 동댕이쳐지고 말았다. 가녀린 그녀는 책상 모퉁이로 거꾸러져 버르적버르적 거렸다.

　"야! 잘했어."

　하고 범재는 능갈을 부렸다. 또다시 장내는 금세 아수라장이 되었고 사람들은 민순을 일으키면서도 말을 하지 못했다. 그럴 때면 그녀의 얼굴은 마늘등불 밑에서 봐도 마치 맨드라미꽃 즙을 뿌려놓은 듯 뻘게졌고 숨이 잦아들 듯 벌벌 떨곤 했다. 그것만이 아니었다. 우배들이 까마귀 떼 우짖듯 수시로 나서서 볼을 만지고 앞가슴까지 더듬으려는 몰염치한 행위를 서슴지 않았다.

　"너 내가 누군지 알지? 니 서방이야."

　갓난아이 볼 만지듯 끌어당겨 옴짝달싹 못하도록 붙들어 잡는가 하면 대꾸도 못하고 초지장으로 변해가는 얼굴을 흔들어 대었다.

　"이제 걱정 말랑께. 내가 너 지켜준당께."

　범재가 두고 쓰는 말이었다. 볼을 살살 문지르고 삐딱한 눈으로 바라보며 던지는 비아냥거림은 도를 넘은지 이미 오래되었다.

　"아이고! 이놈의 보조개 좀 봐라."

　징글맞도록 능청을 피워가며 볼을 콕콕 찌르기도 하고 밤길에 따라오기까지 했다. 그럴 때면 짜증을 부려가며 울먹여보지만 하릴없는 일이었다.

　"니가 좋아서 그러제. 당골 딸이라고 옹구쟁이가 좋더냐? 이제 옹구쟁이는 이 땅에 없단 말이어. 그렇게 말려줄 것이라곤 꿈에서 깨는 것이 좋단 말이다. 알았냐?"

범재는 낄낄거리며 능글맞게 웃어 대었다. 그는 길동에게 당한 분풀이라도 하려는 듯 모욕적인 언사를 서슴지 않았다. 얼토당토않는 길동을 들먹여가며 생으로 그녀를 괴롭혔다. 하루 이틀도 아니고 날마다 공포 속으로 휘몰아 넣으며 들볶아대었다. 그러나 민순은 분함을 속으로 삭히며 내색하지 않았다. 쇠를 달구면 달굴수록 강해지듯 시달림을 당하면서도 더욱 강해지고 있었다. 억척스럽게 야학당엘 나가고 더 열심히 공부했다. 스스로 채근하며 강해지자고 다짐했다. 늘 자신을 천길만길 낭떠러지에 매달린 비참한 몸이라고 자처하면서 붙잡고 매달릴 나무뿌리 하나 없는 고아라고 치부했다. 이양할머니를 만난 것은 하늘이 준 기회라고 여기며 버텨보는 데까지 버텨볼 작정이었다. 고난을 버티지 못하면서 명창이 될 수 있겠는가 자신에게 반문하기도 했다.

계절은 점점 여름을 향해 다가가고 있었다.

보리누름에 설늙은이 얼어 죽는다고 보릿고개가 극으로 치닫고 있었다. 기묘년에 몰아닥친 한발(旱魃)은 온산천이 불에 타고도 남을 정도로 혹독한 시련을 물려주고 떠나갔다. 얼마나 가물었으면 제논에 못자리조차 할 수 없어 못도지를 하지 않고서는 농사를 지을 수 없었다.

천수답은 거의 모를 심지 못했고 봇물이 닿는 물 논마저도 소출이 반으로 줄어들었다. 못갈림으로 농사를 지은 소작농들은 일 년 내내 고생만 한 꼴이 되고 말았다. 가뭄이 남기고 간 여파는 익년에 와서 그 진면목을 드러내기 시작했다. 가난한 이들에겐 도저히 넘을 수 없는 빈궁의 태산준령을 쳐놓은 것이나 다름없었다. 보리 목이 누르스름하게 익어만 가는데 그간을 견디지 못해 굶어 죽어가는 사람들이 길바닥에 널렸다는 소문이 파다했다. 듣기만 해도 끔찍할 일들이 꼬리를 물고 날아든 통에 흉흉하던 민심이 동요하기 시작했다. 배를 곯은 젊은이들이 그냥 굶어 죽는 것보다는 차라리 남의 나라에 도망을 쳐서라도 배를 채워야겠다고 일본 도항에 나서기도 했다. 몰래 여객선 짐칸으로 숨어들고, 노 젓는 고깃배를 타고 위험한 밀항을 시도하고, 심지어 뗏목을 만들어 현해탄을 건너기도 했다. 가다가 잡히면 다시 되돌아오는 이도 부지기수였다. 일본에 간다고 해서 배부른 것도 아닌데 그래도 조선보다는 낫다는 수소문에 너도나도 나섰던 것이다. 짐승만도 못한 대접을 받아가면서라도 목구멍에 밥을 넘길 수 있다는 신념이 사선을 넘도록 만들었다. 조선의 젊은이들이 몰려간 일본은 노동력이 넘쳐난 까닭에 임금이 곤두박질쳤다. 저임금임에도 불구하고 힘들고 고통스러운 일도 마다하지 않았다. 짐을 나르고, 길거리 청소를 하고, 똥지게를 짊어지는 일들이 그들의 몫이었다. 이런 소식이 전해지자 현해탄을 건너는 자가 일시에 줄어들었다.

때문에 일제는 전시체제 하에서 석탄 광업과 토건, 군수공장, 수력발전 등에 노동력 부족현상이 나타나기 시작했다. 이를 충원하기 위해 조선으로부터 강제동원을 시작했던 것이다.

농촌 젊은이들을 대상으로 지원을 받았으나 지원하는 이가 목표에 미치지 못했다. 일제는 이를 채우기 위해 행정관청을 통해 강제 할당을 단행하였다. 그 업무를 맡아본 사람들이 면사무소 서기와 주재소 순사들이었다. 그런데 문제는 고장의 젊은이가 일순간에 오간 데 없이 증발하는 일이 발생하였던 것이다. 자고 나면 흉흉한 소문이 날아들어 사람들마다 고조된 긴장 속에 살아야 했다. 밤이 되면 무사히 넘어가려는지 조마조마 마음을 졸이다가 아침이면 밤사이 별일이 없었는지 서로 눈치를 보았다.

그런데 이른 새벽부터 뜬금없던 뚜쟁이 경심이 이양댁을 찾아왔다. 무슨 소문을 들었기에 어둠이 걷히기도 전에 찾아왔는지 알 수 없는 일이었다.

"이양할머니 계십니껴?"

사방을 두렷거리는 눈매가 올빼미 눈깔처럼 이글거렸다. 혀를 널름널름 내두르며 벌벌 떠는 꼴이 일각이 급해서 온 사람처럼 보였다.

"어쩐 일잉가? 이리 들어오소."

"워매! 큰일 났당께라우. 이럴 수도 있능가요?"

"왜 또 무슨 일이 생겼능가?"

이양할머니가 어리둥절 두 눈을 씀벅씀벅하다가 당혹감을 감추지 못했다.

"들어가서 말씀 드릴께라우."

경심은 눌눌해오던 표정이 돌연 얼음장같이 굳어지며 머리를 가로저은 채 말했다.

"어서 안으로 들세."

이양댁은 자라같이 목을 쭉 빼면서 어서 안으로 들라고 말했다. 경심은 우물쭈물 망설임도 없이 신발을 내팽개치듯 벗어던지고 마루로 기어올랐다. 방으로 들어간 그녀는 바닥에 엉덩이를 붙이기도 전에 두 눈부터 희번덕거리며 퉁명스럽게 소리쳤다.

"길동이가 사라졌당께라우."

목소리는 마치 솔잎으로 쿡쿡 찔러대는 것처럼 매우 경망스럽고 날카로웠다. 애통한 마음과 분노의 심정이 함께 뒤섞인 울부짖음이었다.

"길동이라면 저기 천년동에 옹구장사 아닝가?"

"맞당께요."

"그놈이 왜 사라졌당가? 밥은 먹고 살 만할 것인디."

"그래서 더 큰일이랑께요."

경심은 심각한 표정을 지어가며 눈물을 쥐어짤 듯 미간을 좁혔다.

"언제 사라졌단 말잉가?"

"닷새 되었다고 하드랑께라우."

"닷새나 되었는디 이제까지 멋했당가? 즈그 어매는 어디로 간 줄 알 것 아닝가?"

"모른다던디요?"

"즈그 어매도 모른단 말잉가?"

"그런당께라우."

이양할머니는 좀 싱거운 생각이 들었다. 밥을 굶을 정도로 빈핍한 살림이 아니므로 돈을 벌기 위해 도항했으리라 볼 수는 없었다. 건장한 체격에다 하도 성실하고 부지런하여 칭찬이 자자한 젊은이였기 때문이었다.

"닷새 전 밤이었다요. 어둑어둑해지자 거석리로 옹구를 짊어지고 가더니 여지껏 돌아오지 않았다고 허드랑께요."

"사람이 안 오면 가볼 일이제 안 가봤당가?"

"아들이 안 옹께 밤새도록 쪼그리고 앉아 있다가 새복에 거석리로 갔드람서요."

"그랬더니?"

"거석리 큰 바우 옆에 옹구지게가 그대로 받쳐있고 길동이만 없드란디요."

"거참 이상도 허네. 귀신이 잡아간 것 아닝가?"

이양할머니는 어이없다는 듯 허허로운 웃음을 피식거리며 되물었다.

"그 뒤로는 찾지도 않고 그냥 지냈단 말잉가?"

“나흘 동안 오만 곳을 싸대봤지만 흔적도 없다고 허드랑께요.”

“심이 장사라서 누구한테 끌려갈 사람도 아니지 않능가?”

“심으로 된다요. 칼이 있고 총이 있는디.”

“칼이 있고 총이 있다니 그것이 무슨 소리당가?”

이양댁은 눈망울을 섬뜩하게 휘굴리며 번쩍였다.

“그런디 말이요. 사람들은 민순이 때문이라고 하드랑께요.”

“뭐여? 민순이가 거기에 왜 들어간당가?”

눈초리를 낚싯바늘같이 얽어맨 듯 맵짠 눈으로 흘겨보았다.

“아니어라. 할머니. 틀림없다고들 헌당께라우.”

“이 사람아! 그런 말 함부로 하면 못 쓰네. 부모도 없이 떠돌다 남의 집살이 하는 것도 서러운디 그런 억담을 입에 담는당가? 민순이가 무슨 노리갯감인줄 아능가? 내가 데리고 살아봉께 그렇게 착한 이가 없네. 그렇지 않아도 폰수란 놈이 집적거려 가슴에 상처를 입어 안쓰러웠는디 얼토당토않는 일을 뒤집어씌우다니? 도대체 거기에 왜 민순이를 끼워넣었는지 말해보소.”

“틀림없당께라우.”

“자네가 눈구녁으로 봤능가? 아니면 민순이가 귀신이라도 되어갖고 옹구짊어지고 간 놈을 죽이기라고 했단 말이여? 그날도 야학을 마치고 와서 글공부하다가 잔 것을 내 눈으로 똑똑히 봤는디. 어느 놈이 그러등가? 내가 가만히 놔두질 않을라네.”

이양댁은 얼굴이 벌게지기 시작했다. 눈은 이미 가자미눈이 다 되었고, 양미간을 찡그러뜨리며 콧등에도 잔주름을 깊게 세웠다. 핀잔스럽게도 쏘아붙였다.

“순사가 잡아갔다고 허드란 말이요.”

경심은 이양댁 눈치를 살살 살펴가며 완급을 조절하려는 듯 태연하게 말했다.

"뭐? 순사가? 민순이가 순사라도 된 단 말잉가? 세상 살다 봉께 별꼴 다 보겄구만. 순사한테 가서 따질 일이제 불쌍한 남의 딸을 왜 입에 올려 방정을 떨등가? 그래 자네도 그런 맘묵고 새복부터 나한테 찾아왔능가?"

이양댁은 노발대발하며 호통을 쳤다. 한 발짝도 뒤로 물러나지 않을 태세였다.

"아이고! 그것이 아니랑께요."

"아니라니. 뭣이 아니단 말잉가?

"순사 아들놈하고 민순이가 눈이 맞아지내왔는디 길동이가 민순이 하고 같이 다닝께, 왜 그러냐고 따졌능갚습디다. 그랬더니만 길동이가 순사 아들을 뒤지게 패줬다고 허드랑께요. 그래서 순사들이 잡아가부렀다는 소문이 나돌고 있드구만요."

"뭐여? 민순이가 순사 아들하고 눈이 맞았다고?"

"예. 야학에 다니는 이들마다 그러던디요."

"그렇다면 왜 길동이는 남의 일에 끼어들었당가?"

"길동이도 민순이가 맘에 들었는 갑습디다."

"가만히 있소. 직접 내가 물어봐야 쓰겄네."

이양댁은 도저히 믿기지 않은 듯 벌떡 일어서 방문을 열고 "민순아! 이리 와봐라." 하고 소리쳤다. 부엌에는 며느리와 민순이가 아침거리 준비에 여념이 없을 때였다.

민순도 내심 경심에 대한 감정은 좋지 않았다. 폰수와 입을 맞췄다고 온 동네에 까발려 개망신을 시킨 여자였다. 얼굴조차도 대면하고 싶지 않았다. 이양할머니도 입이 달고 수다스러운 그녀를 좋아하지 않았다. 때문에 늘 조심해야 할 사람이라고 말해왔던 터였다. 경심도 이양할머니의 성미를 잘 알고 있기에 거리감을 두고 있었다.

"예. 할머니."

"너 방으로 잠깐 들어오니라."

할머니의 목소리엔 노기가 서려있는 것 같았다. 그간 이토록 노여움이 깃든 소리를 들어본 적이 없었다. 민순은 벌겋게 타오른 숯불을 품에 안은 사람처럼 심장부터 후끈거리기 시작했다. 온몸을 바들바들 떨고 부엌문을 나온 그녀는 마치 도살장으로 끌려가는 황소 같은 기분이었다. 바위를 머리에 이고 있는 것처럼 초조감과 불안감이 어깨부터 내리눌렀다. 마치 시집온 새색시가 폐백 길에 나서는 것처럼 쑥스러워 고개를 쳐들지 못했다. 눈치를 살필 겨를도 없이 울목에 망설이고 서있었다.

"거기 앉그라."

이양할머니는 따끔한 어조로 한마디를 꺼내들었다. 민순은 살며시 무릎을 꿇은 채 손가락을 고이 접어 방바닥을 짚었다. 이양할머니는 보따리를 풀기 시작하였다.

"너 말을 바르게 대그라. 그동안 니가 순사 아들하고 눈이 맞아 지냈담서야? 그것이 사실이냐?"

민순은 소스라치듯 놀라 고개를 들면서 눈을 부릅떴다. 너무 억울하고 기가 막혀 말을 못하고 멍하니 쳐다보고만 있었다.

"어서 사실대로 말허란 말이다. 야학당에 글공부하러 간 것이 아니라 그놈 만나러 다녔던 것이냐?"

"아니어요. 할머니. 순사 아들은 도리어 저를 못살게 굴었당께요. 앞으로 지나가기만 하면 다리를 걸어 넘어뜨리고, 얼굴을 만지면서 기생 딸이라고 놀렸어라우. 여러 사람이 보는 앞에서 가슴 속으로 손을 넣어 젖가슴을 만지기도 했어요. 저보고 서방이라고 부르라고 하고요. 가만히 있으면 당골 딸이라고 놀려댄 사람과 눈이 맞다니요?"

민순은 분하고 치가 떨리는 듯 싸늘한 표정을 지어가며 고개를 부르르 떨었다. 이어 경심을 향해 정색을 하고 한숨을 내쉬고서 고리눈을 지어가며 입에 담기 괴란한 말을 숨아내지도 않은 채 쏘아대었다.

"왜 알지도 못함시롬 함부로 말을 허냐고요? 생각만 해도 치가 떨린 사람을 보고 눈이 맞았다니요. 저 그런 사람 아니랑께요."

"그럼 길동이하고는 아무런 일도 없었냐?"

"할머니 진짜 그런 일 없었당께요. 저는 길동이한테 도와달라고 말한 적도 없었어라우. 고맙기는 하지요. 제가 순사아들한테 당하고 있을 때 달려들어 혼내준 것을 보긴 했어요."

"그럼 지금도 관심 없냐?"

"할머니 지는 아직 어린디 무슨 관심이 있겠어요."

"지금 길동이가 사라지고 없단다."

소처럼 눈을 크게 뜨고 눈망울을 휘돌렸다.

"언제요?"

"닷새 되었단다."

"닷새나 되었는디 몰랐단가요?"

"그래서 문제랑께. 사람이 살았는지 죽었는지 알아야 쓸 것 아니냐? 시상천지 이런 일이 어디에 또 있겠냐. 개가 알을 날 일이제."

빼주룩한 혀를 내밀며 고개를 살래살래 저었다. 민순은 비스듬히 휘어 뻗은 창송 가지에 내려앉은 백학의 족자에 처연한 눈길을 맡긴 채 깊은 사색에 젖어들었다. 일순간 마른 번갯불이 눈으로 휘어들어 오는 것 같았다. 재범의 멱살을 추켜들고 밖으로 끄집고 나가던 모습이 선연이 아른거렸다. 달을 보고서 하염없이 한숨을 푸푸 삼키던 길동의 모습도. 이 세상 끝까지 내가 지켜 주고 싶다고 이를 옥물던 모습

224

이 눈앞에 사물거렸다. 대문 앞까지 따라와 물끄러미 바라보고 있던 그의 얼굴이 물결처럼 아롱거리며 떠올랐다.

이양댁이 은근히 불만을 고리눈에 담아가며 심드렁한 표정으로 속내를 꺼내들었다.

"민순이 말을 들어봉께 알겠네. 아무 상관도 없는 일 아니었능가. 댑대 고통 받은 사람은 민순이었는디 애먼 소리를 들었잖능가. 길동이가 사라진 것을 생각하면 나도 안타깝네. 하지만 이제부터 민순이를 걸고 넘어져선 안 되네. 마을 사람들에게 그렇게 전해 주소."

이양할머니는 입을 쌜기죽거리며 서운함을 감추지 못했다.

"알았구만이라우."

"뱃속에 담자마자 남편 죽어 유복자를 수절로 키워냈는디 얼마나 죽겠겄능가. 금이 무슨 소용 있고 은인들 뭣할 것잉가. 설리설리 키워놓은 생 떼같은 아들이 감쪽같이 사라졌으니 기가 막일 일이제. 나도 힘 닿는 대로 알아봄세."

이양댁은 다시 문을 나가 잠시 후 아들 영주를 데리고 들어왔다. 그는 고장에서 널리 이름깨나 알려진 사람이었다. 관청 직원들을 꽤 알고 있었고 간단한 정보쯤은 물어볼 수 있는 처지였다. 예로부터 뼈대있는 가문으로 통하고 있어 무시당할 처지는 아니었다. 특히 면사무소 서기 김진형 하고는 호형호제하고 지내는 사이였다.

"지금 경심이가 집에 온 까닭은 닷새 전에 길동이가 밤에 사라지고 없단다. 그래서 민순이한테 알아볼라고 왔단다."

"예? 길동이가 사라졌다고라우?"

"거석리로 옹구 짊어지고 가서 큰 바위에 지게를 받쳐놓고는 그 뒤로 모른다면서."

"아니 그런 일이 다 있당가요?"

"금매 말이다. 시상이 어떻게 될라고 이런지 모르겠다."

"길동이가 사라졌담서 왜 민순이를 찾아요?"

"들어봉께 아무 상관도 없는데도 억측을 피워가며 애먼 소리를 했는개비다. 상추 밭에 똥 싼 개는 저 개 저 개 한다고 하더니 타관객지에 나와 산다고 만만하게 본 것 같다. 그러면 못 쓰제. 어려울수록 도와줘야 하는 것인디. 사람들 심리가 어디 그러냐."

이양댁은 긴 숨을 내뿜어가며 부처님처럼 냉엄한 표정으로 속심을 털어놓았다. 억울한 누명에 대한 분함을 감추지 못하고 오독오독 날콩을 씹은 것처럼 입을 비쭉거려 가며 말했다. 경심은 자격지심 때문에 얼굴을 쳐들지도 못하고 쥐죽은 듯 고개만 숙이고 있었다.

"요새 세상인심이 뒤숭숭하드랑께요."

"작년 가뭄으로 흉년이 들어서 그러지야?"

"그런 것도 있지만 인자 조선 젊은이들을 강제로 데려간다는 말이 있드랑께요."

"어디로 데려간단 말이냐?"

"일본으로 데려가겠지라우."

"그래서 길동이를 데려가부렀능갑다. 워매! 그랬으면 어쩌끄나."

이양댁은 잔뜩 겁을 먹고 안색이 파리해졌다. 그 모습을 본 모두들 함께 화들짝 놀라 눈을 휘굴렀다.

"알아볼 수 없겄냐? 면사무소에 나가서 한번 알아봐라. 동네 사람이 감쪽같이 사라졌으니 알아야 쓸 것 아니냐? 다른 사람은 몰라도 길동이는 안 되야. 어떻게 기른 자식인디. 인정머리라곤 손톱만큼도 없는 짓이제. 언제나 나라를 되찾을 것잉고."

깊은 한숨을 몰아쉬며 저절로 탄식을 흘려보냈다. 앙가슴을 주먹손으로 쿵쿵 두드려가며 나라를 빼앗긴 설움을 토해내기까지 했다. 그때 민순이 갑자기 고개를 비틀어가며 지난 일을 들춰내었다. 눈망울을 뙤록 굴리더니 정색을 하며 소스라친 외마디 소리를 질렀다.

그 후 이틀이 지나도록 길동의 소식은 그야말로 오리무중이라고 했다. 땅으로 꺼진 것도 아니고 하늘로 날아간 것도 아닌데 도대체 무슨 일로 감쪽같이 사라졌는지 궁금하면서도 내심 불안했다.

동네 사람들이 밤이 되면 밖에 나가지도 못하고 벌벌 떨었다. 또 무슨 일이 일어날지 모른다는 생각에 야학당에 다니던 이들도 모두 그만두고 말았다. 졸지에 아들을 잃은 금례는 새벽부터 밤늦게까지 넋을 놓고 불러대며 온 고을을 헤매보지만 털끝만 한 단서 하나 찾을 수 없어 미친 사람이 다 되어가고 있었다. 울고 싶어도 눈물조차 다 말랐고 목소리까지 완전히 잠겨 있었다. 날이 갈수록 구구한 억측과 흉흉한 소문은 날로 확장일로를 거듭하더니 순식간에 고을 전체에 퍼졌다. 그 가운데에는 늘 민순이 자리 잡고 있었다. 그녀를 바라보는 마을 사람들의 눈초리 끝이 매섭게 돌아가고 있는 것이었다. 그때부터 중죄인이라도 되는 것처럼 밖에 나가고 싶지 않았다. 만나는 사람들마다 눈을 삐딱하게 하여 비아냥거렸다. 심지어 사악한 계집이라고 거세게 몰아붙이며 썩은 싹은 일찍 잘라야지 놔두면 두고두고 후환이 된다고 감정적이고 악의에 찬 모략까지 튀어나왔다. 더 이상 마을 사람들 입에 오르내리지 않기를 진심으로 바랄 뿐 별다른 방책도 떠오르지 않았다.

그녀도 야학당에 나갈 수 없었다. 집안 부엌데기 일에만 전념을 하며 혼자서 글공부를 했다. 저녁 설거지를 막 끝내고 방에 들어 글공부를 하려던 참이었다. 영주가 민순을 불렀다. 갑자기 가슴이 조마조마해지기 시작했다. 길동에 대한 소식이 알려졌는지 궁금하기도 하면서 불안함이 밀려들었다. 슬그머니 방문을 열고 반쯤 고개를 내밀었다.

방에는 이양할머니뿐 아니라 큰 아들 영주와 며느리까지 함께 있었다. 어제와는 달리 마치 떫은 땡감을 씹는 얼굴마냥 몹시 심각한 표정이었다.

"이리 앉그라."

"예. 할머니."

목소리가 예전 같지 않았다. 어딘진 모르게 돌덩이처럼 딱딱하게 굳어 있는 느낌이 들었다. 민순은 자기 때문이라는 생각에 몸 둘 바를 모르고 윗목에 쪼그리고 앉았다. 할머니는 숭늉 한 대접을 꿀떡꿀떡 마시며 목을 축이고는 입을 떼었다.

"이번 일에 민순이 니가 자유로울 순 없을 것 같다."

민순은 말뜻을 얼른 알아차리지 못하고 두 눈을 두리번거리며 서로의 눈치만 살폈다. 당황한 기색이 역력한 그녀를 바라본 영주가 입을 열었다.

"길동이는 일본으로 끌려가부렀단다."

목을 길게 늘어 빼고서 민순을 향해 허탈한 심정으로 말했다. 근심 띤 얼굴에 목소리도 풀기 없이 가라앉았다. 이양할머니의 어두운 안색에도 수심이 가득했다.

민순은 할 말이 없었다. 갑자기 피가 거꾸로 솟은 듯 명치가 꽉 막히며 정신이 아찔했다. 길동이 얼굴이 떠올랐다. 야학당에 앉아 글을 읽고 쓰고, 달빛 아래 우두커니 서서 뒷모습을 바라보다 천천히 돌아서던 그의 모습이 아른아른했다. 이유야 어쨌든 간에 죄책감을 떨칠 수 없어 가슴이 찢어질 것만 같았다. 눈물도 핑 돌았다.

"그때 말한 재범이라는 이가 순사 김치복 아들이람서야?"

민순은 대답도 못하고 고개만 끄덕인 채 허탈한 표정을 지었다. 눈물을 글썽거리며 슬픔을 감추지 못했다.

228

"울지 말어라. 운다고 간 놈이 오겠냐. 벌써 일본 땅에 가 있을 것인디."

마치 얼어 죽은 송장에 홑이불을 덮어주는 꼴이었다. 벌써 일본으로 떠났다는 말은 기가 찰 노릇이었다. 이양할머니는 아들을 향해 말을 이었다.

"본 사람도 없고 들은 이 하나 없는디 너는 어떻게 알아봤냐?"

이양할머니도 궁금함을 덮어두지 못하고 더듬듯 묻고 나섰다.

"죄인이라고 체포해서 밤에 끌어갔다고 허드랑께요."

"죄는 무슨 죄?"

"즈그 아들을 패났으니 가만 놔둘 리 있겠어요? 잘 걸려든 것이지라우. 요즘 순사들이 눈에 불을 켜고 있다드랑께요. 손톱만큼이라도 잘못이 있으면 솔개가 병아리 채가듯 한다드구만요. 몸이 건장하고 신분이 천하고 가난한 집안 젊은이라면 더 좋아한다구만요. 데려다 일을 시키기에 좋으니까 그러겠지라우. 길동이란 놈이 오직 허우대가 좋습니까? 그 장사 같은 힘으로 즈그 아들을 패났으니 잘 걸려든 것이지라우."

"죄를 지었으면 벌을 줄 일이지 왜 일본으로 보낸다냐?"

"그것이 벌이라고 하드람서요?"

"밤에 옹구지게를 짊어지고 간 사람을 어찌 알고 데려갔다냐?"

"이놈들이 비상하게 머리를 썼드구만요. 그날 저녁 거석리에서 옹구를 가져오라고 한 사람도 없었담서요. 일부러 주재소 직원을 거석리 사는 척해가지고 옹구를 가져오라 헌 것이랑께요. 곧이곧대로 믿고 거석리로 갔다가 순사들한테 끌려갔는 것 같습디다."

이양할머니는 마치 뱀처럼 혀를 날름거리며 치를 떨었다. 치가 떨리고도 남을 일이었다. 순사들의 덫에 걸린 줄도 모르고 한 푼이라도 벌기 위해 밤에 옹구지게를 짊어지고 갔으니 칼을 목에 차고 감옥으로 찾아간 짓이나 다름없는 일이었다.

"워매! 순사들도 사람을 그렇게 속인다냐?"

"남 모르게 데려갈려고 그랬겄지라우."

"일본에 끌려가도 돌아올 수 있다고 허드냐?"

"말은 이 년 있으면 온다고 합디다만 그놈들 말을 믿을 수가 있어야지요. 와봐야 오는개비다 허것지요."

"그렇겄제."

"그놈의 야학에 멋할라고 나가갖고 그런 일을 당했을그나. 그것도 팔자개비제."

그때 가만히 듣고 있던 며느리가 나섰다. 그녀는 두 번째 아이를 가져 만삭에 가까웠다. 꼭 바가지를 엎어 놓은 것 배가 불룩하여 몸을 굼닐기가 쉽지 않음에도 자리를 함께하고 있었다. 불룩한 배를 움켜쥐며 입을 열었다.

"워매! 그 경심이란 중매쟁이가 나서서 야학에 보내라고 했다던디요. 작년부터 민순이를 길동이한테 중매허겄고 날마다 쫓아다녔다요. 우리 집에 들어오기 전부터 그랬는갚습디다. 금례한테 중매구전으로 쌀 한 가마에다 몇 되만 더 얹으면 민순이를 며느리 만들어 줄 자신이 있다고 큰 소릴 치드란요. 마침 폰수가 쫓겨간 것을 보고는 그 자리를 길동이한테 매울라고 했든가 봐요. 길동이를 쑤석거려 폰수처럼 찝적거리라고 꼬드기드랍서요."

마치 고자질을 하듯 저간에 있었던 일을 털어놓았다. 그것은 뚜쟁이 경심을 향한 성토나 다름없었다. 민순이가 부엌데기로 들어온 뒤로부터 늘 민순을 칭찬해왔던 터였다. 혹시 이 일로 해서 민순이 집을 나가지 않을까 내심 불안기를 감추지 못했다.

"그래 놓고 나를 떠볼라고 했든개비다. 또 간나구 같은 짓을 했구나. 중매 좀 한다고 해서 이 집 저 집 말 물어내고 다닌 꼴 참말로 꼴 보기 싫은 짓이제."

이양댁은 휘움한 버들눈썹을 움칠거리며 푸념 섞인 넋두리를 쏟아 내었다. 솔직히 이양댁은 한동네 살면서도 경심이 하는 일이 마음에 들지 않았다. 넉살 좋고 입방정을 잘 떠는 그녀를 좋아할 리 없었다. 중매를 한답시고 온 동네를 꾸정거리고 다니기 때문이었다. 지난날에도 아침부터 찾아온 것이 수상쩍다 싶었는데 그런 모사를 꾸몄음에 분통을 참지 못하는 듯 혀를 찼다.

일본은 1938년 7월 7일 국민정신총동원운동(國民精神總動員運動)을 전개하여 조선인의 노동력을 동원하기 시작했다. 황국신민화(皇國臣民化)를 통한 내선일체(內鮮一體) 즉 조선과 일본은 하나라는 기만적인 정책을 바탕으로 거국일치(擧國一致), 견인지구(堅引持久), 진충보국(盡忠報國)이라는 슬로건을 내세워 조선인의 노동력을 착취했다. '일하지 않는 자는 황국신민이 아니다'라고 외쳐대며 물질이 있는 자는 물질로, 노동이 있는 자는 노동으로, 천황의 숭고한 정신에 기여해야 한다고 가르쳤다. 노동은 상품이 아니라 국가에 대한 충근(忠勤)이요 의무(義務)라고 규정했다. 이런 노동관으로 전쟁에 필요한 노동력을 자발적인 지원으로 보충해가려 했다. 하지만 조선에서의 자발적인 지원이 부족해지자 조직적으로 동원의 형태를 취했던 것이다. 조선인들이 일본으로 강제동원 되어 온 노동현장은 대부분 군수공장과 탄광에서의 석탄채굴 투입이었다. 계약기간은 이 년이었으나 대부분 강제적인 재계약으로 수년간 고국으로 돌아오지 못했던 것이다.

길동이 일본으로 끌려갔다는 사실은 민순에게 면도칼로 가슴을 갈기갈기 도려내는 것보다 더 아픈 사연이었다. 직접적으로 자기와 상관은 없다고 하지만 사람들의 원성이 하늘을 찌를 듯 커져만 가고 있었다. 길동의 모친 금례는 식음을 전폐하다시피 하여 주변 사람들의 마음을 안타깝게 해주고 있었다. 이양댁으로 향하던 마을 사람들의 역정의 눈길이 좀처럼 풀릴 기미가 보이지 않았다. 온후하고 자애로운 그녀의 인품에 작은 구멍이 난 것이나 다름없는 일이었다. 마을 사람들은 길동의 모친 금례에 대해 안타까운 눈길로 바라보면서 마치 민순이 일을 저지른 것처럼 눈초리를 비틀었다. 이양댁이 이를 모를 리 만무했다. 마음이 심란하여 고민에 빠지기 시작했다. 잘못도 없는 아이인데 마을 사람들의 입방아에 휘둘려 내보낼 수도 없고, 그렇다고 해서 남의 딸 때문에 이웃을 저버릴 수도 없는 노릇이었다. 마치 마음이 두 동강이 난 기분이었다. 민순도 어쩐지 할머니와 사이가 뜨악해지는 것만 같았다. 아무리 되작거려 생각해봐도 오래 버틸 수 없을 것만 같았다. 무엇보다 넋이 나간 사람처럼 아들을 불러대며 울먹이고 다니는 길동의 모친을 볼 때마다 자괴감이 앞섰다. 오직 아들 하나 믿고 스물두 살부터 수절한 그녀의 울부짖음은 눈 뜨고 볼 수 없었다. 처량하기를 뛰어넘어 처참할 지경이었다. 민순은 잠을 이루지 못하고 글공부에 정열을 불태웠다. 그렇지만 그녀의 마음은 이미 집을 떠나 있었다. 먹여주고 재워주며 글공부까지 하도록 해주신 분들에게 자신이 누가 되는 기분이었다.

7
꿈에 그린 소리책

하지가 가까워 날짜는 바쁜 농사철로 달려가고 있었다. 이때가 되면 아이들도 한몫을 해야 할 정도로 바쁜 철이었다. 바쁜 때에 차마 집을 나서겠다는 말을 입에 담을 수 없었다.

농번기가 지나가기만을 기다리고 있었다. 그래도 미리 말씀을 드려놓은 것이 예의라 싶어 휘영청 밝은 달밤 이양할머니 방문을 두드렸다. 방에 불은 꺼져 있어도 주무시지 않았다.

"할머니! 저 민순이어요."

"민순이라고? 그래 안으로 들어오니라."

촛불을 켠 뒤 방문을 열어주었다. 늦은 밤인데도 찾아온 까닭이 심상치 않다는 판단에서인지 할머니의 눈빛은 의구심에 차 있었다.

"그래 이 밤에 잠도 안자고 어쩐 일이냐?"

"괜히 마음고생을 시켜드려 무슨 말씀을 드려야할지 모르겠어요. 할머니."

"니 잘못이 뭐가 있냐? 아무것도 없제."

"아니어요. 글공부한다고 다니다 이렇게 된 것이지라우."

"장마가 무섭다고 호박을 안 심어서야 쓴다냐? 글 배우는 것보다 더 좋은 일이 어디 있겄냐. 참 잘한 일이었제."

"폰수도 그렇고 길동이도 저 때문에 끌려갔다고 생각하니……."

민순은 말을 하다 말고 울컥 눈물을 쏟아내었다. 고개를 숙인 채 숨을 몰아쉬며 말을 잇지 못했다.

이양할머니는 방긋한 웃음을 지으며 삼키는 여유를 부리고 나서 두둔까지 하고 나섰다.

"니 잘못 없다니까! 니 탓이라고 한다면 이쁜 얼굴 때문이다. 니가 이쁭게 오뉴월 된장에 쉬파리 끼듯 사내놈들이 모여든 것이다. 너무 염려할 것 없다."

민순은 울음을 멈추고 할머니 얼굴을 쳐다보았다. 친할머니와 살아가면서 단 한 번도 들어보지 못했던 말이었다. 예쁘다고 하실 때도 많았다. 그러나 그것은 늘 엄마를 비하할 때 한 말이었다. "내 아들 닮아서 예쁘제 느그 엄마 닮았으면 못났을 것이다."라고 비아냥거렸다. 이양할머니는 베개 속에서 손수건을 꺼내 그녀의 볼을 다독다독 쓸어주며 안안한 웃음을 지어주었다.

"울지 마라. 내가 니 속 다 안다. 남의집살이 함서 두 번이나 그런 꼴을 당했으니 얼매나 가슴이 아팠겄냐?"

탱글탱글 덕성이 넘치는 목소리가 흘러나왔다. 텅 비어 버린 마음을 덕으로 채워주는 것 같았다. 뭐라고 말씀드려야할지 몰라 연신 눈물만 나왔다.

"울지 말라니까. 내가 너한테 탓을 하지 않는디 왜 울어?"

하지만 눈물이 멈추지 않았다. 슬픔이 눈물에 씻겨 흘러내려오는 것 같았다. 감사함이 여울지어 눈물이 되어 솟구치는 것 같았다. 할머니는 다시 부드럽고 여유로운 웃음을 지으며 말부리를 따고 나섰다.

"너도 여자 나이 열여섯이면 남자를 만난다고 해도 싫다고 할 때는 아니제. 시집이라도 가고 싶냐?"

"아니어요. 할머니."

"나도 열일곱 살 되자마자 시집왔응께 지금 니 나이와 비교하면 난쟁이들 키 자랑하는 꼴이지 않겠냐? 길동이가 널 그렇게 좋아했다는디 소용없는 일이 되었구나. 비록 천하다고 해도 그놈은 괜찮은 놈이었다. 재물도 모아놓고 심성도 곧고. 여자 하나 들어가면 복 받을 것인디 놓친 것 같다. 빨리 돌아오면 내가 나서서라도 너와 짝을 맺어주고 싶단말이다."

"아니어요. 할머니. 저는 할 일이 있당께라우."

이양할머니는 일어서서 밤참으로 준비해놓은 삶은 계란 두 개를 꺼내었다. 하나를 문갑 모서리에 부딪혀 껍질을 벗겨 건네주며 미심쩍은 눈초리로 물었다.

"자꾸 할 일이 있다고 하는디 그것이 멋이냐?"

아무래도 달갑잖게 받아줄 것이라는 심사에 얼른 입이 열리지 않았다. 민순은 할머니의 눈치를 살폈다. 잠시 뜸을 들이고 나서 정색을 하고 보따리를 풀었다.

"할머니. 저는 소리를 배워 명창이 될라고 집을 나왔구만요."

대답은 했으면서도 뚱딴지같은 것이어서 어리벙벙한 표정을 지었다. 쑥스럽기도 하고 창피하기도 해서 순간 낯이 후끈거렸다. 할머니는 의외라 생각되는지 별로 탐탁지 않은 표정을 짓다가 의아쩍은 눈초리로 놀란 기색을 보였다. 민순은 당연하다고 생각했다. 살아간 풍채로 보아 소리에 관심은 없어 보였다.

"뭐? 소리를 배운다고?"

"예. 할머니."

"천한 짓인 줄 알면서도 할라고 그래?"

"예."

"거 참 알 수가 없구나. 뭣 땜새 그런지는 모르겠다만 소리를 배우기란 쉽지도 않을뿐더러 천한 사람들이나 하는 짓이잖냐?"

"그래도 저는 해야 한당께요."

할머니는 눈알을 뛰룩거리며 몹시 의심스러운 눈초리로 쳐다보았다.

"꼭 해야 할 사연이라도 있느냐?"

"예. 할머니."

"그럼 느그 어매가 당골이라고 허드니만 맞는갚구나."

"아니어라우. 할머니."

"그럼 왜 할라고 허냐? 너 같이 이쁜 얼굴로 왜 천한 짓을 골라서 헐라고 허냐? 울고 싶다고 뺨 맞으로 간 사람하고 똑같은 꼴이제."

민순은 순간 표정이 침울하게 가라앉았다. 돌아가신 엄마 생각에 눈물이 핑 돌았다. 그녀는 기어코 울음을 터뜨리며 북받치는 서러움을 털어놓기 시작했다.

"아니어라우. 우리 엄마는 당골이 아니어라. 돌아가셨어요."

"아직은 젊었을 것인디 돌아가셨단 말이냐?"

"예."

"왜 그리 일찍 돌아가셨느냐? 말 못할 일이라도 있느냐?"

"소리를 하려다 뜻을 이루지 못한 채 한이 되어 돌아가셨구만이라우."

"멋이라 소리를 하다 돌아가셨어?"

"예."

"무슨 사연이었기에 사람이 죽었단 말이냐?"

236

민순은 지난 기억들이 담긴 머릿속에 실타래를 풀기 시작했다. 한 많은 사연을 더듬기 시작했다. 일본 도쿠후쿠 대학 법학부를 졸업한 아빠께서 과거 시험을 위해 한양으로 가신 내용, 한양에서 유학 동창생과 눈이 맞아 고향을 등진 사연, 남편에게 버림받은 채 외롭게 살아간 엄마한테 가혹한 시집살이를 시킨 할머니의 표독함, 삶의 방향을 잃고 방황하는 사이 소리를 배워 명창이 되겠다는 엄마의 의지마저 용납하지 않아 결국 물에 빠져 세상을 등진 사연을 조목조목 털어놓았다.

이양할머니의 얼굴이 슬픔에 잠겨드는 것 같았다. 인정에 약해보이는 할머니 표정에 슬픔이 내려앉기 시작했다. 골이 깊어지는 이마에 버들눈썹이 꿈틀거리고, 게슴츠레하게 뜬 눈언저리에 이슬 같은 물방울이 맺혔다. 긴 한숨을 들이 삼키며 얼굴마저 백지장처럼 창백해졌다. 혀를 쩝쩝 차가며 막힌 가슴을 뚫고자 하얀 백사기 컵 물을 홀짝홀짝 마셨다.

"느그 아버지가 일본 유학을 나왔어?"

"예, 일본 도쿠후쿠 법학부라고 들었어라우."

"세상천지 그런 사람이 어디에 있겄냐? 최고로 배웠다고 헌 사람이……. 배웠으면 배운 값을 해사제. 그런대도 시어머니가 못살게 굴었는 개비구나."

이양할머니는 동정의 시선으로 그녀의 청순한 눈을 똑바로 바라보았다. 시집살이란 말에 원망스러운 듯 볼을 썰룩거리며 격앙된 소리를 질렀다.

"그래서 소리를 할라고 하는구나. 엄마가 못한 것이 한이 되어서 그러냐?"

"예, 할머니."

"오죽 가슴에 맺혔으면 그러겄느냐마는 느그 아버지한테 찾아가야제."

"저는 아버지 얼굴도 모른당께라우. 세상 태어나서 두 번밖에 못봤어요. 그것도 어렸을 때 봐서 기억이 안나요."

"그렇다고 자기가 뿌린 자식인디 모른 척이야 하겠냐? 그것이 옳은 길이제."

"아버지한테는 절대로 안 갈거께구만요."

"그러면 어디로 가서 소리를 배울라고 허냐?"

"보성으로 가고 싶어요."

"소리를 가르치는 사람이라도 있어?"

"예."

이양할머니는 고개를 끄덕이고 있었다.

"할머니 글공부를 할 수 있도록 해주셔서 정말 고맙구만요."

"내가 가르친 것도 아니고 니가 배우고자 헌 것인디 뭘 고맙기까지 하겠냐?"

"아니어라우. 이제 소리 책만 구하면 쉽게 할 것 같당께요."

"소리책?"

"예. 아직까지 보지는 못했어요."

"그것은 어디다 쓰는 것인데?"

"소리를 할라면 책에 나온 내용을 외워야 한다드만요."

"그러겄제. 어디 가서 산다고 허든?"

"명창께서 가르치신 곳에 가면 구할 수 있다고 하든디요."

"옛날에는 우리 능주에도 이름난 명창이 계시기는 했다마는 지금은 모르제."

"할머니 거기가 어딘가요?"

"왜! 찾아가보기라도 허고 싶으냐?"

민순은 잠자코 고개만 끄덕였다.

어느덧 할머니와 이야기를 나누다 보니 보름달이 중천까지 떠올라 초여름 밤을 훤하게 비춰주고 있었다. 민순은 할머니 방을 나왔다. 오 갈 데 없는 신세지만 허심탄회하게 털어놓으니 그래도 마음만은 후련 했다. 방으로 돌아온 민순은 마음이 새벽이슬처럼 약해지면서 울컥 엄마가 보고 싶었다. 닭 똥 같은 눈물을 뚝뚝 흘리며 두 손을 한데 모 아 엄마를 불렀다. 엄마의 영혼과 함께한다면 못할 것이 없을 것이라 는 신념은 버리지 않았다.

…… 바쁜 농번기임에도 아침부터 이양댁이 바쁘게 움직이기 시작 했다. 하얀 모시치마저고리를 곱게 차려입고 오랜만에 손가방을 든 채 행색을 갖췄다. 모내기가 절정을 이룬 하지라서 연중 가장 바쁜 철 이었다. 이 지역의 모내기는 하지 전 삼 일에서 후 삼 일이 적기라고 했다. 연중 보리수확과 모내기는 겹쳐졌다. 농부들은 두 가지 일을 한 꺼번에 하느라 눈코 뜰 새 없이 바빴다. 아직 보리를 베지 못한 논에서 는 보리 베기가 한창이고 그 옆에서는 쟁기질에 써레질로 누렁이 소 들이 진땀을 흘리고 있었다. 저 멀리 연주산에서는 뻐꾸기가 산울림 을 토해내고 들녘에서는 뜸부기가 장단을 맞추고 있었다. 시냇물은 콸콸 거리며 노래하고 온 산천이 푸른 물감을 부어놓은 듯 싱싱함 그 대로였다.

아침나절부터 뜨거운 햇볕이 뜨겁게 내리쬐었다. 이양댁이 태극부 채로 햇볕을 가려가며 신작로로 나아갔다. 꾸민 맵시에 비해 얼굴 표 정이 밝지 못했다. 어딘지 모르게 어두운 구석이 내려앉아 있었다. 그 것은 민순에 대한 난무했던 억측과 흉흉한 소문이 가라앉지 않았기 때문이었다. 언제나 상냥한 웃음기가 감돌던 얼굴은 어디로 가고 두려움에 질린 사람처럼 바들거렸다. 들판에 널린 사람들과 마주쳐도 굼슬겁고 여유로운 성품은 그 어디에서도 찾아볼 수 없었다. 곁을 따라가는 민순의 표정은 한층 더한 느낌이었다. 그동안 뼈를 저리게 하는 좌절과 시련의 상처 탓인지 얼굴에 수심의 그늘이 짙게 드리워졌다. 일부러 사람들을 피하려는 초조한 눈빛이 역력했다. 얼굴색이 창백해지다 못해 흙빛이 되어 수척해 보였다.

"민순아 아무리 봐도 니가 떠나야 쓸랑갑다."

이양할머니가 고개를 가로로 저어가며 나지막한 목소리로 말했다. 목소리에는 원망기가 찐득하게 배어 있었다.

"솔직히 너를 수양딸처럼 데리고 있고 싶었는디 시운(時運)이 안 따라준 것을 어쩔 것이냐. 니가 무슨 잘못이 있냐? 내가 봐서는 손톱만치도 허물은 없어. 그런디도 사람들은 니가 우리 동네 들어온 뒤로 인심이 뒤숭숭해졌다고 헌단다. 어린 너를 보고 사람탈을 쓴 구미호니, 백여수라고 한담서야. 동네 총각놈들마다 찾아가 니가 뽀짝거렸다고. 언젠가는 다 홀기고 말 것이라고 험담을 하드란다. 길동이가 끌려간 것은 너 때문이라고 경심이가 외치고 다닌단 말이다. 기가 찰 일이지만 그렇다고 그년의 입을 솜으로 틀어막을 수도 없고 듣고만 있을 수도 없으니 속이 상해 죽겠다. 똥이 무서워서 치겠냐? 더러워서 치는 것이제. 그러니 니 뜻대로 해라. 어디로 가더라도 잊지 말고 오가며 살았으면 좋겠다. 내가 살아있는 동안에는 친정이라고 여기고 찾아오도록 해라."

민순은 온몸이 갈래갈래 찢겨져 나가는 기분이었다. 무성하게 피어나다 일순간 예리한 낫에 싹둑 잘려진 풀포기가 된 것처럼 마음이 처량하고 구슬펐다. 길가에 뱀 굴이라도 있으면 들어가고 싶은 게 솔직한 심정이었다. 갑자기 심장이 두근거리고 얼굴조차 후끈거리기 시작했다. 나무토막 쓰러지듯 앞으로 고꾸라질 것 같은 기분으로 입을 열었다.

"할머니. 괜히 지가 들어와서 애먼 소리를 듣게 해드려 몸 둘 바를 모르겠어요."

"아니다. 사람이 만날 때보다 헤어질 때 더 좋아야 하는 것인디, 그렇지를 못해 서운해서 그런다. 그래서 오늘만은 만사를 제쳐놓고 너를 도와주고 싶단 말이다. 아무래도 너 혼자 가는 것을 보고는 마음이 놓이지 않을 것 같아서 따라 나섰다."

"할머니, 고마워요. 이 은혜를 어떻게 갚을지 모르겠어요."

"아니다. 니가 하고 싶은 일을 할 수 있으면 그것으로 족하다. 꼭 이루도록 해라. 그래서 나라에 제일가는 명창이 되었으면 얼매나 좋겄냐. 지성이면 감천이라고 했응께 하늘만 믿고 열심히 해보거라."

"예. 할머니."

민순은 이양할머니의 고마움에 얼굴조차 들 수 없었다. 눈물을 흘리며 꼭 뜻을 이루겠다고 속다짐도 했다. 혼자 찾아간다고 생각했을 때 혹시 순사라도 만날까 싶어 가슴이 두근두근 떨려 잠도 제대로 이루지 못했던 것인데 꿈에서 엄마를 만난 기분이었다.

이양댁은 민순을 데리고 시간에 쫓기는 듯 반달음질로 굽은 들길로 내달렸다. 치맛자락이 펄럭이도록 종종걸음을 놓았다. 어느새 능주역에는 사람들로 붐비기 시작했다. 벌써부터 플랫폼으로 사람들이 나가는 모습이 눈에 띄었다. 저 멀리 춘양역을 출발했는지 상행선 기차소리가 들려오는 것 같았다. '칙칙폭폭 칙칙폭폭 뙤앳 뙤앳'거리는 소리가 연신 가까이 들려오고 있었다.

대합실로 들어선 이양댁은 효천행 기차표 두 장을 사들었다. 대합실에는 사람들로 붐볐고 계속해서 들어오고 있었다. 농번기임에도 불구하고 물건을 팔러 가는 아줌마들이 많이 띄었다. 다라이에는 각종 채소가 대부분이었다. 능주에서 많이 나는 농익은 복숭아는 때깔부터 먹음직스러웠다. 나무궤짝에 담아 짊어진 사람도 있고 다라이에 담아 이고 가는 이도 있었다. 개찰구로 나아가자 역 직원이 개찰가위로 찰각 차표 가장 자리에 둥근 홈을 내주었다. 천천히 플랫폼으로 걸어가니 새까만 숯검정을 둘러쓴 검둥이 기차가 누르스름한 연기를 내뿜으며 들어오고 있었다. 칙칙폭폭 거리며 미끄러질 듯 역구내로 다가온 기차는 허연 수증기를 땅바닥에 쫙 깔고서 속도를 줄이더니 덜커덩 소리를 내고서 슬금슬금 멈췄다. 기차에서 내린 사람은 거의 없었다. 회색 제복에 빨간 완장을 두른 차장이 내렸다. 이어 기다리던 사람들이 우하니 차에 올랐다. 짐짝을 이고 지고 오르느라 북새통을 이루며 야단법석이었다. 기차 마룻바닥에 대야를 끄집는 소리가 소름이 끼치도록 자그러웠다. 이어 승객이 다 올라타자 차장은 초록색 깃발을 들어 흔들었다. 기차가 미끄러지듯 요동을 쳤다. 이내 치이익칙포오옥 폭 치이익칙포오옥폭 보대낀 소리를 내지르며 움직이기 시작했다. 마치 지렁이처럼 느릿느릿 꿈틀거리다가 역내를 빠져나갔다. 기차 안은 사람 반 짐 반이었다. 의자에는 사람들이 앉아 있고 바닥에는 짐으로 가득 채워놓았다. 비린 냄새가 코를 찔러대었다.

이양댁은 창가에 자리를 잡고 있었다. 그 곁에는 민순이 서있었다. 그녀가 가는 곳은 광산군 효천면 속골이었다. 바쁜 중에도 민순의 소망을 들어주기 위해 길을 나섰던 것이었다. 그동안 데리고 있었던 정(情)를 생각하면 가만히 있을 수 없었다.

소리책을 구하는 것이 그녀의 소원이라는 말을 듣고 직접 구해주고자 길을 나섰던 것이다. 어린 것이 꿈을 잃지 않은 것이 기특하고 가련해서 도와주고 싶었다. 야학을 다니며 밤늦게까지 글공부를 한 것이 참으로 가련하기 짝이 없었다. 혼자 보내고 싶었지만 세상인심이 흉흉한 탓에 그럴 수 없었다. 꼭 명창이 되길 바라는 마음에서 속골을 생각해냈다. 그것은 어렸을 때의 추억이 설핏 떠올랐기 때문이다.

아직도 기억 속의 한구석을 차지하는, 잊을 수 없는 일이었다. 그녀 나이 열다섯, 시집오기 이태 전 어느 따스한 봄날이었다. 화순군 이양면 사람들의 마음을 설레게 하면서도 사로잡는 소식이 날아들었다. 그것은 당대의 명창이 이양에 온다는 와자한 소문이었다. 그 사람이 김채만 명창이었다. 그는 당대의 최고로 걸출한 명창이라고 했다. 특히 이웃에 있는 능주에서 태어난 고향 사람이어서 각별한 관심을 끌고 있었다. 유명한 명창들의 소리를 들어볼 기회가 거의 없던 고장사람들에게 소리를 체험하는 데에 아주 좋은 기회일 수밖에 없었다. 드디어 기다리던 날 장마당은 오전부터 청중으로 입추의 여지가 없었다.

가득 찬 군중 사이를 뚫고 하얀 도포에 갓을 쓰고 손에 부채를 든 중년남자가 무대 위로 올라왔다. 그 곁에는 고수라고 하는 또 다른 사람이 함께하고 있었다. 헌칠한 키에 늠름하게 생긴 풍채에서 귀공자다운 면모를 풍기고 있었다. 사람들은 우레와 같은 박수를 보냈다. 먼저 단가를 하나 꺼내들었다. 그것은 호남가였다.

……함평(咸平) 천지 늙은 몸이 광주(光州) 고향 바라보니 제주(濟州) 어선 비러타고 해남(海南)의로 건너올 제 흥양(興陽)의 돋은 해는 보성(寶城)에 비쳐 있고 고산(高山)에 아침 안개 영광(靈光)에 둘러 있고 태인(泰仁)하신 우리 성군 영학을 장흥(長興)하니 삼태육경은 순천심(順天心)이요 방백 수령은 진안민(鎭安民)이라 인심은 함열(咸悅)이요,

……이하 생략

춤을 추듯 노래를 부르는 솜씨는 과연 그 어느 누구한테도 견줄 수 없는 명창 중 명창이었다. 함께 있는 고수는 북장단만 치는 것이 아니었다. 명창을 바라보면서 "얼씨구" "좋다" "아먼" "그렇고말고" "잘헌다" 등으로 흥을 북돋워주었다. 구경꾼들도 고수와 같이 추임새를 토해내었다. 창자에게 힘을 보태주고 청중과 하나가 되어갔다. 그때 들은 바에 의하면 김채만 명창은 능주에서 태어나 광산 속골로 이사를 하였고 그곳에서 이날치 명창에게 소리를 배웠다고 했다. 그때의 기억을 잊지 않고 더듬어가며 민순이를 데리고 기차에 오른 것이었다.

능주역을 빠져나간 기차는 화순을 지나 남평을 향해 달려갔다. 차창 밖으로 빨랫줄 같은 시선을 쏟고 있는 이양댁 눈길에 아스라이 무등산이 까무잡잡하게 비춰졌다. 너덜경이 비석을 세워놓은 것처럼 솟구쳐 장관을 이루는 무등산은 무덤같이 생겼다고 해서 무덤산, 독구뎅이가 많아 무돌산이라고도 하다가 무등산이라 불리고 있었다. 기차는 남평역을 지나 송광산을 오른편에 끼고 돌아들어 효천으로 달려가고 있었다. 차창에 비치는 곳마다 들판에는 모내는 굿이었다. 옹기종기 모여앉아 못밥을 먹는 풍경이 스쳐지나가고 연자주색 꽃이 만발한 자운영 밭도 지나갔다. 냇둑에선 하얀 염소가 꼬리를 흔들어대며 한가로이 풀을 뜯는 모습도 보였다. 다음 역이 효천이라는 글자를 알아본 민순은 마음이 설레기 시작했다. 할아버지께서 그리고 학동영감께서 젊었을 때 소리 공부를 하셨다는 곳을 찾아간다는 생각에 감개무량함을 금할 길 없었다. 그러면서도 꼭 소리책을 구할 수 있도록 해달라고 마음속으로 빌었다. 기차는 한낮 뜨거운 햇볕도 아랑곳하지 않고 칙칙폭폭 철길을 내달렸다. 산모롱이를 돌고 또 돌아 거침없이 바퀴를 굴렀다. 이윽고 기차가 효천역 구내로 들어섰다. 이양댁은 나무의자에 몸을 움츠리며 앉아 있다가 홀가분하다는 심정으로 자리를 털

244

고 일어섰다.

효천에서 내리는 사람은 거의 없었다. 문을 열고 밖으로 나오자 차를 기다리는 사람들이 버글버글했다. 개찰구를 빠져나온 이양댁은 역마당으로 나갔다. 이양댁은 지체 없이 나이 지긋한 노인을 붙들고 길을 물었다. 노인은 삐쭉 마른 얼굴에 탑소록한 하얀 수염만이 입가를 덮고 있었다.

"저, 말씀 좀 물어볼께라우?"

노인은 바쁜 걸음을 멈춰선 채 고개를 외틀어 힐끔 쳐다보았다.

"혹시 여기 속골이라는 곳이 어딘지 아능가요?"

"속골이요?"

"예. 옛날부터 소리 창을 하던 곳이요."

"소리창이라고 했소?"

"예. 김채만 명창이 가르쳤다고 헌디 말이요."

노인은 골똘히 생각에 잠기다가 밝은 표정을 지으며 입 웃음을 쳤다.

"아하! 알것소. 구암리! 헌디 지금은 소리가 멈췄는디라우. 그만둔지 오래되었당께요."

"그래요? 거그를 갈라면 어느 쪽으로 가는가요?"

노인은 지팡이를 들어 저 멀리 산모롱이를 가리키면서 입을 열었다.

"저 산모퉁이로 돌아가야 됭께 거그 가서 또 물어보싯시오. 쬐끔만 가면 되어라우."

"참말로 감사하구만이라우."

이양댁은 허리를 굽실하며 고마움을 표하고 바삐 산모롱이를 향해 발길을 돌렸다. 왼쪽으론 높지 않은 산이 이어졌고 오른쪽 에는 넓은 들판이었다. 어깨춤이 절로 덩실거려지는 상사소리 가락에 맞춰 들판은 푸른 옷으로 바꿔 입고 있었다. 신작로 길은 산자락을 따라 꾸불꾸불 휘돌다 내리막길로 돌아내리는가 싶더니 어느새 오르막으로 이어졌다. 산자락을 돌아들면 또 다른 산자락이 보이고 그 밑에는 마치 꼬막껍질을 엎어놓은 초가집들이 옹기종기 모여 있었다. 길켠에 피어나는 잡초가 수북수북 우거져 싱그러운 내음을 뿜어내고, 저 멀리 산마루에서 뻐꾸기소리는 산울림이 되어 긴 여운을 남기다 천천히 잦아들었다. 오랫동안 비가 내리지 않은 탓인지 길바닥에선 먼지가 자욱하게 일어났다. 길에는 쟁기를 짊어지고 소를 몰고 가는 사람도 오가고, 모를 쪄서 짊어지고 가는 사람도 보였다, 보리를 베어 짊어지고 가는 이도 있었다. 이양댁이 다시 길을 물으러 지게를 짊어지고 가는 남자에게 다가갔다. 중년의 남자는 팥죽 같은 땀을 흘려가며 보릿단을 지고 있었다.

"이쪽으로 가면 구암리가 맞능가요?"

이양댁이 뜨거운 햇볕을 부채로 가리며 물었다.

남자는 지고 있던 지게를 얼른 길가에 받친 뒤 작대기로 괴었다. 그리고 돌아서서 목 줄기에 흐르는 땀을 소매 자락으로 쓸어가며 이양댁을 바라보았다. 온몸에 땀이 배어들어 짧은 삼베 바지저고리가 질퍼덕한 것 같았다.

"구암리는 왜 찾으시요?"

남자는 서글서글한 웃음을 머금으며 몹시 상냥한 어조로 물었다.

"예. 옛날 소리를 배운 곳이 있다고 해서 알아보고 싶어 왔구만이라우."

"예? 소리라고 했소?"

"예."

"소리라고 허면 어느 적 시절인디 찾는단 말이요?"

246

그는 눈을 힐금거리며 좀 뜻밖이라는 표정을 지었다.

"지금은 멈춘 줄 알고 있구만이라우. 옛날에 했던 마을을 찾아가는 중이구만요."

"소리 때문에 간 것이 아니고 그 마을을 찾아간다 그말씀이지라우?"

"아니요."

"예? 그럼 옛날 소리꾼을 찾아가는 것이요?"

"예."

"지금은 아무도 없을 것인디."

"혹시 소리책을 구할 수 있을까 싶어 와봤구만이라우."

"소리책이요?"

"예."

"누가 소리를 헐라고 허요?"

남자는 이양댁을 유심히 훑어보며 의심의 눈초리를 세웠다.

"노인께서 소리를 해왔소?"

이양댁이 뺑시레 웃으며 고개를 흔들었다.

"옛날 소리꾼이 많이 드나들 때는 굴러다니기도 하드구만 요새는 잘 안 보입디다. 그래도 가서 물어보싯시오. 찾아보면 어딘가는 있것 지라우."

그는 다시 지게를 짊어지고 서서 작대기로 구암리 마을을 가리켜주 었다.

"고맙소."

"예. 잘 살펴서 가싯시오."

이양댁이 고맙다는 말을 잊지 않았다. 남자도 지게를 짊어진 채 뒤를 돌아보면서 작대기를 까불거려 응수를 해주었다.

다시 널따란 길을 따라 걷기 시작했다. 이양할머니는 부채를 부치

다가 햇볕을 가리기도 하며 더위를 피하려 무진 애를 썼다. 그래도 등
짝에 땀이 후줄근히 배어들기 시작했다. 민순은 할머니 앞에서 더운
시늉조차도 할 수 없었다. 길가에는 햇볕을 가려줄 만한 그늘 하나 없
었다. 간혹 냇물을 훑고 불어오는 들바람이 더위를 식혀주었다. 하늘
에도 햇볕을 가려줄 떠돌이 구름조각 하나 보이지 않았다. 찌는 더위
속에 헐떡거리며 한동안 걷다 보니 구암 마을이 눈길 안으로 들어왔
다. 이양댁이 부채로 햇빛 가림을 해가며 마을을 바라보았다. 산자락
이 보듬고 있는 구암 마을은 초가집들이 양지바른 언덕을 베고 촘촘
히 박혀있었다. 높지도 않은 산 밑에 아담하고 정겨운 시골마을 그대
로였다. 크고 작은 초가집들이 옹기종기 모여 커다란 마을을 이루고
있는 사이 외따로 고즈넉한 기와집도 서너 채 함께 있었다. 휘움한 산
자락 길을 돌아 마을로 앞에 이르렀다. 마을 앞 동구에는 아름드리 노
송들이 휘어 굽은 채 서로 어깨를 맞잡고 하늘을 가려주었다. 정자나
무 밑은 마치 딴 세상 같은 시원함을 주었다. 마을회관으로 보이는 사
거리로 접어들었다. 그때 나이 들어 보이는 아낙이 머리에 똬리를 얹
고 광주리를 인 채 다가오고 있었다. 새참을 내다주고 오는지 몰라도
광주리엔 빈 그릇이 보였고, 손에는 빈 양은주전자가 들려있었다. 이
양할머니가 곧장 아낙 앞으로 다가갔다. "말 좀 물어봅시다." 하고 말
을 걸었다.

　가다 말고 옆으로 돌아다본 여자는 다리가 뒤틀린 듯 뒤뚱하다가
얼떨떨해하는 자세를 취했다. 농사일로 정신없이 바쁜 눈치였다. 짧
은 몸빼에 적삼을 입었고 적삼 밑으로 탱탱 불은 젖무덤이 튀어져 나
와 뭉뚱그려졌고 진한 갈색 젖꼭지가 은근히 고개를 내밀었다. 이마
에 흐르는 땀을 손바닥으로 연신 훔치면서 이양댁의 옷매무새를 쭉
훑어보았다. 예사롭지 않게 고운 단장에 놀란 기색이었다.

"혹시 이 마을에 소리를 가르쳤다는 곳이 있능가요?"

이양댁이 먼저 말문을 열었다. 여인은 까끄름한 눈초리를 지었다. 이어 살갑지 못하게 무뚝뚝한 얼굴로 눈치만 살피다가 말했다.

"옛날에는 있었는디 폴세 다 떠나고 없는디요."

"아, 그래요."

수긍이 간다는 듯 고개를 끄덕이고서 다시 쳐다보며 물었다.

"그때 배웠던 사람이 한 사람도 없능가요?"

"살기는 사는디 왜 그러시요?"

별로 정붙일 일도 없다는 듯 샐쭉한 표정으로 되물었다.

"아니요. 멋 좀 알아볼 것이 있어서라우. 혹시 그 집이 어디인가요?"

아낙은 주전자를 든 손을 높이 들어 가리켰다. 턱을 앞으로 쭉 밀어내며 저 멀리 외딴 기와집을 가리켰다. 이양댁이 미심쩍어 다시 물었다.

"저기 저 기와집 말잉가요?"

"아니어라. 소리꾼이 그런 집에 살겄소. 말도 안 되지라우. 저기 저 기와집을 돌아들면 외따로 황토담집이 보인당께요. 그 집이어라우. 요새는 바쁠 때라서 사람이 집에 있을랑가 싶소마는, 아마 노인 혼자서 집을 보고 계실 것이요."

"연세가 많으신가 보네요?"

"환갑이 한참 넘었웅께 많은 편이지라우. 그래도 집안일은 잘하신당께요."

이양댁을 고개를 까딱까딱거리고서 기와집 쪽을 바라보았다.

"그 노인네가 소리를 했능가요?"

"그러믄이라우. 지금은 늙어서 그러제 옛날에는 유명한 소리꾼이었당께요."

"젊어서 소리를 배웠능개비네요."

"그렇당께요. 이곳은 옛날에 유명한 명창들이 소리를 가르치던 곳이었어라우."

안도의 한숨을 내쉰 이양댁이 고개를 끄덕이며 알았다는 시늉을 했다.

"고맙소."

"고맙기는요? 근디 무슨 일이라도 있어서 찾아오셨능가요?"

"다른 것은 아니고 혹시 소리책 좀 구할 수 있을까 해서 왔당께요."

"그것을 어다다 쓸라고 그러시오? 예전에는 굴러댕기는 것이 책이었는디 지금은 모르지라잉. 그래도 찾아보면 한두 권이야 없겠소. 그 노인한테 가서 물어보싯시오."

"고맙소. 바쁜디 붙들고 시간을 뺏어서 미안하구만이라우."

"아니어라우. 볼일 보고 살펴 가싯시오."

아낙은 마을을 향해 뒤뚱 걸음을 걸었다.

"예."

이양댁은 잘 알았다는 듯 발걸음을 돌렸다.

"자, 가자."

민순에게 발걸음을 재촉한 이양할머니는 기와집으로 향했다. 한낮이 가까워지자 뙤약볕이 맞바로 쏟아지는 것처럼 내리쬐었다. 땅바닥이 뜨거운 햇볕에 달궈졌는지 후끈한 열기를 뿜어내는 것 같았다. 몸은 지쳐들면서 다리에 힘이 점점 빠져들기 시작했다. 우마차 정도 다닐 수 있는 마을길은 곧게 잘 단장되어 있었다. 이윽고 기와집이 있는 마을 어귀에 다다랐다. 기와집을 두고 오른쪽으로 돌아드니 산자락을 따라 구불텅구불텅 산굽이가 나타났다. 외딴집으로 가는 길은 어느새 좁아들었고 사람 발걸음이 많지 않은 것 같았다. 빗물에 흙은 씻겨가고 우둘투둘 너덜겅 길이 나타났다. 질경이가 넓은 잎사귀로 온 길바닥을 가린 채 주먹 같은 돌들이 길바닥을 덮고 있었다. 잠시 한 굽이를 돌아드니 저 멀리 안고랑에 초가집이 눈에 들어왔다. 집 뒤로는 야트막한 산이면서도 산새는 곱지는 않았다. 형형색색 바위들이 중첩되어 묘한 형상을 그려내고 있었다. 황토담집 앞에 이르렀다. 사립문이라고 할 수도 없는 겨릅대를 엮어 발과 같은 문이었다. 이양할머니가 대문 앞에서 집 안을 기웃기웃 들여다보다가 안으로 들면서 인기척부터 내었다.

"주인 계신가요?"

서너 번 연거푸 사람을 불러보지만 기척이 없었다. 이양댁이 민순을 향해 고개를 끄떡이며 말했다.

"니가 큰 소리로 한번 불러봐라."

민순이 목에 힘을 주어 주인을 불렀다

"아무도 안 계신가요? 주인어른!"

목이 째질 듯 큰 소리를 내 뿜었다. 그때서야 뒷마당 쪽에서 마치 허리가 고사리처럼 구부정한 노인이 소매를 휘적거리며 걸어왔다. 이빨이 죄다 빠졌는지 입술이 입속으로 파고든 사람처럼 합죽했다. 얼굴은 호두처럼 깊은 골 주름투성이였고, 머리는 완전 백발이었다. 뼈에 가죽을 씌워놓은 것처럼 피골도 상접이 된 그대로였다. 한 손에 호미를 든 것은 일을 하다 말고 온 것임에 틀림없었다. 낯선 사람을 보고는 의심스러운 눈초리로 빤히 쳐다보며 물었다.

"누굴 찾아 왔소?"

이양댁이 부러 큰 소리로 말했다.

"할머니가 젊어서 소리를 하셨던가요?"

노인은 고개를 까닥까닥거렸다. 이어 짚고 있던 나무 막대기를 곧추세워 허리를 펴고서 숨을 몰아쉰 뒤 합죽한 입을 열었다.

"그런디 무슨 일로 왔소?"

"예. 할머니께 뭣 좀 물어볼라고 왔구만이라우."

할머니는 허리를 다시 굽혀 종종 걸음으로 마루로 향하며 말했다.

"좌우지간 이리로 앉으싯시오."

하고는 엉금엉금 기다시피 토방으로 올랐다. 방문 앞에는 마루가 없고 대나무로 만든 평상이 마루를 대신하고 있었다. 평상에 걸쳐 앉고서 한숨을 들이마셨다.

"이리로 올라 앉으시랑께라우. 아직 걸레질을 안 해서 몸지가 많소."

이양할머니와 민순은 집안 구석구석을 돌아보며 할머니를 따라 마루로 향했다.

모두들 나란히 평상 끝에 걸쳐 앉았다. 집은 온통 흙벽돌로 쌓아올려 지었다. 벽이고 기둥이고 구분이 가지 않았다. 나무라고는 문틀과 문짝 그리고 지붕 덮는 서까래뿐이었다. 마당 한편에는 또 다른 흙담으로 뒷간과 돼지우리가 나란히 자리하고 울타리는 굵은 돌로 쌓아놓은 석벽이었다. 바로 집 뒤에는 수리부엉이처럼 무서운 형태의 바위가 집을 내려다보고 있었고 바위 사이로 자귀나무가 연분홍 꽃을 휘늘어지게 피어내었다.

"소리를 한 지 오래되셨능가요?"

노인은 얼른 대답을 하지 못하고 머무적거리다가 한숨을 들이쉬고 입을 열었다.

"어려서부터 했지라. 그렇게 나이로 치면 환갑나이만큼 했능개비요."

"아이고 좋은 일로만 살다가 늙으셨구만이라우."

252

이양댁이 노인의 삶을 위로나 해 주려는 듯 칭찬의 말을 토해냈다.

"좋은 일은 무슨 좋은 일이다요. 늙어서도 이렇게 가난하게 살고 있는디."

"아니지라. 그 어려운 것을 마다하지 않고 해온 일이 참으로 장한 일이지라."

"하기사 돈을 벌라고 했음사 소리를 했겄소."

"그러믄이라우. 나는 항상 창을 잘하는 사람들이 부럽든디요."

"소리는 예술이랑께요. 아무라도 허는 것이 아니지요."

이양댁도 충분히 수긍할 수 있다는 듯 고개를 끄덕였다.

"그런디 어쩐 일로 나를 찾아 오셨당가라우?"

"옛날 생각이 나서 왔당께요."

노인은 황겁(惶怯)히 놀란 기색으로 바라보며 넌지시 의심의 눈짓을 보냈다.

"옛날이라니요? 그럼 소리를 배웠소?"

"아니요."

"그러믄 옛날 생각이라니요?"

"지가 처녀였을 때 봤던 창극이랑께요. 저그 이양 장마당에 김채만 명창께서 오셔갖고 호남가에 심청가를 부르셨당께요. 얼매나 잘하시든지 지금까지 잊히지 않고 그 모습이 생생요. 그때 광산 속골 구암에서 소리를 가르친다고 들은 바가 있어 찾아왔구만이라."

노인은 혀를 내두르며 놀라는 기색을 보였다.

"앗따! 그때를 지금도 못 잊었다고라우?"

"하믄요. 그때 하얀 갓을 쓰고 도포를 입고 오셨지라. 춤을 추듯 노래를 부르다가 소곤거리듯 말을 하다가도 부채를 폈다 오므려가며 슬플 때는 울기도 하고 흥겨울 때는 웃음을 지어가며 도리깨질이며, 노를 젓는 모습이 지금도 생생하단 말이요. 사람들은 모두 하나가 되어 얼씨구 좋다를 연발했당께요. 명창께서 그때 심청가의 한 대목을 하셨는데 지금도 잊지 않고 있구만요."

"한 번 듣고도 안 잊었다고라? 참말로 장하구만요."

"지가 한번 해볼텡께 들어보실라요."

이양댁은 마루에서 벌떡 일어나 흥에 겨운 심청가 한 대목을 뽑아 내기 시작했다.

"에이? 나보고 아버지라니? 이 말이 웬 말이여! 무남독녀 외딸 하나 물에 빠져 죽은 지가 우금 삼년이 되얐는디, 누가 나다려 아버지여? 아이고! 아부지! 여태 눈을 못 뜨셨소? 불효여식 심청이가 살아서 여기 왔소. 아버지, 눈을 떠서 저를 급히 보옵소서. 아이고. 아부지."

이양댁은 그때의 기억을 하나도 잊지 않고 신명을 내어가며 흥을 내었다. 마치 눈앞에서 창극을 하는 모습을 보여주었다.

"워매! 그 명창이 죽은 지가 언젠디 안 잊었구만이라우. 벌써 삼십 년이 다 되어가는디."

"그렇게 오래되었어라우?"

"그럼. 오래 살지 못하고 마흔 일곱에 돌아가셨당께요."

"더 사셨으면 좋았을 것인디 안타깝구만요."

"최고 명창이 될라고 고생을 많이 하다 봉께 일찍 돌아가셨제. 목침 보다 두 배나 큰 대추나무 죽비가 다 닳도록 북을 쳐대었고, 삼 년 동안 새벽부터 밤늦게까지 소리를 했으니 몸이 견디었겠소. 소리를 위해 몸과 맘을 다 바친 명창이었당께요."

"그토록 애를 써야 명창이 되는개비지라우."

"말도 못하지라우."

"열심히 하면 명창이 될 수 있는가요?"

가만히 앉아 있던 민순이 궁금함을 감추지 못하고 말허리를 붙잡고 나섰다.

"말이라고 형가. 지성이면 감천이라고 허든개비. 명창은 돈 벌라고 헌 짓이 아니랑께. 그런 생각부터 허면 명창이 못되는 법이여. 소리는 예술이랑께. 남이 하지 못한 일을 해서 남을 즐겁게 해주는 일이제. 하다 보면 먹고는 살 것지만. 그래도 명창이 될라믄 자기를 다 바쳐야 헌당께."

노인은 그동안 소리꾼으로 품어온 정한을 서슴없이 털어놓으려는 심사인지는 몰라도 계속 말을 이어갔다.

"소리는 아무라도 허는 것이 아니어. 그 안에는 혼이 있어야 허는 것이제. 맛난 것 먹고, 고운 옷 입고, 좋은 집에 살라고 허면 소리를 허면 안 되제. 들판에 가서 지게 지고 일을 해야 돈을 벌 것 아닌가. 지게 지고 일하는 사람한테 혼이 있다고는 않제. 그러나 소리하는 사람들은 자기 목숨과 바꾸겠다는 혼이 있어 허는 것이랑께."

민순은 그제야 말뜻을 깨달았다. 고개를 끄덕여가며 가냘픈 눈빛으로 노인을 쳐다보았다.

"그럼 김채만 명창에게 소리를 배우셨능가요?"

"일러치면 그랬지라우. 그분한테 심청가를 배웠응께."

"또 다른 명창도 계셨능가 본디요?"

"그러믄이라. 내가 어렸을 때 이미 이곳에는 계속해서 명창들이 소리를 가르친 곳이었당께요. 강산 박유전 국창께서 이곳으로 오셔갖고 소리를 퍼뜨렸다고 헙디다. 그분을 직접 뵙지는 못했지만 저 임금님 아버지께서 부르셔서 벼슬도 주시고 한 지붕 밑에서 사셨다고 허드구만요. 하도 소리를 잘하신께 그랬겄지라. 나중에는 이곳으로 오셔서 제자들을 가르치셨는디 그중 유명한 분이 이날치 명창이랑께요. 이날치 명창은 얼매나 새타령을 잘하셨든지 여기서 새타령을 하면 저 감나무로 새들이 날아들었다고 헙디다."

"지는 김채만 명창보다 더 소리를 잘한 사람은 없는 줄 알았지라우."

"아니어라. 김명창을 가르치신 스승이 이날치 명창이었지요."

"새가 날아들었다고 했소?"

"직접 보지는 못했지만 전하는 말에 의하면 그렇당께요."

노인은 잊지도 않고 그때의 일을 조목조목 들춰내기 시작했다. 마당 앞에는 고목이 된 감나무가 있었다. 노인은 그 감나무를 가리키며 이날치 명인의 일화를 들먹였다.

"그럼 이 집에서 소리를 하셨능가요?"

"아니지라. 저기 소리공부를 하는 데가 따로 있어지라우."

민순은 마음속으로 궁금한 것이 있었다. 연세로 봐서 별반 차이가 나지 않을 뿐 아니라 김채만 스승에게 소리공부를 배웠다는 사실 하나만으로도 얼핏 생각이 떠오른 것이었다.

"할머니 혹시 학동이라는 사람을 아시는가요?"

노인은 잠시 머릿속을 헤집는 듯 생각에 빠져들다가 엷은 웃음기를 피어내며 말했다.

"생각나는구만. 저 나주 사람 아니어?"

"예. 맞아요."

"그 사람도 양반 중 양반 집안 아들인디 소리가 좋아서 집을 나온 사람이제. 춘향가를 아주 잘했는디. 수리성 좋고 설장구를 일품으로 잘 쳤었제. 그 사람과는 잘 아는 사람인가?"

"아니요."

"아직 어리면서 어떻게 그 어른을 아능가?"

"저의 할아버지와 함께 속골에서 소리공부하셨다고 해서요."

"할아버지가 성함은?"

"허 자 정 자 렬 자 허정렬이시구만요."

"그 사람은 생각 안나. 하도 많은 사람들이 모여와서 잘 모르제. 잠간 배웠겄지 뭐."

"예. 나주, 그리고 남원에서 배우시다 속골에서는 몇 달 배우셨다고 하셨어요."

"그러니께 잘 모르제. 그때만 해도 여기에 몰려든 사람이 말도 못했응께. 학동도 나보다는 나이가 어리고 한 이 년 정도 있다가 보성으로 가는 줄 아는디."

"예. 맞아요."

"소리를 배우고 싶어 왔능가?"

민순이 고개를 끄덕이며 밝은 눈웃음을 머금었다.

"피는 못 속이는 법잉께. 어쩔 수 없제. 얼굴도 참말로 이쁘네. 어쩌면 이렇게 이쁘게 생겼능가? 부모님께 늘 감사하게 생각하며 살아야 쓰겄구만. 이렇게 이쁘게 만들어줬응께."

말을 하다 말고 생긋생긋 웃음을 지었다. 누가 봐도 민순은 한 송이 예쁜 꽃이었다.

"워매! 그 얼굴에 소리를 하고 나면 사내놈들은 잠을 못 자겄구만. 보기만 해도 반하겄는디 소리까지 잘하면 어째야 쓸까 모르겄네."

이양댁이 빵글빵글 웃음을 지으며 민순을 바라봤다.

"그건 그렇고 소리공부를 하는 데 쓰는 소리책을 살 수 있능가요?"

"멋이요? 소리착이라고 했소?"

"예."

"옛날에는 기계로 찍어갖고 많았는디 지금은 별로 없제. 누가 달란

257

사람도 없응께."

"살 수는 있능가요?"

"나는 그런 것은 잘 몰라. 어디서 파는 지도 모른당께."

"혹시 가지고 계신 것 좀 팔 수 있을까요?"

이양댁이 가벼운 웃음을 지어가며 물었다.

"나는 소리를 하면서도 책은 보지 않았어. 책을 읽는 눈이 봉사라서 목청은 좋았어도 유명한 명창은 못 되었당께. 그래도 어디 뒤져보면 나오겠제. 집에 가져다 놓았응께."

"한번 찾아보실 수 없능가요? 돈으로 드릴께라우."

"아니어. 있음사 그냥 줘야제. 소리를 하고 싶다는디 그것도 못 도와줘야 쓰겠능가. 과부가 과부 심정 알아주는 것이고, 홀아비가 홀아비 속을 아는 것 아닝가부네."

노인은 굽은 몸을 비척거리며 방문을 열고 안으로 들어갔다. 방문을 열어놓고 새까맣게 때가 묻은 궤짝들을 열어젖히며 정체불명의 책들을 꺼내들었다. 궤짝 속에는 많은 책들이 보관되어 있었다. 노인은 거의 한 보따리나 되는 책을 꺼내들고 밖으로 나왔다. 노인은 평상에 책을 펼쳐놓고서 비슷한 책끼리 골라주었다.

"모두 이것 뿐잉께 원한 책이 있능가 찾아봐."

필요하다면 다 줄 듯이 너그러움이 가득 찬 목소리였다. 민순은 책들을 뒤적이기 시작했다. 오래된 책들이어서 색이 누렇게 바랜 것도 있고 글자도 희미해진 것도 있었다. 겉표지가 너덜거리기도 하고 찢겨 나가기도 했다. 손때가 묻어 꺼뭇하거나 넘기는 자리가 반질반질하도록 닳은 책도 있었다. 그때였다. 문득 자신을 의심케 할 정도로 눈이 번쩍이는 책. 비교적 다른 것에 비해 깨끗하게 잘 보존되어 있는 책이었다. 겉장에 「춘향심청가」라고 선명하게 써져 있었다. 그녀는 얼른 그 책을 추켜들었다. 책장을 두어 장 넘겨보았다. 글자도 깨끗하고 선명했다. 한글로 써져 있었고 한자를 삽입해 놓은 소리 책이었다. 또 다른 책을 뒤적거리기 시작했다. 이번에는 「수궁적벽가」라는 책이 눈에 띄었다.

구김살 없이 순수한 민순의 가슴속에 찡한 메아리가 울리는 기분이었다. 하도 황감해서 기쁨과 슬픔이 서로 얽히든 채 울컥 목을 짓눌러 왔다. 눈물까지 솟구치며 목이 메어 말을 할 수 없었다. 책도 책이려니와 읽을 수 있는 눈을 가졌다는 것이 너무너무 감사했다.

눈을 뜨게 해준 이양할머니께 고두백배가 아니라 고두만배를 한다고 해도 부족할 것 같았다. 거기에 원했던 책을 구한 것까지 세상을 다 얻은 기분이어서 날아갈 것 같았다. 그녀는 기쁜 마음에 쫙 벌어진 입을 다물지 못했다. 선뜻 책을 내어준 노인도 너무 고마웠다. 그녀는 두 권의 책을 옆으로 골라놓았다. 무슨 말인 줄 모르 책도 있었다.

"니가 찾던 책이냐?"

이양할머니가 안안하고도 호활한 웃음을 지으며 물었다. 민순은 하도 기뻐 대답도 없이 싱글벙글 웃음만 지었다. 노인도 의미 있는 눈웃음을 지어가며 민순을 쳐다보았다.

"있어서 다행이구만. 먼 길을 와갖고 그냥 갔으면 얼매나 서운하겄어. 잘되았네."

"할머니 책값으로 얼마 드릴까라우?"

"뭐? 얼매냐고?"

"예. 책값 드려야지라우."

"없어! 그냥 가지고 가. 나 비록 없이 살아도 소리를 하러 온 사람한테 책삯 안 받아."

노인은 손사래를 훨훨 쳐가며 소리쳤다.

"아니지라우. 지금껏 보관해온 것도 힘든 것인디 그냥 가져가라니요. 돈은 받으셔야지요."

"아니랑께. 더 도움은 못 줄망정 내가 왜 돈을 받겄어. 그 책으로 명창이 된다면 그것으로 고맙제. 어서 가지고 가. 걱정 말고."

노인은 책을 다시 뭉동거리기 시작했다. 그리고 방으로 밀어 넣었다.

"보리밥이지만 밥 한 술 할테니께 먹고 갈 거여?"

노인은 이양댁을 향해 점심을 먹고 갈 수 있느냐고 물었다. 아직 점심때도 이르고 노인에게 피해를 끼치고 싶지 않은 탓에 그녀는 사양을 하고 나섰다.

"아니어요, 할머니. 그냥 갈라요. 나중에 또 오면 그때는 많이 먹고 갈께요."

"그럼 그렇게 해."

이양댁은 치맛단 속에 든 주머니를 꺼내어 줄을 풀었다. 그리고 지전을 노인의 손에 쥐어주었다. 그러자 노인은 화들짝 놀라며 손사래를 치기 시작했다.

"할머니 이것은 책값이 아니고 정으로 드리는 것이랑께요. 그래야 나중에 또 오지라우. 안 받으시면 무슨 낯으로 또 오겠소."

이양할머니는 기어코 돈을 쥐어주었다. 엉겁결에 돈을 쥐어든 노인은 어찌할 줄 모르고 이양댁 얼굴만 빠끔히 쳐다보았다. 무안쩍어 어찌할 바를 모르는 그녀는 애들처럼 순박한 노인이었다. 소리에 대한 진솔한 애정을 가지고 있는 사람들의 참모습을 보는 것 같았다. 소리는 예술이라는 올곧은 자세를 견지해가는 진정 소리꾼이었다.

민순은 내심에 궁금한 것이 또 하나 있었다. 소리꾼은 어디서 어떻게 소리공부를 하는 것인지 묻고 싶었다. 엄마가 그토록 가고 싶어 했던 백일수련이 도대체 뭣이고 왜 해야 하는지 그리고 어디서 어떻게 하는 것까지 알고 싶었다.

"할머니. 할머니께서는 어디서 소리공부를 하셨능가요?"

"왜 그것까지도 알고 싶어서? 내가 소리를 헌 곳은 여기 아니고 저기 소리방이었당께."

"예. 저도 소리공부를 하고 싶어서 그래요."

"소리를 할려면 먼저 소리방이 있어야 허제. 스승한테 소리를 배우려면 가르침을 따라 허는 곳이여. 스승은 한 분이고 배우는 이가 많은 께 동그랗게 앉아서 따라 험서 익히는 곳이 소리방이여. 어느 정도 소리를 익혀야 독공을 하는 것이제 첨부터 해서 쓰간디. 독공은 보통 백일이제. 외따로 떨어져서 연습을 하다 보면 득음을 해서 명창의 반열에 오르는 것이여. 독공은 한 번만 하는 것이 아니고 많이들 하제. 많이 한 사람은 열 번도 넘어."

"백일수련은 어디로 가서 허능가요?"

"앗따! 여기서 뿌리까지 캐가지고 갈라고 그러는구만. 대개 절간이나 아니면 외딴 제각같이 외진 곳에서 많이 해야제. 집에서도 못하는 것은 아니지만 이웃에서 좋아하겠능가? 맨날 소리를 내지르면 시끄럽다고 허겠제. 그래서 산속으로 그중에서도 바위틈이나, 폭포, 굴 속으로 들어가 하는 것이 많당께."

"그럼 여기는 산도 없고 폭포도 없을 것 같은디 어디서 했을 거라우?"

이양댁이 궁금한 듯 주위를 둘러보면서 물었다.

"백일수련은 혼자서 허고 돌아와서 명창대회에 나가는 것이지라. 저기 무등산 중심사나 원효사 또는 화순 만연사 그리고 화순적벽강에 가서 많이 했지라. 더 멀리 간 사람은 지리산 계곡이나 절간으로 많이들 가기도 허고."

"할머니는 어디서 하셨나요?"

"나는 저기 영광 불갑사에서 했어."

"소리를 가르치는 데는 꼭 소리방이 있어야 하겠네요."

"하믄 당연하제."

"할머니 책도 주시고 가르쳐주셔서 고맙구만이라우."

"고맙긴 뭐가 고마워. 소리를 하고 싶다고 헝께 내가 더 고맙구만."

마당으로 내려선 이양댁이 깍듯이 고개 숙여 인사를 했다. 민순은 노인의 손을 잡은 채 놓지 못했다. 그녀의 마음에는 참으로 표현할 길 없는 감동이 뭉클대고 있었다.

"할머니! 나중에 명창이 되어 찾아올께요."

"그럼사 좋제. 하지만 그때까지 내가 살겠능가?"

"아니어요. 오래오래 사셔야지라우."

"그래. 나 죽드라도 찾아와."

"할머니 성함을 알고 싶은디요."

"늙어갖고 이름 가르쳐주면 뭣 한당가. 금방 땅속으로 들어갈 몸땡 인디."

"그래도 저희 할아버지께 말씀드리고 싶어서요."

"그러기는 허겠네. 나는 그냥 아기라 불렀네."

"아기요? 성은 요?"

"그 흔한 김가랑께."

"김 아기 할머니 하면 되겠네요."

"그렇게 물어보소."

그녀는 눈물이 핑 돌았다. 두 손을 놓지도 못한 채 허리부터 굽혔 다. 감사의 인사를 드리고 돌아섰다. 노인은 구부러진 허리를 두드려 가며 지팡이를 내짚었다. 아쉬운 듯 뒤를 따라 사립문까지 나왔다. 민순은 고개를 돌리지 못했다. 노인을 향해 나오지 말라고 손사래를 치면서 사립문을 나왔다. 우둘투둘 너덜겅 길을 걸으면서도 뒤를 돌아보며 손을 흔들었다. 노인은 산마루를 돌아들 때까지 사립문 밖으로 나와 연신 손을 흔들어 주었다. 이양댁도 손을 흔들어주었다. 둘이는 기차역으로 걸음을 재촉했다. 온 보람이 헛되지 않아 돌아가는 발걸음이 한결 가벼웠다.

8
폭행의 위기에서 살아나다

······집으로 돌아온 민순은 마음이 손가락처럼 다섯 갈래로 갈라진 느낌이었다. 그렇지만 아무런 기색도 보이지 않고 예전처럼 집안일에 정성을 다했다. 이양할머니의 고마움을 생각한다면 한순간을 머무른다고 해도 몸을 아끼고 싶지 않았다. 주린 배를 채워주고 글공부에 눈을 뜨도록 이끌어준 정을 생각하면 은혜가 백골난망이어서 촌각도 게을리할 수 없었다. 마침 큰 며느리가 만삭이라서 몸을 굼닐기가 쉽지 않아 집안일에 손을 놓은 상태였다.

여름 한철의 농사일이 계속되어 놉을 부리는 일은 연일 이어지고 있었다. 민순이 손길이 바쁠 수밖에 없었다. 할머께서는 며느리가 했던 일을 도저히 휘어나갈 수 없었다. 민순은 엉덩이를 땅에 붙여볼 틈도 없이 일했다. 부엌일에다 빨래, 청소는 물론이요 머슴들 새참까지 날라다 주느라 몸이 파김치가 되어갔다. 그런 와중에서도 초심을 잊지 않고 밤이면 소리책을 읽고 쓰면서 외우기 시작했다.

하지만 마을 사람들의 비방과 욕설이 끊이지 않게 날아들었다. 길동의 엄마 금례는 민순을 더욱 악랄하고도 짓궂게 쪼아대었다. 경심

264

은 말할 것도 없었다. 일본에 가서라도 데려와야 한다고 악담을 퍼부었다. 폰수하고 정을 통하다 들켰고, 순사 아들하고 그 짓을 하다 발각되어 보복을 한 것이라고 쪼아대었다. 그렇다고 순사 아들이 데리고 살 것도 아닌데 남의 아들을 사지로 보냈냐고 짓씹어대었다. 민순은 집밖으로 나갈 수가 없었다. 사람들이 쳐다보는 눈초리가 모두 살모사 눈으로 보였다. 더 이상 능주에 미련을 두지 말자고 어금니를 옥물었다. 입에 거미줄을 치는 한이 있어도 어디로든 떠나가자고 다짐했다. 할머니에게 더 이상 부담을 드려서는 안 된다는 소신에는 변함이 없었다.

그렇지만 마음이 자라목처럼 오그라들기 시작했다. 넓은 세상바닥 그 어디에서도 기다리는 사람 하나 없었다. 오라는 곳은 하나같이 겁탈로 욕심을 채우려 드는 볼품없는 사내뿐. 마치 주인 없는 공산인 줄 알고 이 사람 저 사람 깎고 파고 찍어내려 안간힘을 해대는 짓 같았다. 이럴 줄 알았으면 집을 나오지 말걸 했다가도 북을 치다 돌아가신 엄마를 생각하면 그 마음은 싹 사라졌다. 꺼질 듯 한숨을 몰아쉬고 눈을 감으면 엄마 얼굴이 떠올랐다. 지성이 지극하면 돌에도 꽃이 핀다는 말을 되새기며 어금니를 옥물곤 했다.

민순이 속골에 갔다가 온지 열흘 째 되는 날이었다. 아침을 마치고 설거지를 할 때였다. 갑자기 이양할머니의 발걸음이 바빠지는 것 같았다. 일꾼과 함께 들로 갔던 분이 곧장 되돌아왔다. 뭔가 집안이 급하게 돌아가는 느낌이었다. 오자마자 작은 방으로 드는 것도 예상치 못한 일이었다. 알고 보니 큰 며느리의 해산이 임박하였던 것이다.

온 집안 식구들이 진심으로 바라는 것은 건강한 옥동자가 태어나는 것이었다. 첫딸을 낳은 탓에 이번만은 아들이 태어나 가문의 대를 잇기를 간절히 바라고 있었다. 이양할머니는 민순이에게 뜨거운 물을 끓이라고 당부하고 며느리 방에서 대기했다. 잠시 후 산모의 산통이 시작되는지 고통스러움을 내지르는 소리가 집이 떠내려가도록 들렸다. 이웃에 살고 있는 친척 할머니들도 모여들었다. 방문을 열어놓고 서로들 힘을 줘야 애기가 나온다고 야단들이었다. 그러나 쉽지만은 않은 듯 산통은 계속되었다. 부엌에서도 무척 긴장된 순간이었다. 그녀는 펄펄 물을 식히기 시작했다. 아이가 태어나면 씻을 물이었다.

한식경이 넘도록 고통스러움은 이어졌다. 남편은 불안한 마음을 달래지 못하고 토방에만 왔다 갔다 서성거렸다. 산모의 고통스런 소리가 깜박 혼절할 것처럼 들려왔다. 노인들의 소리도 함께 커졌다. 이윽고 천지를 쩌렁쩌렁하게 울리는 아이의 울음소리가 들렸다. 함께 있었던 노인들의 도란거리는 웃음소리가 들려왔다. 아들인 듯싶었다. 할머니가 밖으로 급히 뛰어나와 물을 가져오라고 소리쳤다. 만면에는 함박 웃음꽃이 가득했다. 남편도 기쁨을 감추지 못하고 싱글벙글 입을 노상 벌려 놓고 있었다.

이어 영주는 볏짚을 가지고 달려와 토방에서 새끼를 꼬았다. 붉은 고추를 듬성듬성 꽂은 다음 숯을 매달아 대문으로 가져갔다. 대문의 한쪽 기둥에서 다른 쪽 기둥에 금줄을 매달았다. 출산의 금줄이 쳐 있는 집에는 그 집의 식구 외에 다른 사람은 출입이 금지되고 또 삼가라는 뜻이라고 했다. 그리고 대문 밖에 소금을 뿌렸다. 이는 역귀를 쫓아 아이가 건강하게 잘 자라기를 비는 마음이었다. 다행히 순산을 하여 아이도 산모도 건강했고, 무엇보다 이양할머니 뜻대로 아들손자를 보듬게 되어 큰 경사가 난 꼴이었다. 집안에 웃음이 그칠 줄 몰랐다. 하지만 민순에겐 일감만 불어났다. 산모 뒷바라지였다. 하루에도 대여섯 번씩 미역국을 끓여 날라야 하고 기저귀를 빨아 부숭부숭하게 말려 대동하는 일이었다. 갈 때가 되었다 싶었지만 막상 말문이 막혔다. 이 와중에 떠난다는 것은 도리가 아니다 싶었다. 미리 인사를 해두고 싶은 마음에 저녁밥을 먹고 득창의 고모 현심을 찾아갔다.

"고모님! 그동안 도와주셔서 고마웠어요."

"왜? 떠날라고 왔어?"

"예."

"어디로 갈라고 그러냐? 느그 아부지한테로?"

"모르겠어요. 아직 갈 곳을 정하지 못했구만이라."

"다 큰 처녀가 갈 곳도 없이 집을 나선다 말이여?"

태빈 고모부가 핀잔하는 투로 눈을 흘겼다. 그는 여름만 되면 까마귀고기를 먹은 사람처럼 얼굴이 새까맣게 변해간다고 했다. 거기에다가 코가 딸기코여서 보기에도 참 흉측스러웠다. 벌건 코를 씰룩거리며 휘돌아본 시선이 곱지 않았다. 아마도 지난번 길동에게 시집가라는 제의를 거절하고 이양할머니 집으로 들어간 것이 썩 내키지 않았다는 눈치였다. 그녀는 태빈을 핼끔핼끔 쳐다보고 말을 하지 못했다. 조심스럽게 눈치만 살폈다.

"하루라도 빨리 떠나그라. 동네 사람들이 너보고 뭣이라고들 헌 줄 아느냐?"

이번에는 고모가 남편의 말에 맞장구라도 치려는 듯 서운해서 속이 끓는 소리를 내뱉었다. 그동안 마음에 찬 구석이 하나 없었는지 동네 사람들의 원성을 들고 나왔다. 더 이상 그 꼴을 보지 못하겠다는 듯 버럭 역정을 내었다.

"미꾸라지 한 마리가 동네에 들어와 갖고 휘젓고 다니다가 남의 귀한 아들 신상을 망쳐놨다고 야단들이다. 그것뿐이겠냐? 길동이 어매는 너보고 일본 가서 즈그 아들 데려오지 않으면 너하고 같이 죽을 것이라고 벼르고 있단다. 뭣 한다고 사내놈들과 야학잉가 뭣인가 희희낙락거리고 다녔드냐? 그런 짓을 하다 봉께 이꼴 이 모양이 된 것이제. 솔직히 말해서 나도 너 때문에 솔찬히 동네 여자들 입방아에 오르내렸다. 집도 절도 없음서 글 배워 어디다 쓴다고 그런 짓을 했어. 어설피 배운 것은 안 배운 것만 못한 것인디. 부모 밑에 살 만한 딸자식도 가만히 있는디 니가 뭐가 잘났다고 그런 짓을 했냔 말이다. 여자는 지 고을 장날도 몰라야 헌 것이고 내돌리면 망가진다는 말을 못 들었냐?"

소처럼 큰 눈을 게슴츠레하게 바라보며 아랫입술을 자근자근 깨물어가듯 말했다. 마른 솜에 물 스며들듯 야금야금 사람의 속을 긁어내었다. 마치 그동안 기억들을 대꼬챙이로 쿡쿡 찔러대는 무겁고도 가혹한 질책이었다.

민순은 자신도 모르게 심장이 두근두근하며 온몸에 진땀이 흘러내리는 것 같았다. 지난 일들이 혼미한 의식 속으로 스쳐지나가며 일렁거리기까지 했다. 고개마저 들 수 없도록 무거운 것처럼 푹 숙인 채 입을 열었다.

"고모님, 죄송해요. 소리를 할라면 글자를 알아야 하겠기에 그랬어요."

"소리고 뭐고 다 듣기 싫웅께 당장 내일이라도 떠나랑께. 솔직히 니가 여길 온 것은 나를 보고 온 거 아니냐? 그랬으면 내 체면도 생각하며 살아야제 니 맘대로 해불면 나는 무슨 낯짝으로 살 것이냐? 글 좀 배운다고 해서 팔자가 바뀌는 것도 아닌데."

현심은 그동안 서운했던 것을 따지듯 채근하고 나섰다. 얼음조각을 녹이고도 남을 정도로 벌게진 눈에서 솟아오르는 시선은 섬뜩하기까지 했다. 목덜미까지 붉어지며 눈초리를 내리깔며 계속 말을 이어나갔다.

"내 말 들었으면 떳떳하게 잘 살 것인디 길동이란 놈 신상 망쳐놓고 너도 망한 꼴이제. 어른 말을 들으면 자다가도 콩떡을 얻어묵는다고 했는디 니 맘대로 허드니만 앞으로 어떻게 헐래? 다 너를 위해서 해준 것이었는디 니 맘대로 다 했지 않느냐?"

머리 위로 날벼락이 내리치듯 불빛이 번쩍거렸다. 비록 자기 혈육은 아니라고 하지만 이렇게 매정할 수 있을까 싶었다. 떠나야 하는 것이 발등에 떨어진 불이 된 격이었다. 망연자실 공포에 질린 그녀는 흘릴 눈물마저 완전히 말라버렸다. 이제 하루를 버티고 산다는 것이 참혹한 시련으로 다가왔다. 두 눈을 두리번거리며 자리에서 일어섰다.

"고모부님! 잘못했구만요."

하도 엄랭한 탓에 더 이상 앉아 있고 싶지 않았다. 뒷간에 가는 척하고 일어서서 슬슬 눈치를 보다가 방문을 열고 나왔다. 다리가 후들후들 떨려 토방에 있는 신발조차도 신어지지 않았다. 그냥 그 자리에 풀썩 주저앉을 것만 같았다. 간신히 기둥나무를 붙들어 잡아가며 겨우 신발을 신고 마당으로 내려섰다. 덜덜거리며 심장 떨리는 소리가 들렸다. 고개를 돌려 머리를 숙였다. 모기소리마냥 가냘픈 목소리로

"고모님. 그동안 고마웠구만요. 안녕히 계싯시요."

그때 방문을 열고 나온 고모 현심이 마당까지 내려와

"너무 서운하다고 하지 마라. 다 너를 위해 한 말이제 나를 위해 했겠냐? 고샅에 갈 때도 한사코 조심해서 가거라. 금례는 만나면 안 된다."

"예, 고모님."

민순은 대문을 지나 밖으로 나왔다. 아직 달이 떠오르지 않아 고샅은 칠흑같이 어두웠다.

대밭으로 둘러 쌓인 고샅길은 마치 동굴같이도 답답한 느낌을 주었다. 한 발짝 앞도 보이지 않았다. 어둠 속으로 흐린 시선을 곤충의 더듬이처럼 움직이며 앞으로 나아갔다. 길동이 엄마가 튀어나오는 것만

같았다. 혹시 다가와 뒷덜미를 뱀 잡듯 붙잡을까 짜릿짜릿한 기운이 골수에까지 뻗쳐 등골이 오싹했다. 머리끝도 꼿꼿했다. 대문으로 다가섰다. 슬금슬금 마당을 지나 방으로 들어간 그녀는 책을 꺼내어 들여다보지만 자꾸만 머릿속에서 길동이의 모습이 부스럭거리며 되살아났다. 일본 가서 데려오지 않으면 너 죽고 자기 죽겠다고 벼르고 있다는 말이 머릿속을 온통 매대기질 하기 시작했다.

빨리 떠나고 싶었다. 그러나 막상 갈 곳이 없어 막연했다. 어디로 가서 어떻게 살아야 할지 아무것도 모르면서도 절박한 심정이었다. 황량한 벌판에서 갈 곳 없어 헤매는 사람처럼 처량한 자신을 책에 비춰보며 눈물을 흘렸다. 이러다가 산천을 떠도는 객귀가 되어 엄마 곁으로 가는 것은 아닌지……. 차라리 그랬으면 좋을 것 같았다. 세상이 너무 적막하고 황량했다. 다음날 아침을 먹고 그녀는 이양할머니 방으로 찾아들었다.

"할머니. 이제 지는 떠나고 싶구만요."

민순은 침통한 표정으로 무겁게 입을 열었다. 마지막 떠나간다고 전하려드니 생각보다 훨씬 더 격렬하게 가슴이 뛰기 시작했다. 이양댁은 서운함을 감추지 못한 눈치였다. 앉은 채로 다가와 손을 덥석 잡고서는 담담한 심정으로 하소연하듯 말했다.

"내가 니 속을 모르겄냐마는 조금만 더 있다가도록 해라. 지금 집에 경사가 났는 데다가 아직 산모가 손에 물을 묻힐 수가 없응께. 세이레만이라도 지내고 갔으면 좋겄는디 그래도 괜찮겄냐? 내가 서운하게 하지 않으마."

민순은 거기까지 예상하지 못했었다. 길동 엄마가 당장 뒤에서 쫓아오는 것 같아 오금이 조려왔던 것인데 듣고 보니 그럴 만한 사정이 또 있었다. 민순은 이양할머니의 얼굴만 멀뚱히 올려다보았다. 할머

니의 얼굴에는 간절한 바람과 연민이 뒤섞여 있는 듯 고고한 눈빛만
이 번쩍였다. 도저히 할머니의 만류를 뿌리치고 그냥 나설 수 없었다.
기어코 참아왔던 눈물을 왈칵 쏟아내며 고개를 끄덕였다. 집도 절도
없는 떠돌이 신세마당인데 봉변을 당하는 한이 있더라고 부탁을 물리
칠 수는 없을 것만 같았다. 민순은 예전과 다름없이 집안일에 정성을
다했다. 부엌일은 도맡다시피 혼자서 차고 나갔다. 이양댁은 며느리
가 거동할 때까지 부엌일은 민순이에게 맡겨놓을 요량이었다. 이양댁
은 그녀를 오래오래 데리고 살고 싶지만 동네 이목 때문에 어쩔 수 없
어 괴로운 심정이었다. 그럭저럭 지내다 보면 들끓던 원성도 잦아질
것 같기도 하여 은근슬쩍 넘겨보고 싶은 심사도 없진 않았다. 그러나
민순이가 집안에 갇혀 살 수만은 없을 것 같았다. 어찌하던 간에 눈치
를 봐가면서 결정하고 싶었다. 아무리 곱으로 생각한다 해도 민순이
만한 아이는 구할 수 없을 것 같았다.

　한편으론 민순이의 이런 사정도 모르고 내심 즐거운 비명이라도 지
르고 싶은 이가 있었다. 그는 홍기였다. 한 지붕 아래 살고 있는 홍기
는 신바람이 나서 일이 손에 착착 붙는 것 같았다. 그것은 민순이 얼굴
을 보며 살아가는 재미가 솔솔 하였기 때문이었다. 작년 섣달 만해도
폰수 때문에 심신이 불편했던 것인데 이제는 걱정을 던 상태였다.

　한편으론 재작년과 다름없이 재판되지 않을까 조바심도 냈다. 그
가 중머슴으로 들어온 때 뒤따라 부엌데기로 들어온 이가 있었다. 그
녀는 용순이었다. 그는 개가 음식을 보고 침을 질질 흘리듯 용순을 보
고 은근히 군침을 삼켰다. 얼굴도 곱상한 것이 눈웃음을 치며 애교 섞
인 목소리로 말하는 모습에서부터 왠지 정감이 가기 시작했다. 자신
도 모르게 암시하는 눈짓을 보내게 되었고 용순도 싫지 않은 눈치였
다. 은연중 둘이는 눈을 맞춰가고 있었다. 홍기는 내심 용순이와 혼

인을 할 채비까지 갖추려 들었다. 그런데 큰 머슴으로 들어온 순만이가 중간에 끼어들어 삼각관계를 만들고 말았다. 내심 불편했으나 둘이는 서로 마음만은 통하고 있어 염려될 게 없었다. 그러던 어느 날 전혀 예기치 못한 사건이 발생했다. 큰 머슴 순만이가 자신의 속마음을 고백하고서 겁탈에 가까운 짓으로 용순의 몸을 빼앗은 것이었다. 일순간 몸을 주고 난 용순은 나중에 임신까지 하여 어쩔 수 없이 그와 혼인을 하게 되었다. 생각하면 할수록 억울했다. 다 지어놓은 농사에 낫들고 덤벼 몽땅 가져간 꼴이었다. 억장이 무너져 내린 그는 한때 순만이를 죽이려고 낫을 들고 달려들기까지 했다. 그때에 큰 힘이 되어 준 이가 폰수였다. 그는 연분이 닿지 않은 것이니 만일 혼인을 한다면 더 큰 화를 입을 수 있다고 조언해주었다. 극단적인 행동을 하는 것은 기름통을 짊어지고 장작불로 뛰어드는 꼴이라고 말린 통에 참을 수밖에 없었다. 나중에 순만이가 용순이와 혼인을 하고 떠나간 탓에 다 잊고 지내왔다. 용순이 뒤를 이어 들어온 이가 민순이었다. 처음 보는 순간부터 그녀에게 반했다. 남의 부엌데기로 들어와 살기엔 아까울 정도로 뛰어난 미모를 갖추고 있었다. 얼굴만 보고 사는 것만으로도 신바람이 나는 느낌이었다. 용순이하곤 비교가 되지 않았다. 얼굴만 예쁜 것이 아니었다. 거기다 얌전하고 싹싹해서 용순이와 인연을 맺지 못한 것이 오히려 다행스런 일이었다고 자신을 위안했던 것이다. 그런데 이번에는 느닷없이 폰수란 놈이 뛰어들어 해방을 놓기 시작했다. 주인 할머니까지 민순이를 데리고 야학에 다니도록 거들고 나선 통에 그저 폰수란 놈을 죽이고 싶었다. 이번만큼은 절대로 작년과 같은 전철을 밟지 않겠다고 혀를 깨물었다. 폰수가 밤마다 민순이와 함께 소곤거리는 모습을 볼 때마다 눈에 쌍심지가 돋아 나름대로 칼을 갈아왔다. 절대로 참을 수 없었다. 그러던 중 하늘의 도움인지는 몰라도 폰수가 쫓겨 간 것을 보고서 한시름 덜게 되었다.

　이제 낚시에 걸려든 물고기니 느긋하게 기다리며 끌어당길 심산이었다. 헌데 이번에는 또다시 예상 못했던 일이 또 벌어졌던 것이다. 그 장본인이 길동이었다. 그는 인물도 좋거니와 재물도 먹고살 만큼 모아둔 자여서 여러모로 자신이 없었다. 힘 빠지게 같이 야학엘 다니며 혼담 소문까지 떠돌자 속이 바작바작 타들어갔다. 그런데 우연케도 길동이마저 일본으로 끌려갔으니 손 안 대고 코 푸는 꼴이 되었다. 이제 민순이가 손안으로 들어온 것이나 다름없었다. 차려놓은 밥상이어서 숟가락 들 일만 남았다고 여유를 갖고 기다리며 지내왔다.

　그런데 요즈음 민순을 볼 적마다 안쓰러운 생각이 들었다. 주인아주머니의 출산으로 혼자서 부엌일을 도맡아 하느라 여간 힘든 일이 아닐 것 같았다. 반면 좋은 기회이기도 했다. 눈치를 보지 않고 소신 있게 가까이 다가갈 수 있기 때문이었다. 그는 틈만 나면 부엌을 둘러보고 도와주었다. 새벽부터 고래구멍에 재를 쳐내고, 장작도 잘게 쪼개주고, 물도 길러주고, 빨래까지 널고 걷어주었다. 밥상까지 직접 가져다 먹고서 빈상은 날랐다. 그렇다 보니 마치 부부나 다름없어 보이기도 하고 그녀와 자주 만나게 되어 마냥 좋았다. 물론 그녀도 호의에 감심한 표정이었고 순수하게 받아들이며 가까이 다가오는 것 같았다. 계획대로 척척 들어맞는다 싶어 꿈에 부풀어 있었다. 하루는 홍기가 빈상을 들고 부엌으로 오는 모습을 이양할머니가 보았다.

　"워매! 자네가 상을 들고 오능가? 참말로 고맙네."

　"아니어라우. 밥순이 혼자 하는 것이 안쓰럽드랑께요."

　"그러제. 많은 식구에 산모까지 얼마나 힘들겠능가. 자네가 잘 도와주소."

　"예. 할머니."

"도와줄 날도 얼마 남지 않았네."

이양댁이 못내 입을 쌜기죽 거리며 서운한 눈빛을 감추지 못했다.

"예? 얼마 남지 않았다니요? 그 말이 무슨 말이랑가요."

일각에 홍기의 얼굴이 부처님처럼 냉엄하게 굳어진 채 신경을 곤두세워 물었다.

"민순이가 떠나야 한다네. 잘못도 없는디 동네 사람들이 입방정을 떨어싸니 살 수가 있어야제. 진즉 간다는 것을 며칠만 더 있다가 가라고 사정을 했으니 그동안만이라도 잘 도와줘야 쓰겠지 않능가."

일순간 홍기의 까무잡잡했던 얼굴에 희끄무레한 빛이 날아든 것처럼 파리해졌다. 반쯤 내리덮은 눈꺼풀도 퍼드덕거렸다. 허탈한 심정으로 바라보고만 있다가 손발을 묶고 숨통을 조이는 것처럼 두 눈이 이글거리기까지 했다. 이양댁이 얼른 눈치를 차렸다. 그간 홍기의 행동이 예사롭지 않은 것을 경계의 눈빛으로 겨눠왔기 때문이었다.

"왜 그리 놀라능가?"

홍기는 불편한 심기를 드러낸 채 말을 하지 못했다. 말도 없이 삐쭉한 턱만 신경질적으로 쓱쓱 훑어가며 머슴방으로 가고 말았다. 호시하는 눈초리도 예사롭지 않았다. 불쾌하고 화가 나면서도 한편으로는 불안하고 긴장감이 몰려들었다. 그것은 재작년 용순이 사건이 또렷이 떠올랐기 때문이었다. 이양댁은 민순을 불러 재작년에 있었던 순만이와 용순이의 부정한 일을 들먹이며 있는 동안 몸조심하라고 단단히 일러주었다. 그 후로 민순은 예전과 다를 바 없이 지내면서도 경계의 눈빛은 지우지 않았다. 하지만 홍기는 사뭇 달라졌다. 부엌에 얼굴을 내밀지 않았다. 그동안 해왔던 일조차도 상보에게 시켰다. 마주칠때면 낯빛과 어투가 예전과 전혀 달랐다. 곁눈질을 해가며 눈치를 살살 살폈다. 말투도 마치 참나무 장작을 도끼로 내리찍듯 팩팩거렸다.

그러나 민순은 내심 두려우면서도 짐짓 모른 척하며 변함없이 대해주었다.

하지가 지나고 어느새 여름은 소서를 향하고 초복도 얼마 남지 않았다. 벌써부터 복날 못지않게 푹푹 찌는 날씨가 연일 계속 되었다. 복날이란 음기가 양기에 눌려 엎드려 있는 뜻이라 했다. 사람이 개처럼 엎드려 있는 형상의 글자 복(伏). 가을의 기운이 대지로 내려오다가 더운 여름 기운을 이기지 못하고 엎드려 복종한다는 의미이다. 다시 말하면 여름의 더운 기운이 가을의 서늘한 기운을 굴복시켰다는 글자가 복(伏)이라 했다. 여름은 불(火)이요, 가을은 쇠(金)에 속한다. 불기운에 쇠 기운이 세 번 굴복한 것이 바로 삼복(三伏)이다.

며느리 영심이 출산한지도 두 이레가 지났다. 민순은 갈 곳이 없으면서도 마음은 조급해지기 시작했다. 이제 이레만 지나면 약속대로 어디로든 떠나야 할 판. 그녀는 마지막 대문을 나서는 순간까지 아픈 마음을 눌러가며 끝까지 최선을 다해 드릴 작정이었다.

그동안 몸조리에 들어간 산모가 오랜만에 방문을 열고 나와 신선한 바깥바람을 들이마시고 있었다. 두이레 만에 거동을 시작한 그녀는 씻지도 못한 채 드러누워만 있는 통에 몸이 근실근실했다. 마치 등짝으로 송충이라도 지나가는 것처럼 가려웠다. 목간통에 물을 부어놓고 몸을 푹 담근 다음 때를 벗겨냈으면 하는 마음뿐이었다. 혼자서 하긴 너무 버거웠다. 두레박으로 물부터 퍼내야 하고 가마솥에 장작불을 피워 물을 데워야 하기 때문이었다. 어쩔 수 없이 민순에게 도움을 청하고 나섰다.

"민순아!"

"예."

부엌에서 상추와 쑥갓을 다듬고 있던 민순이 마루로 달려갔다. 바깉바람을 쏘이려 나왔다는 산모는 되록되록 살은 쪘고 얼굴은 백지장 같이 하얗게 변해 있었다.

"마님께서 나오셨네요. 인자 밖에서 뵙게 되닝께 좋네요."

"나도 이제 살 것만 같다."

"그러지라우. 사람은 햇볕도 쬐고 살아야한당께라우."

"그래. 나 때문에 니가 고생이 많았지?"

"아니어라우. 고생은 무슨 고생이다요. 당연히 해야 할 일인디."

"그래. 말을 예쁘게 해줘서 고맙다."

영심은 훈훈하고도 인자한 미소를 빙긋이 띠었다.

"마님! 뭐 시키실 일 있으신가라우?"

영심은 연신 환한 미소를 지어가며 고개를 끄덕였다.

"뭐이든지 말씀만 하싯시오. 금방 해드릴께라우."

"아니 지금은 아니고 이따 저녁에."

"예? 저녁에요?"

"그래."

"저녁에 해야 하는 일잉가요?"

"아! 참 너 저녁이면 글공부하지?"

"아니어라우. 마님 일부터 해야제. 글공부가 중한가요?"

"그럼. 저녁 먹고 저기 큰 솥에 물을 가득 부어 데워줄 수 있겠냐?"

"예? 물을 데우라고요?"

"웅."

"아! 목간을 하시고 싶으싱가요?"

영심은 주위를 살피며 입술에 손가락을 세워 계면쩍은 듯 웃었다.

"걱정 마셔요. 아직은 찬물로 하시면 안되지라우. 지가 많이 데워놓을께요. 그리고요 발도 쳐놓을께요."

276

"그래 고맙다."

"그럼 이따 나오서요."

민순은 함박웃음을 지으며 다시 부엌으로 돌아갔다. 겉으론 즐거운 척해도 마음은 편치만은 않았다. 마님이 부엌으로 나오면 떠나야 한다는 강박관념이 목을 조여 오는 것 같았다.

그녀는 늘 자신은 뿌리 없는 나뭇가지를 세상에 꽂아놓은 것이라 여겼다. 햇볕 아래 금방 말라버리듯 자신도 이 집을 떠나면 시들시들 생기 없이 말라 죽을지도 모른다고 생각해왔다. 그렇다고 버티고 있을 수도 없는 일. 부모 없는 하늘 아래 살아간다는 설움이 울컥 복받쳐 올랐다. 그럴 때마다 늘 엄마의 얼굴을 떠올렸다. 명창이 되어 아빠를 찾아가겠다는 꿈을 이루지 못하고 저 세상으로 가신 엄마. 엄마의 한을 꼭 풀어드리고 말겠다는 신념으로 마음을 고쳐먹곤 했다. 엄마의 혼이 몸속에 흐르는 피조차도 뜨겁게 만들어 주었다.

저녁을 먹고 나니 어둠이 손에 잡힐 듯 그림자를 타고 온 마당으로 내려앉았다. 기다렸다는 듯이 어디선가 반딧불이 희미한 빛을 뿌리며 어둠 속을 헤집고 다가왔다. 보리까끄라기를 태워 꾸역꾸역 피어오르는 모깃불 연기가 마당 위를 자오록이 덮어들자 매캐한 냄새가 코를 찌르고 눈물을 쥐어짰다. 호박 같은 둥근달이 동쪽 하늘에서 어슬렁거리고 있었다.

설거지를 끝낸 민순이 뒷마당에 가마솥을 걸어놓고 장작불을 지피우기 시작했다. 목간 물은 많으면 많을수록 좋을 수밖에 없다. 가마솥을 가득 채운 탓인지 얼른 데워지지 않았다. 한식경이 넘도록 뜨거운 불과 씨름을 하고 나니 온몸이 땀으로 흥건하였다. 어느새 가마솥 속에서 지글거리는 소리가 들리더니 솥뚜껑 사이로 김을 내뿜었다. 장작불을 꺼내어 불을 꺼놓고 화로에 모깃불도 피워 우물가에 가져다 놓았다. 아녀자가 이른 저녁부터 목간할 수는 없었다. 민순은 사람들이 잠들길 기다리고 있었다.

을야(乙夜)이경이 지나갈 무렵 민순은 작은방 앞으로 다가가 목간 준비가 다 되었음을 알렸다. 어느새 둥근달이 머리맡으로 떠올라 마당에 밝은 빛을 뿌려대었다.

영심이 오랜만에 목간 준비를 하고서 밖으로 나왔다. 뒤란으로 돌아간 그녀는 우물가로 다가갔다. 이미 우물에는 발을 쳐놓았고 커다란 물통에 뜨거운 물을 퍼서 찬물과 섞어놓았다. 모기들이 살 냄새를 맡고 달려들까 봐 연기가 모락모락 피어나도록 화로모깃불도 준비해두었다. 뒤란에는 덕석까지 깔아놓았다. 어느 것 하나 부족함이 없는 채비였다. 민순은 벌써부터 멍석에서 기다리고 있었다.

"마님. 여기서 옷을 벗으시면 돼요."

"그래 고맙다. 덕석까지 깔아놓았구나."

영심은 뒤란 덕석 위에서 옷을 홀라당 벗었다. 그리고 주위를 살폈다. 인적이 없는 듯싶어 우물가로 갔다. 민순은 영심의 옷을 장독 위에 올려놓았다.

"이리로 앉으세요. 지가 물을 부어드릴께요."

"그래. 고맙다."

민순은 바가지로 물을 떠서 영심의 등짝에 부었다. 마치 뜨뜻하게 타놓은 물이라 목간에 안성맞춤이었다. 대여섯 바가지를 내리붓고 나서 민순이가 물었다.

"마님. 지가 등에 때를 밀어드릴까요?"

"그러면 좋제."

민순은 수건을 똘똘 말아가지고 등허리를 쓱쓱 문질렀다. 몸보신하려고 보약을 먹은 탓인지 주체를 못할 정도로 살이 찌고 개기름이 번

질번질했다. 푸짐하고도 봉긋한 유방이 토실토실한 고무공처럼 솟아올랐고, 탱글탱글하면서도 시커먼 젖꼭지에선 연신 뜨물 같은 젖이 솟아나는 것 같았다. 손이 닿는 곳마다 연시처럼 물렁물렁하면서도 따뜻했다. 달빛에 비치는 피부가 백옥처럼 빛났다.

"때가 많이 나오냐?"

"예. 목간하신지 오래되셨응께 그럴 수밖에 없지라우."

"땀도 많이 흘려대고 있었으니 그러겠지 뭐."

등짝은 물론이요 목덜미에서 겨드랑이 밑까지 심지어 엉덩이까지 문지르고 나니 팔이 빠질 것만 같았다. 어느새 숨이 차고 코가 벌룩벌룩 거리더니 땀도 줄줄 흘렀다. 옷이 등짝에 철썩 달라붙었다. 가슴에도 땀이 흘러내리느라 벌레가 기어가는 것처럼 설렁설렁거렸다.

영심은 가슴과 배는 자기가 문지르려 씻고 있었다. 시큼하면서도 비릿한 땟국냄새가 물씬물씬 피어올랐다.

"민순이 너도 이리 엎드려라 내가 밀어주마."

"아니어라. 마님. 괜찮당께요."

"아니랑께. 니 몸에서 땀 냄새가 난단 말이다. 내 코는 못 속인당께. 얼른 벗고 이리 오란 말이다."

머무적거리고 있는 민순을 향해 영심이 다시 소리쳤다.

"니가 언제 등 밀어 주도록 목간 했겠냐? 때가 많겠제."

그녀도 솔직히 혼자 목간을 할 수도 없고 해서 몸이 근질근질하던 터였다. 옷도 땀에 다 젖어 얼른 덕석 위로 갔다. 실오라기 하나 없이 홀라당 벗었다. 옷을 장독 위에 올려놓았다. 팔을 접어 앞가슴을 가린 채 우물가로 달려들었다. 기다렸다는 듯이 영심이 바가지에 물을 퍼서 들고 있었다. 그녀가 들자마자 앉으라고 해놓고 머리에서부터 내리 쏟았다. 눈을 뜰 수가 없을 정도였다. 대여섯 바가지 정도 부어놓고는 말했다.

"자 이리 엎드려라."

"예. 마님."

민순은 고개를 밑으로 숙인 채 등을 볼록하게 쳐들었다. 영심은 인정사정없이 문질러대었다. 자기도 모르게 입에서 "아! 아!" 하는 소리가 튀어나왔다.

"너는 참 몸매가 늘씬하고 예쁘단 말이다. 누굴 닮았다냐?"

영심은 민순의 등짝을 바라보며 말했다. 슬그머니 유방을 만져보고서는 웃음 섞인 말로 놀렸다.

"아이고! 이 가시내가 젖통도 크고 예쁘네."

"아유! 마님 부끄러워요."

"같은 여자끼린디 뭐가 부끄러워."

영심은 처녀였을 적을 생각하며 민순의 유방을 만져보고서 넉살좋게 말했다.

"이렇게 젖꼭지가 쫑긋하게 도드라져야 쓴당게. 구융젖이면 못써."

"아이고! 마님. 부끄럽당께라우."

잠시 목간을 하면서도 무의식 속으로 흘러들어간 듯 그녀의 목소리가 커지고 있었다. 사람은 간혹 한순간을 잊을 수도 있다. 자신이 하는 일조차도 잊고 무아지경으로 빠져들기도 한다. 저 건너 우정양반 집에서 컹컹대며 개 짖는 소리가 고즈넉한 달밤을 뒤흔들자 말소리는 점점 커지고 있었다.

한편 민순이 떠나간다는 말을 듣고부터는 시름에 빠져든 이는 흥기였다. 꽃같이 요요한 그녀를 보고 넋을 잃은 지는 이미 오래되었고, 눈까지 맞춰가는 마당에 청천하늘에 날벼락을 맞은 꼴이 되고 말았다. 차려놓은 밥상에 숟가락을 늦게 든 자신을 자책해보면서도 세상사는 재미를 몽땅 잃은 듯싶었다. 민순을 보내놓고는 단 하루도 살 수 없을 것 같았다. 연병(戀病)을 앓은 사람처럼 밥맛을 잃은 채 잠을 이루지 못했다. 들일을 하면서도 넋이 나간 사람마냥 먼 산만 바라보고 서 있을 때가 많았다. 그녀를 붙잡을 방책을 찾느라 머리를 휘굴려보아도 도무지 묘책이 떠오르지 않았다. 뾰족한 수가 없어 하염없는 담배만 뻐끔뻐끔 빨아대었다. 그날도 마찬가지였다. 잠을 이루려 해도 눈이 감기지 않았다. 되레 정신만 점점 말똥말똥해졌다. 그런데도 곁에 있는 상보가 천장이 들썩들썩 하도록 드르렁거리며 코를 골았다. 코고는 소리에 질려 방안을 빠져나왔다. 마침 달도 훤하고 해서 툇마루로 나와 밝은 달을 쳐다보았다. 한숨을 지어가며 민순이 방을 바라보았다. 방에는 불이 켜져 있었다. 늦은 밤까지 글공부를 하고 있구나 싶었다. 그때 어디선가 여자들 속삭임 소리가 들렸다. 귀를 쫑긋 세워보니 물을 부어대는 소리와 함께 들려왔다. 그는 담뱃불을 끄고 슬그머니 툇마루를 내려와 마당으로 나왔다. 물소리가 날 만한 곳은 우물이라는 것을 육감으로 느낄 수 있었다. 숨소리까지 죽여 가며 살금살금 감나무 그늘 속으로 몸을 숨겼다. 감나무가 풍성하게 잎과 가지들을 늘어뜨려 달빛 그림자를 수놓았다. 반딧불이 울타리에 고개를 처박은 채 반짝반짝 밤이슬을 빨고 있었다. 기세 좋게 연기를 피어내던 모깃불이 사그라진 틈을 타고 모기들이 귓가에서 왱왱 거렸다. 다시 물을 끼얹는 소리와 함께 마님의 목소리가 날아들었다. "아이고! 이 가시내가 젖통도 크고 예쁘네." 장독 위에 속옷이 달빛에 선명했다. 물을 끼얹는 소리가 나더니 쳐놓은 발밑으로 발가벗은 육체가 똬리를 틀었다. 달빛에 유난히 훤하게 드러난 민순이 육체가 실오라기 하나 걸치지 않고 눈앞에 나타났다. 발가벗은 채 쪼그리고 앉아 있는 모습은 황홀하도록 아름다웠다. 황홀경에 도취한 그는 질질 흘려대는 침을 꼴딱꼴딱 삼켜가며 뻣뻣한 시선만 고정시켰다. 가슴이 두근거리며 심장의 움직임이 빨라지기 시작했다. 뜀박질을 하고 난 사람처럼 질정을 할 수 없었다. 그는 꽈배기처럼 다리를 꼬아 조였다. 고뇌에 휘감긴 침울한 감정이 그의 괴로운 가슴을 찍어 누르니 입안이 바짝바짝 타 들어갔다. 잠시 후 두 여인이 발가벗은 채 발을 걷고 밖으로 나왔다. 달빛에 모든 것이 선명하게 드러났다. 홍기는 눈을 의심하는지 손으로 쓸어보았다. 그것은 황홀한 실경이었다. 이어 장독대로 가서는 옷을 들고 뒤란으로 사라졌다. 그는 한동안 넋을 잃은 것처럼 맥없이 풀려든 다리로 우두망찰 우물만 바라보고 서 있었다. 괜히 사내마음을 휘저어 놓은 탓에 잠자코 견뎌내지 못할 것만 같았다.

쓸쓸한 웃음을 지어가며 정신을 바로 잡기 위해 잠시 눈을 감았다. 그는 달빛을 털고서 방으로 들어갔다. 아직도 상보는 코를 골며 잠에 취해 있었다. 기차 화통을 삶아먹은 사람처럼 드르렁 소리에 방 안 공기가 온통 콧속으로 빨려 들어가는 느낌이었다.

문가에 자리를 잡고 고개를 돌린 뒤 눈을 감고 잠을 청해보지만 마음대로 되지 않았다. 머릿속으로 사람이 들락거릴 만큼 큰 구멍이 뚫렸는지 벌거벗은 민순이가 들어와 머릿속에서 잠과 줄다리기를 하였다. 새벽닭이 홰를 치고 어스름한 새벽빛이 부옇게 밝아올 때까지 그녀는 머릿속에서 나가질 않고 매대기질을 계속했다.

소서가 지나자 들판의 나락들이 거름독이 올라 쑥물을 부어놓은 듯 진한 녹색 옷으로 갈아입었다. 꼿꼿하게 자리를 잡은 벼 포기는 저마다 도톰하게 살을 찌우고 있었다. 머슴들은 상사소리와 함께 논매기에 구슬땀을 흘렸다.

큰 머슴 장근이 아침부터 두 머슴을 보채기 시작했다. 몰무덤 밑에 긴 다랑이 논 초벌 김매기를 하기 위해서였다. 일찍부터 시작한다고 해도 셋이서 하루에 마치기 어려울 정도로 큰 논이었다. 아침을 먹고 논으로 나가는 장근의 얼굴에 약간의 짜증스러운 눈빛이 일렁거렸다. 까닭은 그날따라 아침부터 홍기의 거동이 맘에 들지 않았기 때문이었다. 여느 날 같았으면 말도 꺼내기 전에 연장도 챙겨들고 앞장설 사람인데 이날만은 도통 예전과 달랐다. 등짝에 돌덩어리를 짊어진 사람 마냥 몸이 무거워 보이고 어슬렁거리는 꼴이 젊은 사람 같지 않았다. 무슨 연유인지는 몰라도 아침밥상 앞에서 숟가락을 들다가 서너 숟갈만 뜨고서는 그냥 물리친 것을 보았다. 간밤에 곤드레만드레 술타령을 하고 난 사람마냥 조금 이상해보였다. 기다란 간대 끝처럼 휘청휘청 걸어가고 눈알에는 토끼눈처럼 벌겋게 핏발이 서 있었다. 논두렁에 가서도 얼른 논으로 들어가지 않고 일없는 한숨을 몰아쉬며 산지기나 되는 것처럼 먼 산만 우두커니 바라보고 있었다. 얼빠진 사람 같고 처녀가 상사병이 도져 실성한 것과 다름없어 보였다. 저녁에 잠을 못 잤는지 하품을 연신 해대었다.

"너 지금 뭣하고 서 있냐?"

둘이는 벌써부터 논을 매고 있는데 홍기가 논두렁 가에 다리를 쭉 뻗고 앉아 넋두리를 하듯 들어올 기미를 보이지 않았다. 이를 본 장근이 화가 난 채 짜증스런 목소리를 튕기고 나섰다. 그래도 홍기는 일언대꾸도 없이 실눈을 뜨고 먼 산을 바라보며 있었다. 하염없이 담배만 뻐끔거리는 것을 보면 영락없이 실의에 빠진 사람 같았다.

"아이말다. 너 지금 뭣하고 자빠졌냔 말이다."

귀청이 떨어져나갈 정도로 냅다 소리를 쳤다. 그래도 그는 모른 척 하더니만 혼자서 뭔가를 중얼거렸다.

"아니 너 왜 이러냐? 못 볼 것이라도 봤냐?"

아무래도 무슨 까닭이라도 있지 않은가 싶은 생각에 의아쩍은 눈초리로 쳐다보며 물었다.

"세상 살맛 안 난당께라우."

"뭐라고야? 세상 살맛이 안 난다고 했냐?"

"그렇단 말이요."

"야 정신 차려라. 머슴 사는 주제에 세상 살맛이 멋이다냐? 일본으로 끌려가지 않은 것만으로도 감지덕지해야 쓴당께. 길동이 못 봤냐? 껍죽거리다 사지로 끌려간 것. 살아서 돌아올지 타국에서 황천객이 될지 모를 일이제. 눈감으면 코 비어버릴 세상이어. 잔말 말고 어서 들어와. 배부른 소리 그만 허고 빨리 들어오란 말이다."

하지만 홍기는 혼이 빠진 사람처럼 눈에는 아무것도 보이지 않았고, 귀에는 그 어떤 소리도 들리지 않았다. 장근은 홍기의 속심을 알고 있었다. 은근히 여자 때문에 끌려간 길동을 들먹이며 정신 차려가며 살라는 투로 말했다.

"차라리 일본으로나 데려가줬으면 쓰것당께라."

일전에 볼 수 없었던 생뚱맞은 소리를 내질렀다. 그는 마치 삶을 포기하는 사람처럼 막말도 서슴지 않았다.

"아이고! 요놈이 머슴이라도 살면서 배가 부릉께 못할 소리가 없네. 당장 이 집 나가 봐라. 누가 쌀 섞은 밥 준다냐?"

장근은 말대꾸할 가치도 없다는 듯이 돌아서 엎드린 채 논바닥 풀을 뽑기 시작했다.

"앗따! 성님. 얼른 들어오랑께라우."

이번에는 상보가 홍기를 보고 재촉하고 나섰다. 말투가 꽤나 퉁명스러웠다. 그러나 그는 돌아본 척도 하지 않고 연신 담배연기를 뿜어내고 있었다.

"성님! 빨리 오시랑께라우."

"야! 너땜새 잠을 못 잔단 말이다. 너 기차 화통 삶아 묵었냐? 어린 놈이 무슨 놈의 코를 그리도 고냐? 천장에 구멍 안 났드냐?"

상보는 무안하여 계면쩍은 낯으로 피식 웃으며 고개를 숙였다.

"내 생전 너 같이 코를 고는 놈은 못 봤당께."

"코고 뭐고 간에 얼른 논을 매야 쓸 거 아니냐? 너 새경 받고 머슴살이 하는 놈 맞냐? 못하겠으면 들어가든지. 왜 우리도 못하게 훼방을 놓냐?"

더는 못 참을 것 같이 장근이 발칵 성을 내며 쏘아붙였다. 그제서야 못 이긴 척 하고는 슬그머니 논으로 들어왔다. 그가 이토록 뺀둥거리기는 처음이었다. 논에 들어서도 건성거리며 성의가 없어 보였다. 분명 말 못할 역경이 있었음에 틀림없어 보였다. 장근은 민순이 때문이라는 것을 알고 있기에 코가 납작해지도록 짓밟아 주고 싶지만 참았다.

솔직히 홍기의 머리에는 아직도 민순이 나체가 매대기질을 하고 있었다. 환영(幻影)이 되어 눈앞에 아른거리며 떠나가질 않았다. 멀리 쫓아내려고 안간힘을 써보지만 도무지 지울 수가 없었다. 혼미해진 정신을 가다듬으려 들면 더욱 요동을 치면서 말똥말똥 된장질까지 해대었다. 논을 매는 둥 마는 둥 건성건성 논바닥을 헤집을 뿐이었다.

햇덩이가 솜털 같은 하얀 구름조각을 타고 중천으로 움지럭거리고 있었다. 이때 주인 영주가 논으로 나왔다. 그는 기다란 작살 작대기를 들고 다녔다. 논두렁을 다니면서 두더지나 뱀을 잡아 냈다. 두더지가 논두렁에 굴을 만들어내면 결국은 방천이 나게 되고 논에 물을 가둘 수 없어 농사를 망칠 수 있기 때문이었다. 뱀도 마찬가지였다. 기다란 작살은 마치 송곳같이 날카로운 삼지창으로 되어있어 뱀을 봤다고 하면 멀리서도 쉽게 처치할 수 있었다. 논두렁을 이리저리 살피며 그들이 일하는 곳으로 다가오고 있었다. 주인 앞에선 어물어물할 수도 몸

을 사릴 수도 없었다. 한참 쥐죽은 듯 조용히 논을 매고 있었다. 영주
는 위아래 논두렁을 돌아다니며 물꼬를 조절하고 다녔다.

"홍기야."

영주가 두태배미에 있는 논으로 가면서 홍기를 불렀다.

"예."

"집이 비어서 민순이가 못 나옹께 아침나절 참은 니가 집에 가서 가
져와야 쓰겄다."

"지보고 참을 가지고 오라고라우?"

"그렇단 말이다. 지금 가서 가지고 와야 쓰겄다."

집에 사람이 없이 참을 직접 가져다 먹으라고 당부를 하고 산 넘어
들로 떠났다.

장근이가 아침부터 마뜩찮던 분위기를 바꿔보려고 부러 홍기에게
상사소리를 권했다.

"홍기야. 마음도 싱숭생숭헝께 거 상사소리 한바탕 해부러라."

홍기는 노래할 기분이 아니었다. 마음은 오직 뽕밭에 가 있었다. 머
릿속에는 아직도 발가벗은 민순이가 매닥질을 하며 헤집고 다녔다.
그 순간에도 짜릿짜릿한 전율이 온몸을 휘감고 있었다. 그는 입을 꼭
다문 채 잡초만 쥐뜯어 내었다.

"암만해도 술 한 사발 마셔야 헐랑개비다. 기분도 그렇고 얼른 가서
참이나 가지고 와서 한 잔씩 마시고 허자."

장근은 일하는 도중 기분을 전환시켜 주는 촉매제로는 술이 최고라
는 것을 잘 알고 있었다. 일찍부터 한 잔씩 마시고 상사소리를 불러가
며 논을 매고 싶었다. 머슴들이 일을 할 때마다 막걸리 두어 잔은 기
본. 술김에 일한다고 한잔씩 들이키고 나면 자신도 모르게 힘이 불끈
불끈 솟아나서 일의 능률을 높여주었다. 홍기도 술 한잔이 생각이 났

다. 혹시 술을 먹고 나면 머릿속이 지워질까 싶어 나름대로 바라고 있던 바였다. 머릿속에 그녀의 모습을 지워야 만이 일을 할 것 같았다. 그는 논에서 나왔다.

"지가 가서 참을 가지고 올께요."

"그래. 빨리 가지고 오니라. 기분도 그렇고 한잔해야 상사소리도 나올랑갖다."

홍기는 논 옆 도랑으로 가서 진흙투성이가 된 팔다리와 손을 씻었다. 얼굴에 묻은 진흙까지 씻기 위해 세수까지 하고서 도랑에서 나왔다. 논두렁을 걸어가면서도 회오리바람을 맞아 모가지가 꺾인 갈대마냥 비척비척 거렸다. 갈피를 못 잡고 허둥대는 것처럼 보였다. 다리에 힘이 쭉 빠졌는지 허정거리는 걸음걸이였다. 고샅으로 들어간 홍기는 기분이 야릇했다. 굴비두름처럼 엮어진 지난날의 기억 중에서 어제 저녁만큼은 덜어서 지워버리려 해도 점점 더 선명하게 떠오르며 그를 황홀지경으로 몰아가고 있었다. 집 안에는 아무런 인기척이 없었다. 집이 비었다고 주인 영주가 말을 해주었어도 귀담아 듣지 못했던 까닭에 기억에서 벌써 달아나고 없었다. 옆 마당으로 돌아들자 우물이 눈길 안으로 들어왔다. 우물가에는 어제 저녁에 보았던 발이 그대로 쳐져 있고 사람이 들어앉아 목간을 할 수 있는 커다란 다라이도 그대로 놓여 있었다. 자신도 모르게 장등이 감나무 밑으로 발길이 닿아 있었고 눈길은 우물로 향하고 있었다. 달빛에도 발가벗은 하얀 몸뚱이와 불룩하게 튀어 오른 유방이 선명하게 보였던 곳. 또다시 눈앞에 선연한 그녀의 몸매가 비춰지는 것 같았다. 속살이 훤히 드러난 여인의 환영이 언뜻 떠올랐다. 그는 살금살금 부엌문으로 다가갔다. 부엌문을 방긋이 열려있었다. 그는 슬그머니 고개를 쑥 밀어 넣었다. 아무도 없는 줄 알았는데 민순이가 부엌바닥에 쪼그리고 앉아 상추와 아욱을 다듬고 있었다. 그녀는 홍기가 오는 줄도 모르고 점심거리 장만에 여념이 없었다. 귀신이 나타난 줄 알고 그 자리에 철퍼덕 주저앉고서 소리쳤다.

"아이고! 엄니야!"

그녀는 손으로 빛 가림을 하고서 자세히 쳐다보았다. 금방 홍기라는 것을 알아차리고서는 다정한 눈빛을 보냈다.

"참 가지러 오셨능가요? 내가 내다 줄께요."

그녀는 벌떡 일어나 장지문 쪽으로 갔다. 참을 바구니에 담아 술 주전자와 함께 문턱에 놓아두고 있었다. 홍기는 민순을 말끄러미 쳐다보았다. 일순간 그녀가 실오라기 하나 걸치지 않은 알몸으로 보였다. 배꽃같이 하얀 맨살이 드러나면서 탱글탱글 탐스러운 젖무덤에 도드라진 젖꼭지가 돌올하게 보인 것이었다.

홍기는 부엌 안으로 성큼 발걸음을 내딛었다. 갑자기 달려든 그를 보고 깜짝 놀란 민순은 참 바구니를 든 채 망연스러운 눈빛으로 쳐다볼 뿐이었다.

"내가 내다 줄랑께 들어오지 마셔요."

그러나 육욕에 도취된 그는 일각에 망설임도 없이 그녀의 어깻죽지를 덜컥 붙들어 잡았다.

"밥순아. 너는 내 꺼여. 가면 안 돼. 나랑 살아야 한당께."

민순은 기겁을 한 채 주춤주춤 물러서고 있었다. 그의 눈에는 예전에 볼 수 없었던 수리부엉이와 같은 매서운 눈빛이 이글거렸던 것이다. 붉은 핏발로 물든 눈망울은 마치 여울이 물굽이 치듯 살기마저 감돌고 있었다.

"갑자기 왜 이래요? 안 된당께요."

그녀는 바구니를 떨어뜨린 채 온몸을 움츠리며 흔들어대었다. 그러나 그는 황구렁이가 쥐를 앞에 놓고 혀를 날름거리는 눈빛 그대로였다. 새하얗게 질린 그녀는 그의 표정에 질려 쳐다볼 수도 없었다. 몸을 비틀어가며 버르적버르적 뒤로 물러나보지만 더 이상 갈 곳도 없었다. 그의 숨소리는 가쁘게 씨근거리며 얼굴이 발갛게 달아오르고 있었다. 손을 바들바들 떨면서 입가에 침까지 질질 흘려대었다. 이어 목울대가 꿈틀거리도록 마른 침을 삼켜대었다. 물러날 곳 없는 민순은 장지문 문턱을 붙들어 잡고 참매미 날개 떨 듯 오들오들 떨었다. 이내 성난 황소처럼 눈을 부릅뜨고 달려들어 그녀를 붙들어 잡았다. 민순은 급한 마음에 "사람 살려!" 하고 외쳤다. 그는 왼손을 펴서 인정도 없이 그녀의 입을 틀어막았다. 고개를 뒤로 젖혀가면서도 발악을 하듯 소리치려들지만 그의 큰 손이 얼굴을 감싸고 놓아주지 않았다. 오른손으로 윗몸을 끌어당겼다. 사생결단 각오로 그를 밀쳐내 보지만 머슴의 힘을 당해낼 재간이 없었다. 한손으로 끌어안아도 어린 아기가 엄마 품속으로 빨려 들어가듯 그의 가슴팍에 잠기고 말았다. 그는 낚시 바늘처럼 눈을 비틀어가며 능청스럽게 욱대겼다.

"너는 이미 내 거랑께. 말 안 들으면 어떻게 되는 줄 알지?"

잔뜩 독이 오른 그는 살기 어린 눈으로 쏘아보며 모래알 씹는 소리를 내질렀다. 민순은 그의 야수적인 만행 앞에 무의식적인 반항만 버둥거릴 뿐이었다. 그의 입은 어느새 그녀의 입을 더듬으며 침을 바르고 있었다. 오른손은 적삼 밑을 더듬기 시작하였다. 열려진 적삼 사이로 젖무덤이 고개를 내밀자 장작개비 같이 뻣뻣한 손으로 젖을 짜내듯 움켜쥐었다. 이어 치맛말을 더듬다가 속옷고름을 잡아당겼다. 옷고름 떨어지는 소리가 으지직으지직 들렸다. 힘없는 속옷고름은 최후의 보루역할을 포기한 채 바닥으로 떨어지고 말았다. 몸부림을 치다가 그만 부엌바닥으로 홀렁 넘어진 그녀는 토끼처럼 발버둥을 쳐가며 발악을 해보지만 대욕비도(大慾非道) 앞에선 속수무책이었다. 그는 금세 극악무도하게 위에서 덮쳐왔다. 두 발을 무릎으로 눌러대고 두 팔을 모둠으로 비튼 채 손아귀 속으로 집어넣었다. 마치 온몸이 밧줄로 묶인 사람처럼 옴짝달싹도 하지 못했다. 구렁이처럼 몸을 둘둘 감아오는 것이었다.

그는 위로 올라타 내려다보며 마지막 가린 부분까지 벗기려 치마를 걷어 올렸다. 민순은 그를 향해 침을 퉤퉤 내뱉었다. 그래도 꼼짝하지 않았다. 파랗게 질려간 그녀가 몸통을 뒤틀고 팔다리를 버둥거려보지만 힘 앞에서는 막무가내였다. 아랫배로 냄비뚜껑만 한 손이 덥석 밀려 내려온 것이었다. 치마 속을 더듬어대기 시작하자 그녀는 사력을 다해 손을 잡아당겼다. 주먹을 불끈 쥐고 인정사정없이 그의 가슴팍을 두드려도 꿈쩍하지 않았다.

손에 잡힌 대로 물건을 들어 휘둘러도 그의 힘을 당해낼 수 없었다. 그도 가만히 맞고만 있지 않았다. 인정 없는 손바닥으로 닥치는 대로 따귀를 후려쳤다. 위에서 내려치는 손찌검은 너무 아파 견디기 힘들었다. 미처 숨조차 쉴 수 없이 손이 날아들었다. 코가 맹맹해지기 시작했다. 코에서 피가 터졌는지 홀쭉할 때마다 물그레한 것이 콧속을 채웠다. 원통하고 분해서 소리 내어 울기 시작했다. 하지만 그의 악마(惡魔)의 본능은 조금도 시들지 않고 계속되고 있었다. 온몸을 짓누른 채 마지막 부분까지 공격이 이뤄지기 시작할 때였다.

"민순아! 민순아!"

연거푸 불러대는 목소리는 이양할머니였다. 별안간 미처 날뛰듯 뒤장질을 하던 그가 귀를 쫑긋거리고 두 눈을 두리번거렸다. 놀란 토끼처럼 잔뜩 긴장하는 눈치를 보이다가 벌떡 일어났다. 인정이라고는 털끝만치도 없을 만큼 무참하게도 짓밟고서 슬금슬금 도망치듯 사라지고 말았다. 인면수심과 다름없는 그는 아비도 모르고 물어뜯어 죽인다는 짐승의 본능 그대로였다. 찢고 벗기고 자근자근 짓밟은 그이의 폭행은 처참하리만큼 잔인했다. 마치 지옥의 화마(火魔) 속으로 빨려 들어갔다가 기어 나온 느낌이었다. 그녀는 몸을 일으켜 바닥에 쪼그리고 앉았다. 분하고 서러움이 북받쳐 눈물이 비 오듯 쏟아져 내렸다. 치욕적인 수치와 처절한 외로움이 밀려들어 고개를 들 수 없었다. 머릿속이 달걀껍질처럼 텅 비어버린 것 같았다. 심장에 삼지창이 꽂혀 갈기갈기 떨어져나간 것처럼 마음이 아팠다. 분통이 폐(肺) 속으로 파고들어 터져버릴 것처럼 답답했다. 명주실 같은 가느다란 숨만 꼴딱거리고 있을 때 이양할머니와 며느리가 부엌문으로 다가왔다. 그런데 옆 마당에서 홍기가 얼굴이 벌겋게 상기된 채 마치 화살을 맞은 노루처럼 헐레벌떡 뛰어나온 것이었다. 주인을 봐도 모른 척 마당을 가로질러 대문으로 쏜살같이 내달렸다. 그를 본 이양댁은 갑자기 속에서 뜨거운 불길이 확 솟구치며 정신마저 희뜩거렸다. 논일을 하다 말고 집에 와 있는 것부터 벌써 수상쩍은 조짐이었다. 거기에다가 외마디 언사도 없이 힐끔힐끔 쳐다본 채 두달음질로 달려 나가는 것이 불손하기까지 했다. 헝클어진 머리도 그렇고 벌겋게 부어오른 이마를 보니 불안한 생각이 울컥 치밀었다. 품새로 봐서는 틀림없이 박치기 싸움이라도 하다 온 사람처럼 보였다. 그 순간 머리에 떠오르는 것은 혹시 이놈이 민순이를……. 작년과 같은 일이 또 생겼을까 봐 겁이 덜컥 났다.

"어째서 저 놈이 저런다냐?"

며느리 영심도 이상하다는 듯 고개를 외오빼며 시어머니를 바라보았다.

"글쎄요. 논을 매다 말고 집에서 나온지 모르겠는디요. 훔쳐 먹다 들킨 사람 같은디요."

"혹시 이놈이……!"

머릿속에 집히는 것이라도 있는지 침통한 표정으로 버럭 고함을 쳤다. 그리고서 재빨리 옆 마당으로 걸음을 옮겼다. 며느리 영심도 짐짓 놀란 표정으로 뒤를 따랐다. 이양댁이 얼른 부엌문을 활짝 열었다. 민순이 바닥에 움츠리고 있는 것이었다.

"아이고! 이 일을 어쩔그나. 이놈이 사람을 죽여놓고 갔네!"

민순을 바라본 이양댁이 너무 놀라 비명을 지르며 까무러칠 듯 놀랐다. 부엌문짝을 잡고 파들파들 떨면서 비틀거리다가 망연자실 혼이 나간 사람처럼 벌렁 자빠지듯 문턱에 주저앉아버렸다. 부엌바닥에는 민순이 헝클어진 머리를 그대로 풀어 헤친 채 고개를 무릎 사이로 박고서 울먹이고 있었다. 코피와 눈물이 온 얼굴을 뒤범벅으로 만들어 놓았고, 휘주근한 땀에 젖어 쥐어짤 것 같았다. 상추며 아욱과 마늘이 내동댕이쳐져 널렸고 속옷고름이 떨어져 있었다. 영심이 먼저 부엌으로 들어갔지만 얼른 말도 붙일 수 없었다. 무슨 말로 위안을 해야 할지 입이 떨어지지 않았다. 잠시 후 정신을 가눈 이양댁이 안으로 들어와 그녀를 부둥켜안았다.

"어쩌다 이리 되었냐? 내가 잠깐 집을 비운 사이 못된 짓을 하고 갔구나."

이양댁은 앙가슴을 손으로 쥐어박으며 자탄하기 시작했다. 이맛살을 찡그려가며 끓어오르는 울분을 가누지 못하고 한숨을 들이켰다.

"워매! 이놈을 가만두지 않을란다. 제까짓 놈도 남자라고 그런 짓을 한단 말이냐? 인자 우리 집에서는 찬물 한 그릇도 없다."

이양댁은 억분을 참지 못하고 이맛살을 쥐어짜며 악을 쓰듯 말했다. 이미 엎질러진 물처럼 침통한 표정을 지어가며 민순을 일으키려

들었다.

"어서 일어나거라. 모진 놈 같으니라고. 힘없는 여자라고 해서 이리 해도 된다드냐? 지도 이 대가를 받도록 할란다."

어금니를 힘주어 옥물면서 다짐하듯 소리쳤다. 민순이 자리에서 일어섰다. 그녀의 모습이 너무 안쓰럽고 처절했다. 눈뜨고는 볼 수 없을 지경이었다. 곱게 딴 머리가 엉망진창 헝클어졌고, 갈기갈기 찢어진 짧은 적삼이 핏물로 얼룩얼룩 했다. 속옷고름조차 떨어져 너울너울 거리려 가슴통이 훤히 열려 있었다. 두 팔을 가슴에 대고 오므려 감추려 들지만 붉게 물든 손자국이 젖꼭지 밑으로 선명했다. 콧구멍에는 핏덩이가 흘러내리다 그만 너덜너덜하게 엉겨 붙어있었다. 입술이 텅텅 부어 터졌고 턱밑에서부터 목울대까지 손톱자국으로 벌겋게 그림을 그려놓았다. 신발이 벗겨진 채 한 짝씩 나뒹굴고 장딴지며 성문에도 상처의 그늘이 서려있었다. 영주가 대야에 물을 떠가지고 들어왔다.

"어서 얼굴부터 씻어야 쓰겠다."

영주가 그녀의 팔을 이끌었다. 앉아 있는 민순의 얼굴을 씻어주었다. 눈물로 뒤범벅이 된 얼굴을 손으로 만지기만 해도 깜짝깜짝 놀라는 표정을 지었다. 입술은 점점 부어가고 있었다. 억지로 참아가느라 숨죽인 울음소리가 콧속에서 새어 나왔다. 얼마나 서러웠는지 얼굴을 씻어주는 데도 눈을 뜨지 못하고 울음을 걷잡지 못했다.

"시상에 이것이 뭣이다냐? 힘없는 여자로 태어났다고 이 짓을 해놓다니, 위매! 천벌을 받고도 남을 놈이제."

영심은 긴 머리를 가지런히 빗어 묶고 팔도 씻어준 뒤 방으로 들라고 부추겼다.

"부엌일은 내가 헐 테니 니 방에 가서 편히 누워 있거라. 진즉 보내 줄 것을 괜히 데리고 있다가 이꼴이 나고 말았구나."

입맛을 쩝쩝 다시면서 중얼거리듯 이양댁이 말했다.

"대가리가 터지도록 부지깽이로 두드러불고 이빨로 물어 뜯어불제 나뒀냐?"

영심도 그녀의 처연한 모습에 울분을 참지 못하고 언성을 높였다. 둘이는 그녀를 부둥켜 잡듯 부추겨 방문을 열고 데리고 들어갔다. 시원한 문가에 자리를 하고 눕게 해주었다.

자리에 누운 민순은 눈을 감은 채 계속해서 울먹였다. 이양댁은 아무래도 마음을 놓을 수 없는 것이 있었다. 그것은 홍기가 겁탈을 하고 내뺐는지가 궁금했다. 남의 정조를 무참히도 짓밟았는지 알고 싶었다. 여자에겐 생명과도 같은 것을 강제로 빼앗았는지에 관심이 점고되었다.

"왜 가만히 당하고만 있냐? 몸을 비틀어가며 못하게 해야제. 그짓을 할라고 할 때는 정신이 없을 것인디 그냥 아무 데라고 물어뜯었으면 못했제."

그제야 민순이 살며시 눈을 뜨고 이양할머니를 쳐다보았다. 죽음의 마당에서 의식을 차리고 깨어난 사람마냥 고개를 들고서 썰레썰레 흔들었다.

"아니어? 당하지는 안 했어?"

이번에는 영심이 반가운 듯 귀를 번쩍 떼며 바스러지듯 소리쳤다.

"예. 마님."

"아이고! 워매! 잘했다. 그런 짐승만도 못한 놈의 씨를 받았다면 어쩔 뻔했드냐. 하늘이 너를 도운 것이제. 우리가 어쩔라고 그때 들어왔을그나. 조금만 늦게 왔어도 초상날 뻔했는디. 아이고! 천지신명이 도운 것이제."

이마에 땀을 훔쳐 뿌리고 나서 신명이 되살아날 듯 중얼거리듯 말했다. 일각에 밝은 표정을 되찾으며 안도의 한숨을 내쉬었다. 그때 마당에서 사람을 부르는 소리가 들렸다.

"할머니! 할머니 계싱가요?"

그의 목소리는 장근이었다. 아마도 참을 내어 오질 않으니 직접 집까지 찾아온 것 같았다.

영심이 일어서서 문을 열고 나갔다.

"마님! 여기 홍기 없어라우?"

"일하다 말고 왜 찾는다요?"

영심은 부러 능청을 떨며 되물었다.

"워매! 이 자식이 어디를 갔으가라우? 새껏 가질러 간다고 해놓고는 오도가도 안하니 무슨 일이라요? 집에 안왔능가요?"

그때 이양댁이 밖으로 나와 짐짓 놀란 표정을 지으며 물었다.

"왜 홍기한테 새껏을 가질러 보냈능가?"

"예? 상보한테 보낼라고 했는디 지가 막 갔다온다고 하드랑께요. 그렇지 않아도 그자식이 조금 이상했어라우."

그는 고개를 비틀어가며 생각에 젖어들었다.

"뭣이 이상하등가?"

"이 자식이요. 꼭 못 볼 것이라도 보고 온 사람처럼 묘한 짓을 하드랑께요. 뭐 세상 살맛이 안 난다느니, 일본으로 데려가줬으면 쓰것다고도 허든디요. 상보한테는 니 코고는 소리땀새 잠을 못잤다고 혐서 기차화통을 삶아 묵었냐고 소리를 치드라고요. 진짜로 잠을 못 잤는지 눈이 뻘겋고, 얼빠진 사람 같기도 허고 상사병에 걸려 반은 실성한 사람 같습디다. 좌우지간 제정신 아니었어라우."

그는 마치 생선가시 발라내듯이 야지랑스럽게도 있었던 일을 까발렸다.

"그러고는 안 왔단 말이제?"

"고샅으로 들어간 것만 봤지라잉. 그리고는 코빼기도 안 보여서 혹시 무슨 일이라도 있능가 싶어 와봤당께요. 집에는 암시랑토 않응가요?"

"그럼 늦게라도 새것을 줄 것잉께 자네가 가지고 가서 묵고 허소."

"아이고! 해가 반으로 접어졌는디 지금에야 묵어서 쓰겄소. 그럭저럭 참고 허다가 낮밥을 빨리 묵으러 올라요."

그는 다짜고짜 제 말만 해놓고는 돌아섰다.

"아니네. 아직 아무 준비가 안 되었응께 늦게라도 가지고 가서 묵고 낮밥은 조금 늦게 와야 쓰겄단 말이시."

그는 이양댁의 뜨뜻미지근한 말투에 얼핏얼핏 궁금한 눈망울을 휘굴리며 고개를 기웃이 뺀 채 다시 돌아섰다.

"집에 무슨 일이라도 있능가요?"

"일은 무슨 놈의 일. 내가 의원한테 갔다가 늦게 와서 그러네."

"밥순이는 어디 갔능가요?"

"집에 있제. 가긴 어딜 가. 혼자서 일을 많이 하다 봉께 몸치가 나서 눴능갑네."

영심은 부엌으로 들어가 어느새 참이 담긴 바구니와 술 주전자를 들고 나왔다. 해는 이미 중천 가까이 다가와서 뜨거운 햇살을 뿌려대었다. 장근은 바구니를 받아들고 들로 나갔다.

잠시 후 대문으로 영주가 작살을 들고 땀을 흘린 채 들어왔다. 그제야 장근이가 참을 들고 나간 것을 먼발치에서 보고 이상한 낌새를 느끼고 집으로 들어온 것이었다. 외출복을 입은 채로 마루에 넋을 놓고 앉아있는 어머니를 보고 조금 어리벙벙한 눈치였다.

"어머님! 집에 무슨 일이라도 생겼능가요?"

이양댁은 말할 기운도 잃은 채 대답대신 고개만 가볍게 끄덕였다.

"무슨 일인데요?"

그는 화들짝 놀라며 달려들었다.

"어머님, 몸이 편찮으싱가요?"

그는 힘이 빠져있는 어머니를 보고 걱정스러운 눈빛을 지었다. 그때 옆 마당에서 아내 영심이 다가왔다. 그녀의 표정에는 안개가 자욱이 낀 강을 보는 것 같았다. 그 흔하던 웃음기를 벗어 던져버리고서 어스름한 그림자를 눈가에 달고 있었다.

"그럴 일이 있었당께요."

"그럴 일이라니? 그게 무슨 일인데?"

영심은 남편의 물음에도 얼른 대답을 못하고 시어머니 눈치를 살펴가며 머무적거렸다.

"느그 둘이 방으로 잠깐 들어왔다 가그라."

이양댁이 일어서서 방으로 들어가면서 아들 내외를 불러들였다. 영주는 우렁이 껍질 같은 미궁 속으로 빠져 들어간 느낌이었다. 아내의 눈치만 연신 쳐다보고서 안방으로 들었다. 하지만 아내는 뒤따라 들어오면서도 시어머니와 입을 맞추고 있는 느낌이었다.

"남의 딸 데리고 있는 것이 쉬운 것이 아닝개비다. 양반집에서 매년 이런 음기 서린 일이 일어나서야 쓰겄냐? 아무래도 니가 사람을 볼 줄 모르는 것이여. 들어오는 놈마다 어째서 그런 짓을 허느냔 말이다."

영주는 눈을 휘둥글며 어머니를 쳐다보았다.

"그런 짓이라니요. 또 누가 못된 짓을 했능가요?"

"홍기가 민순이를 겁탈하려다 못하고서 반송장을 만들어놓고 도망쳤다."

"예? 홍기가요?"

그는 마치 천둥이 내려친 것 같이 노기 서린 얼굴에 고리눈을 뜨고 소리쳤다.

"예. 얼마 전에 그 짓을 해놓고 눈치만 힐끔힐끔 보고는 달려 나가는 것이 불손하기 그지 없드랑께요."

영주는 남편에게 홍기의 잘못을 고주알미주알 일러바쳤다.

"민순이가 겁탈을 당했답디까?"

"아니다. 다행히 그것은 모면했단다. 하도 날씨가 더워서 진맥만 하고 약은 내일까지 지어주라고 해놓고 온 탓에 살린 것 같다. 조금만 늦었으면 죽였던지 아니면 범했을 것 같더란 말이다. 참말로 사참했제."

"몸은 괜찮하고요?"

"괜찮긴 뭐가 괜찮겠냐. 순순히 응해주지 않응께 얼매나 휘어잡고 쥐어 팼던지 성한 곳이 하나도 없드랑께. 참말로 불쌍해서 못 보겄다. 즈그 아버지는 일본 유학까지 다녀왔다는디 저 꼴이 뭣이냐. 첩한테 빠져갖고 본실을 내팽개쳐분께 어매는 죽고 하나 있는 딸마저 집을 나와 저런 꼴을 당하고 산 것이제."

"이자식을 가만히 놔둬서야 쓰겄어요. 당장 요절을 내버려야지라우."

참으로 비분강개하고 참담한 비애까지 느낀 그는 당장 숨통이라도 끊어 갈기갈기 찢고 싶은 심정이었다. 그는 주먹을 불끈 쥐고 몸을 부르르 떨면서 양미간을 씰룩거렸다.

"그것은 나중에 할 일이고, 민순이를 보내줘야 쓰겄단 말이다. 진즉 간다고 했을 때 보냈으면 저런 일을 당하지 않았을 것 아니냐. 그러고 봉께 내가 잘모했다. 생전 잊을 수 없는 상처를 마음에 새겨준 꼴이제."

"어머님께서 그냥 데리고 있고 싶다고 허셨잖아요."

"경심이랑 금례가 집집마다 쪼아대고 다닌 통에 내보낼라고 했제.

그러다가 조금 잦아지면 그냥 모른 척하고 데리고 있을라고 한 것도 사실이었다. 얼굴도 예쁜 것이 속도 착해서 버릴 것이라곤 하나도 없드란 말이다. 이제 더 데리고 있겠냐? 지가 나갈라고 허겄제."

이양댁은 민순이에 대한 내심을 감추지 않았다. 동네 사람들이 마치 민순이 때문에 길동이 일본으로 끌려간 것처럼 원성을 뿌려댈 때는 내보내려 했던 것이었다. 남의 딸 데리고 감싸고 있다가 이웃사촌 금이 가선 안 된다 생각했다. 아들 하나 쳐다보고 한평생 수절로 살아온 금례의 아픈 마음을 생각하면 당연하다고 생각했었다. 그러다가도 시간이 지나면 다 잊어질 것이니 그때 가서 결정하자고 미뤄왔던 것. 마침 며느리가 아들손자를 낳은 통에 은근슬쩍 핑계를 내세워 그냥 넘겨치우려 들었다. 이제 그녀의 가슴에 돌이킬 수 없는 마음에 상처를 남겼으니 보낼 수밖에 없을 것 같았다.

"어머님 마음대로 하셔야지라우. 허나 아직 세이레도 지나지 않아서 지가 부엌일을 해나갈지 모르겠네요."

"나라도 같이 해야제 어쩔 수 없지 않겠냐?"

"그냥 보낼 수는 없을 것 같은디요."

"일 년 동안 속 한 번 끼리지 않고 일했응께 서운하지 않게 해서 보내야 쓰겄다."

"어머님께서 알아서 하시지요."

"오냐. 알았다. 솔직히 데리고 있다가 쓸 만한 놈 골라 시집보내줄라고 했었다. 얼굴도 예쁘제, 하는 짓도 나무랄 데가 없어서 오래오래 같이 있고 싶었는디……."

"우리 집과 연이 닿지 않은 것잉가 보네요."

"좋음서야 그러겄냐. 어디로 가든 귀염 받고 살 것은 틀림없지만 안타깝제."

9
자정골로 되돌아오다

……청청한 유월의 태양은 몰정하게도 뜨거운 햇살을 뿌려대자 햇살을 먹고 자란 짙푸른 초목은 울울한 여름빛을 토해내었다. 초복을 지나 중복으로 향하는 여름은 새벽부터 가마솥 안에 들어앉은 것처럼 후덥지근한 더위를 몰고 왔다. 삼복더위에도 아랑곳하지 않고 민순은 그동안 꼼짝도 못한 채 방안에 누워만 있었다. 한밤중이라도 부엌으로 나가 일을 하지 않고서는 견뎌 내지 못한 성미지만 입은 상처가 하도 큰 탓에 어찌할 도리가 없었다.

열병을 앓은 것 마냥 얼빠진 사람 같기도 하고, 몸에 물기가 죄다 말라가는 것같이 시름시름 앓기도 했다. 경풍 들린 아이처럼 깜짝깜짝 놀라면서 소리까지 질러대었다. 남자만 보면 지레 겁을 먹고 벌벌 떠는 모습은 보는 이로 하여금 안쓰러운 마음을 금할 수 없어보였다.

사나흘 동안은 밥도 제대로 먹지 못하고 빈사 상태에 빠진 것 같더니만 시간이 지나자 차츰 기력을 회복하더니 엿새 만에 제정신으로 돌아왔다. 이제는 예전과 같이 발그스름한 도화색 볼연지를 찍은 것처럼 화색이 피어났다.

민순은 드러누워 있는 동안에도 끊임없이 머릿속을 되작거렸다. 그녀의 머릿속은 누에고치 속처럼 어수선했다. 아무리 접어 생각해봐도 이제는 떠나가는 것 외에는 별 도리가 없어 보였다. 몸서리쳐지는 지난 일들이 자꾸 솟구쳐 올랐다. 갈 곳 없는 그녀는 뇌리에 꽂혀있는 부챗살과 같은 기억들을 하나씩 더듬기 시작했다.

먼저 떠오르는 것은 돌아가신 엄마의 말씀이었다. 철없던 어린 시절, 귀보다 눈이 더 번쩍일 때 엄마를 따라 소리골로 향하던 길. 소슬한 산바람이 산허리를 휘감아 돌고 산국이 산들거리고 담홍색 구절초 꽃이 흐늘거리며 참억새 꽃이 하느작거릴 때 엄마의 손을 잡고 황톳길을 오를 때였다. 땅껍질이 벗겨진 것처럼 벌겋게 맨살이 드러난 황톳길에서 엄마와 함께 바라보던 서산마루의 모습이 눈앞에 아슴아슴하고, 험준한 산을 새김질을 하다가 그 뒤로는 파란 하늘이 바다처럼 무늬를 깔았고, 바위에 부딪히는 하얀 파도도 보이고 돛단배 구름조각이 떠도는 모습. 바다 한가운데 바위섬 위로 흰 갈매기 떼들이 끼룩거리고 날면서 천 갈래 만 갈래 조각품을 새겨내는 환상의 모습이 눈에 아른거릴 때였다.

엄마는 산비탈 돌무지에 솔방울만 더덕더덕 붙은 앙상한 소나무를 가리키며 안쓰럽다고 하고는 돌아올 추운 겨울 북풍한설을 어떻게 견디어 낼 것이냐고…….

푸름을 자랑하며 밋밋하게 하늘을 괴어놓은 소나무는 산 아래 흙밭이 좋은 곳에서 청청(靑靑) 울울하니 그 어디를 봐도 설풍(雪風)에 대한 두려움을 찾아볼 길 없다고도 했다. 한낱 나무도 흙바탕에 따라 천차만별의 자태인데 하물며 사람이야 더 이상 무슨 말이 필요하냐고 부화처순(夫和妻順)으로 살아가는 부모 밑에 자란 아이도 성현의 가르침이 필요할진대 아비 없이 극곤히 커가는 어린 딸이 한량없이 가

여울 뿐이라고 눈가에 이슬을 머금던 엄마가 선연하게 떠올랐다.

엄마는 모든 것을 다 용서하기 위해 소리를 배우겠다고 했다. 아빠도 용서하고 할머니도 그리고 작은아빠도……. 이름난 명창이 되어 한양으로 가서 아빠 앞에 소리 한바탕 불러주는 것이 소원이라고 했다. 그때면 신이 나서 "야! 신난다. 그럼 나도 소리 배울 수 있어?" 하고 물으면 엄마는 "아니, 너는 아직 어려서 할 수 없어."라고 어린 탓을 했다.

"나도 엄마처럼 춤도 잘 추고 노래도 잘하고 싶당께요." 조르면 어김없이 "너는 아빠처럼 훌륭한 사람이 되어야 돼." 하고 말을 바꾸었다. 그러나 아빠를 이미 머리에서 지웠기에 커갈수록 아빠만 쏙 빼 닮아간다는 말이 가장 듣기 싫은 소리였다. 아빠는 한양으로 가면서 내 딸 민순이는 한양에서 제일 좋은 신식 학교에 보내겠다고 엄마하고 새끼손가락 맹세걸이를 해놓고서 여덟 살이 되도록 고작 한 번 고향을 찾았을 뿐이었다. 지금도 머리에는 아빠의 얼굴모습이 남아있지 않았다. 사각모자에 학생복을 입은 액자 속 얼굴만 떠오를 뿐이었다. 더한 것은 엄마가 돌아가셨는데도 아빠는 나타나지 않았다. 아빠를 기다리며 살기보다는 차라리 앞으로 혈혈단신 고아로 살아가기로 마음먹었다. 집을 나온 까닭도 바로 아빠를 잊고 살아가기 위해서였는지도 모른다. 엄마는 늘 가슴에 품은 한과 같은 말을 남겨놓고 저 세상으로 가셨다. 너는 이다음에 잘난 남자 만나지 말고, 배운 사람은 더욱 안 되고, 죽으나 사나 손발이 닳도록 함께 오순도순 밥상에 마주 앉을 사람을 만나야 한다고 말해주었다. 오죽했으면 자식들 달고 빌어먹으러 가는 동냥치가 부러웠다고 하셨을까? 그때 들은 말들이 부챗살처럼 뇌리에 꽂혀 있었다.

또 다른 기억들이 화살촉이 되어 꽂혀 있다가 학의 날개처럼 너울

너울 날아들었다.

그것은 엄마에게 가해지는 할머니의 심혹한 학대요, 시집살이였다. 섣부른 예단이 통하지 않은 분, 늘 변덕이 죽 끓듯 한다는 할머니. 할머니는 너무나도 엄마에게 가혹했다. 추석날에도 이불속창을 빨라고 하고서 아빠가 오지 않은 것을 엄마 탓으로 내몰았다.

"땔나무꾼도 선녀를 만나서 하늘로 올라갔다는디 내 아들이 뭐가 못나서 추석명절에도 집에도 오지 않겠냐. 남자가 밖으로 돈 것은 다 지집 탓이제."라고 외치고

"이다음 나 죽으면 너한테 젯밥 안 얻어 먹을란다. 내 아들 순한테 갈 터이니 시아비 제사상에 토란국만 솥단지채로 갖다 놓거라."라고 아침부터 쏘아 붙이고 작은아빠 집으로 간 할머니의 모습이 떠올랐다. 그것만 아니었다. 까마귀만 울어도 "아이고! 삼시랑네 다른 집으로 가시시요잉. 우리 집이 망했소. 팔자 서러운 며느리 탓에 내 아들이 집에도 못 오고 있는디 어째서 아침마다 우리 집에 액운을 뿌려쌌소." 하고 까마귀 우는 것도 엄마 탓으로 돌렸다. 엄마가 소리를 배우겠다고 하자 "느그 조상이 천한 상놈들이었능개비다. 소리꾼 조상이 씌워댄 것이제. 그래서 인력으로 못한 것인갚다. 노루목 할아버지께서 느그 집안과는 상종도 하지 말라고 하셨다는디 어쩌다가 너를 며느리로 맞아들여갖고 우리 집이 이지경이 되었는지 모르겠다. 내 아들 순이도 정이 없어 안 온 것이제. 다 너 때문이다. 내 아들 보고 싶어도 니 때문에 못 보고 산다."라며 엄마를 들들 볶아댔다. 나중에는 부뚜막에서 밥을 먹게 하고, 할아버지 기저귀 갈아드리는 일까지 엄마한테 시킨 할머니의 모습이 눈앞에서 펴졌다. 생각할수록 할머니가 원망스러웠다.

이제 어디로든 떠나가야 하는 그녀는 마음의 결정이 필요할 시점이

었다. 혹독한 시집살이를 견디지 못하고 한을 품고 가신 엄마를 생각하면 집으로 들어가기는 정말로 싫었다.

민순은 이곳 부엌담살이를 하면서도 이양할머니와 친할머니와 늘 비교를 하곤 했다. 며느리를 친 딸과 같이 생각하며 아껴주는 어진 마음에 저절로 고개가 숙여졌다. 인자로운 할머니는 말 한마디마다 정이 꼭꼭 묻어났다. 맛있는 음식이 있으면 생선살을 발라주듯 하였고, 좋은 옷을 보면 꼭 사다줘야 심성이 풀린 분이었다. 며느리 보약까지 챙겨준 것을 보고는 순간마다 불쌍한 엄마 생각이 나서 혼자 울 때가 많았다. 어찌나 곰살가운 성품이던지 막상 떠나가려니 눈물이 앞을 가로막는 것 같았다.

솔직히 떠나고 싶은 생각은 없었다. 할머니와 오래오래 살고 싶었지만 덫에 걸려 헤어날 수 없는 운명 앞에 놓인 아픔이었다. 괜히 자기 때문에 악담과 수모를 받고 있는 할머니를 생각한다면 하루라도 일찍 떠나줘야 할 것 같았다. 부모 없는 하늘 아래 여자 혼자 살아간다는 것이 얼마나 서러운 것인지 그리고 야박하면서도 위험천만한 세상인지 통감할 수 있었다. 세상은 사람을 가만 놔두지 않았다. 가만히 있는 사람을 천길만길 나락가로 계속해서 밀어 떨어뜨리려 안달을 부리는 것 같았다.

"능주가 너에게는 오구삼살방인개비다."

이양할머니가 신음소리를 내듯 말문을 열었다. 떠나가는 민순을 앞에 두고 못내 아쉬움이 묻어난 눈빛으로 머리를 가로저었다. 민순은 북받치는 설움에 눈물을 쏟아내며 말을 잇지 못했다.

"아무리 봐도 니가 오지 말아야 할 곳으로 온 것 같다. 세상 남자들은 하나같이 늑대 같다고 하드니만 보는 놈마다 너를 탐하려드니 사람이 살 노릇이냐? 여자가 집을 나와 산다는 것이 그리 쉬운 일이 아

304

니제. 니 혼자서 이 험한 시상을 어떻게 헤쳐나갈 것이냐. 그래도 아버지는 살아계싱께 찾아가는 것이 좋을 성싶다. 내가 낳은 딸을 박대야 허겠냐? 그래도 제살붙인디……. 거기 가서 괜찮은 사람 만나 시집가는 것이 좋지 않겄냐."

민순은 고개를 숙인 채 대답을 하지 못했다. 머릿속에서 지워버린 아빠를 찾아가고 싶지 않았다. 돌아가신 엄마 얼굴만 떠올릴 때마다 식구들이 다 싫어졌다.

"민순이 너는 어디로 가든 잘 살 것이다. 얼굴도 예쁘제, 심성도 착해서 나중에는 괜찮을 것이니 가서도 열심히 살도록 하거라. 세상인심이 아무리 각박하다 해도 다 내 할 나름이다. 내가 잘하면 시상이 다 좋고, 내가 잘못하면 죄다 싫은 것이다."

"예. 할머니. 어디로 가서 살더라도 할머니를 못 잊겄어요."

"그래. 고맙다."

할머니가 떠나가는 그녀에게 덕담 한마디를 건네주며 사기를 북돋아주었다.

"지금도 소리 명창이 되려고 허냐?"

"예. 할머니."

"명창이 되는 길도 험하거니와 되어서도 힘든 것인디 꼭 그 길을 가려고 허느냐?"

"엄니께서 명창이 되셨으면 오래 사셨을지도 모르는데, 억울하게 가신 것이 한이 되어서요. 꼭 저라도 이뤄드리고 싶당께요."

"참말로 기특하기는 하다만, 명창이 된다고 해서 엄니의 한이 풀릴 것 같으냐?"

"아니어라. 엄니께서는 명창이 되어서 아빠를 찾아가시겠다고 했어요. 아빠 앞에서 멋들어지게 소리 한바탕을 불러주고 싶다고 하셨

305

어요. 못 배운 사람도 한 가지는 잘할 수 있다는 것을 보여주고 싶다고요."

"엄니가 아빠한테 무시당하고 살았능가 보구나."

영심이 게슴츠레한 실눈을 지어가며 물었다.

"일본 유학생 동창 여자랑 만나신 뒤로는 소식도 없고요, 집에 오시지도 않았어요."

"오죽했으면 그 어려운 소리명창이 되겠다고 하셨겠냐? 말만 들어도 알 만하다. 그러면 너는 명창이 돼서 무슨 일을 하려고 그러느냐?"

"엄마께서 이루지 못한 일을 지가 하고 말거구만요. 버린 딸이 엄니 대신 아빠를 찾을 거구만요. 소리 한바탕을 해드리고 나서 엄니가 억울하게 돌아가신 사연을 꼭 전해드릴 거구만요. 그렇지 않고서는 발을 뻗고 잠을 못 잘 것만 같당께요."

민순은 시들부들하다 새벽이슬을 먹고 다시 살아난 풀잎처럼 싱싱하면서도 의연해 보였다. 부끄러운 미소를 가볍게 피워내며 결코 굽힘이 없이 당당해보였다. 한데 모인 식구들 모두 처연한 눈빛을 감추지 못했다.

"그런 말 못할 사연이 있었구나. 여자가 한을 품으면 오뉴월에도 서리가 내린다고 허는 것인디 어린 것이 그런 한을 품고 있다니……. 그래 그것도 일리는 있다. 배웠다고 해서 조강지처를 헌신짝 버리듯 했다면 매운 맛을 보여줘야제. 꼭 명창이 되어서 엄니의 한을 풀어드려라. 죽더라도 지 잘못을 깨우치고 죽도록 해줘야제."

"할머니 고마워요."

"명창이 되려면 소리를 배운 곳으로 가야 할 터인데 정해놓은 곳이라도 있느냐?

영주가 걱정스러운 눈빛으로 물었다.

"예. 엄마 살아계실 때 소리를 가르쳐주신 분이 계시구만요. 작년에 여기 오기 전에 지냈던 곳인데 순사 때문에 이리 도망왔어요."

"니가 진즉 말해줘서 알고는 있다만, 가면 너를 받아줄 수 있을그나?" 떨떠름한 표정으로 반문했다.

"가서 사정을 해보고 싶어요."

그것은 민순이 혼자만이 알고 있을 것이라는 생각에 더 이상 묻지 않고 불안한 눈빛만 지었다.

"나중에 시집갈 땐 꼭 연락하거라. 오다 가다 옷깃만 스쳐도 전생의 인연이라고 허는디 너와 나는 일 년이 되도록 한솥밥을 먹었지 않냐. 반드시 알려야 한다. 알았느냐? 그리고 시집을 간 후에라도 오고 가고 살면 좋제."

"할머니 꼭 찾아올께요."

"그래. 나 살아있을 때 와야써."

"예. 오래오래 사셔야지라우."

"그럼 할머니 살아계실 때 와야 더 좋제."

영심도 그녀를 보내는 것이 못내 아쉬웠다. 어쩔 수 없이 보내는 마당에 아쉬움을 나중에 오가며 살자는 약속으로 달래려 들었다.

뜨거운 여름햇살이 아침부터 연주산 자락을 두들기니 뿌윰한 안개가 똬리를 풀고서 하늘로 피어올랐다. 아침 안개가 대머리 깬다고 하더니 더위는 그날도 수그러들 기미가 보이지 않았다. 집을 떠나려 보따리를 챙기고 있는 그녀에게 이양할머니 식구들은 하나같이 안타까움을 금치 못하고 있었다. 이양할머니는 두루주머니 속에서 하얀 천으로 말아놓은 것을 꺼내었다.

"민순아! 이것은 잘 간수했다가 꼭 필요할 때 쓰도록 허그라. 백미 두 가마 값이다. 그동안 내 집에서 고생도 많이 했고 못 당할 일도 있고 해서 주는 돈이다. 돈에는 살이 붙는 것잉께 깊이 간수해야 쓴단 말이다. 속에 넣어도 드러나는 법이랑께 조심해야 헌다말다."

민순은 돈뭉치를 보고서 눈이 휘둥그레졌다. 이처럼 많은 돈을 본 적도 없었을 뿐 아니라 들어보지도 못한 탓에 놀라지 않을 수 없었다. 데려다 밥 먹여주고 재워주는 것만으로도 고마울 뿐인데 이렇게 많은 돈을 주다니 정신이 얼떨떨했다. 식구들 모두 엷은 웃웃음을 지으며 민순을 바라보았다. 그때 할머니는 하얀 옥양목 천을 건네주며 다시 말을 떼었다.

"여기에 싸서 허리에 차고 가거라. 그러면 괜찮을 것잉께."

그리고서 지전묶음을 다시 천에 둘둘 말아 주었다.

"예. 할머니. 고마워요."

민순은 많은 돈에 흥분되어 손이 덜덜 떨렸다. 하도 많은 돈을 보는 통에 당혹스러움을 감추지 못하고 할머니 얼굴만 쳐다보았다. 할머니는 그녀를 일으켜 세웠다. 통치마를 내리고는 말아놓은 천을 휘감아 묶고 주고서 풀어지지 못하도록 핀까지 채워주었다.

"시간이 되어간께 잘 맞춰서 떠나도록 해라."

"예. 그렇게 할께요."

할머니는 또 다시 허름한 보자기로 싸놓은 보따리를 내어주었다.

"이것도 니 보따리에 함께 싸서 가지고 가거라. 일부러 허름한 보에 싸뒀응께."

"이것이 뭣인가요?"

"나중에 시집갈 때 입으라고 양단 치마저고리감이다. 값나가는 것이니 잘 간수허그라. 비를 맞거나 이슬도 묻어서는 안 돼. 그냥 오래 놔둬불면 좀이 쓸어 구멍이 나는 것이니 간혹 햇볕에 말려둬야 한다. 꼭 시집갈 때 해 입도록 허그라. 그리고 이것은 꽃신이다. 이왕 옷감을 사는 김에 신까지 샀다."

할머니는 보자기에 옷감과 꽃신까지 싸놓았다. 너무 감사하여 이루 다 헤아릴 수 없었다.

할머니의 고두사은에 고개를 숙인 그녀는 눈가에 눈물이 핑 돌았다.

"자 어서 가야제. 차 놓치면 안 된당께."

할머니는 벌떡 일어서서 먼저 방문을 열고 밖으로 나갔다. 보따리를 들고 마루로 나온 민순은 가슴이 찢어지는 듯 아팠다. 마음 한구석이 텅 빈 것 같기도 했다. 인자하신 할머니와 인정이 넘친 식구들과 헤어지는 아쉬움에 다리가 후들거리고 눈물이 비 오듯 쏟아졌다. 마음에도 없었던 이별이 이렇게 빨리 올 줄이야……

마당에는 큰 머슴 장근이 나들이 행색을 차리고 기다리고 있었다.

"자네가 좀 다녀와야 쓰겠네. 혼자서는 보낼 수가 없단 말이시. 홍기가 아직 집에 들어오지 않았으니 혹시 그놈이 나타나서 행패를 부릴지 모르는 일이어서 마음을 놓겠능가? 거기에다 지금 처녀공출이니 뭐니 마구잡이로 끌어간다고 허니 데려다 줄 사람은 자네밖에 없네. 무서운 시상이 아닌가. 오늘만은 아비 같은 역할을 톡톡히 허고 와야 쓰겠네. 혹시 누가 묻거든 시집간 딸을 데려다 주러 간다고 허소."

"예. 마님."

"꼭 집에까지 데려다 주고 와야 쓰네. 알았능가?"

"예. 알것습니다요."

민순은 이양할머니 앞에 무릎을 꿇은 채 손을 잡고 퍽퍽 울었다. 고마운 마음이 타오르는 불꽃처럼 눈물로 하염없이 흘러내렸다. 손을 꼭 잡아준 할머니의 눈언저리에도 이슬방울이 아롱거렸다. 할머니는 민순이 볼에 흘러내리는 눈물을 쓸어주면서 어서 가라고 손짓을 했다. 기차 시간 놓치지 말라는 당부 같았다.

"할머니! 건강하게 오래오래 사싯시요."

"오냐. 너도 가서 좋은 사람 만나서 잘 살거라."

"예. 할머니."

민순은 다시 영주 앞으로 가서 허리를 굽혀 인사를 했다.

"어르신! 안녕히 계싯시오."

"그래. 그동안 고생 많았제. 못 볼 일을 보고 가서 미안허고 어디로 가든 잘 살도록 혀."

"예. 마님."

그녀는 마지막으로 영심 앞으로 다가가자 영심이 먼저 손을 내밀어 민순을 잡았다.

"마님! 그동안 고마웠어라우. 안녕히 계싯시오. 언젠가 뵈러 올께요."

"그래. 가서 잘 살아야제. 꼭 연락도 허고 좋은 사람 만나서 같이 와. 알았지야?"

"예. 마님."

민순은 얼른 돌아서질 못하고 뒷걸음질을 하면서 대문을 나왔다. 식구들도 대문까지 따라나왔다. 고샅으로 나온 민순이 뒤를 돌아다보며 손을 흔들었다. 모두들 잘 가라고 손을 흔들어 주었다. 마을 앞길로 나온 민순은 길에서 만난 사람들에게 반사적으로 고개를 숙였다.

"인자 가는개비네."

"예."

"좋은 집안에 들어갔으니 오래 살았으면 좋았을 것인디 그랬구만."

아낙들은 혀를 쩝쩝 차며 안타깝다는 표정을 짓기도 했다.

"민순아 잘 가서 잘 살아라."

"예. 안녕히 계싯시오."

"그래 잘 가."

민순은 마을을 지나 능주로 향하는 길로 나왔다. 야학에 다닐 때 걸었던 길이었다.

길을 걸으면서도 지난 일 년의 풍상이 냇물에 가지런히 놓인 징검돌처럼 하나씩 눈앞을 스쳐갔다. 저 멀리 모산리 자락에서 산길로 내달렸던 무정산 자락이 눈에 들어왔다. 호각을 불어대며 전거를 타고 쫓아오던 헌병들…… 흙탕물이 가슴팍에까지 차오른 냇물을 득창 오빠의 팔목을 붙들고 도망가던 일…… 산비탈 땅가시덤불이 우거진 오르막을 기어오르던 일…… 산자락 바위틈에 숨어 밤이 깊어지기만을 기다리던 일…… 이양할머니 집으로 들어가 한 식구처럼 살아가던 일… 폰수와 함께 야학에 다니던 일…… 길거리에서 폰수와 실랑이를 벌이다 마을 사람들에게 들킨 일…… 범재가 야학에 나와 괴롭히다 길동과 싸움이 벌어진 일…… 길동이 집에까지 바래다주고 일본으로 끌려갔다는 소식…… 광산 효천 속골에 갔을 때 보관한 소리책을 준 노인…… 생각이 밀려들었다. 영원히 잊을 수 없고 마음 아픈 것은 몸을 빼앗으러 달려드는 홍기의 잔인함…… 짐승만도 못한 짓으로 온몸을 덮친 채 옷을 찢어 더듬고 누르고 후려치던 그의 악랄함을 생각하면 치가 떨려왔다.

그들은 역무원에게 차표를 보이고 개찰구를 통과하여 플랫폼으로 나왔다. 광주를 출발하여 여수로 가는 광주선 열차가 화순을 출발하여 능주역으로 들어오고 있었다. 그들은 차에 올라 자리를 잡았다. 기차는 뙈애애앳 뙈애애앳거리며 보성을 향해 내달렸다.

기차가 미끄러지듯이 역으로 달려들자 마치 병풍처럼 남쪽 하늘을 가로막은 산자락이 눈길 안으로 들어왔다. 산자락을 바라보는 순간 가슴 한구석으로 애틋한 심사가 울컥거리며 스며들었다. 돌봐주는 이 하나 없이 외롭게 누워계실 엄마의 묘가 눈앞에 아른거려 눈물이 핑 돌았다. 일 년 동안 엄마의 혼령만 남겨 둔 채 떠나갔다가 돌아왔지만 갈 수 없는 불효녀라는 생각에 가슴이 무너져 내렸다. 엄마와의 약속. 좋아하는 동백꽃을 늘 바치겠다고 약속해놓고……. 얼마나 서운해하고 계실까 심장이 찢어지는 것 같았다.

보성역은 엄마와 기구한 인연을 맺은 곳이기도 했다. 엄마는 떠나간 아빠를 그리워하며 기차를 기다렸다. 멀리서 울려대는 기적(奇籍) 소리가 나면 일을 하다 말고 마을 앞길로 눈길을 돌리기 일쑤였다. 잠을 자다가도 벌떡 일어나 아빠의 사진을 쳐다보았다. 사무치는 그리움을 달랠 길 없는 엄마는 아예 보성역으로 달려갔다. 기차가 도착할 때쯤 대합실에 쪼그리고 앉아 눈길을 뿌리다가 허탕이라 생각되면 어김없이 쑥대머리를 부르며 탄식했다고 했다. 얼굴이 상기된 채 장근을 따라 개찰구를 통과 대합실로 나왔다.

사람들로 가득 차 있었다. 마중 나온 사람들로 장사진이었다. 대합실 구석을 바라보았다. 정신이 혼몽해지면서 눈이 희미해지기까지 했다. 엄마의 목청이 들리는 것 같았다. 신명이 불길처럼 타오르는 엄마의 춤사위가 아른거렸다. 쑥대머리 가락도 울려 퍼지는 듯했다. 마음이 울적한 그녀는 바람에 흔들리듯 흐느적거리며 역 마당으로 나왔다. 역 마당 오른쪽으로 헌병이 나란히 서 있었다. 저 옆으로는 순사도 오가고 있었다. 긴 칼을 옆구리에 차고 구릿빛 나는 방망이를 손에 든 채 서슬 퍼런 눈빛으로 사람들을 쏘아보았다.

일순간 뒤에서 부르는 것 같기도 하고 머리채를 휘어잡고 끄집는 것만 같았다. 등골이 오싹하고 오금이 당겨 걸음을 내걸을 수가 없었다. 장근도 헌병을 보자 잔뜩 긴장하여 얼굴이 붉게 상기되는 것 같았다. 풀잎에 내려앉은 잠자리를 잡는 사람 마냥 숨소리마저 죽여 가며

312

후미진 골목으로 꺾어 돌았다. '휴우' 하고 탄식의 한숨을 내쉬고선 고개를 돌려 장근을 바라보았다. 장근도 안도의 한숨을 내쉬었다. 아슬아슬한 어려운 고비를 벗어났다고 생각한 그녀는 자기도 모르게 엷은 웃음을 입가에 그려내었다. 장근이 의심스러운 듯 고개를 휘돌리며 물었다.

"왜 그렇게 놀랬냐?"

"저는 순사하고 헌병만 보면 무섭당께라우."

"헌병을 보고도 무섭지 않은 사람이 있겠냐. 사람을 사냥하는 놈들인디."

"사냥을 하다니요?"

"아, 못 들었어? 길동이 끌려간 것 말이여. 밤에 쥐도 새도 모르게 데려가부렀제. 아마 지금은 남의 나라에 가서 된똥 싸고 있지 않겠냐."

대수롭지 않은 일인 것처럼 말했다. 하지만 민순은 자기로 인해 일어난 일이어서 가슴 아픈 상처였다. 결국은 이양할머니 집에서 쫓겨난 것이나 다름없는 일이었다. 민순은 금방 의기소침한 우울한 빛을 얼굴에 그려내었다. 눈치가 심상치 않은 것을 알아차린 장근은 얼른 허두를 바꾸어 들었다.

"자 어서 가자. 이러코롬 가다간 해 넘어가겠다."

둘이는 장거리를 돌아 쾌상리로 접어들었다. 땅에서는 더운 열기가 하늘을 태우기라도 할 듯 후끈하게 피어오르고 햇볕은 산천을 녹이기라도 할 듯 쏟아졌다. 해가 중천으로 다가서 활성산 골짜기에 햇살을 뿌려대니 뿌연 안개꽃이 일렁거린 것 같았다. 숨이 막힐 정도로 가파른 심산궁곡의 비탈길이 눈앞에 펼쳐졌다. 우거진 상수리나무 가지 사이로 싱그러운 산바람이 흐르면 참나무 이파리들이 낯간지러운 듯 파르르 떨었다. 엄마가 좋아하던 도라지꽃들이 흔들어지게 피었다. 참나리 꽃이 수줍은 듯 고개를 숙이며 벌 나비를 부르고 있었다. 목이 타들어가는 갈증을 달래려고 길켠에 있는 옹달샘으로 발길을 옮겼다. 산속 바위틈에서 맑은 물이 보글보글 솟고 있었다. 더운 여름인데도 손을 담그니 얼음을 만지듯 차가움을 주었다. 목도 적시고 흐르는 땀도 씻어내었다. 날아갈 것만 같은 기분이었다.

저 멀리 머리맡으로 마치 하늘을 이고 있는 것 마냥 높은 산이 나타났다. 고준한 산봉우리들이 울먹줄먹 솟구쳐 기둥처럼 하늘을 떠받치고 있었다. 암암히 솟은 기암괴석은 엄마가 잠들어 있는 뒷산 마루 운적봉처럼 위구스러웠다.

"저 산이 무슨 산인 줄 아냐?"

"잘 모르는데요."

"저 산이 제암산이랑께. 남해바다 용신에게 호령을 한다는 산 말이여. 그래서 중턱에 안개가 끼면 하늘에서 비를 내려준다는 산이구만. 가뭄이 들 때는 저기 가서 산신제를 지내면 틀림없이 비를 내려준다는 산이단다."

"어떻게 능주 삼시롬 그렇게 잘 알고 계싱가요?"

"옛날 젊었을 때 대야리 뒤미재에서 이 년이나 머슴살이를 산 적이 있었제."

"그래서 잘 알고 계시구만요."

"그럼. 곰재는 소리로 유명한 고장이기도 하는 곳이고."

"예? 소리로요?"

"하믄. 옛날 국창께서 강산에 사셨고, 제자들을 가르치셨다면서. 그래서 강산에 가면 소리재가 있다니까."

"소리재요?"

"비가 오는 날이면 뒷산에서 '내 소리 받아 가거라.' 하고 들린다고

314

해서 소리재랑께."

민순은 마음이 흐뭇했다. 소리를 배우고 싶어 소리책까지 구하러 갔다 온 마당에 소리고장으로 왔으니 한편으론 마음이 든든했다.

산마루에 오르니 아득히 보이는 자정골. 대밭 속에 감춰진 초가집이 마치 문틈으로 내다보는 사람처럼 얄밉게 고개를 내밀고 있었다.

"저기여요."

민순이 손가락을 펴서 자정골을 가리키며 소리쳤다. 장근이 보니 도저히 믿지 않은 집이었다. 깊은 산속 골짜기, 푸른 숲으로 감싸진 곳에 오막살이 초가집이 하나 보였다. 대밭에 가려져 한 귀퉁이만 가냘프게 보였다.

"워매! 저기서 살라고 온 것이냐?"

장근은 다소 멋쩍어 하면서 엉겁결에 비명을 지르듯 물었다.

"예. 저기서 소리를 배울 거구만요."

"뭐? 소리를 배워?"

"예."

"너보고 당골 딸이라고 하더니만 그 말이 맞구나. 진짜 당골 딸이냐?"

"아니어라. 우리 아버지는 과거보러 가셨당께요."

"뭐? 과거라고 했어?"

"예."

장근은 과거라는 말에 갑자기 정신이 하얘지면서 가물가물해지는 것이었다. 뭐가 뭔지 헷갈려 당황스럽기만 했다. 당골이 공부를 해서 과거를 보러 간다는 것은 천부당만부당하다 생각되었다. 또 과거를 보러 간 집안 딸이 남의집살이를 한다는 것도 도대체 앞뒤가 꽝꽝 막혀들어 통하지 않는 소리였다.

"니가 창을 배운단 말이여?"

"그렇당께라우."

"워매! 그 말이 무슨 말이다냐? 아부지는 과거를 보러 가고 딸은 소리꾼이 되겠다고 허니 당채 그놈의 속을 통 알 수가 없네."

"창을 배울라고 이리로 온 것이랑께요."

"저기 저 집이 느그 집이 아니고 창을 배우는 집이란 말이여?"

"그렇당께요."

"그럼 저 집에 스승이라도 있단 말이냐?"

"그렇당께요."

"아니 소리 스승정도 되면 제자들도 많을 것인디 쓰러져가는 오두막집에 산단 말이어."

"예."

"워매! 나 죽겠네. 그래 그래 알았다 알았어. 시간 없응께 얼른 가자."

장근은 실망스런 눈빛을 감추지 못했다. 더 이상 말을 아끼며 활성산 내리막길을 거침없이 내리달렸다. 어느새 감나무 숲으로 가득 찬 자정골로 들어선 그녀는 주위를 두리번거리며 살펴보았다. 작년과 달라진 것이 하나도 없었다. 대밭을 돌아 마당으로 들어섰다. 인기척 없는 집안은 한 낱 없이 고적하게 느껴졌다. 방문도 부엌문도 꼭 닫혀 있었고 토방 댓돌 위 짚신 한 켤레가 놓여 있을 뿐이었다. 부엌문을 열어보았다. 살강엔 그릇을 깨끗이 씻어 덮어놓았고, 행주도 빨아서 솥뚜껑 위에 널어놓았다. 분명 사람이 살고 있는 것만은 틀림없었다. 마음이 놓였다. 하지만 장근은 소리를 배우는 집이라는 말이 도무지 믿기지 않은지 황당한 표정을 지었다.

"여기서 살라고 온 것이냐?"

"예."

"뭣이라고야? 워매! 천만 냥을 준다고 해도 나는 못 살것다."

오만상을 찌푸려가며 놀란 기색을 보였다. 그러나 민순은 아무렇지도 않다는 듯 천연스러운 어조로 말했다.

"여기 영감님께서 소리를 잘 가르치는 선생님이랑께요. 저는 그분한테 배울 거구만요."

"소리고 뭐고 명창이 되기 전에 호랭이한테 물려죽지 않으면 다행겄는디."

황당하기 짝이 없는 말을 입에 담고서 눈이 감기도록 크게 소리 내어 웃었다.

그녀는 마당 앞 바위로 올라갔다. 감나무 밭쪽을 향하여 이리저리 두리번거렸다. 밭고랑에서 사람이 움직이는 모습이 눈에 들어왔다. 자세히 바라다보니 학동영감이었다. 영감은 땡볕 더위도 무색하리만큼 한낮인데도 밭을 매고 있었다. 삼복더위는 사람을 질식시키고도 남으리만큼 열기를 뿜어내지만 아랑곳하지 않고 있었다. 바위를 내려와 감나무 밭으로 내달렸다. 빽빽하게 들어찬 감나무에는 장둥이감과 접시감들이 주렁주렁 열렸다. 감나무밭 가에는 밤나무로 둘러싸여 있었다. 때글때글한 알밤이 툭 튀어나올 것만 같은 밤송이가 주렁주렁 매달렸다.

"영감님! 저 민순이어요."

민순은 손을 흔들며 냅다 소리쳤다. 영감은 손바닥으로 빛 가림을 해가면서 의심스러운 눈초리로 바라보았다. 얼른 알아보지 못하고 반눈을 짓고 다가오고 있었다. 낯선 남자와 함께 서있는 그녀를 보고선 의구심을 떨치지 못하는 것 같았다. 가까이 다가온 영감은 이내 민순을 알아보고 반가움과 불안이 한순간 겹치는 듯 웃음을 짓다가 이내 주위를 두리번거리며 경계의 빛을 감추지 못했다.

"아기씨가 오셨구만."

"예. 영감님 그동안 잘 계셨어요?"

"그럭저럭 이렇게 살아가는 중이제."

"작년에 뵐 때와 똑 같은데요. 하나도 늙지 않으셨어라우."

"그렇게 보이는가? 나이가 들면 늙는 것이 당연한 것인디 그렇지 않았다니 기분만은 좋구만 그려. 그동안 능주에 있었능가? 일 년이 되도록 소식이 없어서 아버지한테로 갔느개비다 했었제."

"아니어요. 능주에서만 계속 살고 있었어라우."

"오! 그랬능가? 잠시만 피신을 위해 보냈는디 일 년이나 있을 줄은 몰랐제. 내 동생 현심이랑 잘 있덩가?"

"예. 고모님 식구들 모두 잘 계셔라우."

"다행이네. 그동안 내 동생 집에서 살았능가?"

"아니어라우. 작년 처음 갔을 때 한 달 동안 지내다가 이웃집으로 가서 살았구만요."

"이웃집이라니?"

"부잣집인데 부엌일을 도와주며 지냈어라우."

"오, 그랬능가? 그래서 일 년 동안이나 있었겄제. 내 동생 집에서는 오래 있을 집은 못될 것이다 싶어 어디로 간 줄 알고만 있었당께. 아주 거기서 아부지를 찾아가제 내려왔능가?"

"더 있을 수가 없었구만이라."

묻지도 않았는데 장근이 멋쩍은 웃음을 지어가며 말했다. 학동은 장근이 누구인지 모른 처지라서 흘끔흘끔 쳐다보았다. 무슨 연유로 왔는지 궁금증을 자아내는 시선을 거두지 못했다. 민순이 지레짐작으로 눈치를 채고서 장근을 바라보며 말했다.

"이 분은요. 저를 데려다 줄라고 오셨구만이라우."

"데려다 줄라고 오신 분이여?"

"예."

"아이고 고맙소. 먼 길을 오셨구만이라우. 오시니라 수고 허셨소잉."

"아니어라. 기차도 타고 구경도 헝께 기분이 좋구만이라. 저는 능주에서 머슴살이하고 있는 곽장근이구만요. 주인께서 처자 혼자 먼 길을 가니 데려다 주고 오라고 해서요."

"그러지라. 시상이 한 치 앞도 못 내다보겠습디여. 이 놈의 시상이 어떻게 될려는지……. 일러치면 한집에서 살았던 사람이었구만이라우?"

"예."

학동은 무슨 억분할 일이 있는지는 몰라도 분을 삭이지 못한 듯 푸념만을 늘어놓았다. 원망 섞인 눈빛으로 하늘을 한번 쳐다보고서 한숨까지 내쉬었다.

"저는 이만 돌아가야 쓰겠구만요."

장근은 먼 길을 되돌아가야 하는 까닭에 잠시도 지체할 수 없었다.

"먼 길 힘들게 왔는디 찬물 한 잔도 못 마시고 그냥 가서야 쓰겠습니껴?"

"아이고 괜찮습니다요. 그럼 안녕히 계싯시오."

"안녕히 살펴 가싯시오. 고맙소."

장근은 떠나가고 학동과 민순은 마루 끝에 앉아 푸른 활성산을 바라보았다. 민순은 감회가 새로웠다. 작년 이맘때 숨어들었던 산골짜기가 눈길 안으로 들어오자 울컥울컥 슬픔이 복받쳐 올랐다. 한편으로는 또 다시 그런 일이 닥칠까 봐 두려움도 무서움도 한꺼번에 되살아났다. 머릿속에는 만감이 교차되고 있는 듯했다. 풋감이 주렁주렁 열린 감나무에서 졸고 있던 쑥국새 한 쌍이 날갯짓을 하며 마당으로 내려앉았다. 고개를 쭉 뻗고서 이리저리 기웃거리며 그들을 바라보았다. 다시 왔냐고 반기는 것인지, 아니면 왜 왔느냐고 탓을 하는지 말똥말똥한 눈으로 쳐다보았다. 어디선가 딱따구리가 탁탁거리며 나무를 쪼는 소리도 들렸다. 한적한 논에서 뜸부기 울음소리도, 새침데기 황조의 노랫소리도 들려왔다. 이름 모를 새들이 쉴 새 없이 재잘거렸다. 밤나무에서는 참매미들이 날개가 찢어지도록 씽씽 울어 대고, 풀숲에서는 짝을 찾는 풀벌레들의 울음소리가 애연스럽기 짝이 없었다.

"그래 그동안 능주에서 어떻게 지냈능가?"

"주인 할머니께서 아주 인자하셨어라. 덕분에 편안하게 잘 살다 왔어라우. 죽을 때까지 잊을 수 없을 것 같구만요."

"어허! 참 고마운 분을 만났능개비네. 좋은 인연을 맺었었구만."

"예. 고모님과 친척인데요. 이양할머니라고 불렀어요."

"그 집에서 더 있제 나왔능가?"

자못 심각한 표정을 지으며 긴 호흡으로 마음을 가라앉히고서 말부리를 헐었다.

"더 이상 있을 수가 없었어요."

"또 무슨 일이라도 있었능가?"

학동영감이 화들짝 놀라며 당황한 표정을 지었다. 휘굴려진 부리부리한 눈에서 흰자위만이 유난스레 하얗게 드러났다. 민순은 차마 입을 열지 못한 채 먼 산으로 눈길을 뿌렸다.

"인자 집으로 들어 가야쓰지 않겠능가?"

민순은 얼른 대답하지 못했다. 초점 잃은 처연한 눈빛으로 물끄러미 쳐다보았다.

"이제 나이도 과년에 차 가는디 집을 나와 헤매고 다녀서야 쓰겠능가?"

학동이 신중한 목소리로 타이르듯 말했다. 그는 매사에 언순이직

320

(言順理直)하고 겸손했다. 남에게 어떤 부담감도 주지 않고 이치에 맞지 않으면 들먹이기조차 싫어하는 사람이었다. 하지만 민순의 내심은 그의 생각과 사뭇 달랐다. 입술을 질끈 깨물며 결의 찬 표정으로 담담히 말했다.

"영감님! 저는 집에 안 들어갈 거구만요. 아빠 얼굴은 이미 머리에서 지웠당께요. 명창이 되기 전에는 절대로 안갈거랑께요. 차라리 여기서 그냥 죽었으면 죽었지 집에는 안 들어갈라고요."

그녀는 내심에 묻어두었던 심경을 허심탄회하게 토해내었다.

"그러면 어디서 살라고 그러능가? 여자 몸으로 객지를 떠돌아다니며 산다는 것이 얼마나 어려운 것인 줄 알았을 것인디. 팔은 안으로 굽은 것인 줄 모릉가? 좋은 일에는 몰라도 궂은일에는 그래도 내살붙이가 낫제."

"저는 엄마 아빠도 안계시고요. 집에 들어가면 작은아빠한테 맞아 죽을 거구만요. 집을 나올 때 였어요. 선을 본다고 험서 괴물같이 우락부락하게 생긴 남자가 집으로 왔었당께요. 하도 요상하게 생겨서 쳐다보지도 못했어라. 작은아빠는 다짜고짜 시집을 가라고 윽박질렀어요. 안 간다고 하면 죽일 것만 같아서 입을 꾹 다물고 있었구만이라. 나중에 알고 보니 작은아빠하고는 벌써 쌀 열 가마를 받고 시집보내기로 약조를 해놓았드랑께요. 이제 도망치지 않으면 꼼짝 없이 시집을 갈 수밖에 없다 싶어 함이 온다는 날 새벽에 집을 나왔어요. 어둠이 가시기 전에 소리골 쪽으로 도망을 치는데 작은아빠가 뒤에서 쫓아오드구만요. 가슴이 터지고 다리가 오므라드는 것 같았어요. 이를 악물고 숫터골로 내달리다가 산속 바위틈으로 숨어들었어라우. 무서움도 참아가며 아침나절을 보내고 슬그머니 나와 득량역으로 숨어들어 보성 가는 기차를 타고 내뺐당께요. 아마 지금 잡힌다면 죽일지도 모르지라우."

　그녀는 번갯불처럼 뇌리에 스쳐지나간 정한을 털어놓았다. 처연한 눈빛에서 무섭고 서러운 감정이 뒤범벅이 되어 있었다. 말하는 입이 쉿덩이처럼 냉엄하게 굳어지며 고통스런 신음 소리가 배어나왔다. 듣고 있던 학동은 마음이 숙연해지는 눈빛을 지었다. 일렁이는 감정을 가라앉히지 못하고 눈두덩을 반쯤 내려덮었다. 단호한 결단으로 달려든 그녀를 매정하게 뿌리칠 수도 없지만 닥쳐올 뒤탈을 생각한다면 처음부터 매몰스러워야 한다고 자신을 채근했다. 고름은 살이 되는 것도 아니고 진실은 반드시 드러나기 마련인데 사실일 밝혀지면 허물을 뒤집어씌워 옭아맬 것이 명약관화한 일이었다.

　"조카자식도 자식인 것인디 그렇게까지 해서야……. 작은아빠 탓이 아니네. 엄마 살아계실 때부터 그때까지 모든 것은 할머니 욕심 때문이랑께. 죽어 저승에 가지고 갈 것도 아닌데 욕심에 눈이 어두워 더 큰 것을 보지 못한 탓이제."

　학동은 그간에 있었던 자신의 감정의 보따리를 풀어 젖혔다.

　"그렇지 않아도 아기씨가 능주로 간 뒤 작은아빠가 장마당을 싸대며 찾는다는 소문을 들었제. 명색이 조칸데 찾지 않을 사람이 있겠능가? 이렇게 숨어 살다가 나중에 들키면 어떡할라고 그러능가? 땅속에 묻힌 옥돌도 캐내는 것이 사람인디, 나중엔 알려질 것이 아닝가."

　"들켜도 따라가지 않을 거구만요."

　민순은 어색한 웃음을 입가에 매달며 말했다.

　"그건 말도 안 되는 소리랑께. 연약한 여자 몸으로 발버둥을 쳐본들 무슨 소용이 있당가? 멀리 가서 사는 것도 아니고 그렇다고 땅속에 들어가 사는 것도 아닌 한나절 길인디 언젠가는 들통이 날 일이제. 허일 혼자 찾는 것이 아니드랑께. 호음동 사람들 모두가 나서서 찾는 갚드만. 그러지 말고 집으로 들어가는 것이 현명한 일이랑께. 사람이 어떻게 오늘만 보고 살겄능가? 내일을 위해 오늘을 살 줄 알아야 하는 것이란 말이시. 아무리 우락부락하게 생겼다고 한들 마누라 데려다 죽이기야 허겄능가? 그래도 조카딸을 시집보냄서 아무한테나 보낼 사람이 누가 있었어? 너무 걱정 말고 득창보고 데려다 주라고 할텡게 따라 가소."

학동은 나직한 음성으로 절곡히 타이르듯 도리머리를 지어가며 말했다. 그것은 사람으로 당연히 해야 할 도리와도 같은 것이었다.

"영감님 저한테 집으로 들어가라고 하지 않으면 뭣이든지 다 할께라우."

민순은 애원하는 눈초리로 슬머시 바라보며 말했다. 왠지 눈가에 서글프면서도 애절한 감회가 젖어드는 것 같았다. 얼굴이 창백하게 질려가며 입술이 파래지기도 했다. 학동은 고개를 절레절레 흔들었다. 그녀의 단호한 용단에 질린 학동은 눈을 내리감으며 입을 뗐다.

"명창이 그리 쉽게 되능가? 뼈를 깎는 수련을 해야 하는 것이고 여자가 명창이 된다고 헌들 권번기생으로 사는 것이 고작일터인디. 집을 나온 마당에 어떻게 견딜 것잉가?"

"저는요, 명창이 되어 엄마의 한을 풀어드릴 것이랑께요. 엄마는 아빠를 찾아오기 위해 명창이 되려다 할머니 반대로 죽었다고라우. 그래서 그것을 알려주고 싶어 명창이 되어왔다고요. 버린 딸이 명창이 되었아고라우."

그녀는 싸늘한 눈길로 바라보며 냉랭하게 입을 열었다. 마치 사지로 내몰려 죽어가면서도 기어코 살아오고야 말겠다는 사람처럼 비장한 각오를 읽을 수 있었다. 영감은 더 이상 거론할 여지가 없어 난감한 표정을 지으며 자리에서 일어섰다.

"먼 길 오느라 피곤할 것잉께 시원한 곳에서 잠이나 한숨 자고 있소. 밖에 나돌아 다니면 안 되네. 알았능가? 나는 가서 밭뙤기 남은 것 매고 올 것잉게."

"저도 할께요."

민순은 어리광스럽게 웃으며 벌떡 일어섰다.

"이 더운 날씨에 오느라 힘들었응께 방에서 가만히 쉬고 있으랑게."

학동은 다소 야멸찬 기운이 느껴지도록 매정스러움도 보여주었다. 그는 몸을 곧장 밭으로 발길을 돌렸다. 되잖은 생떼를 쓰는 것 같아 생각하면 생각할수록 심사가 꼬이기 시작했다. 이 복중에 시집간 딸이라 할지라도 여러 날 있으면 서운할 터인데 핏방울 하나 건너뛰지 않은 처자가 들어와 가지 않겠다고 버티는 것은 찝찝하기 그지없는 일이었다.

또다시 목구멍에 생선가시가 박힌 꼴이었다. 더 큰 문제는 잠자리였다. 별도로 방이 있는 것도 아니고 설령 있다고 해도 혼자 재울 수도 없는 일이어서 벙어리 냉가슴 앓듯이 속으로 도리질을 할 수밖에 없었다. 민순은 방에 남아 달콤한 낮잠에 빠져들었다. 어쩐지 남의 집 같지가 않아 엄마의 품처럼 포근한 느낌이 들었다. 까닭을 알 수 없었다. 긴장의 끈을 풀어놓고 오후 내내 흐드러지게 잠에 떨어지고 말았다.

햇덩이가 서산으로 기울 즈음 밖으로 나왔다. 산골의 풍경은 싱싱한 초록빛으로 빛나고 있었다. 청초 우거진 산골 우짖는 새소리를 들으니 마음이 바람처럼 가벼워지고 정신은 유리알처럼 맑아졌다.

그녀는 습관처럼 자신도 모르게 부엌문을 열었다. 이양할머니 집에 살면서 한밤중에도 부엌으로 나가 일을 하던 되뇐 버릇인지는 몰라도. 그릇도 씻고 살강도 닦고 솥도 닦아놓고, 숟가락 젓가락도 씻어 밥을 지으면 곧장 먹을 수 있도록 만반의 준비를 다해놓았다. 그녀는 걸레를 빨아들고 방으로 들어왔다. 방에서 낮잠을 자고 나왔지만 사실은 처음 들 때부터 속이 메스껍고 머리가 띵했다. 방에서 역겨운 냄새가 콜콜 났기 때문이었다. 홀아비는 이가 서 말이고 홀어미는 은이 서 말이라고 하더니 죽석자리 방바닥이 마치 시궁창을 발라놓은 것처럼 때로 찌들어 있었다. 갈대 빗자루가 무색하리만큼 방구석구석마다 먼지가 수북하게 쌓여 있었다. 콧속으로 파고드는 먼지를 긁어 파면서까지 비질을 해대었다. 문제는 방바닥이었다. 까무잡잡한 죽석자리는 몇 번을 닦아내도 빛이 나지 않았다. 순식간에 걸레가 방바닥을 닮아가느라 새까맣게 변했다. 빨아서 닦기를 서너 차례 그제야 죽석자리가 제 색깔이 뽀얗게 드러났다. 온몸에서 비지땀이 줄줄 흐르도록 방 청소를 하고 나니 어느새 석양이 드리워지고 있었다. 때를 기다린 산그림자는 금세 산허리를 칭칭 휘감아 내려오면서 산골짜기에 어둠의 장막을 치기 시작했다. 산새들도 잠자리로 드려는 듯 푸드덕거리는 날갯짓 소리가 고요함을 흔들어 대었다. 계곡을 따라 콸콸거리며 흐르는 물줄기 소리가 산곡의 소연(蕭然)함을 더해주었다. 이른 밤부터 반딧불이 형광의 불을 내뿜으며 산 그림자를 휘젓기 시작했다.

깔려 내려오는 어둠을 타고 학동영감이 산밭에서 내려왔다. 곧바로 부엌으로 들어간 그는 생글한 웃음을 입가에 머금고 바가지를 들고 나왔다.

"피곤할 것인디 쉬지 않고 무슨 정제까지 닦아놓았능가?"

"낮잠을 잤더니 개운한데요."

"작년처럼 몸치가 나면 어쩔라고. 오늘을 가만히 쉬제."

"괜찮아요. 여자니까 그런 것쯤은 할 줄 알아야지라우."

"그동안 많이 커갖고 왔능개비네."

학동은 열브스름한 웃음을 입에 매달며 말했다. 민순은 작년 생각이 떠올랐다. 오자마자 열이 나서 익모초를 먹다 토했던 일, 억수같이 쏟아지는 밤 득창이 먼길을 달려가 금계랍을 사가지고 와 먹여주던 고마움, 그래서 이 산골은 엄마의 품처럼 포근한 것 같았다.

학동은 작은방에서 보리쌀을 들고 나오면서 허허로운 웃음을 지었다.

"내가 아기씨가 온 것을 깜박 잊고 늑장을 부려서 큰일 났구만. 보리쌀은 한 번 삶아낸 뒤 밥을 해야 하는 것인디. 득창 올 시간만 생각하고 늦게 내려왔구만. 저녁이 늦어서 어째야 쓸까 모르겠네. 무척 시장할 것인디 말이여."

"아니요. 괜찮아요."

"여기 앉아 있어. 내 얼른 밥해줄게."

"영감님. 지가 할께요."

"아니제. 손님인디 첫날부터 밥을 해서야 쓰겄능가."

"작년에도 있었는디요. 첫날은 무슨 첫날이랑가요."

"하기사 그렇기는 허네만. 아무튼 여기서 편히 쉬고 있소. 내 곧 해가지고 올게. 봉창에 불을 켜야 쓰겠네. 성냥도 거기 있네."

"예."

영감은 바가지를 든 채 부엌으로 향했다. 민순은 방으로 들어가 봉창에 불을 켰다. 소나무 관솔을 태운 호롱불이 시커먼 연기를 내면서 일렁거렸다. 호롱불은 빛을 밝혀주면서도 그윽한 솔향기를 방안에 가득 채워주었다. 그녀는 방문을 열고 나갔다. 바깥은 이미 어둠 장막 속으로 빨려 들어가고 있었다. 음음적막 뜨락에서 귀뚜라미가 벌써부터 가을을 부르는 청승을 떨어대었다. 민순은 슬그머니 부엌문을 열었다. 봉창의 호롱불은 마치 초승달마냥 희미한 불빛을 비춰주고 있었다. 사람 얼굴이나 겨우 알아볼 정도였다. 영감은 외딴 아궁이에 불을 지피고 있었다. 그 아궁이는 고래구멍과는 아무 상관이 없어서 방이 데워질 리는 없었다. 솥 밑에서는 바짝 마른 대나무 가지가 톡톡 거리며 밝은 불꽃을 내며 타고 있었다.

"뭣 하러 나왔능가. 그냥 쉬고 있으랑께."

"피곤하지 않당께요. 제가 불을 피울께요."

민순은 영감 곁으로 다가가 부지깽이를 들었다.

"불 좀 때 볼랑가? 금방 끓겠구만. 그럼 나는 경개를 만들어야 쓰겄네."

영감은 밖으로 나갔다. 캄캄한데 등불도 없이 장독뚜껑 여는 소리가 들렸다. 된장을 퍼들고 들어온 그는 이미 씻어놓은 무 이파리에 된장을 쏟아 손으로 버무리기 시작했다.

"그저 보리밥에는 된장을 버무린 콩밭 무시가 제맛을 내 준단 말이여."

손으로 버무리고 나서 한 가닥을 들어 민순이 입에다 대어주며 물었다.

"간이 맞능가 묵어보소."

민순은 입을 벌려 간을 보았다. 짭짤하면서도 고소한 된장 맛, 그리고 싱싱한 무 이파리 풋내가 얼큰한 풋고추와 만나 맛있는 궁합을 이루었다.

"간도 딱 맞고 구수해서 맛있는디요."

"그래? 아기씨는 내 입맛하고 비슷한가 보는디. 나는 이렇게 풋고추 송송 썰어 넣은 된장기가 있는 반찬이 좋당께."

"저희 할아버지께서도 풋고추를 썰어 넣은 된장국을 아주 좋아하셨어라우."

"그래. 그 성님도 그러셨제. 성님이 살아계신다면 지금 이른 하나

일터인데, 중풍에 고생만 하시다가 가셔부렸구만."

갑자기 영감의 표정이 싸늘히 식어간 것 같았다. 잠시 넋을 놓고 망연히 일렁이는 호롱불만 쳐다보는 얼굴이 바위처럼 굳어지고 있었다. 노안의 얼굴 모습이 매우 애처로워 보였다.

"젊어서는 아들 자랑만 해쌌드만 끝내 좋은 꼴도 못 보고 억울해서 어찌 가셨을꼬."

옛 생각에 젖어든 영감은 가느스름한 눈길로 처처함을 그려내고 있었다. 민순도 딱지 떼어낸 상처가 다시 곪아드는 느낌이었다. 며느리 사랑은 시아버지 사위 사랑은 장모라고 오직 엄마를 아껴주고 위해주는 분은 할아버지밖에 안 계셨다. 할아버지께서 건강하셨다면 엄마가 일찍 돌아가시지 않았을지도 모르는 일. 생각할수록 안타까우면서도 구슬픈 일이었다.

"자 어서 들어가 내 밥 차려가지고 들어갈게. 득창이 올 때 되었구만."

"예. 영감님."

민순은 부엌을 나왔다. 산골은 그야말로 토굴에 들어온 거나 다를 바 없이 컴컴한 암흑세계였다. 기승을 부리던 더위도 밤이 되면 산골에서는 맥을 못 추는지 서늘한 기운이 감돌았다. 손바닥만큼 좁아진 밤하늘엔 피어난 별꽃들이 아름답게 반짝거렸다. 모두 별똥별이 되어 골짜기로 쏟아질 것처럼 좁은 하늘을 빽빽하게 수놓았다.

마루로 올라간 그녀가 방문을 막 열려는 순간 사립문 쪽에서 터벅터벅 발자국 소리가 들려왔다. 어렴풋 예감은 하고 있었지만 칠흑 같은 어둠 속이라 섬뜩하게 두려움부터 몰려왔다.

점점 가까이 다가오는 그는 득창이었다. 마루에 낯선 사람이 서있는 것을 보고 움찔하며 한 걸음 뒤로 물러섰다. 경계하는 눈빛을 번쩍

거리며 물었다.

"누구요?"

"오빠요. 지는 민순이랑께요."

안도의 숨은 내쉬며 가까이 다가선 그는 민순을 향해 허리부터 굽혔다.

"아기씨였구만요. 언제 오셨능가요?"

"아까 낮에 왔어요."

"그러셨구만요. 그 동안 별일 없이 지내서 다행이내요?"

"고마워요. 그때 저 데려다 주느라 고생 많이 했지요? 아침에 일어나서 보니 벌써 새벽에 가고 없드구만요. 인사도 못해서 죄송해요."

"아니어라. 그때 능주로 잘 피했기 때문에 이렇게 다시 만나게 되었것지라."

득창은 속이 깊을뿐더러 심성도 착했다. 부엌에서 말소리를 듣고 학동영감이 밖으로 나왔다. 득창은 아버지께 공손히 인사를 올렸다.

"아부지 잘 다녀왔구만요."

"오냐! 더운디 고생 많이 했다. 어서 씻고 들어가자. 밥이 다 되었다."

"예. 아부지."

밥상을 가운데 놓고 셋이서 마주 앉았다. 밥이라고 해보았자 꽁보리에 감자를 드문드문 썰어 넣어 지은 것. 콩밭 무 이파리를 된장에 버무린 김치, 풋고추, 오이김치, 부추김치 그리고 깻잎 절인 것이 고작이었다. 민순은 영감님과는 일견여구하여 허물없지만 득창과 겸상을 한다는 것이 어쩐지 어색했다. 그는 밥그릇을 방바닥으로 내려놓고 몸을 돌려 앉았다.

"저는 여기서 먹을게요."

"아기씨! 아기씨께서 상에서 잡수시지요. 지가 여기서 먹을라요."

득창이 되레 몸을 돌려 앉았다.

"아니다. 그러고 살아야 쓰겄냐? 하루를 살드라도 허물없이 지내야제. 그렇지 않으면 서로 간에 껄끄러워서 못쓴다."

민순은 영감의 소리에 휘둥그레진 눈으로 두 사람을 두렷거렸다. 득창도 무안한 듯 얼굴이 발개지며 힐끔힐끔 민순을 쳐다보았다. 둘이는 서로 무안쩍은 표정을 지으며 눈치를 살폈다.

"많이 묵소. 저녁이 늦어 시장하겄구만."

학동영감이 서먹한 분위기를 바꾸려는 듯 민순을 보고 빵글 웃음을 지으며 말했다.

"괜찮구만이라. 오다가 큰 머슴이 국밥을 사줘서 먹었어요."

"그 사람이 큰 머슴이여? 살던 집이 부잣집였나 보네."

"예. 마을에서 제일 부자였어라우. 머슴이 셋이었당께요."

"어쩌다 그런 집에서 살게 되었능가?"

"주인 할머니께서 저 보고 오라고 해서 들어갔구만요."

"참 잘된 일이었네. 그런디 왜 나왔능가?"

학동이 궁금한 눈길을 모아가며 물었다. 하지만 민순은 터놓고 말하고 싶지 않았다. 어떻게 생각하면 들먹이고 싶지 않은 일들이어서 못내 꺼내고 싶지 않았다.

"그냥 일 년이 다 되어가기에 나왔구만요."

"그런 부잣집이면 쌀밥도 먹었을 것인디 보리밥만 먹어서 어쩔까라우?"

득창이 어색한 미소를 머금으며 민순을 흘끔흘끔 쳐다보았다.

"남의집살이 하는데 쌀밥이라니요. 어쩌다 먹을 때가 있기는 했을 뿐이었지요."

민순은 일순간 시무룩해지며 말을 아꼈다.

330

잠시 후 민순이 가슴을 후벼 파는 아픈 상처를 꺼내들었다. 정작 분함과 비감에 젖어들게 했던 일, 생각만 해도 가슴이 덜컹거리게 한 슬픈 사연이었다. 또 다시 산속으로 들어가 숨어야 할 일이 다가오지 않을까 못내 뒤숭숭스러웠다. 격정에 찬 어조로 가슴에 품은 울분을 은근슬쩍 드러내었다.

　"지금도 박실댁이 온가요?"

　"예. 대밭 밑에 논이랑 밭이 많이 있어서 오겄지라우."

　"지가 떠나간 뒤로 무슨 일이라도 있었능가요?"

　"말도 말어! 내가 마을로 내려가서 손이 발이 되도록 빌었당께. 그렇지 않았으면 몰매를 맞았을 것이구만. 처자를 어디에 감췄냐고 어찌나 닦달을 해대는지 원……."

　"지금도 박실댁 동생이 순사로 있능가요?"

　"순사는 순산디 보성에 있지 않고 저그 순천으로 갔담서. 그런 통에 박실댁 모가지에 힘이 많이 빠졌드랑께."

　"인자 처녀공출을 보낼라고 허지 않겄네요?"

　민순은 일단은 한결 마음이 놓였다. 당장 내일이라도 같은 일이 번복될까 봐 조마조마했던 것인데 한시름 던 기분이었다. 기분이 하늘로 날아갈 것만 같았다.

　"그래도 아직은 조심해야지라우. 지금도 처녀공출을 계속한다고 허든디요."

　"예. 잘 알았구만요."

　"집에 있는 동안이라도 밖에 나가지 말고 방안에서 지내야 쓴단 말이시. 힘없는 사람은 언제 무슨 일이 닥칠지 알 수 없는 일이니까. 알았능가?"

　"예. 영감님."

출간후기

권선복(도서출판 행복에너지 대표이사)

　성경에는 '지혜를 얻는 것이 은을 얻는 것보다 낫고 그 이익이 정금보다 나음이니라'고 적혀 있습니다. 책이야말로 '지혜'라는 보물을 가득 담은 창고가 아닐까요? 출판을 해 오며 가장 기쁜 순간이 있다면 지혜라는 귀중한 가치를 담은 글을 발견할 때입니다. 출판인의 입장에서 원석과도 같은 원고를 잘 편집하여 빛나는 보석으로 세상에 내놓는 일보다 뿌듯한 순간은 없습니다. 그 순간을 위해, 책으로 행복해지는 세상을 만들겠다는 사명감 하에 설립된 도서출판 행복에너지는 대한민국 방방곡곡에 행복에너지를 전파하고자 하는 열정으로 부단한 노력을 경주하고 있습니다.

　좋은 책을 만들어 내는 것이 결코 쉬운 일은 아니었습니다. 바다 속에서, 숲 속에서 보물을 찾아 헤매듯 수많은 원고들 중 보석 같은 글을 찾기 위해 늘 다양한 모임과 함께 열려있는 사고로 한 달 평균 이십여 편 이상의 원고를 접수하고 세밀한 검토 과정을 거쳐 두세 편 정도가 출판이 결정됩니다. 사실 정상래 선생님의 글을 처음 접했을 때에는 엄청난 분량의 원고에 선뜻 출간을 결정하기 쉽지 않았습니다. 문학가로서 이렇다 할 명망이 없으신 분의 글을, 그것도 열 권 분량의 대하소설을 도서출판 행복에너지에서 세상에 펴낼 수 있을까 하는 고민을 많이 하였습니다.

하지만 원고를 읽으면 읽을수록 걱정은 환희로, 의문은 확신으로 굳어졌습니다. 한 장 한 장 페이지를 넘길 때마다 진주를 덮고 있는 진흙을 손수 걷어내는 느낌이었습니다. 그렇게 애써도 찾을 수 없었던 보석이, 바로 기쁨 충만한 행복에너지로 변신하여 눈앞에 다가온 것입니다. 그것이 바로 '한이 혼을 부르다' 『소리』와의 첫 만남이었습니다. 내부 회의를 수십 차례 거쳐 행복에너지에서는 8권의 대하소설 『소리』를 2013년에 출간하기로 과감히 결정하였습니다.

정상래 교장선생님은 40성상(星霜)을 후세교육에 바친 분입니다. 선생님의 고향은 유달리 소리문화가 살아 숨 쉬고 있는 곳이었다고 하셨습니다. 그중에서도 서편제의 산실이었다는 것이 너무너무 자랑스러웠답니다. 소리를 위해 살아간 선지자의 고결한 삶을 직접 듣고 자랐던 터라 그냥 묻어두기에는 너무 아쉬워 글을 쓰기로 했다고 하셨습니다. 틈나는 대로 자료를 모으고 지인들을 찾아 자문을 구한 지 6년의 세월이 걸렸고, 현지답사만도 수십여 차례가 넘었다고 합니다. 많은 사람들의 박수를 받으며 명예롭게 정년을 마치고서도 소설 '소리'를 원고지에 담아오셨습니다. 10년에 가까운 긴 세월동안 빚어낸 인고의 결정체를 본인에게 출판해 달라고 찾아오셨던 것입니다. 출판인으로 보았을 땐 이건 분명 하나의 보석이었습니다.

다이아몬드는 하루아침에 뚝딱 생겨나는 게 아닙니다. 검정 탄소 덩

어리가 억겁의 시간 동안 땅속에서 고열과 어둠을 견뎌낸 끝에 찬란한 빛을 뿜어내는 '결정'이 됩니다. 우리 삶에서 강산이 변한다는 10년의 시간, 그 긴 시간 동안 저자의 열정으로 빚어낸 소설 '한이 혼을 부르다'『소리』는 세상 그 어떤 보석보다도 찬란하게 빛나고 있습니다.

한 여인의 기구한 삶을 통해 지난 세기 대한민국이 겪었던 고난과 극복의 시간을, 그 한(恨)의 정서를 구성진 '소리'로 뽑아내신 정상래 선생님에게 힘찬 응원의 박수를 보내 드립니다. '가치와 철학'을 잃어버리고 방황하는 모든 현대인에게 한이 혼을 부르는 『소리』는 흐릿한 정신을 깨우는 명징한 울림이자 어두운 미래를 밝게 비출 횃불로 다가오리라 믿어 의심치 않습니다. 독자 여러분의 많은 성원과 지도편달을 부탁드리며 만사 대길한 행복에너지 샘솟으시기를 기원 드리겠습니다. 정말 감사드립니다.

줄거리 요약

6권의 요약

처녀공출의 위기를 피신으로 넘긴 민순은 소리를 배우기 위해 다시 자정골로 돌아온다. 그녀는 소리꾼 아들 득창과 백년가약을 맺고 시아버지로부터 장단을 배우며 소리공부에 빠져든다. 그러나 가정에 돌이킬 수 없는 시련이 찾아든다. 일제는 우리 문화 활동을 금지하면서 남편이 활동해온 장마당굿을 하지 못하도록 탄압을 가한다. 생활의 터전을 잃은 남편은 시름에 빠져들면서 혹독한 춘궁기를 겪는다. 초근목피로 살아간 득창은 아내와 함께 씻김굿에도 따라다닌다. 이때 손을 내민 이는 집주인 나기중이다. 그는 소리를 할 수 있는 집을 지어주며 돕겠다고 나선다. 그러나 득창은 아내를 탐내는 눈치를 알아차리고 회피하기에 이른다. 나기중의 흉계를 저지하기 위해서는 다른 지원자가 필요함을 느끼게 된다. 그가 찾아간 이는 마을 이장이다. 이장은 친일세력의 우두머리로 그를 반갑게 맞이해주며 일림산 목장개발 노동자로 일자리까지 마련해준다. 득창은 아무런 눈치도 채지 못한 채 열심히 일을 해가며 살아간다. 하지만 일제는 조선노동자 강제동원을 단행한다. 진충보국(盡忠報國)의 의지를 불태우던 진홍은 득창에게 징용의 지원서에 도장을 찍게 만든다. 식구들의 극구 만류로 징용기피자가 되는데……

335

마지막 통화는 모두가 "사랑해…"였다

정기환 지음 | 296쪽 | 값 15,000원

글로써 연결되는 인간관계가 역사를 새로이 쓰고 지탱하는 힘이다. 그래서 책 『마지막 통화는 모두가 "사랑해…"였다』는 가치가 있다. 인간다움이 점점 사라지는 현실 속에서도 '사람 냄새' 나는 아날로그적 감성을 고스란히 간직함은 물론 이 시대를 관통하는 함의가, 우리 시대의 생생한 민낯이 이 한 권에 모두 담겨 있기 때문이다.

생각을 벗어라

김창수 지음 | 188쪽 | 값 12,500원

저자는 일상 속에서 느끼고 깨달은 것을 자유로이 글로 적은 모든 게 '시'임을, 우리의 삶 자체가 하나의 놀랍고 아름다운 광경임을 독자에게 전하고 있다. 이 세상에는 잘난 인생도, 못난 인생도 없다. 잘난 삶을 살겠다는 생각마저 하나의 굴레임을 깨닫고 세상이 제시하는 틀 밖으로 고개를 내밀어 진정한 희망을 두 눈으로 확인해 보자.

70대 인생을 재미있고
신나게 사는 이야기

김현 · 조동현 지음 | 268쪽 | 값 13,500원

저자 부부는 70대란 나이는 숫자에 불과하며 자신이 좋아하면서도 타인에게 도움을 줄 수 있는 일에 매진하면 얼마든지 노후를 신나고 재미있게 보낼 수 있다고 전한다. 초고령화사회를 눈앞에 둔 대한민국 사회에 가장 필요한 이야기에 귀 기울여 보자.

올드맨쏭

이제락 | 264쪽 | 값 13,000원

배우에서 영화감독으로 이제는 작가로! 다양한 재주꾼, 이제락의 첫 소설! 거듭된 이별이 가져다준 상처투성이 삶을 끌어안고 살아가는 한 사내와 그 앞에 음악처럼 운명처럼 찾아온 아이의 감동적인 이야기. "이토록 위대한 만남을 위해 우리들의 이별은 거룩했다."

성공하는 자녀의 네 가지 비밀

박찬승 지음 | 300쪽 | 값 15,000원

책 『성공하는 자녀의 네 가지 비밀』은 자녀들의 성장 가능성과 적성을 가늠해보고, 아이들의 자존감과 자립심을 돕는 방법을 배울 수 있도록 구성되었다. 현재 대전 유성고 교장인 저자가 풍부한 현장 경험을 통해 알아낸 영재 공부 비법과 효율적인 학습법 또한 함께 담겨있다.